내 생애 이야기 3

나남
nanam

한국연구재단 학술명저번역총서
서양편 445

내 생애 이야기 3

2023년 11월 10일 발행
2023년 11월 10일 1쇄

지은이   조르주 상드
옮긴이   박혜숙
발행자   趙相浩
발행처   (주) 나남
주소   10881 경기도 파주시 회동길 193
전화   (031) 955-4601 (代)
FAX   (031) 955-4555
등록   제 1-71호 (1979. 5. 12)
홈페이지   http://www.nanam.net
전자우편   post@nanam.net

ISBN 978-89-300-4148-5
ISBN 978-89-300-8215-0 (세트)

이 책은 2019년 대한민국 교육부와 한국연구재단이 우리 시대 기초학문의 부흥을 위해
펼치는 학술명저번역사업의 지원을 받은 책입니다(2019S1A5A7068983).

한국연구재단
학술명저번역총서
445

내 생애 이야기 3

조르주 상드 지음

박혜숙 옮김

나남
nanam

Histoire de Ma Vie

by

George Sand

내 생애 이야기 ③

차례

2부　나의 어린 시절 1800~1810

　6. 일상으로 돌아와 9

　7. 비밀 결혼식 39

　8. 나의 출생 67

　9. 할머니와 손녀딸 오로르 87

　10. 나폴레옹 황제의 위대한 승리 120

　11. 유년기의 추억들 155

　12. 전쟁 중인 스페인으로 180

　13. 마드리드에서 200

　14. 동생 루이와 아버지의 죽음 217

　15. 엄마와 할머니 사이: 노앙에서 260

　16. 파리로 떠난 엄마 283

　조르주 상드 연보 302

　찾아보기 310

　지은이 · 옮긴이 소개 312

내 생애 이야기 ④

3부 **어린아이에서 소녀로**
　　1810~1819
　　1. 엄마와 할머니 사이:
　　　 파리에서
　　2. 파리 사람들
　　3. 노앙에서 행복한 한때
　　4. 할머니의 파리 아파트
　　5. 나폴레옹의 몰락
　　6. 병상에 누운 할머니
　　7. 영광의 장례, 나라의 장례
　　8. 혼자만의 상상 그리고
　　　 코랑베
　　9. 놀이, 연극에 대한 열정
　　10. 앙글레즈 수녀원 유폐 생활

조르주 상드 연보

찾아보기

지은이 · 옮긴이 소개

내 생애 이야기 ⑤

　　11. 수녀원의 악동들
　　12. 엘리시아 수녀님
　　13. 네 친구
　　14. 뜨거운 기도: Tolle, lege!

4부 **신비주의에서 홀로서기까지**
　　1819~1832
　　1. 성녀, 헬렌
　　2. 고해성사: 프레모르 신부님
　　3. 할머니 곁에서
　　4. 독서에 관하여
　　5. 어떻게 살 것인가
　　6. 성스러운 방

조르주 상드 연보

찾아보기

지은이 · 옮긴이 소개

내 생애 이야기 ⑥

7. 할머니 유언장
8. 결혼
9. 출산과 우울
10. 피레네 여행
11. 나의 살롱
12. 홀로서기
13. 파리에서 여성 작가로
    산다는 것
14. 필명 '조르주 상드'
15. 들라투슈, 발자크

5부 작가의 삶에서 나만의 삶으로
1832~1850

1. 뷜로즈, 〈양세계 평론〉
2. 1833년
3. 이탈리아 여행

조르주 상드 연보

찾아보기

지은이 · 옮긴이 소개

내 생애 이야기 ⑦

4. 도르발 부인
5. 들라크루아
6. 나의 오랜 친구들: 생트뵈브,
    칼라마타, 플랑슈, 디디에
7. 《한 여행자의 편지》
8. 에브라르
9. 라프네, 르루
10. 이혼
11. 엄마의 마지막 숨
12. 쇼팽
13. 달콤한 고통의 나날
마치며…

부록

조르주 상드 연보

찾아보기

지은이 · 옮긴이 소개

6. 일상으로 돌아와

편지 1

모리스가 자신의 어머니에게 보낸 편지

샤를빌, 방데미에르 1일(1802년 9월 22일)

사랑하는 어머니, 방금 어머니 편지를 받고 너무 행복합니다. 어머니는 편지에서 도덕 교육을 하시며 길게 저를 훈육하셨지만, 저는 그것을 항상 그 무엇으로도 대신할 수 없는 어머니의 사랑으로 받아들이고 있습니다. 그 사랑이 없으면 저는 위로받지 못하고 그보다 더 큰 슬픔은 없을 것입니다. 어머니는 제 삶을 비난하셨지만 그 안에는 사랑도 담겨 있었어요.

사랑하는 어머니! 저에 대한 사랑을 저버리지 말아주세요. 저도 그 사랑을 받을 만한 아들이 되도록 노력하겠습니다. 솔직히 또 잘못된 소식들이 사실과 다른 얘기들이 잠시 그 사랑을 식게 하지는 않았나 하는 두려움이 있었습니다. 그런 생각이 떠나지 않고 그 생각에 짓눌려 잠도 잘 못 잤습니다. 그런데 이제 저를 살려주셨네요!

이틀 전에 데샤르트르 선생님이 어머니가 제가 드린 슬픔 때문에 앞으로 오랫동안 편지를 쓰지 못할 거라 편지했는데! 이제 그가 잘못 생각한 것이 증명되었네요. 그는 저를 괴롭히고 저의 가장 약한 부분을 건드리며 제게 복수하려 하고 있어요. 그렇게 좋은 점이 많은 분임에도 불구하고 그는 마치 죽일 수 없으면 발톱으로 할퀴기라도 하려는 곰 같네요. 지난달 내내 그는 제게 장문의 편지를 보내 정중한 표현으로 제 삶이 남자로서 불명예의 진흙탕 속에 빠졌다고 얘기하고 있습니다. 오로지 그 말뿐이에요! 그가 줄곧 제게 주절대는 얘기들에 걸맞은 아주 멋진 결론이지요. 하지만 그의 분노와 그런 열정이 어디에서 오는 것인지 알고 있으니 그저 좋은 맘으로 넘어가려고 해요.

그의 마지막 편지에는 아직 답하지 않았는데 그것은 잠시 뒤로 미루고 그전에 아름답고 좋은 쌍발 소총을 보내서 어머니가 자고새를 드실 수 있게 하려고 해요. 그가 이 방면에 너무 서툴지만 않다면 말이에요.

제가 어머니로부터 제 삶을 떼어놓을 생각이라니 그건 천부당만부당한 말씀입니다. 제가 어머니 비난처럼 전쟁터와 야영장에서 술주정꾼에 부도덕한 인간이긴 했지만 — 제 생각은 그렇지 않지만 — 안심하세요, 적어도 지금 같은 삶 속에서 저는 어머니에 대한 사랑을 잃지 않고 있습니다. 어머니께 의논도 하지 않고 라퀴에 씨에게 부대로 복귀하려는 부탁을 한 것은 시간적으로 그 일이 너무 급했고 또 어머니 편지를 기다리면서 좋은 결과를 얻을 수 있는 날들을 놓치게 될까 걱정되어서였지요. 이제 그 일도 다 마무리 되어서 라퀴에는 제게 어떤 희망도 주지 않고 있어요. 마지막 명령에 따라 저는 뒤퐁 장군 곁에 있게 됐지요.1

1 원래 심성이 편안하고 대인관계도 좋은 아버지는 자기가 모시는 장군에 대해서는 점점 불만과 불평이 늘어가고 있었다. 만약 뒤퐁 장군에 대한 역사의 평가가 아버지가 1801년에 한 것보다 더 혹독하지 않았다면 나는 아버지가 그에 대해 빈정거린 말들을 지워 버렸을 것이다. 지금 내 손안에 들고 있는, 아버지가 이야기한 다른 많은 사람들에 대한 비판과 평가도 마찬가지다. 참 이상한 운명의 장난으로,

1등과 꼴찌에 대한 어머니 말씀도 틀렸어요. 부대에는 아무리 형편없는 군인이라도 꼴찌는 없어요. 그런 말은 자신의 의무를 다한 사람이 하는 경멸이지요. 하지만 1등 같은 것이 없는 자리가 있으니 바로 장군님 부관실이에요. 거의 모두가 다 하인인데 저는 그게 정말 싫어요. 1년 전부터는 모든 것이 아주 변했지요. 평화 시이건 아니건 예전에는 그렇게 영광스레 보였던 이 자리가 이젠 아주 싫은 곳이 되었어요. 하지만 아무도 저를 개인적으로 욕하지 않는다는 걸 위안 삼고 있지요. 만약 그랬다면 저는 자존심을 잃어버리느니 차라리 군대를 떠나 슬픔 속에 죽어가겠어요.

저는 인도印度도 미국도 가지 않을 거예요. 우울할 때 가끔 생각해본 적은 있어요. 하지만 저는 그 생각을 누구에게도 말한 적이 없어요. 그리고 제가 그런 말을 했다고 하는 사람들은 자기들이 무슨 말을 하는지도 모르는, 그러니까 거짓말하는 사람들이지요. 어머니를 괴롭히고 어머니의 휴식을 망칠 그런 생각을 저는 품고 있을 수 없어요.

이제 어머니를 제일 괴롭히는 것에 대해 얘기해보지요. 네, 저는 지난겨울 파리에 있는 내내 빅투아르를 다시 만났어요. 진실을 원하시니 이렇게 말씀드려요. 어머니를 존경하니 속일 생각도 없어요. 저는 이 만남이 죄라고 생각지 않으니까요. 그녀가 브뤼셀로 여행갔다는 것은 제가 마를리에르 부인에게 한 이야기였어요. 다른 이야기로

아니면 자연스러운 인간관계를 따라가다 그렇게 된 것인지 모르겠지만 아버지는 두 명의 장군 밑에 있었는데 그 둘은 모두 1814년 프랑스를 배신하게 되는 다르빌과 뒤퐁이다. 한 명은 장군으로 한 명은 상원의원으로 프랑스를 배신했다.

어머니를 괴롭히지 않도록 말이에요. 빅투아르가 저를 따라 이곳에 와서 근처 좋은 동네에서 사는 것도 사실이에요. 그리고 여기 양장점에 자리를 얻어 그곳에서 일하고 있고요. 저는 그녀를 배신하지도 않았고 비참하게 내버려두지도 않았어요. 그녀에 대한 저의 무절제한 낭비에 대해 걱정하셨던 어머니가 이제는 그 어진 마음으로, 제가 그녀를 버리지는 않았을까 걱정하실 테지요.

그런데 지금 그녀가 사는 이 초라한 삶의 모습을 보시고 어머니는 그녀가 결코 어머니가 생각하는 그런 여자가 아니란 걸 이제 잘 아셨을 거예요. 왜냐하면 그녀가 가난하니 이제는 제가 그녀를 어떻게 대할까 걱정하셨을 테니까요. 하지만 그런 문제라면 아무 걱정 마세요. 그녀와 저는 서로에 대해 아무 불만도 없으니까요. 그리고 설혹 제가 미쳤다고 해도 의무까지 저버리지는 않을 것입니다.

다른 사람이 말하지 않았겠지만 제가 드리고 싶은 또 다른 고백은 모랭 삼촌 집에서 어느 날 카드게임을 해서 25루이를 잃었다는 거예요. 카드를 한 건 제 생각에 처음인 것 같아요. 그리고 그게 마지막이 될 거예요. 저는 그 돈을 갚기 위해 돈을 빌렸고 갚았지요. 이것이 이번 달 아무도 모르는 저의 괴로움이었어요. 하지만 불평하지는 않겠어요. 제 잘못이니까요. 여기서 도움이 될 만한 교훈을 얻었지요. 산초는 말하길 바보 같은 짓은 정말 하고 싶은 일을 할 때만 해야 한다고 했던가요. 정말 저는 노름을 싫어하는데 좋아하지도 않는 걸 해서 결국 벌을 받은 것 같아요. 내일 우리 주둔지를 시찰할 거예요. 우리는 모든 부대를 검열해서 제1통령 앞에 세울 준비를 해야 해요. 우리 사이에서만 비밀이지만 이제 곧 도착하실 예정이지요.

안녕, 사랑하는 어머니! 어머니의 행복만이 저의 행복이란 걸 믿어 주세요. 그것이 저의 모든 행동과 생각의 첫 번째 이유입니다. 온 마음으로 키스합니다. 세상에 미에미에의2 생각은 슬프네요. 받아들이기 힘들어요. 제발 제 대신 말해주세요! 파리의 세금 징수원이 된 오귀스트에게 축하한다고 전해주세요.

편지 2

샤를빌, 방데미에르 19일

2주 전부터 시찰을 계속해서 모든 부대를 다 돌아봤어요. 거의 모든 부대에서 저는 스위스와 이탈리아에서 함께 전투했던 장교들을 만났지요. 우리는 정말 서로 기뻐서 어쩔 줄을 몰랐어요. 베르됭에서 저는 제 1사수와 알게 되었지요. 제가 다시 부대로 복귀하지 못하는 것에 대한 대위님의 아쉬움은 정말 제 마음을 울렸지요. 저는 모든 제 군들에게 함께하지 못하는 저의 애통함을 말해주었지요. 그래서 마음으로라도 저와 함께해 달라고 부탁했어요. 그들은 저를 한 번 알게된 이상 결코 잊을 수 없다고 했지요.

이런 자랑을 늘어놓자니 제가 좀 허풍쟁이 같아 보이네요. 하지만 이런 말은 어머니하고만 나누지요. 어머니는 저희 공적보다 이런 것을 더 좋아하시니까요. 그렇지만 군대의 전우애에서는 용맹스러운

---

2   미에미에는 루미에 양을 말한다. 모리스가 너무나 좋아했던 나이 많은 하녀이다. 밀린 지난 임금을 받자마자 그녀는 자기 가족과 살러 떠나길 원했다. 모두가 아쉬워했지만 그녀는 결심을 실행에 옮겼다.

기억들이 제일 중요해요. 제가 어머니께 누구이 전쟁과 영광을 좋아해야만 한다고 말한 이유도 여기에 있지요.

우리는 모두 저녁을 함께 하고 무도회를 열고 더 친해져서 헤어졌지요. 우리는 뒤로넬과 생미이엘에 있는 그의 부대를 시찰했는데 그를 다시 만나 너무 기뻤고 그의 환대에 너무 감사했지요. 제가 늘 퀼른에 있을 때 뒤로넬이 최고였다고 말씀드렸었지요. 우리는 옛날이야기로 뒤퐁 장군님과 부관들이 배가 아프도록 웃게 만들었는데 뒤로넬은 이런 우스운 이야기를 할 때도 저를 진지하게 칭송하는 재주가 있었어요.

우린 코메르시에 있는 17사단을 보러 가기 위해 그와 헤어졌지요. 거기서 우리는 바르쉬르오르넹으로 갔는데 그곳에서 튀르키예 놈들과의 충돌이 있었어요. 오토만 제국의 대사님께서도 온갖 튀르키예 물건을 실은 10대의 마차와 말들을 거느리고 도착해 있었지요. 그들이 3시간 전부터 세욕식을 거행하고 있어서 우리는 그들이 기도하는 중에 도착했고 튀르키예 놈들도 모르게 6마리 말을 데려왔지요. 그러자 그들 측에서 지휘관이 통역을 데리고 왔고 우리 측 장군도 오고 한바탕 야단법석을 피우고 마구간에서 말들도 난리를 쳤지요. 우리는 점심을 먹길 원했고 튀르키예 놈들은 못 먹는 것이 없었어요. 그들이 꼬챙이를 끼우면 우리는 빼내느라 바빴지요. 튀르키예 대사와 장군님의 대화는 연극 〈서민 귀족〉에 나오는 대사 같았어요. 서로 사자처럼 신중하고 뱀처럼 지혜로우라며 덕담을 주고받을 때 우린 말에 안장을 올리고, 결국 서로 아무것도 이해하지 못한 채 헤어진 후 쏜살같이 달려왔지요! 멍청한 튀르키예 놈들은 자기들 점심과 말 6마리를 잃어버린 셈이지요.

다음 날 16기병 연대를 시찰하고 장교들이 베푼 저녁을 먹고 저녁때는 무도회가 있었지요. 그다음 날은 늑대 사냥을 가서 2마리를 잡고는 휴식 시간을 가졌지요. 그때까지는 아주 좋았어요. 그런데 바르쉬르오르넹 사건만큼 웃긴 사건이 벌어졌지요. 휴식이 끝나고는 샬롱의 극장에 가기 위해 짐을 싸고 뒤퐁 장군님은 시장과 두어 명의 공무원들과 함께 마차에 올랐고 저는 말뤼스 르피스 대령과 열병 부감찰관과 16기병대 대위 3명과 4마리의 개들과 8자루의 소총을 가지고 큰 사륜마차에 올랐지요. 이것들을 잘 기억하고 계세요.

우리는 새 말 2마리를 묶었어요. 우리는 제일 잘 모는 대령에게 말고삐를 맡기고 저도 그 옆에 앉았지요. 그리고 한 15분쯤은 잘 갔는데 갑자기 아주 가파르고 길고 마차 고랑이 깊게 패인 비탈길을 내려가게 됐어요. 그래서 우리는 말들을 제어하고 싶었는데 녀석들은 고삐에 익숙하지 않고 또 특히 끌고 가는 마차가 버거워서인지 갑자기 달리기 시작하더니 전속력으로 질주했지요. 저는 대령과 온 힘을 다해 놈들을 제어하려고 했지만 결국 고삐가 부서지고 더는 다른 방법이 없어 언덕 아래로 흐르는 강물로 뛰어들기로 했지요.

저는 말 머리를 잡기 위해 땅으로 뛰어내렸는데 땅이 너무 울퉁불퉁해서 나동그라졌다가 다시 일어서는 순간 말들이 제 쪽으로 기울면서 뒷바퀴가 다리에서 무릎까지 지나갔어요. 하지만 아무데도 다친 곳은 없고 멍이 좀 들고 타박상만 좀 입었을 뿐이지요. 대령은 바로 내 뒤로 뛰어내리며 손목이 부러졌고요. 다른 사람들은 모두 마차와 함께 강물로 뛰어들었고 마침 다행히도 말들이 동시에 떨어지는 통에 무시무

시한 질주를 멈췄지요.

그런데 웃기는 것은 우리가 다 일어나 말뤼스를 봤을 때였어요. 그는 너무 겁에 질려 자기가 무슨 말을 하는지도 모르면서 사람들에게 자기가 다쳤는지 와서 봐 달라는 거였어요. 그런데 문제는 그가 '바지를 더럽혀서' 가까이 가기가 아주 괴로웠다는 거지요. 우리가 아픈 것도 다 잊고 얼마나 웃었는지 잘 아시겠지요. 우리는 다친 사람들을 데리고 살롱으로 돌아왔지요. 그리고 멀쩡하게 다음 날 샤를빌로 출발해서 별일 없이 잘 도착했어요. 다리도 좋아졌고요. 광천수도 좋은 것 같고 별일도 아니에요. 이런 일들 때문에 어머니께 편지 쓸 시간이 없었어요. 여기서의 망할 놈의 군대 일정은 아무것도 아닌 일도 그저 급하게 서둘러야 하지요. 뒤퐁 장군님은 정말 일을 못하는 사람이고요.

편지 3

실러리, 발랑스 씨 댁. (날짜 미상)

어머니가 원하시고 자꾸 조르시고 저와의 사이를 절망적으로 만드셔서 말씀대로 했습니다. 빅투아르는 지금 파리에 있어요. 제게는 불가능한 일이었지만 했습니다. 하지만 이렇게 멀리 떠나보내도 저는 그녀가 잘 있는지 걱정하지 않을 수 없습니다. 저는 부대 월급에서 빌린 돈 60루이가 있었지요. 그래서 그녀에게 파리에서 일하도록 했습니다. 그래서 그녀는 제게 그 돈을 보내주었고 저는 그 즉시 달려가 그녀를 데리고 왔습니다. 그리고 3일 동안 함께 울며 보냈지요. 그녀에게 어머니 얘기를 하고 어느 날 그녀가 어머니를 잘 알게 되면 두려위하지 않을 거라고 말해주었지요. 그녀는 마음을 접고 떠났어요. 하지만 이런 시련은 뜨거운 정열을 치유하기에 결코 좋은 방법이 아닙니다. 어쨌든 저는 인간이 할 수 있는 모든 것을 다 하겠지만 더는 그녀에 대해 말하지 않으시면 좋겠습니다. 더는 이렇게 냉정하게 말할 수 없을 것 같으니까요.

그녀가 다시 콜랭과 함께 돌아왔다는 것은 아주 새빨간 거짓말입니다. 이 사람이 오를레앙에서 다른 여자와 함께 있을 수는 있겠지만 그녀는 빅투아르가 아닙니다. 부대 친구 중 한 명이 파리에서 왔는데 저 대신 그녀를 만나 그녀 안부를 전해주었지요. 그녀는 모자 가게를 열었다고 해요. 그녀는 정말 착하게 열심히 일하고 있습니다. 이게 진실이에요.

안녕, 어머니! 나쁜 일은 늘 함께 오는군요. 제 방 하녀가 정말 떠났군요. 게다가 어머니와 안 좋게 끝이 났네요! 사람 일이라는 게 왜 늘 이렇게 슬프게 끝나는지요! 그래도 위안이 되는 것은 그녀가 늘 어머니를 힘들게 했는데 이제는 좀 마음이 편해지셨을 것 같아 다행이에요. 그렇게 남한테 이래라 저래라 하길 좋아하는 성질로 자기 부모에게도 그렇게 하겠지요? 아마 어머니하고 지낼 때만큼이나 자기 부모님들과 잘 지내지 못할 것 같네요. 게다가 돈도 한몫 챙겨갔으니 이제 행복은 그녀하기 나름인 것 같고요. 온 마음으로 작별의 키스를 보냅니다.

편지 4

아무 걱정 마세요. 명의名醫 데샤르트르 선생님의 처방 같은 것은 필요 없어요. 제일 심했던 곳은 다 나았고 종아리 타박상이 좀 부어서 아플 뿐이에요. 그래도 걷는 데는 아무 문제없습니다.

그래도 나쁜 일 중에 좋은 것도 있다고, 제가 옷을 입지도 못하고 군화도 못 신으니 뒤퐁 장군님 옆에 졸병으로 따라다니는 일도 하지 않고 있어요. 저는 이른바 '군복무'라고 말하는 그 군인 같지도 않은 이상한 일들을 쉬고 있지요. 저는 온종일 방에서 실내화를 신고 지내고 있어요. 책을 읽거나 편지를 쓰거나 바이올린 연주를 하고 아니면 어머니도 아시다시피 제가 겉으로는 쾌활하지만 제 마음속에 있는 그 알 수 없는 우울에 푹 빠져 있지요. 군인으로 제가 할 수 있는 유일한 것은 창문을 통해 문에다가 소총을 발사하는 일이에요. 저녁에도 또 독서하고 편지 쓰고 담배 피우고 하지요. 아주 다감한 드쿠쉬가 와서 놀아주기도 하고요. 하지만 각자가 뭔가에 미쳐 있듯이 그 인간도 시 낭독에 미쳐 있어요. 그가 낭독을 시작하면 모두 도망가지요. 하지만 저는 다리를 못 쓰니 도망도 못 가고 그의 쩌렁쩌렁한 시 낭독을 듣는 수난을 겪고 있어요. 오로지 자러 가라고 해야만 그 시간을 모면할 수 있지요.

이 시간 동안 뒤퐁 장군님은 파티에 가지요. 그는 이곳 귀부인들을 즐겁게 하려고 카드 도박에 30수를 걸고 또 걸지요. 그는 여자들에게 멋지게 보이려고 애쓰고 스스로도 즐기고 있다고 생각하지만 모두가 다 헛고생이지요. 별로 인기가 없는 걸 부관들께 다 화풀이를 하지요. 그는 우리가 8시부터 복장을 갖추고 있지 않다고 군기가 빠졌다고 해요. 그는 돈키호테처럼 엉뚱해서 어느 때는 마치 전투 중인 것처럼, 마치 적이 문 앞에 와 있는 것처럼 말들을 준비시키게 하지요. 그리고 명령이 하달되기도 전에 화를 내고 소리 지르고 욕을 하고는 말을 타고 달려가지요. 마을을 벗어나자마자 그는 길을 벗어나 모두 군인이 아닌 것처럼 한가하게 걸으라고 하지요. 그는 들을 가로질러 가고 논밭을 뒤지고 다니고 고랑을 뛰어넘고 늪에 처박히고 하면서 말들을 기진하게 하고 여전히 뒤에 적이라도 있는 양 서둘러 돌아오지요. 그는 그런 것을 군사적 행군이라고 하지요. 마을 사람들은 몸속에 무슨 귀신이 들렸냐고 말하고요. 이런 단 한 사람의 말도 안 되는 변덕에 맞추며 살아가야 하는 이 평화가 좀 더 계속된다면 전 곧 바보가 될 것 같아요. 하지만 우리는 뭔가 새로운 것을 예감하고 있지요. 오 하나님 감사합니다!

2주 후에 제1통령이 이곳에 올 거예요. 그를 맞이하기 위해 우리는 4기병 연대와 6천 명의 보병을 모을 생각이지요. 그럼 저는 말에 올라 또 무슨 쇼를 하게 될지 하나님만 아시겠지요! 이 방문에 대한 것은 국가 비밀이에요. 공식적으로 받은 것이 아니고 베르티에를 통해 비밀리에 알게 된 것이지요. 안녕, 사랑하는 어머니! 제가 슬퍼하더라도 예전처럼 항상 사랑해주세요.

편지 5

샤를빌, 혁명력 9년 브뤼메르 10일(11월)

어머니, 오랜 세월 동안 받으셨던 시중을 더는 받지 못하니 정말로 힘이 드실 것 같네요. 하지만 한편으로는 좀 편해진 마음을 저는 다 이해할 수 있을 것 같아요. 힘든 일을 기다리는 것은 힘든 일 그 자체보다 더 괴로운 일이지요. 저로서도 이제 노앙에서 더는 미에미에를 보지 못한다고 생각하니 맘이 아프네요. 그 성질머리만 빼면 그녀는 정말 최고의 하녀였고 저는 그녀가 우리를 떠날 거라고는 생각지도 못했지요. 하지만 세상일이 다 우리 마음대로 되는 것은 아니니까요. 저는 어머니가 앞으로 좀 더 자유롭게 더 좋은 하녀를 구하실 거라고 믿어요.

제가 매일 정말 잘한 일이라고 기뻐하는 것은 바로 데샤르트르 선생님을 노앙에 묶어둔 일이에요.[3] 그는 정말 보석같이 정직한 마음을 가지고 있는 사람이지요. 무뚝뚝하지만 그처럼 그렇게 섬세한 마음을 가진 사람도 없을 거예요. 매일 밤 어머니 곁에 가는 상상을 해요. 그리고 어머니가 긴 슬픈 밤을 지새우시는 것을 보지요. 저도 이곳에서 더는 즐겁지 않아요. 다리가 아프다는 이유로 방에만 처박혀 있지요. 그리고 도지사나 지휘관이나, 전쟁 위원 같은 분들이 베푸는 그 지루하고 재미없는 파티에도 가지 않고 있고요. 그저 제 방에서 편하게 악기를 연주하거나 가끔 시를 짓거나 자주 공상에 빠져 있지요.

뒤퐁 장군님은 1월에 파리에 가실 거고 그러면 곧 저도 노앙에 갈

---

3 데샤르트르 선생님은 할머니의 소작인이 되었다.

수 있을 거예요. 가는 길에 파리에 들러 점점 더 있기 힘든 이 자리를 떠날 수 있도록 뭔가 노력을 해볼 생각이에요. 자꾸 말씀드리지만 오직 전쟁 중에만 고귀한 명예가 있어요. 평화 시에 부관은 정말 초라한 직책이지요. 특히 머리가 이상한 사람을 모실 때는 더 그렇지요. 저는 대위가 되거나 부대로 돌아가서나 아니면 적어도 통령의 근위병이 되고 싶어요. 그 자리는 전쟁 시에 아주 멋진 공을 세울 수 있는 자리이기 때문에 ….

브리메르 24일

어제는 라노이숲에서 늑대 한 마리를 죽였어요. 놈들이 너무 많아져서 우리가 죽이지 않으면 이곳을 아주 위험하게 만들 거예요. 이놈이 요즘 이곳에서 15명을 문 그놈이 아닌지 모르겠어요. 그랬으면 정말 좋겠어요. 이 외에도 우리는 8마리를 더 죽였고 그 정도면 아주 많이 잡은 거죠. 녀석들은 떼를 지어 다니기 때문에 사냥도 좀 더 신중하게 해야 했죠. 그러니까 좀 더 흥미진진하게 말이에요.

보나파르트의 일정은 바뀐 것이 분명하다. 왜냐하면 아버지는 자리를 비우고 휴가를 받을 수 있었으니 말이다. 빅투아르가 없어서 지루해하는 모습이 역력하고 어떻게 해서든지 파리에 가기 위해 최선을 다하는 모습을 볼 수 있다. 그래서 아버지는 일을 핑계로 뒤퐁 장군에게 보내는 어머니의 편지를 필요로 한다. 왜냐하면 뒤퐁은 "전보다 더 괴상해져서 어떤 부인을 남편이 없는 틈을 타 만나는데 일주일 전 그 남편이 예의도 없이 돌아와 버리자 장군은 연애가 틀어진 것에 화가 나 아무 죄도 없는 우리에게 화풀이를 하고 있었기"4 때문이다. 어머니의 승낙을 얻기 위해 모리스는 야망이 있는 것처럼 보이려고도 한다. 그는 진급을 위해 지금이 아주 좋은 때여서 예전에 싫어했던 아르망 콜랭쿠르를 볼 거라고 말한다. 분명히 도움을 줄 거라고 하면서, 왜냐하면, 어쨌든 아주 잘 나가고 있는 이 사람은 자기를 미워할 이유가 없기 때문이다.

"그는 나를 엄청 힘들게 했지만 저는 한 번도 말대꾸하며 대든 적이 없어요. 그의 연애 사건들을 놀릴 수도 있었지만 저도 마찬가지였으니 의리를 지켰지요. 그도 그걸 알아주었고요. 그는 그렇게 나쁜 사람도 아니고 멍청한 사람도 아니에요. 멍청하기는커녕 아마 지금쯤 아주 승승장구 하고 있을 테고 괜스레 무게 잡는 일도 없을 거예요. 우리는 잘 만날 거예요."

아버지는 처음으로 모셨던 장군인 아르빌 장군과 그의 영웅 오르드네와(아마도 오르드네의 용감한 대령의 아버지인 것 같다), 1814년5 파리로 영웅적으로 입성한 또 다른 영웅과6 외젠 보아르네와 라퀴에와 막도날과 그의 친구이며 쥐노의 부관인 들라보르드를 보고 싶어 했다. 그는 어머니가 자기가 통령의 눈에 잘 띄는 곳에 있길 바랐으면 좋겠다고 하고 그 자신도 정말 제1통령의 근위대에 들어가길 원하고 있었다. 그는 실제로 노력을 좀 했지만 성공하지는 못했다. 그건 예견할

---

4 〔역주〕 먼저 보낸 편지 중 일부이다.
5 아버지 오르드네는 1802년에 나폴레옹 근위대장이었다.
6 뱅상스 공작을 말한다.

수 있는 일이었다. 왜냐하면, 그는 진급에 신경 쓰기에는 너무나 사랑에 빠져 있었고 아첨꾼이 되기에는 너무나 순진하게 자존심이 강했기 때문이다. 나는 아버지 친구들이 그렇게도 용감하고 그렇게도 똑똑하고 그렇게도 매너 좋은 아버지가 어떻게 빨리 진급이 안됐는지 모르겠다고 하는 말을 자주 들었는데 나는 충분히 이해할 수 있다. 그는 사랑에 푹 빠져 있었고 몇 년 동안은 오직 사랑받는 것 외에는 다른 야망이 전혀 없었다. 게다가 그는 아첨꾼도 아니었으니 노력하지 않으면 아무것도 얻을 수 없었다. 게다가 고정관념에 사로잡혀 있던 보나파르트에게 피슈그뤼, 모로, 조르주 사건과 앙기앵 공작 사건이 일어났는데, 이 사건들은 그에게 과거의 이름들을 떠오르게 했고 멀리 보내졌던 그들은 마침내 다시 불려와 화해하게 되었다.

아버지는 할머니로부터 쉽게 뒤퐁 장군에게 보내는 편지를 얻어낼 수 있었다. 할머니는 빅투아르와는 헤어진 것으로 믿고 있어서 파리에서 진급과 관련된 일이 끝나면 노앙에서 만날 거라고 생각하고 있었다. 나는 이 점에 있어 아버지가 어떤 생각이었는지는 모르겠다. 하지만 너무나 진지하고 진솔한 아버지 성격으로 봐서 진짜로 할머니를 빨리 보러 가려고 했던 것일 수도 있다. 단지 파리의 애인을 보고 샤를빌에서 헤어진 슬픔을 위로하고 곧 다시 돌아오겠다고 할 생각도 했을 것이다. 그런데 분명한 것은 아버지는 곧 나의 엄마가 될 애인이 슬프고 두렵고 어쩌면 병들어 있는 것을 보았을 것이고, 진정으로 엄마를 사랑하는 아버지는 모든 것을 희생하고 어머니의 간절한 애원도 저버리고 진급의 희망도 버린 채 파리에 5개월 동안 머물게 된다.

계속 편지로 일 때문에 바쁘다는 핑계를 대며 노앙에 가는 것을 한주 한 주 미룬 아버지는 사랑의 열정에서 빠져나올 수도 빠져나오고 싶어 하지도 않았다. 아마도 뒤퐁 장군은 샤를빌에서 빅투아르를 떠나게 하는데 어떤 역할을 했을 것이다. 왜냐하면, 어디선가 그의 편지를 봤었는데 거기에서 그는 '그 젊은 여자'에 대한 자기의 행동을 변명하면서 어쩌면 모리스가 무슨 짓을 할지도 모르겠다고 쓰고 있었다. 그 말은 바로 연애결혼을 의미하는 거였다.

여기 아버지의 편지 일부분이 있다. 프리메르 15일에서 플로레알 5일에 파리에서 쓴 편지들이다.

혁명력 11년 프리메르(1802년 12월)
거리에는 외국인과 경비들이 많아요. 세력가들 집은 들어가기 힘들지요. 예전으로 돌아간 것 같아요. 이런 분위기 속에서 누가 뭐라 하건 사람들은 더 행복하지도 더 만족스럽지도 않아요. 어제는 사냥 중에 르쿠르브 장군이 사람 하나를 죽였는데 2시간 후에 코르베이 주민들은 그의 시골집으로 가서 그를 무참히 죽여 버렸지요. 이 소식은 파리 사람들과 특히 귀족들을 두려움에 떨게 만들었어요. 4일 전에는 그라빌리에서 징병 모집 중에 폭동이 일어나 근위대들의 무기를 빼앗아 구원병이 오고 전투가 벌어져 12명이 죽었지요. 이 모든 것이 다 우울하네요.

르쿠르브 장군의 비극적 이야기는 뭔지 모르겠다. 어떤 책에서도 이 이야기는 하지 않으니 말이다. 그는 분명 죽은 것이 아닌 게 분명하고 아마도 아버지는 근거 없는 소문을 들은 것 같다. 어쩌면 아버지 말대로 사건이 일어난 것은 맞을지 모르지만 마지막 결말은 과장된 것 같다. 이 책을 읽는 독자들 중에는 아마도 나보다 이 일에 대해 더 잘 아는 분들이 계실 것이다. 어쨌든 사건은 그리 현실적으로 보이지 않는다. 르쿠르브 장군은 실제로 파리 근교에 살고 있긴 했다. 당시 그는 직책도 없었고 그가 다시 세인의 관심 속에 등장한 것은 1803년 모로 장군에 대해 뜨거운 변호를 했을 때였다. 이 불행한 친구를 위한 이 행동 전에 그는 이미 총애를 잃어버린 것 같고 그것은 보나파르트가 지배하는 내내 계속되었던 것 같다.

르쿠르브는 전쟁의 영웅이었다. 그가 반항하는 병사들을 칼로 위협해 제 위치로 돌아가게 한 사건은 유명하다.[7] 하지만 그것은 평상시에는 잘 통하지 않았던 듯하다. 전쟁터에서 영예로운 사람들은 일상생활에서도 여전히 전쟁 지휘관처럼 사는 것 같다. 그라빌리에의 징집 일화에 대해서도 들은 바가 없다. 이것은 당시 신문에도 나지 않은 사소한 사건이었을 것이다. 모든 것이 철저히 검열당하고 있던 때였으니 말이다. 우리는 제1제정에 대해 아직 완전히 이야기를 끝내지 않았다. 이것에 대해 내가 가장 자세하고 가장 진중하다고 생각하는 티에르 씨의 이야기도 당시 사람들의 습성과 의견에 대해 충분히 설명하지 않고 있다. 그는 글에서 단지 보통 사람들의 불만족을 얘기할 뿐이고 절대 군대의 불만에 대해 충분히 설명하고 있지 않다. 티에르 씨는 빛나는 승리를 한 자들은 모두 맹목적인 야망을 지닌 사람들

---

[7] 이것은 1799년 취리히 전투에서 일어난 일인데 그때 군인들은 급여 부족으로 반란을 일으켰다.

이라는 생각으로 큰 인물들에 대해 너무 지나치게 아첨하고 있다. 그렇게 그들을 제일 위에 올려놓는 것이 맞는지도 모르겠다. 하지만 그는 그들의 사상이나 생각을 다시 생각해 볼 여지는 주고 있지 않다. 그저 입 다물고 복종해야만 했던 그들의 정신 속에 어떤 공화주의적인 흔적이 있었는가를 살피는 일은 매우 중요한 일로 생각된다.

나는 사람들이 나폴레옹의 총애를 잃어버린 사람들에 대한 이야기를 쓰면 좋겠다. 나는 솔직히 처음 초심을 잃지 않았던 사람들이 우리에게 제 1제정 중에 그들의 삶과 그들이 느낀 것을 써줬으면 하는 마음이다. 제 1제정 역사 철학에서 빠진 것이 이것이다. 한 세대의 모든 진실은 전쟁이나, 입법이나 외교나 경제 같은 일반적 사건에 대한 공식적 기록만 가지고는 알 수 없다.

편지의 일부 (계속)

파리, 혁명력 11년 프리메르 18일 (1802년 12월)
… 마침내 어렵지 않게 콜랭쿠르 씨를 만났어요. 예전에 껄끄러웠던 일들은 걱정할 필요가 없다고 말했던 것은 정말 잘한 생각이었어요. 그는 저를 보자마자 옛 아르빌 장군님의 행정병이었던 저를 다정하게 끌어안았지요. 그는 장군님의 안부를 이것저것 물어보았고 제가 근위대에 들어가고 싶다고 하자마자 제 부탁을 듣기도 전에 그가 먼저 제안했지요. 그리고 진심을 가지고 정말 있는 힘껏 그 일을 추진해주었어요. 그는 제가 한 일들을 물어보고는 그것을 내일 생클루에 있는 제 1통령께 보고해서 읽어 보도록 자기가 직접 나서서 지시하겠다고

약속했지요. 그는 특히 제게 말하기를 모든 편지에 삭스 원수의 손자인 것을 분명하게 적시하라고 했지요. 그래야 일을 성사시킬 수 있다고 하면서요.

"하지만 스위스 전투나 마렝고 전투는요?" 하고 제가 묻자 그는 "현재 공적도 좋지만 요즘은 과거가 아주 중요하니까 퐁트네이의 영웅과 그에 대한 것을 부각하는 걸 잊지 말도록 해요."라고 말했지요. 어제 저녁 오르드네 집에서 저녁을 함께 먹은 일도 아주 좋았어요. 제가 아주 크게 환영받자 그는 어떻게 제가 오르드네를 아냐고 묻고 제 대답을 듣고는 모든 일이 아주 착착 잘 진행되고 있다고 했지요. …

파리, 프리메르 29일

어제 오귀스트는[8] 파리 세무 징수관의 점잖은 제복을 입고 있었지요. 그는 검은 제복과 큰 칼, 돈주머니를 들고 있었어요. 이 복장이 우리를 얼마나 웃게 했던지. 그는 뭘 해도 다 잘 어울렸어요. 그래서 이 복장도 아주 잘 어울리긴 했지만 예전의 그런 복장이 다시 등장해서 우스웠던 거지요! 르네는 궁전의 장이 되고 아내도 궁에 들어가길 원했지요. 나는 그러면 다른 명문가 귀족 부인들이 아내를 결코 좋게 보지 않을 거라고 화를 냈지요. 하지만 나폴레옹이 그녀에게 너무 잘하고 너무 추근거려서 결국 그녀는 평민의 권위를 인정하고 옛 귀족들은 너무나 오만방자하다고 말하고 말았지요. 하지만 그들도 왕의 총애를 얻고자 하니 마찬가지지요. 기베르 부인은 여전히 기도만 하

---

8 조카인 오귀스트 드빌뇌브를 말한다.

면서 죽은 남편 이야기를 할 때는 눈물만 흘리지요. 바레르는 안 나타나는 곳이 없고요. 얼마나 모범적인지!

혁명력 11년 니보즈 12일(1803년 1월)

회색 담비 털로 된 모자를 보내요. 런던에서 온 물건이에요. 아주 따뜻하고 요즘 아주 대유행이지요.

르네는 생클루에서 보나파르트 부인을 만났고 아폴린도 아주 대환영을 받았고 사람들은 존경심을 표하며 기베르 경에 대한 이야기를 했다고 해요. 다시 예전 궁전처럼 돌아간 거지요.

생베르나르의 수도원에 가서 아르빌 장군님을 보았는데 무척 반겨주셨어요. 거기서 몸을 좀 풀고 계시지요. 군수님의 추억을 떠올렸는데 그 모습이 너무 좋고 아직도 생생해요. (이 다음은 당나귀 귀 스타일로 머리를 한 데샤르트르의 머리 모양에 대한 긴 묘사가 이어진다.)

니보즈 18일

모자들은 받으셨지요. 이번에는 제가 부탁드릴 것이 있어요. 아버지가 주신 다이아몬드로 장식된 쇠단추 장식을 좀 보내주세요. 1789년에 그걸 보고 반한 르네가 생클루를 방문하기 위해 준비한 자색 벨벳 옷 위에 그것을 달고 싶어 해요. 이 멋진 걸 빌려준 것도 저였지요.

B*** 씨는9 이제 곧 4만 프랑의 연금을 받을 수 있는 자리로 가게

9　이니셜로 누군지 찾아봐도 소용없다. 나는 이유 없이 사람들에게 상처주기 싫어 이니셜들을 다 바꿨음을 밝힌다.

되지요. 궁전이 예전이랑 달라진 게 없어요! 아버지 이름으로 다 되는 거지요. 게다가 그는 아버지 이름만 가지고 있는 게 아니니까요.

뒤퐁 장군님 얘기를 하자면 좀 미친 사람 같기는 하지만 그래도 용감하고(이걸 부정할 수는 없지요) 이탈리아에서 정말 멋지게 싸웠는데 그런 장군님은 초대받지도 않았을 뿐 아니라 아주 냉대받고 있어요. 하루에도 저는 몇 번씩 이런 말을 해요. "예전이랑 똑같네!" 혁명으로 바뀐 건 아무것도 없어요. 세상에! 1789년의 꿈은 어디로 갔는지! 파시에서의 그 공상들은 어디로 갔는지? 예전에 내린 눈들은 어디 있는지? 사치스러움도 예전 궁전의 모습과 같아요. 큰 칼과 벨벳 복장, 수를 놓은 웃옷과 제복 그리고 사륜마차들 …….

나폴레옹 통령에게 한 부탁은 어떻게 됐는지 저도 모르겠어요. 처음 본 이후로 콜랭쿠르는 더는 보지 못했어요. 너무 신경 쓰기 싫어서 그냥 기다리고 있어요. 아폴린이 나폴레옹 통령에게 저에 대해 이야기했다고 해요. 오르드네가 함께 있었는데 외젠 보아르네와 클라르크에게 저를 칭찬했다고 해요. … 마침내 앙드르젤을 만났어요. 그리고 어제 저녁은 마를리에르 부인 댁에서 프라드 신부님과 저녁을 먹었지요.

파리, 니보즈 …

T***10은 정말 총애를 받게 됐어요. 보나파르트는 어제 그에게 자신의 부관인 르마루아를 보내 어떤 자리를 원하느냐고 물어보게 했지

---

10 〔역주〕 르네 빌뇌브를 말한다.

요. 저도 아주 기뻐해 주었어요. 그는 정말 착하고 따뜻한 사람이라 그가 잘 되는 것을 보니 저도 행복했지요. 하지만 이렇게 자기 방에서 원하는 지위를 선택한다는 것이 있을 수 있는 일일까요? 제 기분이 어땠을지 짐작이 가세요? 저는 그걸 보고 당장 조국을 떠나 어디가서 농사나 짓고 싶었어요. 전쟁이 곧 다시 일어나지 않으면 저는 정말 그럴 생각이에요. 왜냐하면, 저는 정말 조국에 봉사하고 싶지, 궁정에 아부하고 싶지는 않으니까요. 지금껏 온 세계를 다 뛰어다니며 돈도 다 써버린 후에 이제 와서 차라리 궁전 대기실에서 죽치고 있으면서 돈 벌 궁리나 할 걸 그랬다는 생각을 하려니 정말 억장이 무너지는 것 같아요.

군대는 너무 썩어서 저는 1년 전만 해도 자랑스레 입었던 군복을 이제 더는 입을 수 없을 것 같아요. 우리는 퍼레이드에 참여할 수도 없지요. 우리는 궁전에 발을 들여놓을 수도 없어요. 저로서는 그런 시도를 해보지도 않았고 그런 수모를 당하지도 않을 거예요. 마렝고 전투가 얼마나 옛날 일이 되어 버렸는지!

어머니! 제가 또 헛소리들을 하고 있네요. 저는 왜 이렇게 정의와 명예 같은 쓸데없는 소리들을 하는지. 아! 젊은 날의 꿈을 버려야 하는 것이 왜 이렇게 힘이 드는지요!

파리, 플뤼비오즈 12일 (1803년 2월)
야단치지 마세요, 저는 최선을 다했어요. 하지만 아첨을 할 줄 모르니 어떻게 성공할 수가 있겠어요? 어제 콜랭쿠르 씨를 다시 만났어요. 함께 점심을 먹었지요. 그는 직접 제 요구를 나폴레옹 통령의 서류에 넣었고 그가 제 얘기를 하기도 했는데 대답은 "나중에 살펴봅시다."였다고 해요. 이건 보나마나 거절인 거지요. 그러니 제가 어떻게 해야 할까요, 어머니. 저를 본부에 넣은 것도 보나파르트였고 제게 그 자리를 추천한 것도 라퀴에였지요. 이제야 라퀴에는 그게 아무 쓸모없는 자리였다고 하네요. 그리고 보나파르트는 우릴 거기서 꺼내줄 생각도 하지 않고요. 만약 그렇게 해준다면 큰 은혜를 입는 것이겠지만 저는 그렇게 너무나 당연한 것을 얻기 위해 배를 땅에 대고 그 앞을 기는 그런 남자는 아니에요. 하지만 저는 포기할 수가 없어요. 왜냐하면, 평화가 계속된다면 저는 파리에 있고 싶기 때문이지요. 그렇게 되어서 어머니도 이곳에 와서 겨울을 보내실 수 있다면 우리가 계속 떨어져 슬프게 지낼 필요가 없는 거지요. 저는 이 일을 성사시키기 위해 열심히 노력하고 있어요. 하지만 어머니는 저를 그런 아첨꾼으로 키우지 않으셔서 저는 저를 후원해줄 사람 집 앞에서 죽치고 있을 수도 없네요.

콜랭쿠르는 제게 정말 잘해주고 있어요. 문지기에게 언제든 제가 오면 항상 들여보내라고 제 앞에서 말했지요. 하지만 그는 제가 이런 일에 도를 넘는 사람이 아닌 걸 알고 있지요. 그리고 그가 정말 저를 돕고 싶은 마음이 있다면 제가 성가시게 한다고 되는 일도 아니고요.

오늘 저녁 아르빌 장군님 댁에 갈 거예요. 오늘이 손님 초대하는 날이지요. 저는 모자를 팔에 끼고 검은 실크 바지에 초록 연미복을 입을 거예요! 이게 요즘 군대 복장이지요! …

제 생각을 되도록 적게 하려고 노력해 보겠다는 말씀은 하지 마세요. 그 말만 들어도 슬프니까요! 어머니가 저를 더는 사랑해주시지 않으면 제가 어떻게 되길 바라세요? …

파리, 플뤼비오즈 27일

*** 댁에서 초대한 아주 멋진 저녁 식사에서 투르젤 부인을 다시 만나서 아주 반가웠어요. 그것 말고는 남자나 여자나 다들 정말 한심하고 멍청한 인간들뿐이지요. 사교계는 여전히 하나도 변한 것이 없고 변할 것 같지도 않아요. 단지 몇 명만 예외인데 특히 비트롤은 아주 정신과 심성이 올바른 사람이에요.[11]

다른 곳에서는 명예를 추구하지는 않지만 지식을 자랑하는 곳도 있지요. 거기서는 심지어 로디에조차 아주 예민해져서 신경을 쓴다니까요. 거기서는 겉으로는 모두 도덕을 얘기하지만 속으로는 티끌만큼도 염두에 두지 않지요. 그냥 그런 부류들이에요. 데샤르트르 선생님의 편지를 받았어요. 편지도 선생님만큼이나 사랑스러웠어요. 아주 많은 이야기를 쓰셨지요.

파리, 방토즈 7일

콜랭쿠르가 다시 통령에게 제 이야기를 했어요. 제 청원을 잃어버려서 다시 부탁한 모양이에요. 다시 희망을 가져도 될까요? 아! 이 위대한 분이 내가 얼마나 그를 쫓아 버리고 싶고 또 그를 위해 영예롭지도 않은 삶을 더는 망치고 싶지 않다는 것을 안다면! 그와 제가 화해

---

11 아버지는 겉모습만 보고도 사람들을 아주 잘 판단했던 것 같다. 비트롤 씨는 실제로 왕족 중에서 정신과 심성이 올바른 아주 드문 사람이었다.

하려면 우리에게 다시 영광을 되돌려줘야 한다는 것을 그가 알면 좋겠네요! 문제는 지금 그에게 이런 것들이 다 아무 문제가 아니라는 사실이지요.

… 캉바세레스 댁에서 저녁 만찬이 있었어요. 유럽이 다 모인 것 같았어요. 카루젤 광장에는 400대나 되는 마차가 있었지요. 재미있는 것은 외국인들이 프랑스 군부를 향해 취하고 있는 이런 성급한 행동들이에요. 하지만 오랜 귀족 가문들은 그들을 헐뜯고 또 새로운 귀족들은 그들을 경멸하지요. 그들은 복수심에서 서로서로 마치 그 외국인들이 상대를 잘못 고른 것처럼 행동하지요. 정말 웃기는 일이에요. 그래서 고르동 공작 부인과 올고루키 공주는 캉바세레스 댁에 온 것으로 품위를 떨어뜨리게 됐지요.

… 오랜 친구인 헤켈을 아주 반갑게 만났어요. 그래서 그나마 위안이었지요. 장 루이 프랑수아 데샤르트르에게 안부 전합니다. 오, 사랑하는 어머니, 제가 사랑한다는 걸 믿어주세요!

방토즈 16일

제 일은 아주 잘 진행되고 있어요. 통령이 제 청원서를 보는 순간 누군가 저를 모략하지만 않는다면 저를 받아들이지 않을 이유는 없을 것 같아요. 로리스통 부인이 자기 아들에게 저를 직접 소개했어요. 그가 다음에 통령을 만날 때 저를 추천하게 될 거예요. 콜랭쿠르도 다시 만났는데 걱정할 필요 없다고 하더군요. 기다리는 동안, 늘 제가 사교계와 어울리지 않는다고 걱정하시니 세상에 좀 나가볼 생각이에요.

엊그제는 오귀스트가 르브룅 댁에 저를 소개했지요. 살롱에는 사람들이 가득 차 있었는데 오귀스트가 "부관으로 계시는 제 삼촌을 소개하겠습니다 … ."라고 말하기 시작할 때 저는 그 뒤에 있었지요. 그러자 르브룅은 그 삼촌이란 어른을 찾느라 긴장하면서 주위를 둘러보고 있었어요. 그때 제가 앞으로 나서서 인사하자 그는 당황한 듯 나를 보며 얼떨결에 인사를 받았지요. 그리고 저를 자세히 보시더니 갑자기 저희에게 누가 조카고 누가 삼촌이냐고 물으시며 웃음을 터뜨리셨어요. 그는 제가 더 윗사람이란 걸 이해하지 못했지요. 그리곤 유쾌하게 인사를 나눴어요. 거기서 우리는 캉바세레스 댁으로 갔는데 거기서는 제가 오귀스트를 제 조카로 소개해야 했지요. 그러자 같은 장면이 또 연출되었어요. 캉바세레스는 목요일 저녁에 저를 초대했지요. 저는 잊지 않고 꼭 갈 생각이에요. 음식이 아주 맛있기로 소문났거든요.

어제는 조르주 라파예트를 또 만났어요. 나를 자기 부인인 트라시양에게 소개해 주었지요. 그는 이탈리아에 있다가 왔어요. 또 다마스씨의 누이인 시미안 부인도 만났지요. 그 오빠와는 로마에서 알고 지냈는데 오빠 이야기를 하니 아주 좋아했어요.

목이 빠지게 기다리는 통령의 답장이 이제 거의 올 때가 다 된 것 같은데, 이제 그것을 받게 되면 저는 단숨에 어머니께 달려가 어머니를 품에 안고 어머니가 생각하는 것보다 더 많이 백배는 더 많이 사랑하고 있다고 말씀드리겠어요.

친구 헤켈을 자주 보고 있어요. 그가 아주 멀리 살고 있어서 중간 지점에서 만나지요. 튈르리 정원에서 만나 이런저런 얘기를 하며 공원을 한 바퀴 돌지요. 그는 정말 제가 만난 누구보다 더 아는 게 많고 말도 잘하는 사람이에요. 그는 느끼는 것도 참 귀족적이라 그를 만나고 나면 만나기 전보다 제가 더 나은 사람이 된 것 같아요. 그는 고등학교에 교장 자리를 바라고 있어서 저는 뒤퐁을 통해 보나파르트에게 그의 노트를 전할 생각이에요. 성공할까요? 이 훌륭한 사람을 위해 저는 기꺼이 일을 꾸며볼 수 있을 것 같아요. 하지만 정부 생각은 항상 원래 하던 사람들에게만 일자리를 주는 것이지요. 지금까지 모든 권력들이 다 그랬던 것 같아요. …

성 금요일12

르네는 엊그제 아주 멋진 점심 식사 초대를 했는데 그곳에는 외젠 보아르네과 아드리앙 드묑과 스튜어트 경과 루이 보나파르트 부인과 올고루키 공주와 고르동 공작 부인과 앙들로 부인과 조르지나 양과 고르동 공작 부인의 여동생도 있었지요. 이것은 조르지나 양과 사랑에 빠진 외젠의 생각이었어요. 그녀는 지금 사교계에서 아름다운 스타지요. 그녀의 명성을 생각할 때 한 가지 부족한 것은 그녀가 불어를 못한다는 것뿐이에요. 하지만 이 점에 있어서는 외젠이나 그녀나 서로를 비난할 이유가 없지요. 공작 부인은 둘을 결혼시키려고 하지만

---

12 〔역주〕1803년 4월 8일이다.

시아버지인 보나파르트는 전혀 그쪽으로는 생각이 없어요. 숙모가 곧 영국으로 떠나면 사랑하는 이 연인들은 슬퍼하겠지요. 이런 대단한 사람들을 보면 우리 같은 사람은 참 행복하네요!

식사 후에 식물원을 산책했지요. 어떤 사람은 사륜마차를, 어떤 사람은 이륜마차를, 어떤 사람들은 4마리 말이 끄는 공작 부인의 칼레쉬 마차를 타고 갔지요. 우린 아주 자세히 구경했어요. 보통 12수를 내는데 외젠은 아무 생각 없이 금화를 뿌려댔지요. 그는 우리 앞에서 아주 으스댔는데 심지어는 그곳을 '왕의 정원'이란 말 대신 '우리 아버지의 정원'이라고까지 했지요.

산책 후에 고르동 공작 부인이 라페에서 저녁을 대접했는데 외젠이나 르네나 오귀스트나 저나 그 누구도 초대되지 않았어요. 식사 중간쯤 올고루키 공주가 몽테송 부인으로부터 쪽지를 받았는데 그날 저녁 파이시엘로와 뒤슈누아 양의 낭독을 들으러 자기 집으로 오라는 거였지요. 말을 끝내자마자 그녀는 말을 불러서는 떠나 버렸어요. 그녀는 집에 가서 다이아몬드로 온몸을 덮고는 숨 가쁘게 서둘러 밤 9시에 몽테송 부인 댁에 도착했지요. 처음에 문지기는 그녀를 올려 보내지 않았어요. 그녀는 초대받았다고 하면서 이름을 대고 올라가 벽난로 앞에서 초 두 개를 들고 이제 막 잠자리에 들려고 하는 몽테송 부인을 만났지요. 둘은 너무 놀랐고 서로 묻고 대답하며 난리도 아니었지요. 실은 그날이 만우절이었고 그 쪽지는 사교계 사람이 아닌 어떤 고약한 놈이 보낸 거였지요. 나는 그런 한심한 녀석들을 많이 알고 있어서 내심 부끄러웠지요.

다음 날 아침 거창한 퍼레이드가 있었는데 오귀스트와 르네는 비슷한 통지를 하나 받았지요. 하지만 이번 일은 그렇게 재미있게 끝나지는 않았어요. 통지는 라빌르루 씨가 튈르리의 큰 계단을 내려오다 일행들 사이에서 넘어져 크게 다쳤다는 소식이었지요. 그들은 만우절을 생각하고는 웃으며 그곳으로 달려갔지요. 그런데 실제로 그 사람은 대사관 방에 죽은 시체로 누워 있었어요. 곁에서는 푸르크루아 국가 고문이 두 손으로 마지막 수단으로 전기 충격을 가해 보고 있었지요. 하지만 끔찍한 표정을 짓게 할 뿐이었지요. 그는 뇌출혈로 쓰러진 거였어요. 그는 어제 상원의 화려한 격식에 따라 생로쉬에 묻혔어요. 미망인은 사고 당일엔 큰 비명을 질렀지만 다음 날부터는 드레스와 새끼를 낳은 자기 고양이에 더 신경을 썼어요. 그리고 장례식 때는 아주 평정심을 찾아서 창문 너머로 지나가는 사람들 모습을 보고 웃기도 했지요. 그 행동은 마치 나의 누님께서13 미친 건 아닌가 생각될 정도였지요.

보나파르트는 이제 며칠 후에 브뤼셀로 떠날 거예요. 그가 출발하기 전에 대답을 못 받으면 저는 온 마음과 힘을 다해 어머니를 보러 가겠어요.

제르미날 29일 (4월)

3일 후에 르네와 슈농소로 떠납니다. 생테냥까지 말을 좀 보내주세요. 그리고 5일 후에는 어머니 품에 안기게 될 거예요. 네, 알아요. 너무

---

13 그녀는 나의 할아버지의 첫 번째 결혼에서 난 딸인데 그녀는 첫 번째 결혼을 빌뇌브와 했고 두 번째 결혼을 빌르루와 했다.

오랜 시간 가지 못했지요. 어머니도 괴로워하셨지만 저 또한 그랬어요! 어머니의 새로운 정원을 산책하며 작은 늪지가 트라시메노 호수만 해지고 작은 오솔길이 왕의 거리처럼 되고 작은 풀밭이 스위스 계곡처럼 변하고 작은 나무가 에르시니아 숲처럼 변한 것을 보여주세요.

아! 저는 더 바라는 것도 없어요! 저는 그 모든 걸 어머니 곁에서 어머니의 눈으로, 그것들이 얼마나 아름다운지를 보게 될 테니까요!

7. 비밀 결혼식

비시 여행도 함께 하며 어머니 곁에서 3달을 지낸 후에, 모든 장군들에게 부하들을 다 소집하라는 나폴레옹의 포고령에 따라 아버지는 다시 파리로 가게 된다. 그리고 파리에서는 영국 원정에 대한 이야기가 시작된다. 하지만 가엾은 나의 아버지는 샤를빌의 뒤퐁 장군께 갈 생각이 전혀 없어서 도망갈 궁리만 한다. 그러니까 인생 전체가 완전히 사랑에 푹 빠져 버린 것이다. 이런 상태에서 아버지는 뭔가 의미 있는 일 같은 건 애초에 할 생각도 못 하고 그 어느 때보다도 흐리멍덩해져서 자기 어머니에게 파리에 머물러야만 하는 이유를 장황하게 늘어놓고 있었다. 빅투아르가 있는 이 파리에 말이다. 둘의 관계는 점점 더 현실이 되고 심각해졌다.

혁명력 11년 메시도르(1803년 7월)에 그는 어머니에게 쥐노 장군의 일등 부관인 친구 들라보르드가 자기를 이등 부관으로 추천해보겠다고 했지만 쥐노 장군은 40세 이상만 원한다고 대답했다고 쓴다. 그리고 친구인 들라보르드가 펄쩍 뛰면서 이렇게 격분했다고 쓴다. "뭐라고요, 그러면 장군님은 아버지를 부관으로 쓰고 싶다는 말인가요?"

테르미도르 1일 아버지는 이렇게 쓴다. "어머니가 뭐라 하시든 궁정에는 친구도 동료조차도 한 명 없어요. 그리고 어려울 때 어머니의 우정과 도움을 찾았던 이들은 만약 어머니가 그때를 기억하려 하면 아마도 어이없다는 듯이 어머니를 위아래로 훑어볼 거예요."

"마세나의 일등 부관인 프란체스키가 제게 이제 곧 해안경비대나 포르투갈 부대를 지휘하게 될 자기 장군 옆으로 가 보는 게 어떻겠느냐고 물어왔어요. 저는 이것이 샤를빌의 장군에게 가서 양고기 넓적다리나 자르는 것보다 훨씬 나을 것 같아요."

그러면서 모리스는 어머니에게 뒤퐁 장군에게 자기가 열이 있어서 못 간다는 편지를 써 달라고 부탁하고 있다. 분명 그는 총구에 불을 붙일 미끼조차 없는 주둔지에서 무게만 잡기 위해 파리를 떠나고 싶지는 않았을 것이다. 그를 사랑에서 끄집어내 줄 수 있었던 것은 오로지 적을 향해 소총을 쏠 수 있는 그런 일이었다.

어머니는 이제 걱정하기 시작했다. 이제 장군에게 돌아가기 싫어하는 그 이유가 뭔지를 예감하기 시작한 것이다. 그녀는 더는 자기 뜻에 반하는 결혼에 대한 두려움을 갖고 있지 않았다. 법적으로 묶이지 않으면 열정 같은 것은 곧 사그라들 것이니 그런 생각은 하지도 않았다. 하지만 자식의 마음속에서 자신의 라이벌의 존재를 느꼈고 불안해하기 시작했다.

"어머니의 편지는 저를 너무 힘들게 합니다. 누군가 제 마음속에서 어머니에 대한 저의 사랑을 파괴하는 것 같다고 믿고 계시네요. 그런 사람이 있다면 그렇게 나쁜 사람을 저는 정말 받아들이지 않을 거라고 맹세할 수 있습니다. 저는 어머니께 이런 식의 거짓말을 하는 사람에게 정식으로 반박하고 싶습니다. 제발 어머니, 어머니의 눈으로 보고 판단해주세요. 그것만이 옳고 맞는 것입니다! 제발 제 가슴에서 하는 말들만 믿으시고 오로지 어머니 마음만 믿으세요. 이래야만 우리는 우리의 사랑과 행복을 흔들려는 사람들을 피해 서로를 이해할 수 있을 테니까요. 돈 문제에서는 제발 어머니가 얘기도 하지 마시고 묻지도 마시면 좋겠어요. 저는 돈은 목적이 아니고 수단에 불과하다고 생각해요. 어머니가 하시는 것은 제 눈에는 뭐든 다 지혜롭고 옳고 최선으로 보여요. 어머니가 더 많이 있으시면 제게 더 많이 주시겠지요. 그게 매일매일 어머니가 제게 보이시는 진실이에요.

하지만 땅을 좀 더 소유하기 위해 어머니가 어떤 것도 희생하시는 것은 싫어요. 그리고 어머니의 그 상속이란 말은 듣기만 해도 두려워요. 어머니가 돌아가신 후는 상상도 할 수 없어요. 제게는 오직 괴로움과 외로움만 남을 테니까요. 오 하늘이여, 저는 미리 생각하고 싶지도 않은 그래서 생각하는 것조차 받아들일 수 없는 그때에 대해 어떤 계획도 감히 하고 싶지 않습니다!"

편지 계속

단편들 … .

테르미도르 4일

… 베랑제 부인은 어머니 허락 없이는 마세나 장군 일에 대해 관여하지 않겠다고 합니다. 그녀가 말하길 만약 제가 그 자리에 가서 무슨 일이라도 당하게 되면 어머니가 자기에게 그것을 평생 원망하실 거라고 하면서요. 그러니 아무 걱정 마세요. 어머니도 아시잖아요. 제게는 어떤 나쁜 일도 일어나지 않고 손끝 하나 다치는 일도 없다는 것을. 그리고 명예로운 자리에 대해서는 저는 부탁할 수도 없고 부탁하고 싶지도 않네요. 돈이나 허세 따위를 위해서는 손가락 하나 까딱하고 싶지 않아요.

테르미도르 10일

저는 스당으로 가는데 보나파르트가 그곳을 지나갈 거라고 해요. 그래서 우리는 18일이나 20일 그를 만나게 될 거예요. 열이 좀 있긴 하지만 예정대로 도착할 거예요. 그가 뒤퐁과 만나 저에 대해 뭔가 좋은 결정을 할지는 모르겠어요. 그리 좋은 결과가 나올 것 같지 않은 예감이에요. 제가 중위가 된 지 3년이 됐는데 다른 동료들은 다 진급했지요. 그들은 저보다 더 불만스러워해요. 제가 자기들보다 못할 것도 없고 어느 면에서는 더 낫다는 것을 아니까요. 마세나 장군은 저를 부관으로 채용하겠다고 약속했는데 스당에 가서 보나파르트 눈앞에서 제 일을 좀 마무리 짓고 나면 바로 그에게 가서 약속을 환기시켜볼 생각이에요.

어머니 편지는 너무 좋았어요! 제 인생의 다른 모든 일들은 하나도 중요하지 않아요. 어머니가 저를 사랑하시고 믿어주시니까요. 저는 아주 행복하게 제 일보다는 어머니의 사랑을 생각하며 떠나겠어요.

샤를빌, 테르미도르 15일(1803년 8월)

어제 도착해서 뒤퐁 장군님을 만났는데 제가 열이 나는 것에 대해서는 전혀 신경 쓰지도 않고 빈정대기만 했지요. 우리는 계속 보나파르트를 기다렸어요. 그가 이곳을 지배한다고 하는 소문은 정말 웃기는 거지요. 하나님도 그렇게는 하기 힘들 거예요. 부대는 아주 큰 의장단 사열을 준비하고 있어요. 도지사들도 아주 장황한 연설문을 준비하고 있지요. 젊은 부르주아들도 명예 근위병처럼 치장하고 있고 노동자들도 온통 여기저기 치장하기에 여념이 없지요. 다른 사람들은 모두 파리나 쫓으며 빈둥대고 있어요. 우리는 스당에 3개 기병 연대와 4개 소대를 소집했어요. 연습한 축포祝砲도 평원에서 쏠 생각이에요. 정말 장관을 이룰 것이고 그 나머지는 다 별 볼 일 없는 것들이지요. 첫날 사열로 동네에 기름이나 초는 다 동나게 될 거예요. 다행히 그다음 날은 달이 밝네요.

이 기회를 이용해서 저는 뒤퐁을 통해 제 1통령에게 그의 근위대 대위직을 요구해볼 생각이에요. 지금껏 그가 저에 대해 물어본 것이 없으니 어쩌면 이번에는 좀 생각해 봐줄지도 모르겠네요. 하지만 파리에 살면서 어머니까지 부르는 그런 꿈같은 일에 미리 들떠 있지는 않겠어요. 너무 꿈같은 일이니까요. 저 같은 사람은 평화 시에 성공하는 그런 사람은 아니에요. 저는 공격을 주고받는 싸움터에서나 진가가 발휘되는 사람이지요. 청원서나 내면서 은혜를 구걸하는 일은 제일이 아니에요.

뒤퐁은 영국 침략에 대해서는 그리 탐탁지 않게 생각하고 있어요. 원래 기질이 그래서인지 아니면 못 믿겠어서인지 그리 엮이고 싶어 하지 않아요. 저는 스당으로 떠나는 날 아침 뢰이유에서 마세나 장군을 만났는데 그는 만약 침략이 감행되면 같이 가자고 약속했지요. 그래서 저의 계획은 이래요. 전쟁을 하든지 아니면 파리에 머무는 것. 그냥 부대에서 빈둥대는 것은 정말이지 지겨워요.

어머니, 날이 너무 가물어서 힘들지는 않으신지 궁금하네요. 어머니는 편지에 오로지 제 얘기뿐이시니 어떻게 지내시는지 모르겠네요.

파리, 혁명력 11년 프뤽티도르 8일

그렇게도 철석같이 믿고 있었는데 결국 뒤퐁 장군은 약속을 지키지
않았어요. 통령과 1주일이나 같이 있으면서 제 얘기를 할 시간이 1분
도 없었던 모양이에요. 스당에 보나파르트를 수행하고 온 콜랭쿠르
도 저를 아주 친근하게 대하면서 도착하자마자 "이런 기회에 장군님
이 자네를 소개시키면 아주 좋겠는 걸!" 하고 말하더군요. 하지만 우
리 모두에 대한 뒤퐁 장군의 무관심에는 어이없어했어요. 통령의 변
덕스러움에 대해서는 허심탄회하게 다 얘기하더군요.

지난겨울 근위대 대위로 나를 추천했을 때는 내가 삭스 원수의 손
자라고 얘기했더니 보나파르트 장군이 "아니, 아니 그런 인간들 필요
없어."라고 했다고 해요. 하지만 지금은 통령이 사람 보는 눈이 또 변
해서 원수의 손자라는 이 타이틀이 제게 해가 되기보다는 득이 되지
않을까 싶네요. 또 시간이 지나면 달라지겠지만. 정치적으로 한 인간
의 변덕에 모든 게 달려 있다는 것이 어떤 건지 이제 어머니도 잘 아
시겠지요. 예전과 달라진 게 하나도 없어요. 국가에 대한 공헌도나
자질 같은 건 염두에도 없지요. 그저 가문의 이름 하나면 다 되는 세
상이에요. 콜랭쿠르는 그것도 모르고, 아니면 모른 척하는 건지, 저
를 삭스 원수의 손자라고 하면서 저를 욕보이네요. 아마도 그날 보나
파르트는 공화주의자처럼 생각했을지 모르지만 내일이면 또 생각이
바뀔 게 뻔하니 이제는 저에 대한 추천 그 자체가 너무 피곤하고 지겹
네요. 비록 초라한 군인이지만 우리는 모두 나라를 지키는 지휘관 같
은 자부심을 가지고 있지요.

그리고 스당에서 이해할 수 없이 모욕적인 일이 있었어요. 장장 4시

간 동안 명령을 수행하느라 피와 땀을 흘리며 사열하는 동안 드디어 행진을 시작하려고 하는데 뒤퐁이 우리 제일 앞에 칼을 들고 섰지요. 명령대로라면 행진 때 우리가 장군 옆에 서는 거였어요. 그런데 세상에! 뒤퐁은 우리에게 통령의 명령이라고 하면서 빠지라고 했지요. 그래서 우리는 통령 앞에 막 나가려는 순간에 줄을 이탈하게 되었지요. 부대에서 우리가 정말 할 일 없는 존재로 여겨지고 있다는 걸 이때만큼 절실히 느껴본 적도 없었지요. 부관보다는 차라리 북이나 졸병이 더 낫다는 생각이 들어요. 부관은 그저 장군의 하인에 불과하니까요. 보시다시피 그렇게도 죽을힘을 다해 이 일에 충성했던 제가 뒤퐁을 떠날 때는 북도 트럼펫도 울리지 않았지요. 오직 동료들 마음속에서만 그런 소리들이 울리고 있었지요.

그리고 장군의 허락도 받지 않고 우리는 장군이 통령을 만나는 자리에 함께 갔어요. 장군은 자기 혼자만으로도 이미 부담스러운 일이라고 여기는 것 같았지만 이것도 주인 앞에서 너무 비굴한 태도로 보였지요. 마치 불쌍한 악마가 태양 앞에 선 듯 수행원도 없이 그 아래 납작 엎드리는 거지요. 아무튼 전 뭐가 뭔지 모르겠어요. 전쟁에서는 그렇게도 용감하던 장군님이 평화 시에는 이렇게도 졸장부라니.

그래서 이제 떠나려고요. 어머니를 품에 안을 수 있다는 생각을 하니 더더욱 좋네요. 어머니 품 안의 제 자리를 생각하면 이런 자리쯤 아무 미련 없어요. 저는 다른 일을 생각하고 있어요. 나라에 봉사하는 일을 멈추고 싶지는 않으니까요. 하지만 만약 저를 다시 부관의 자리로 보낸다면 저는 파병 지휘관 아래로 들어가고 싶어요.

그저 본부에 처박혀 있다는 것이 너무나 지겨워서 모리스는 혁명력 12년 첫날부터 전선으로 돌아갈 것을 심각하게 고민한다. 뒤퐁은 그에게 상처 준 것을 후회하고 그에게 대위 계급을 주도록 선처하고 라퀴에는 추천서를 쓴다. 콜랭쿠르와 베르티에 장군, 그리고 오귀스트 빌뇌브의 장인인 세귀르 씨도 이 일을 성사시키기 위해 힘을 보태는데 이번에는 모리스를 파리에 있게 해야 한다는 중대한 이유가 있었다. 아버지는 이후로도 열심히 할머니께 편지를 쓰면서 이 방면에 타의 추종을 불허하는 아첨꾼들을 조롱하는데, 나는 그들을 상처 주고 싶지 않고 또 그것이 이 글의 목적도 아니라 옮기지는 않으려고 한다. 하지만 다는 아니지만 재미로 이 부분은 옮기고 싶다.

필립 선생은 자기 자신에 대한 자부심이 대단한 사람이지요. 로랑이 그리송 부대에서 그와 같이 있었는데, 로랑은 막도날 휘하에서 필립 선생을 떠나지 않았지요. 그가 말하길 저 필립 선생은 총소리 한 번 들어본 적이 없다는 거예요. 그런데도 그는 지휘관이고 레지웅 도뇌르Légion d'honneur 훈장을 받았지요. 그는 자신을 군인으로 생각하며 그 직업을 마치 성공의 발판인 양 생각하고 있어요. 사람들은 또 그를 칭송하고요. 언젠가 제가 좀 빈정댄 적이 있었는데 그때 그는 목소리에 힘을 주며 '용기병들도 전투에서 말에서 내려올 때가 있지요.'라고 말했지요. 저도 그건 잘 알고 있지만 짐짓 모른 척하며 그가 어디서 그런 걸 봤는지 믿을 수 없다는 듯 말하니 그는 못 알아들은 척 가버렸어요. 모두 웃음을 터뜨렸는데 그만 그 이유를 모르는 것 같았지요.

며칠 뒤 같은 편지에서 이 사람에 대한 또 다른 이야기가 있는데 다음과 같다.

혁명력 13년[14] 방데미에르 황제는 콩피에뉴에서 11개 연대를 사열했지요. 그 전날 침구 정리 임무를 맡은 필립은 마차를 타기 전 절대로 제게 어디로 가는지 말하지 않았어요. 그는 이 중요한 임무에 대해 너무나 긴장한 나머지 모든 걸 비밀에 부쳤지요. 마치 자기에게 국가의 운명이 달린 듯한 태도였어요. 우리의 대화는 이랬지요.

"어디로 가세요?"

"말할 수 없어."

"언제 돌아와요?"

"나도 정말 알 수 없어."

마치 무슨 굉장히 위험한 임무를 띤 듯했지요. 사실 그는 그제 완전히 피곤에 절어 기진맥진해서는 먼지를 뒤집어쓰고 돌아왔지요.

"말도 아주 지쳤겠네요."

"아니, 말은 안 탔어."

"그럼 황제 말은요?"

"그건 더 탈 일이 없었지."

"그럼 뭐가 그렇게 힘드셨던 거죠?"

"계단을 수백 번 오르내렸거든⋯."

---

14 〔역주〕 12년을 잘못 표기한 것 같다.

용병대 훈련에서 돌아와서는 계단에서 구르며 시간을 허비하며 이런 걸 군인이라 할 수 있다니. 게다가 이 사람은 한 술 더 뜨는 게 전투도 한 번 안 해 보고 레지옹 도뇌르 훈장을 받았으니 말이에요. 여기서는 못 받은 저도 위안이 되네요.

아버지는 아무것도 받은 것이 없다. 할머니는 아마도 이때 아버지가 군인을 포기했으면 했을 것이다. 하지만 그때 이제 막 전쟁이 임박한 때에 아버지는 포기할 수 없는 명예에 대한 사명감으로 물러날 수가 없었다. 아버지는 혁명력 12년이 시작되고 처음 몇 달 동안(1803년 말) 할머니 곁에 와서 보냈다. 영국 침공에 대한 계획은 점점 더 가시화되고, 사람이 간절히 원하는 것은 쉽게 믿어 버리는 것처럼 아버지는 이 계획을 거의 확신하고는 빨리 영국을 정복하고 런던에 입성하고 싶어 했다. 마치 피렌체에 입성했던 때처럼 말이다.

그래서 아버지는 프리메르 초에 뒤퐁 장군을 찾아갔다. 그리고 늘 그랬던 것처럼 할머니에게 위험은 없고 전쟁은 일어나지 않을 거라고 편지하면서 파리를 떠났다. "해안으로 가는 것에 대해 아무 걱정하지 마세요. 거기서 제가 사용하는 무기라고는 아마도 망원경 정도가 다일 거예요." 이것은 사실이었다. 하지만 우리는 나폴레옹이 너무나 많은 비용과 많은 공부와 많은 시간이 필요했던 이 계획을 포기할 수밖에 없었다는 것을 알고 있다.

편지 1

오스트로하우 캠프,

혁명력 12년 프리메르 30일(1803년 12월)

또 다시 본부를 차린 어떤 농가 같은 곳에서 초조하게 뒤퐁 장군님을 기다리며 편지합니다. 오스트로하우는 불로뉴와 바다를 내려다보는 언덕 위에 위치한 아주 아름다운 마을이지요. 우리 부대는 로마식으로 자리를 잡았지요. 아주 완전한 정사각형 형태로요. 오늘 아침 우리 부대 모습과 해변에 위치한 다른 부대들 모습도 스케치했어요. 그리고 모두 뒤퐁 장군님 편지에 동봉해서 보냈지요.

우리는 귀까지 진창을 뒤집어쓰고 있어요. 여기는 잘 만한 곳도 없고 옷을 말릴 변변한 불도 없고 편하게 앉을 의자도 하나 없고 어머니의 끔찍한 보살핌도 섬세한 손길도 없지요. 부대에 도착해서 온종일 막사도 아직 없는 부대를 배치하느라 여기저기 뛰어다니고 하면서 온몸은 진흙투성이가 되서는 하루에 언덕을 백 번은 더 오르락내리락하지요. 이게 우리가 하는 일이에요. 이런 게 사실 전쟁터의 고생이긴 한데 전쟁터 같은 매력도 없지요. 그저 그 자리에 못 박혀서 총소리 하나 들리지 않는 가운데 하염없이 공격 명령을 기다리고 있어요. 이제는 진짜 공격할 거라고 말하는 사람은 아무도 없지요. 그러니 사랑하는 어머니 너무 걱정하지 마세요. 아무 준비도 하지 않고 있고 영국 말을 잡으러 가는 일은 1년 뒤에나 있을 것 같으니까요. 여기서 모든 물자들이 얼마나 부족한지 아마 상상도 못하실 거예요.

여기 오스트로하우 진지에는 침대라고는 장군을 위한 커튼도 없는 작은 침대 하나뿐이지요. 불로뉴에 가서 부관들이 쓸 3개의 매트리스와 3개의 침대를 찾아보라고 했는데 다 가져가고 하나도 없었어요. 우리는 짚더미 위에서 이 겨울을 날 거예요. 하지만 더 끔찍한 막사 안에 있는 비참한 병사들 생각을 하면 이것도 불평할 수가 없어요. 막사들은 질퍽한 땅 위에 세워져 있는데 땅은 병사들 무게로 점점 더 꺼져 들어가고 있지요. 병사들은 정말 말 그대로 진흙탕 속에서 자고 있고 매트리스의 숫자 같은 건 이제 셀 이유도 없을 거예요. 저의 지푸라기 침대에 오병이어五餅二魚의 기적이라도 베풀고 싶은 심정이지요. 15 하지만 그런 기적의 시대는 다 지나갔지요. 16

데샤르트르 군수님을 이곳에 한번 모셨으면 좋겠네요. 병사들과 똑같이 생활하고 나면 그의 면 모자와 밤에 쓰는 모자와 장미 자개 장식들이 어떻게 되는지 보고 싶네요!

편지 2
혁명력 12년 니보즈 15일(1804년 1월)
… 부대가 늘어날수록 공간이 더 줄어드네요. 모랭과 드쿠쉬와 저는 불쌍한 병사들과 기꺼이 운명을 함께 하기로 했습니다. 우리가 쓰던 누추한 다락방마저 연대의 어떤 장군에게 내줘야 했으니까요. 늦지

---

15 〔역주〕 오병이어의 기적이란 예수가 5개의 떡과 2마리의 물고기로 5천 명을 먹인
    일화를 말한다.
16 티에르 씨는 병사들의 막사가 훌륭하고 부족한 것이 없다고 한다. 그리고 그것이
    보나파르트의 생각이기도 했을 것이다. 하지만 실제로는 공식적인 문서에서 기록
    하는 계획과 실제 쓰인 비용에는 큰 차이가 있었다. 이 격언이 하는 말처럼 말이
    다. "병사들은 죽고 글은 남는다."

속에서 야숙野宿하는 걸 피하기 위해 우리는 막사를 하나 짓기로 했어요. 정치 상황으로 말할 것 같으면 전망이 그리 좋지는 않아요. 모두 2~3년 후에나 뭔가를 할 것 같다고 합니다. 우리 사이에 비밀스럽게 오고 간 이야기인데 병사들은 이 말을 큰 소리로 떠들고 다니지요. 영국 놈들은 매일매일 범선이나 쾌속선이나 군함 같은 걸 몰고 와 우리를 웃게 만들지요. 우리는 해변에서 놈들에게 폭탄이나 유도탄 등을 쏘지만 물 위에 떨어질 뿐이고요. 그러면 놈들도 똑같이 화답하는데 이건 꼭 무슨 테니스 게임을 하는 것 같아요. 돌롱의 안경은 상황 판단에 아주 큰 도움을 주고 있어요. 가끔 우리는 항구에서 수송선이나 소형보트를 타고 노 젓는 연습을 하기도 하지요. 영국 놈들이 쫓아오면 우린 재빨리 굉장한 포격을 퍼부으며 대꾸하지요. 뱃멀미 같은 건 전혀 안 하는데 바다에서 돌아올 때는 정말 미친 듯이 배가 고파요. 바다에 있을 때가 아니면 우리는 막사를 지어요. 그나마 우리가 가지고 있는 지푸라기 위에서 자려면 이 작업을 꼭 해야 하지요.

지난번에는 그리네즈만 건너편으로 우리 친구들이 모시는 어떤 장군 집에 저녁을 먹으러 갔었지요. 우리는 말을 타고 절벽 아래 바닷물이 빠진 갯벌을 따라 통과해서 갔어요. 우리는 저녁 6시쯤 같은 길로 돌아올 생각이었지요. 그런데 만조滿潮가 되어 여러 길들이 물속에 잠겨 버린 거예요. 늘 경솔한 뒤퐁은 생각도 없이 말을 타고 구덩이로 뛰어들어 익사할 뻔했지요. 보나파르트도 불로뉴를 떠나던 날 항구에서 똑같이 그랬었지요. 만조 때 가려고 한 거예요. 그의 작은 아랍 말은 작은 배의 밧줄과 엉키고 보나파르트는 떨어져 턱까지 물에 잠겼지요. 모든 부하들이 서둘러 그를 구하러 갔지만 그는 재빨리 말을 타고 막사에 가 몸을 말렸지요. 이런 이야기들은 신문에는 실리지 않는 이야기지요.

··· 군수님께는 순풍만 불고 모든 것이 만조처럼 가득 차고 상쾌하길 바랍니다. 그리고 어머니 사랑합니다. 편지가 없으셔서 불안하네요. 제게 화난 것이 아니면 좋겠습니다. 저를 또 나무라시지 않을까 걱정입니다. 어머니에 대한 저의 사랑과 존경을 모르실까 봐요. 다시 말씀드리지만 이 땅 위에서 어머니보다 더 사랑하는 사람은 제게 없습니다.

편지 3

오스트로하우 캠프,

혁명력 12년 플뤼비오즈 7일(1804년 1월)

모든 고통을 단번에 사라지게 하는 그런 행복한 순간이 있네요! 26일 쓰신 어머니 편지를 받았어요. 아! 어머니, 제 가슴은 편지에 가득 찬 어머니의 그 사랑을 다 감당해내지 못할 만큼 벅차고 제 눈에는 눈물이 가득 차 숨을 쉬기도 어려웠습니다. 행복해서인지 슬퍼서인지 모르지만 어머니의 한 마디 한 마디 사랑의 말씀을 읽으며 저는 10살 아이처럼 울었어요. 오, 나의 가장 좋은 친구이신 나의 어머니, 어머니의 슬픔과 회한은 또 저를 얼마나 괴롭게 했는지 모르실 테지요. 아! 제 마음속에 어머니를 조금이라도 슬프게 할 생각은 추호도 없고 어머니의 눈물이 제게는 너무 큰 고통인 것을 아시지요?

지난번 편지는 저를 너무 힘들게 했는데 오늘 편지는 저를 너무 편안하고 행복하게 해줍니다. 다시 예전에 저를 사랑해주셨던 좋은 어머니의 문장들을 만난 것 같습니다. 제가 결코 나쁜 아들이 아니고 그래서 그렇게 고통스러워할 이유도 없다는 것을 어머니도 깨달으신 것 같아요. 저도 제 자신과 화해할 수 있게 되었습니다. 어머니가 저를 나쁘다 비난하실 때는, 늘 어머니가 옳다고 생각하며 살아온 저로서는 어머니께 반항하기보다 저 자신을 질책할 수밖에 없었지요. 마음속으로는 제가 뭘 잘못한 건지도 모르면서 말이에요.

제가 바다에 몸을 던지고 싶어 한다는 말을 누가 어머니께 했는지 모르겠네요. 저는 그런 생각은 추호도 없어요. 그런 생각이야말로 저를 그렇게도 사랑하는 어머니께 범죄를 저지르는 거지요. 제가 파도에 몇 번 휩쓸렸던 적은 있지만 그건 저도 모르게 그렇게 된 겁니다. 솔직히 육지에서의 생활이 너무 힘들어 저는 차라리 바다에서가 더 편한 것 같아요. 시원하게 부는 바람소리, 격렬한 배의 움직임 이 모든 것들이 제 안에 있는 뭔가와 만나, 이런 동요 속에서 저는 진정한 제 자신이 된 것 같아요.

지난번에는 진짜로 바다를 좋아하는 저 때문에 본부 전체가 희생될 뻔한 일도 있긴 했지만 그건 너무 과장된 얘기지요. 저는 한 낚시꾼 곁에서 점심을 먹으며 청어낚시 얘기를 했는데 얼마나 재미있었던지 뒤퐁이 언제고 한번 해보자고 했지요. 바람이 좀 불기는 했지만 저는 문자 그대로 그 말을 받아들여 그에게 즉시 한번 해보자고 했어요. 그리고 해군대장에게 가서 보트와 20명의 건장하고 능숙한 조정병漕艇兵들을 데려왔지요. 키를 잡은 배 지휘관은 소형 선단의 권위자였고요. 그리고 저는 뒤퐁 장군을 찾으러 갔어요. 바람이 점점 잦아들어서 저는 사람들의 만류에도 불구하고 주저하는 장군님을 억지로 배에 태웠지요. 그리고 우리는 떠났어요. "만조에 순풍을 타고."

　우리는 앞의 돛과 뒤편 돛을 펼쳤지요. 우리는 파도 위를 그냥 가는 게 아니라 날아갔어요. 그런데 갑자기 돌고래들이 배 주위에서 수면 위로 펄쩍펄쩍 뛰어 오르는 것이 보였는데, 그때 우리는 이미 그리네즈만만큼 높이 올라 있었지요. 이놈들이 이렇게 수면 위로 나온다는 것은 곧 폭풍이 몰아친다는 징조였어요. 아니나 다를까 바람이 점점 세져서 우리는 해변 쪽으로 방향을 틀었지요. 그런데 갑자기 바람이 사나워지면서 우리를 8킬로미터 밖으로 던져 버렸어요. 우리는 돛을 접을 시간밖에 없었지요. 산 같은 파도가 우리를 집어삼킬 듯 올라와 우리는 배에 있는 모든 것을 다 집어던졌지요. 그리고 상태는 점점 더 심각해졌어요. 정말 대단했지요. 선장은 기막힌 솜씨로 파도를 가르며 갔어요. 뱃멀미를 안 하는 병사들은 모두 저와 함께 노를 저었지요. 결국 천 번쯤 위험한 순간이 지나가고 나서 밤 9시가 다 돼서야 우린 항구로 돌아올 수 있었어요. 완전히 초죽음이 돼서 말이지요. 해병들은 다들 너무나 걱정이 돼서 보트 2척을 보냈었는데 그 배도 함께 들어왔지요. 이게 이 사건의 전모예요. 너무 경솔해서 생긴 일이었지요. 하지만 '자살' 같은 건 아니지요. 게다가 저는 그런 폭풍을 경험해 보지 않았다면 정말 아쉬웠을 것 같아요. 제 인생 중 가장 아름다운 순간이었거든요.

　그저께 아침에 술트 지휘관이 뒤퐁 장군에게 함께 칼레로 갈 수 있냐고 물어오셨지요. 그래서 장군과 저는 우리 옆 부대에 있는 또 다른 친구 쉬셰 장군과 술트 지휘관을 따라갔지요. 저는 군사 작전에 대해서는 말씀드릴 수가 없어요. 신문 기자뿐 아니라 친구나 부모에게도 절대 말해서는 안 된다는 명령이 떨어졌기 때문이지요. 국가적 기밀을 누설하지 않는 선에서 단지 지금 막사가 아직 다 완성되지 않았다는 정도는 말씀드릴 수가 있어요. 동료 2명이 창고를 하나 발견해서 지금 정원 끝에 위치한 6제곱피트쯤 되는 곳에서 지내고 있어요. 화덕도 하나 가져다 놓고 아주 잘 지내고 있지요. 망루처럼 되어 있어서 바다가 훤히 보이는 곳이에요. 바람에 좀 날려갈 위험이 있긴 하지요. 지금도 끔찍하게 몰아치는 폭풍우로 수송차가 뒤집힐 정도지요.

안녕히 계세요, 사랑하는 어머니! 지난번 편지 쓰신 그 마음을 잊지 마시고 이제 아들에게 다른 마음으로 편지 쓰지 마세요. 그 아들은 어머니 사랑만큼 어머니를 사랑하고 그 사랑만큼 힘껏 포옹합니다.

데샤르트르 선생님을 이곳에 데려와서 세차게 위아래로 구르고 쳐대는 바다의 풍랑을 보고 이맛살을 찡그릴 선생님의 귀여운 모습을 보고 싶네요.

편지 4

오스트로하우 본부,
혁명력 12년 플뤼비오즈 30일
몽트뢰유 캠프 제 1사단 지휘관인 뒤퐁 장군님께서17 ⋯ 요 며칠 동안 온종일 해변과 바다를 끌고 다니셔서 편지 쓸 시간이 없었어요. 그제

---

17 인쇄된 편지의 머리 부분이다.

는 막 편지를 쓰려는 참에 12발의 대포 소리를 듣고 쓰던 걸 멈추었는데, 이후로 온종일 우리 군과 영국 함대 간에 포탄을 주고받았지요. 우리는 당연히 달려 나가서 장장 7시간 동안 엄청난 장관을 구경했어요. 모든 해변은 불바다이고 모든 해안은 배로 가득한 가운데 양쪽에서 수천 발 대포를 쏘는데 우리 편에서 죽는 사람은 한 명도 없었어요. 적의 포탄은 우리 머리 위로 날아가 아무도 다치게 하지 않고 들판 쪽으로 날아갔지요. 그렇게도 촐싹대고 파리 새끼처럼 겁도 많은 저의 예쁜 밤색 암말조차 대포 소리에 요동조차 하지 않는 게 재미있었어요. 저는 36연대의 4개 포병대 중 하나에 자리 잡고 있었는데 처음에는 너무 놀란 것 같더니 세 번째부터는 신경도 쓰지 않았지요.

… 여기서 지난번에 6번이나 찾아갔었지만 만나지 못했던 베르트랑 장군을 만났어요. 드디어 뒤퐁 장군님 처소로 저녁을 먹으러 오셨는데 아주 반가웠어요. 장군님은 가식 없이 정말 솔직하시고 다정다감하세요. 우리는 같은 고향을 떠나 타향에서 만난 두 사람이 하듯 그렇게 즐겁게 고향 애기를 나누었지요. 둘은 고향의 즐거운 추억들 그리고 재미난 일들에 대해 서로 애기했는데 특히 서로의 어머니에 대한 이야기도 많이 했지요.

… 날씨가 이제 기지개를 펴기 시작하는 것 같아요. 그러니 어머니도 이제는 정원을 좀 산책하시면 좋겠어요. 여기도 정원이 하나 있는데 그곳에서 보는 바다는 정말 멋지지요. 하지만 그 어느 것도 노앙에서 어머니와 함께 바라보는 풍경만은 못해요.

데샤르트르 선생님은 여전히 날씨가 좋고 나쁜 것을 잘 예보하고 계신가요? 문학이나 농업 방면에서 뭔가 놀랄 만한 발표를 준비하고 계신 건 아닌가요?

편지 5

오스트로하우, 혁명력 12년 방토즈 25일(1804년 3월)

… 며칠 전에 여기 생오메르 캠프의 장군들은 술트 부인과 그의 남편인 지휘관을 위해 멋진 파티를 열었어요. 베르트랑 장군이 대표로 장식을 맡았지요. 그리고 15병의 포도주를 마셔도 취하지 않는, 배 둘레가 9피트에 키가 6피트인 비송 장군이 식사와 만찬을 담당했어요(그는 민치오 전투에 참전했던 자로 누가 뭐래도 자부심이 대단하죠).[18] 저는 오케스트라 단장과 음악을 담당했고요. 오케스트라를 만들었는데 처음에는 될 것 같지 않았지만 무도회 날에는 줄리앙에 필적할 만했지요. 제가 춤곡 등을 작곡하기도 했고, 되지도 않는 애들을 데리고 하느라 무지 애를 먹었지만 어쨌든 연주는 그럭저럭 넘어갔으니 그

---

18 비송은 그들 중 막내로 일찍부터 영웅적인 용기로 유명했다. 60명의 척탄병과 50명의 용기병을 데리고 상브르 위의 카틀레를 지킬 때 6천 명의 병사가 일곱 개의 대포로 공격했는데 그는 척탄병들을 마을의 다리 앞에 있는 두 개의 초소에 저격병으로 세우고 다리를 끊어 버렸다. 그리고 용기병들을 세 부대로 나눠 강 오른쪽에 세웠다. 적들은 이 저격병들을 보고 이곳에 대단한 부대가 주둔하고 있는 걸로 생각하고는 공격을 시작했다. 비송과 함께 있는 것은 적들을 속이기 위해 두 군데서 북을 치고 있던 병사 2명뿐이었다. 하지만 이런 교란 작전이 결국 르그랑 장군이 지원병을 몰고 오는데 시간을 벌어주었고 결국 전투에서 유리한 위치를 차지하게 되었다.

미세하임 전투에서 비송은 417명의 병사로 3천 명의 보병과 1,200필의 말의 공격을 저지하기도 했다. 그는 마렝고 전투와 여기저기서 두각을 나타냈는데 1811년 만토바에서 죽었다.

나머지는 제가 알 바 아니지요. 여러 부인들이 있었지만 이름은 말씀 드리지 않을게요. 모두 라*** 부인처럼 힘 있는 부인들이지요. 그러 니까 결혼을 축하하는 축시를 위한 영혼의 편지 같은 존재들이에요.

지난번 편지에서 제가 철자를 좀 틀리게 써서 데샤르트르 선생님이 화를 내며 던져 버리신 것 같네요. 하지만 분명히 말하지만 틀린 건 제 가 아니고 선생님이라고 전해주세요. leur는 소유격으로 명사의 성별 과 숫자에 일치시켜야 하는 거지요. 그러니까 남성에는 leur를 여성에 는 leure를 써야 하지요. 그래서 명사가 남성인 경우 leurs chevaux, leurs soldats라고 쓰지만, 여성인 경우에는 leures voitures, leures femmes라고 써야 하지요. 그래서 우리 군수님에 대해 얘기할 때 leures balourdises, leures cuistreries라고[19] 해야 하지요. 별거 아 닌 실수를 가지고 정말 너무 난리시네요! 제가 이성적으로 화를 참 고 있어서 그렇지, 만약 이성을 잃었다면 선생님 귀를 잘라 버렸을 거예요.

저는 이제 그동안 저와 함께 글뤽과 모차르트와 하이든 … 을 즐겼 던 저의 연주자들을 떠납니다. 우리는 내륙에 있는 몽트뢰유 캠프로 돌아가요. 저는 이곳 바닷가 이웃들이 그리울 것 같네요. 어머니는 제가 바다에 있는 걸 싫어하셨으니 이제 좋으시겠어요.

사랑하는 얄미운 우리 어머니!

---

[19] 〔역주〕 번역하지 않고 원어를 그대로 두었다. balourdises, cuistreries는 각각 '서툰 말', '유식한 체하기'를 뜻한다. 군수인 데샤르트르 선생님의 유식한 말투나 행동을 놀리는 것이다.

편지 6

파엘, 제르미날 17일(1804년 4월)

사람들이 성처럼 화려하게 장식해 놓은 작은 성채에 자리 잡았어요.
이곳은 불로뉴에서 20킬로미터, 몽트뢰유에서 16킬로미터, 에타플
에서 4킬로미터 떨어진 곳으로 정말 상상할 수 없을 정도로 쓸쓸한
곳이에요. 꼭 바르카 사막에 있는 것 같아요. 지평선 끝은 바다와 모
래언덕이고 바다에서 서풍이 불면 회오리바람이 일어나 부대까지 오
지요. 몇 년 동안 불어온 바람은 농경지를 덮쳐서 모두 사막을 만들
어버렸어요. 파엘성은 숲으로 그것들을 막아주고 있지요. 하지만 거
기만 나오면 주위는 아라비아 사막이에요. 이곳에서 40일 금식을 안
해도 돼서 다행이네요. 사탄이 유혹하러 와도 속수무책일 거예요. 20
이 작은 성은 자기 아내에게 쿠시의21 심장을 먹게 했다는 질투의 화
신 파엘 소유였다고 해요. 지금도 이곳에는 파엘 씨와 그의 부인이
살고 있는데 그 부인이 매우 아름답기는 하지만, 이 가문의 얘기를
알고 있는 우리로서는 그 부인에 대해 아주 조심스러워하고 있어요.
뒤퐁 장군은 진짜로 너무 심심해서 콩쉬와 저에게 계속 뭔가를 가르
치려 하는데 처음부터 너무 길고 지루해 죽을 지경이에요.

어떻게 박식하신 데샤르트르 선생님이 제게 한 방 먹고도 이렇게 가
만히 계실까요? 제가 소유격 leure에 대해 심각하게 정정해 드린 것을
진짜로 바보같이 믿으신 건가요? 아마도 그의 통사론統辭論으로 한바

---

20 〔역주〕사막에서 예수가 사탄의 유혹을 받은 것을 가지고 하는 농담이다.
21 〔역주〕13세기 파엘의 아내와 성주 쿠시와의 사랑을 그린 소설이 있었다.

탕 열변을 토해서 그 모습에 어머니가 웃겨 죽을 뻔하셨을 텐데요. 이제 이쯤해서는 선생님이 옳다고 해 버리세요. 계속 선생님이 옳다고 하실 테니까요. 하지만 분명히 말씀드리세요. 그가 이 방면에서 모든 걸 다 안다고 생각하시면 안 된다고. 언제고 한번 기회가 오면 제가 아주 논리적으로 선생님이 얼마나 비정상적인 정신 상태였는지를 증명할 수 있는 수천 가지 예를 들어드릴게요. 선생님은 정말 다른 배우지 못한 사람들을 좀 가르쳐 보셔야 해요. 선생님은 정말 수송선에서 배의 우현과 좌현도 모르면서 노를 젓는 사람 같아요!

선생님은 커터선도 범선도 카이크와 펠러카선도 평저선과 작은 범선도 해안 감시병과 항공표시도 부표와 도르레도 삼각돛과 앞 돛도 중갑판과 승강구도 포신과 갑판도 간이침대와 상갑판의 난간도, 조정과 작대기도 개펄과 모래펄도 구별 못 하는 분이지요! 이런 건 정말 아무것도 아니에요. 만약 숨을 헐떡이며 막 저녁을 먹으러 들어왔는데, 아니 막 먹고 있는데 갑자기 배에서 내려 말을 타고 들판을 달려가야 한다면 어떻게 하실까요? 그리고는 갑자기 전선이 바뀌고 전세가 역전되고 대열을 좁히기 위해 연대 전체가 앞으로 이동해야 하고 또 오른쪽 부대를 후방에서 끊고 왼쪽으로 가거나 혹은 중대, 소대, 대대별로 후퇴하라는 명령을 받게 된다면 도대체 선생님은 어떻게 하실까요? 세상에 어쩌실지 정말 궁금합니다. 또 이런 전투 중에 말 안 듣고 앞으로 나가지 않으려고 하는 말이 불을 보고 놀라 뒷걸음질치다 제어하는 다리도 고삐를 높이 쥔 손도 없으니 잔뜩 등을 높이 굽혀 선생님을 공중으로 던져 진흙탕에 처박히게 한다면 어떻게 하실까요?

앞뒤가 꽉 막힌 고지식한 문법 선생님 이럴 때 도대체 어떻게 하시

겠어요? 데포테르나 보즐라나 로몽이나 비스탁에게[22] 도움을 청하시
겠어요? 그럴 때 골상학이나 수사학이 도움이 될까요? 조금만 둘러봐
도 선생님 생각이 틀리고 멍청하다는 것은 쉽게 알 수 있을 거예요,
아시겠어요? 선생님이 자기가 진짜 바디우스였다고[23] 고백하면 귀를
잡아당겨주시고 제가 온 마음으로 포옹한다고 전해주세요.

편지 7

파엘, 프레리알 12일

이곳에서 너무 바쁘게 지내고 있어요. 전쟁부戰爭府 장관이 방문해서
몽트뢰유 전군을 사열했지요. 제일 고참인 뒤퐁 장군이 부대를 지휘
했는데 이 말은 제가 부대의 오른쪽에서 왼쪽을 40번씩 오가며 거의
80킬로미터 되는 거리를 말을 타고 왔다 갔다 해야 했다는 걸 말하지
요. 그다음 4일 동안은 제 1통령에게 황제의 자리와 카이사르의 왕관
을 수락하도록 하기 위한 청원서 작성을 의논하기 위해 동분서주했지
요. 얼마나 미친 짓인지요! 그다음에는 그것을 들고 전 부대에 서명을
받으러 다녀야 했어요. 이걸 보고 화내는 사람은 없었지만 모두 헛웃
음을 웃었지요. 이런 걸 보기에 그는 이제 너무 큰 사람이 됐어요!

이곳은 아무 움직임도 없어요. 우리처럼 영국 놈들도 서로 코빼기
도 못 보면서 엄청 지루해할 거예요. 그저 작은 커터선이나 범선이 가

22　〔역주〕 문법 선생들의 이름이다.
23　〔역주〕 몰리에르 희곡 〈유식한 여자들〉(*Femmes savantes*)에 나오는 현학자를 말
한다.

끔 가까이 오고 함대는 해안에 정박해 있지요. 어제는 날씨가 너무 좋아서 저는 망원경으로 두브르 해안과 켄트 건너에 있는 함선을 12척이나 봤는데 아주 틀어박혀 있는 것 같았어요. 데샤르트르 선생님께 이 말은 닻을 내리고 있는 거라고 설명해주세요. 선생님을 좀 가르치려다 보니 이런 것 하나도 놓칠 수가 없네요. 그런데 그렇게도 아이디어가 많으신 군청의 천재인 선생님께서 생세베르와 생샤르티에와 큐랑과 마니에의 나무들을 앵드르강을 거쳐 루아르강을 따라 바다로 보내 우리가 있는 항구까지 올 수 있도록 앵드르강을 배가 들어올 수 있는 곳으로 만들자는 청원을 아직 안 하셨다는 말인가요? 그래서 작업장에 빨리 목재를 가져올 수만 있으면 저 새로운 카르타고들의 콧대를 단번에 납작하게 할 수 있을 텐데요. 분명 우리의 젊은 황제는 이 일만 성사된다면 당장이라도 전쟁을 시작하겠지요. 하지만 우리의 태평하신 데샤르트르 선생님은 별로 도울 생각이 없으시겠지요?

안녕, 어머니! 온 마음으로 포옹합니다. 세상에 벌써 어머니를 뵌 지 5개월이 넘었네요!

모리스가 이렇게 어머니께 편지를 쓰는 동안 빅투아르, 그러니까 '소피'(보통 이렇게 불렀다)는 아버지를 만나러 파엘에 왔는데 만삭의 몸이었다. 그러니까 아시다시피 이미 나도 모르는 중에 불로뉴 캠프에 있었던 셈이다. 왜냐하면, 며칠 후 나는 세상에 나와 빛을 보게 되기 때문이다. 내가 엄마의 뱃속에서 나오는 이 사건이 일어난 것은 혁명력 12년 메시도르 16일 파리에서였다. 두 사람이 마지막으로 만난 지 꼭 한 달 만이었다.

엄마는 출산이 가까운 것을 느끼고 파리로 돌아갔고 아버지는 프레리알 12일 엄마를 따라왔다. 그리고 16일 그들은 2구청사에서 비밀 결혼식을 하고 같은 날 아버지는 할머니께 이런 편지를 썼다.

파리, 혁명력 12년 프레리알 16일

일이 있어 파리에 오게 됐습니다. 뒤퐁도 허락했고요. 왜냐하면, 4년의 중위 복무가 끝나 이제 대위로 진급하게 되어 그걸 받으러 왔습니다. 노앙에 어머니를 보러 가서 놀라시게 하고 싶었지만 비어 있는 자리를 위해 부서에 낼 요청서를 오늘 아침 뒤퐁이 보내와 며칠 더 있어야합니다. 이번에도 안 되면 정말 수도원에라도 들어갈 생각이에요. 빌디외의 영지를 사고 싶어 하는 비트롤은 저와 함께 베리로 갈 거예요. 세귀르 씨도 뒤퐁의 요청서에 힘을 보태주고 있어요. 그러니 이제 곧 어머니를 뵈러 갈 수 있길 바라요···.

마지막에 쓰신 편지를 불로뉴에서 보내주어서 받았습니다. 얼마나 좋던지요! ··· 이제 수요일이면 어쩌면 어머니 품에 안길 수 있을지도 모르는데, 아! 얼마나 행복할까요! 이런 순간은 인생의 모든 순간들을 위로해주지요. 사랑하는 어머니께 키스합니다!

가엾은 아버지는 이날 삶과 죽음을 넘나들었다. 아버지는 자신을 진심으로 사랑했으며 이제 다시 또 한 번 그를 한 아이의 아빠가 되게 할 여자를 향해 자신의 의무를 다했다. 그러니까 내 말은 그녀는 이미 몇 명의 아이를 낳아 잃었는데 이제 또다시 한 아이를 낳으려는 순간 아버지는 결혼을 통해 그 사랑을 축복한 것이다. 그러나 양심에 따라

이 사랑 앞에 무릎 꿇은 것에 대해 행복하고 스스로가 자랑스러운 한편, 마치 학대받고 자란 아이가 그렇듯 어머니께 숨기고 말 못 하는 것에 대해 괴로워했다. 아니, 모든 건 아버지 탓이었다. 만약 숨 한 번크게 몰아쉬고 모든 진실을 다 말했다면 학대받기는커녕 사랑하는 어머니의 그 지칠 줄 모르는 사랑을 다 받았을 것이기 때문이다.

하지만 그는 그런 용기가 없었다. 분명한 것은 솔직하지 못해서가 아니라 결코 이기지도 못할 싸움을 하고 있었기 때문이다. 어머니의 끝없는 불평소리와 눈물은 그의 마음을 찢었고 그것만 생각하면 그의 마음은 너무 약해졌다. 그러니 누가 감히 그를 욕할 수 있겠는가? 엄마와 결혼하기로 결심하고 매일 엄마에게도 그것을 확인했지만 막상 신 앞에서 약속을 지키려고 하면 할머니의 노여움과 절망적인 질투를 생각하곤 놀라 뒷걸음치며 지내온 세월이 벌써 2년째였다. 지난 2년 동안 그는 할머니 마음을 진정시키기는커녕 계속 떨어져 있으면서 더 찢겨진 그 마음에 자신의 사랑도 또 미래에 대한 그의 계획도 감출 수밖에 없었다. 그런데 이제 부모님과 친구들께 말도 못하고 가족의 성을 오로지 사랑의 자격으로 한 여인에게 주려는 이날 가문의 이름을 같이 쓰길 치욕스럽게 생각할 어머니를 생각하니 얼마나 괴로웠겠는가! 하지만 어쨌든 그는 저질러 버렸고 슬펐고 두려웠다. 그러나 더는 망설이지 않았다.

마지막 순간 능직綾織으로 된 작은 드레스를 입고, 돈이 없어 며칠 전에야 6프랑을 주고 겨우 산 실반지를 낀 소피 들라보르드는 행복에 떨었고 산처럼 부른 배를 재미있어하며 앞날에 대한 걱정은 아무것도 하지 않았다. 그리고 아버지를 이 신성한 결혼 앞에 무릎 꿇게 했지만 엄마 말에 의하면 이것으로 둘의 상황은 조금도 더 나아지거나 변하지 않았다. 아버지는 자기가 막 하자고 해놓고는 막상 결혼식을 마치고 시청에서 돌아와서는 한 시간 동안 머리를 두 손으로 감싸고 세상에서 가장 좋은 엄마에게 불순종한 것을 괴로워했다.

그는 편지를 쓰려고 했지만 두렵고 슬픈 마음과는 다르게 전혀 딴소리들만 겨우 몇 마디 써 보냈다. 편지를 보낸 다음에는 엄마에게 자신의 태도에 대해 용서를 구하고 전 남편과의 사이에서 난 카롤린을 품에 안고는 이제 곧 태어날 아이와 똑같이 사랑하겠다는 맹세를 하면서 노앙에 갈 준비를 했다. 아버지는 일주일 동안 노앙에서 할머니에게 모든 걸 다 말하고 결혼에 대한 허락을 얻어낼 참이었다.

하지만 이것은 헛된 희망이었다. 아버지는 먼저 소피가 임신한 것에 대해 입을 열면서 나보다 먼저 태어난, 이제는 그 엄마에 대해 기억조차 못하는, 그 '작은집'의 이폴리트를 안고 이 아이가 태어났을 때 자신이 느낀 괴로움부터 넌지시 호소하기 시작했다. 그리고 또 한 여인의 헌신적 사랑에 대한 남자의 의무에 대해, 또 만약 그런 여자를 이런 상황에서 내버린다면 그것은 명예로운 남자로서 할 일이 아니라는 말도 했다. 하지만 그다음 말도 듣기 전에 이 첫마디 말부터 할머니는 눈물을 쏟으셨고 그다음부터는 아무 말도 듣지 않고 아무 말씀도 하지 않으시면서 늘 해왔던 말, 아버지 가슴을 때리고 후벼 파는 말만 쏟아내셨다.

"너는 그 아이를 나보다 더 좋아하는구나, 그러니까 너는 더는 나를 사랑하지 않는구나! 파시에서의 날들은 다 어디로 간 거냐, 그때이 어미에 대한 너의 그 마음은 다 어디로 갔단 말이냐? '엄마만 돌아오면 저는 절대로 엄마와 하루도 한 시간도 떨어져 있지 않겠어요!'라고 하던 때가 너무 그립구나! 왜 1793년 그때 다른 사람들처럼 나는 죽지 않고 산 건지? 그때 내가 죽어 네 마음속에 그대로 간직되었다면 이런 꼴은 안 보았을 텐데! …"

이런 격한 사랑에 대체 뭐라고 대답할 수 있단 말인가? 모리스는 울면서 아무 말도 못 하고 결혼에 대한 것도 그냥 비밀로 묻어 버렸다.

아무 말도 못 하고 파리로 돌아온 아버지는 그저 조용히 초라한 삶속으로 칩거했다. 뤼시 이모가 아버지 친구인 다른 장교와 결혼식을 올리기로 해서 친구들은 자주 모여 가족 파티를 열곤 했다. 어느 날 아버지가 카드리유 춤곡을 연주하던 날, 엄마는 아주 예쁜 분홍 드레스를 입고 있었고 아버지는 크레몬 바이올린을 연주하고 있었다(나는 내가 세상에 나올 때 그 소리를 들었던 이 오래된 악기를 아직도 가지고 있다). 몸이 좀 안 좋은 엄마는 춤을 추다가 자기 방으로 돌아갔는데 너무나 조용히 빠져나가 다른 사람들은 모두 카드리유 춤에 열중하고 있었다. 마침내 4명이 함께 돌아가며 춤을 끝내고 엄마 방에 들어간 이모는 곧 큰 소리로 외쳤다.

"모리스, 어서 와 봐! 딸이야!" 그러자 아버지는 "이름을 엄마 이름처럼 오로르라고 해야겠군. 가엾은 어머니는 지금은 너를 축복하지 않으시지만 언젠가는 널 축복하실 거다."라고 하며 나를 두 팔로 안았다고 한다.

이 날은 1804년 7월 5일이었다. 공화국의 마지막 해이며 제 1제정의 첫해였다. 이모는 "얘는 음악과 장미꽃 속에 태어났으니 늘 행복할거야."라고 말했다.

8. 나의 출생

앞에 쓴 것은 모두 루이 필리프의 입헌군주제 당시 쓴 것이다. 그리고 지금 1848년 6월 1일 글을 다시 쓰기 시작하는데 이 기간에 정말 많은 것을 보고 느껴서 앞으로 쓰는 글에도 많은 변화가 있을 것 같다.

나는 이 짧은 기간 동안 정말 많은 걸 배우고 체험하고 또 많이 늙은 것 같다. 그리고 그동안 내가 배우고 깨우쳤던 많은 사상이 내게는 좀 늦은 감이 있지만 너무나 정신없이 겪어내야 했던 공적인 사회생활을 통해 많이 변질된 것도 사실이다. 나는 나 자신에게 솔직해지고 싶다. 하지만 하나님만은 내 안에 순수한 신앙과 뜨거운 열정이 하나도 변한 것이 없다는 것을 아실 것이다!

내가 만약 이 2월 혁명 전에 이 책을 끝냈더라면 아마도 이 책은 다르게 쓰였을 것이다. 그저 한 은둔자의, 감히 이렇게 말해도 된다면 한 철모르는 아이의 책에 불과했을 것이다. 왜냐하면, 혁명 전까지 나는 그저 내가 가끔 보는 좀 특이한 사람들을 한가롭게 바라보며 인류라는 것을 규정했으니 말이다. 하지만 내가 직접 내 눈으로 실제 사회 속에서 캠페인을 해보니 나는 변화될 수밖에 없었다. 나는 전혀 다른 사람이 되어 그 일로부터 빠져나왔다. 나는 그동안 사회로부터 떨어져 고독한 은둔자처럼 살면서 품었던 젊은 날의 모든 꿈을 다 잃어버렸다.

지난 얼마 동안 내가 느낀 감정에 머물러 글을 쓴다면 이 책은 분명 슬픈 책이 될 것이다. 하지만 누가 알겠는가? 시간은 빨리 흘러갈 것이고 결국 모든 인류는 나처럼 빨리 절망했다가 또 금방 살아날지도 모른다. 신은 감사하게도 장 자크 루소처럼 내가 동시대 사람들보다 더 잘나서 그들을 저주해도 된다는 그런 오만함을 허락하지는 않았다! 장 자크가 자신의 경우를 인류 전체의 상황과 다르게 구별하는 것은 일종의 병이다. 그리고 지금 우리 세대도 다소간 장 자크 루소와 같은 병을 앓고 있다. 신의 도우심으로 그 병에서 치유되길!

1804년 7월 5일 내가 세상에 태어날 때 아버지는 바이올린을 연주하고 계셨고 엄마는 예쁜 분홍 드레스를 입고 있었다. 정말 순식간의 일이었다고 한다. 이모 말에 의하면 나는 엄마를 하나도 힘들게 하지 않은 행운아라고 했다. 나는 세상에 정식으로 합법적인 딸로 태어났다. 만약 아버지가 가족의 편견에 따르느라 행동하지 않았다면 있을 수 없는 일이니 이것도 또 하나의 큰 행운이다. 만약 합법적이지 않았다면 할머니는 나중에라도 결코 나를 그렇게 큰 사랑으로 받아들이지 않으셨을 것이고, 또 나중에 인생이 지루해졌을 때 나를 위로해주었던 지식과 학문들을 할머니로부터 배우지 못했을 것이다.

나는 아주 많은 교육을 받았다. 그리고 어린 시절 내내 아주 아름다워야 한다고 입버릇처럼 들었던 것 같다. 하지만 난 그 말을 지키지는 못했다. 아마도 그건 내 탓이 클 것이다. 왜냐하면 꽃처럼 피어날 나이에 나는 책을 읽으며 밤을 지새우기 일쑤였으니까. 완벽한 아름다움을 지닌 두 남녀의 딸로 나는 더 예뻤어야 했지만, 그 누구보다 멋쟁이였던 나의 가엾은 엄마는 자주 나를 나무라곤 했다. 나는 정말 꾸미는 걸 모르는 아이였다. 지나칠 정도로 솔직담백해서 꾸미는 건 딱 질색이었다.

눈이 나빠질까 봐 책도 보지 말고, 하나님의 멋진 태양이 유혹해도 햇볕 아래서 뛰어서는 안 되며, 발목이 미워지니 나막신을 신고 뛰어서는 안 되고, 장갑을 껴야 해서 손도 제대로 쓰지 못하고, 항상 서투른 듯, 항상 무기력한 몸짓을 하고, 그러면서도 어느 때는 절대로 피곤해해서는 안 되며 결국 나이보다 더 늙게 보이지 않기 위해 볕에 그을려서도 안 되고, 주름이 잡혀도 안 되기 때문에 늘 모자를 뒤집어 써야 한다. 이런 것들이 내게는 늘 불가능한 것들이었다. 게다가 할머니는 엄마보다 잔소리가 더해서 모자와 장갑은 늘 나의 어린 시절의 절망이었다. 그러나 노골적으로 반항하지는 않았지만 그런 것에 구속될 내가 아니었다. 그래서 나는 한때 생기 있는 아이였다고 말할 수 있으나 결코 아름다운 아이는 아니었다. 꽤 좋은 체형을 갖추고 있었지만 몸매를 가꾸기 위해 어떤 노력도 한 적이 없다.

거의 요람에서부터 내게 주어진 그 불가능한 몸가짐에 대한 천형들은 아주 일찍부터 나를 '천방지축'으로 만들었다. 이 표현은 정말 문자 그대로 맞는 말이다. 왜냐하면, 어린 시절부터, 수녀원을 거쳐 가정생활을 하는 내내 모두 내게 그렇게 말했으니 이 표현이 진실일 것이다.

어쨌든 머리며, 눈이며 모든 것이 다 정상적이었던 나는 어린 시절 못생기지도 예쁘지도 않았다. 이것은 내 생각에 따르면 매우 다행스러운 일이었다. 왜냐하면 못생긴 것이 어떤 편견을 갖게 하는 만큼 예쁘다는 것도 또 다른 면에서 어떤 편견을 갖게 한다고 생각했으니까. 사람들은 화려하게 눈에 띄는 겉모습만을 아름답다 하고 그렇지 않은 것에 대해서는 또 지나치게 무시하는 경향이 있다. 그래서 그렇게 눈에

조르주 상드의 1810년경의 초상화.

떠게 화려하지도 또 그렇게 혐오감을 줄 정도로 추하지도 않은 것이 제
일 좋은 것 같은데 내 경우가 남녀 친구들 사이에서 그랬던 것 같다.

나의 외모에 대해 잠시 언급한 것을 마지막으로 나는 내 글에서 더는
그것에 대해 말하지 않으려고 한다. 한 여자의 일생을 말하는 글에서
그런 이야기들은 괜스레 독자들을 쓸데없는 상념에 빠뜨리고 또 어떤
위화감을 조성할 수도 있기 때문이다. 나는 그저 극 중에서 주인공의
모습을 묘사하는 것과 같은 의미로 나에 대한 이야기를 그렇게 시작했
을 뿐이고 앞으로 내 글에서는 그런 종류의 쓸데없는 이야기는 나오지
않을 것이다. 어쩌면 아예 그런 얘기를 다 빼 버렸으면 좋을 것 같다는
생각이 들기도 하지만 단지 관례에 따랐을 뿐인데 이런 종류의 글을 썼
던 아주 고매한 남자들도 이 부분을 완전히 제외시킨다는 생각은 하지

못했던 것 같다. 그들은 독자들의 다소 불필요한 호기심을 충족시키기 위해서 하는 것뿐이라는 느낌을 주기도 한다.

그래서 이런 식으로 독자들의 호기심을 충족하기 위한 친절은 앞으로 베풀지 않으면 좋겠지만, 혹시 꼭 자기의 모습을 말하고 싶은 사람은 그저 증명사진을 보고 경찰서에서 하는 인상착의 정도의 묘사만 하면 좋겠다. 과장도 치장도 하지 말고 이렇게 말이다. 검은 눈, 검은 머리, 보통의 이마, 창백함, 오뚝한 코, 둥근 턱, 적당한 입, 4피트 10인치의 키, 특이사항 없음.

그런데 이 문제에 있어 나는 나의 좀 이상한 상황을 얘기하지 않을 수 없다. 그러니까 내가 진짜 나의 출생에 대해 정확하게 알게 된 것은 2, 3년밖에 되지 않는다는 것이다. 도대체 사람들이 무슨 이유로 그랬는지 모르지만 내가 태어난 걸 봤다고 하는 사람들은 엄마 아빠가 당시 비밀결혼이었기 때문에 법적으로 내 나이를 진짜로 등록하지 않았다는 거였다. 그 말에 따르면 나는 마드리드에서 1802년이나 1803년에 태어났다. 그리고 내 이름으로 등록된 아이는 실제로는 나보다 먼저 태어나서 얼마 후 곧 죽은 아이였다.

그때는 출생신고가 오늘날처럼 엄격하지 않았고 또 아버지의 결혼에는, 앞으로 얘기하겠지만, 복잡하게 꼬인 것들이 많아서 지금은 말도 안 되는 이야기지만 당시는 있을 수도 있는 일이었다. 그런데 이 이야기를 해준 사람들은 엄마 아빠가 절대로 이것에 대해 말해주지 않을 거란 말을 덧붙여서 나는 이것에 대해 한 마디도 물어본 적이 없었다. 그저 나는 마드리드에서 태어났으며 나이는 진짜 내 나이보다 두세 살 더 많은 것으로 생각하고 있을 뿐이었다. 당시 나는 아버지와 할머니의 편지를 대충 읽었고 1803년에 쓴 편지 뭉치들 속에 잘못 분류된 편지들은 이런 내 생각을 진실로 믿게 했다. 그런데 편지들을 날짜별로 잘 분류하게 되자 이 편지들은 내 생각의 오류를 고칠 수 있게 해주었다. 이 글을 쓰기 위해 나는 편지들을 아주 주의 깊게 살펴보게 되었고 마침내 독자들에게는 하나도 중요치 않으나 내게는 너무나 중요한 일련의 편지뭉치들은 이 문제에 대한 분명한 답을 해주었다. 그동안은 잘 정리하지도 않았고 읽어 보지도 않았던 편지들이 내가 누군지를 분명히 밝혀준 것이다.

나는 파리에서 1804년 7월 5일 태어났다. 한마디로 그게 바로 '나'였다. 얼마나 기뻤던지 …. 왜냐하면, 자기 이름이 뭔지, 자기 나이가 뭔지, 자기 국적이 뭔지를 확실히 모르고 산다는 것은 늘 가슴 답답한 일이었기 때문이다. 나는 거의 15년이 넘게 저 오래된 서랍 속에 이 모든 것을 다 해소시켜줄 것이 있다는 것도 모른 채 늘 어떤 의구심을 갖고 살고 있었다. 물론 그것은 내 신상의 일에 대해 게으른 나의 천성 때문이기도 하다. 아마도 나는 만약 그냥 보통 사람으로 살았다면, 아니면 그게 아니라도 자서전을 쓸 생각으로 편지들을 주의 깊게 살펴보지 않았다면 아무것도 모른 채 죽었을 것이다.

아버지는 불로뉴 쉬르 메르에서 혼인 공시를 하고 파리에서 할머니 모르게 결혼식을 올렸다. 지금은 이런 것이 불가능하지만 당시에는 대혁명의 혼란 중이라 가능했던 일이었다. 새로운 법률들로 교묘하게 공시들을 잘 피해갈 수 있었고 이민 등으로 호적이 없는 경우도 허다했다. 이때는 옛 사회가 가고 새로운 사회가 오는 전환기였다. 그래서 법률의 톱니바퀴들은 제멋대로인 경우가 많았다. 지금 내 손에 이런 경우에 대한 자료들이 많이 있지만 독자들이 지루해할 것 같아 자세한 예들은 모두 생략하기로 하겠다. 어쨌든 오늘날에는 없어서는 안 되는 사항이지만 당시에는 그리 중요하지 않은 것은 생략된 경우가 많이 있었다.

엄마의 경우가 바로 이런 전환기의 예였다. 시청에서 하는 서류상 결혼이 엄마에게 의미하는 건 오로지 나의 출생이 합법적이 된다는 거였다. 엄마는 광신도는 아니었지만 늘 신실했다. 하지만 그녀는 어릴 적 믿었던 것을 평생 믿으면서 시청의 법 같은 것은 염두에 두지도 않았고 시청에서 한 결혼 같은 것이 신성한 교회 예식을 대신할 수 있다는 생각도 하지 않았다. 그래서 시청 결혼을 위한 것들은 아무 생각 없이 얼렁뚱땅 해치워 버렸다. 하지만 교회에서의 예식은 한참 동안 문제가 되었다. 그래서 할머니는 너무 싫었지만 그 예식에 참여할 수밖에 없게 된다. 이 일에 대해서는 조금 후에 기술하도록 하겠다.

이때까지 엄마는 남편이 어머니를 속이는 일에 자신도 공범인 것을 몰랐다. 그래서 사람들이 뒤팽 부인이 몹시 화가 나 있다고 했을 때도 그녀는 늘 이렇게 말하곤 했다.

"정말 너무하시네요. 저를 잘 알지도 못하시면서, 그렇게 싫으시면 교회에서 하는 결혼식은 절대로 하지 않겠다고 전하세요."

아버지는 엄마의 이 순진하고 존경할 만한 편견, 어쩌면, 아무리 신을 안 믿는다고 해도, 결혼식 같은 신성한 예식에는 하나님의 중재가 꼭 있어야 한다는 이 진정한 믿음을 조금도 바꿀 수가 없었다. 그래서 아버지는 엄마가 자신들이 한 결혼도 축복받은 진짜 결혼이라고 믿어주길 너무나 바랐다. 그때까지도 아버지는 소피가 자기 자신을 결혼한 여자로 생각하지도 않고 또 모든 것을 여전히 해결되지 않은 것으로 생각하는 것이 가슴 아팠다. 엄마의 마음을 의심한 것은 아니다. 둘의 관계와 서로에 대한 사랑은 의심하지 않았다. 하지만 엄마는 할머니의 반대에 대한 얘기를 듣자 크게 자존심이 상해 그냥 아이들을 데리고 어디로 도망가 살자고만 했다. 자기가 돈을 벌면서 그 '대단한 어른'의 도움도 용서도 구하지 않겠다고. 엄마는 할머니에 대해 잘 모르면서 끔찍한 생각을 하고 있었다.

모리스가 그녀에게 법적으로 한 결혼도 진짜 결혼이라고 할 때마다 엄마는 즉시 "아니에요. 당신이 말하는 그 시청 결혼은 아무것도 아니에요. 왜냐하면, 그런 건 이혼하면 그만이니까. 성당에서는 이혼이 허락되지 않지요. 그러니까 우린 아직 결혼한 게 아니에요. 그러니까 당신 엄마가 날 나무랄 이유가 없지요. 우리 딸만 인정되면 돼요. 난 누구한테도 부끄러울 필요가 없는 거죠."라고 말했다.

너무나 확신에 차고 어디 한군데 틀린 곳 없는 이 생각, 오늘날에는 암암리에 다들 인정하는 이 생각을 당시 사회는 아직 받아들이지 않았다. 당시는 너무나 굉장하고 놀라운 일들이 많이 일어나 사람들은 대체 어떤 땅 위를 자신들이 걸어가는지조차도 모르며 걸어가고 있었다. 엄마는 이 모든 문제들에 대해 보통 사람들의 생각을 가지고 있었다. 엄마는 혁명 사회의 근본 개념들의 원인이나 결과 같은 걸 따지는 게 아니라 그냥 이렇게 말했다

"금방 또 변할 거야. 예전에는 성당 결혼식만 있었지. 그런데 갑자기 그건 안 되고 결혼으로 인정도 안 된다고 하네. 그래서 다른 걸 만들어냈지만 그런 건 오래가지도 않고 인정받지도 못할 거야."

하지만 이 새로운 법은 계속 수정되면서 오래 지속되었다. 이혼은 허락되었다가 다시 불허되었는데 오늘날에는 다시 허락되길 바라고 있다. 24 이 문제를 꺼내기에는 시기적으로 매우 안 좋은 것 같다. 비록 이 문제에 대한 나의 생각은 확고하지만 만약 내가 의회에 있다면 나는 세태를 따르라고 요구하고 싶다. 무정부 사회는 아니라고 해도 사회가 도덕적으로 혼란스러운 때 사람들은 가정의 운명과 가정이라는 것에 대한 믿음을 해결할 수가 없다. 또 이 문제에 대해 논의할 때 종교적인 생각과 시민들의 생각을 다 고려해야 한다. 그렇지 않으면 법은 의미도 없고 그 목적을 이룰 수도 없는 것이다. 이혼을 불허하는 것은 대중의 생각에 반하는 종교적 관습일 뿐이다. 이혼을 허락하는 것은 도덕에 전혀 기여하는 바가 없을 것이고 가정의 종교적 계약까지 깨지게 할 것이다. 이 문제에 대한 내 생각은 나중에 밝히기로 하고 다시 내 이야기로 돌아가겠다.

내가 태어날 때 아버지는 26살이고 엄마는 30살이었다. 엄마는 장 자크 루소에 대해서는 읽은 적도 없고 들은 적도 없겠지만 어쨌든 엄마가 그렇게 자란 것처럼 다른 아이들뿐 아니라 나도 직접 키우셨다. 하지만 내 이야기의 순서를 위해 아버지 이야기를 좀 더 해야 할 것 같다. 물론 아버지의 편지 이야기를 계속하게 될 것이다. 알다시피 이때 나는 아직 어려 스스로 혁명력 12년을 기억할 수 없으니 말이다.

---

24 나는 이 글을 1848년 6월 2일 쓰고 있는데 크레미외 장군이 올린 이혼법이 국회에서 어떻게 결론지어졌는지는 모르겠다.

앞서 말한 것처럼 아버지는 결혼 후 노앙에서 보름쯤 지내면서 할머니께 결혼 이야기를 하려고 했지만 결국 기회를 찾지 못했다. 이후 그놈의 대위 진급을 위한다는 핑계로 다시 파리로 왔지만 결국 진급은 성사되지 못했다. 아버지는 아는 사람은 다 찾아다니고 새로 들어선 왕정과 친한 친척들은 모두 찾아다녔다. 황제의 충실한 종복인 콜랭쿠르, 황후 조제핀의 충실한 종복인 아르빌 장군, 루이 황태자의 시종인 조카 르네, 황태자비의 궁정 시녀인 그의 부인 등등. 이 조카의 부인은 뮈라 부인에게 우리 아버지가 인정받지 못하는 처지를 설명했는데 뮈라 부인은 이 얘기를 공화력 12년 프레리알 12일 쓴 글 중 '황태자비의 코르셋'이란 부분에서 넌지시 암시하고 있다.

"여자들에게 어떤 계급이 생기고 그중 황태자비의 코르셋을 시중들 수 있는 여자가 전쟁터에서의 공적보다 더 힘을 갖는 시절이 돌아왔다. 오, 제발! 나는 그런 코르셋 같은 건 집어던지고 조국이 저버린 존재들로 조국에 감사하고 싶다."

이후 아버지는 다시 자신의 고민거리로 돌아오게 된다.

"사랑하는 어머니! 방금 어머니 편지를 받았습니다. 여전히 힘들어하시니 저도 힘이 드네요. 어머니는 제가 어머니 곁에 머무는 걸 싫어하면서 빨리 가고 싶다는 말만 했다고 하시는데, 제가 언제 마음속으로라도 그런 말을 한마디라도 한 적이 있던가요? 그러느니 차라리 저는 죽을 거예요. 이 모든 게 다 데샤르트르 선생님 때문이지요. 제게 상처 주는 말도 안 되는 설교에 제가 모욕을 준 대가예요. 결코 어머니 곁에 있으면서 떠날 날만 손꼽아 기다린 적은 없어요.

아! 왜 이렇게 모든 것이 잔인한지! 왜 이렇게 사는 게 힘든 건지!

곧 어머니 곁으로 가서 편지에 그렇게 쓰신 이유를 물어보겠어요. 야속한 어머니, 그래도 사랑합니다."

편지 1

모리스가 노앙의 어머니에게 보낸 편지

파리, 혁명력 12년 메시도르 16일

라퀴에 씨에게 보낼 어머니의 편지 잘 받았습니다. 정말 잘 쓰셨어요. 생클루에 있는 그에게 제가 직접 전달하고 어제 돌아왔습니다. 저의 요청서는 전쟁부戰爭府 책상 위에 있고 다음 주에는 황제가 보게 되겠지요. 이제 기다리기만 하면 됩니다.

저희 식구들은 모두 자기 길을 가고 있어요. 세귀르는 궁정의 고관 대작이 되어서 제식을 담당하는데 월급으로 10만 프랑을 받고 또 국가 자문관으로 4만 프랑을 더 받지요. 르네도 뒷면에 장식이 화려한 금 열쇠를 받고 관직에 올랐고요. 황태자에게 근위병을 하나 두려고 하는데 아폴린이 제게 한 자리를 약속해주었어요. 황태자는 곧 총사령관이 된다고 해요. 그런데 저는 제가 무슨 헛된 망상을 하는 것이 아닌가 다시 눈을 비벼 보지만 다시 눈을 감아도 그런 야망 같은 건 생기지가 않네요. 저는 오로지 전쟁터로 가려는 야망 아니면 어머니 곁으로 가는 꿈, 이 둘뿐이에요. 그 둘 말고는 그 어떤 것도 제게는 의미가 없어요. 다른 것들은 다 우습게만 보여요. 하지만 사랑하는 사람들의 성공은 함께 기뻐해줄 수 있지요. 원래 저는 질투를 모르게 태어났으니까요. 하지만 저의 행복은 그들과 달라요.

저는 전투와 영광 아니면 따뜻한 가정에서의 안락한 삶을 원해요.

만약 제가 대위였다면 어머니를 여기 모셔서 마차로 산책도 시켜드리면서 어머니의 슬픔을 좀 위로해드릴 수 있을 텐데요. 데샤르트르 선생님만 없으면 우린 정말 예전처럼 행복할 수 있을 거예요. 어머니가 뭐라 하셔도 어머니를 사랑해요. 언젠가는 꼭 믿게 되실 거예요. 지난번 편지는 어머니처럼 다정했어요. 너무 기뻐서 모든 사람들에게25 보여줬지요. 나무라지 마세요! 온 마음으로 포옹합니다.

보몽 삼촌은 포르트 생클루에서 연극을 하나 상연했어요. 별로 좋지는 않았지만 그런 건 성공 여부와는 별로 상관이 없지요. 아주 재미있긴 했거든요. 26

황제의 여행이 9월로 연기되어 어머니께 가는 것도 이후가 될 것 같아요. 가서 포도주 담그는 일을 도와드릴게요. 데샤르트르가 또 잘난 척을 한다면 그를 양조통 안에 넣어 버리겠어요.

편지 2

혁명력 12년 테르미도르 1일
황제는 어젯밤 떠났어요. 그러니 제가 불로뉴로 향하고 있는 걸 아시겠지요. 저는 갈 뿐만 아니라 꽃다발과 수천의 뜨거운 포옹도 선물로 가져가요. 드쿠쉬는 뒤퐁 장군에게 제 일이 이곳에서는 잘 진행되었지만 그곳에서는 뒤퐁 장군이 일주일 후에나 돌아올 것이니 황제를 본다 해도 아무 소용이 없다는 말을 전했지요. 스탕 사건 이후로 이

25　그러니까 소피를 말한다.
26　이분의 연극이 뭔지를 그 제목조차 나는 모르겠다.

런 경우에는 황제 눈앞에 나타나는 것보다 안 보이는 게 더 낫다고 다들 생각하지요. 뒤퐁도 그것은 부정할 수가 없어서 제가 그리 서두르지 않는 것을 나쁘다고 하지 않아요. 만약 총을 맞으러 가는 일이라면 아마도 저는 서둘러 갈 맘이 생길 것 같아요. 하지만 황제와 눈이나 맞추러 가는 일에는 영 기분이 내키지 않네요. 그런데도 사람들이 자꾸 밀면서 저를 그쪽으로 죽일 듯이 몰아가니 정말 끔찍한 기분이에요. 만약 황제가 내가 누군지 알고 싶다면 자기 가방을 뒤져 보면 될 일이에요. 제 요청서가 다 그 안에 있으니까요. 항상 돌발 상황이 발생해서 여행 중에도 저의 요청서 같은 것은 늘 그의 가방 안에 들어 있지요. 그래서 어쩌면 원하는 임명장을 급히 보내올 수도 있어요. 세귀르 씨는 꼭 될 거라고 해요. 베르티에 장군이 어제 "제가 잘 아는데 아주 유능한 장교입니다. 진급시킬 만해요. 제가 추천한 장교입니다."라고 말했다고 해요.

르네는 진짜로 궁전 시종관에 임명되었어요. 하는 일은 황태자에게 외국 대사들을 소개하는 일과 궁전의 품위를 유지하고 제식들을 살피는 일이에요. 다르쥐종 씨와 함께 일하고 있지요. 아폴린이 하는 일은 황태자비의 화장 같은 일에 시중드는 거지요. 비극에서 나오는 왕비의 측근 같은 자리예요. 한번은 제가 알빈이나 외논이라고 불러서 화를 낸 적이 있지요. 또 르네는 아르카스나 아르바트라고27 부른 적이

---

27 〔역주〕 모두 라신의 연극 중에 나오는 왕과 왕비의 최측근 시녀, 시종들의 이름이다. 알빈은 〈브리타니쿠스〉에, 외논은 〈페드르〉에 나오는 시녀들이고 아르바트와 아르카스는 〈미트리다트〉에 나오는 시종이다.

있었는데 그는 화를 냈지만 곧 웃고 말았어요. 높으신 귀부인들은28 그들을 무슨 페스트 병자 취급을 하지요. 왜냐하면, 그들은 이제 궁전에 발을 들여놓지도 못하니까 그렇게라도 자신을 위로하는 거지요.

보몽 삼촌의 연극은 리허설 중이에요. 만약 데샤르트르 선생님이 좀 똑똑했더라면 토지대장이나 뭐 쓸데없는 것들을 들여다보는 대신 극작품에 뛰어들면 좋았을 텐데요. 하지만 아무리 가르쳐줘도 소용없는 분이니 그런 충고도 그만두지요. 그저 소 등이나 잘 빗질해주고 제가 들어가는 길이나 잘 치워 놓으라고 해주세요.

다른 모든 청원서들과 마찬가지로 대위 진급 청원서에 대한 황제의 대답은 1년 더 연기되었다. 아무것도 얻지 못한 아버지는 결국 할머니에게 축하도 받지 못했다. 이번에는 정말 어쩔 수 없이 그렇게 됐다. 아버지는 성홍열猩紅熱을 심하게 앓았다. 아마도 아버지가 너무나 사랑했던 옥타브 드세귀르의 죽음에 큰 충격을 받으셨던 것 같다. 그의 이야기는 참 기이하고도 낭만적이었다. 수아송의 부시장이었던 옥타브는 파리에서 며칠을 지내고 어느 날 아침 돌아갔는데 이후 몇 년간 아무도 소식을 알 수 없었다. 그런데 얼마 후 그는 권총 자살을 한다. 이룰 수 없었던 사랑 때문에 어디론가 도망가 자살한 것이다. 아버지는 이렇게 떠난 친구를 위해 아주 아름다운 노래를 지었는데 다음은 노래 가사의 첫 부분이다.

---

28 〔역주〕 옛 왕가의 귀족 부인들을 말한다.

옥타브,

너를 다시 찾는다는 그 희망이

이제는 헛된 꿈이 되었나?

　지금 내게 남아 있는 거라곤 이 몇 줄의 가사 뿐이다. 아버지가 심혈을 기울여 지었던 오페라 〈엘리젠〉은 마지막 장까지 모두 사라지고 없다. 하지만 위에 언급한 가사를 볼 때 아버지는 음악에도 매우 조예가 깊었음을 알 수 있다.

　모리스가 아플 때 르네는 할머니를 안심시키기 위해 편지를 했는데 다행히도 나의 출생에 대한 것은 말하지 않고 있다. 아마도 할머니가 이미 알고 있다고 생각한 것 같다. 이 편지에서는 아버지의 결혼에 대한 언급도 없다. 내 생각에 그 사실을 잘 모르고 있었던 것 같다. 하지만 그는 모리스가 진급에 열심을 내지 않는 것이 소피에게 너무 빠져 정신을 못 차리기 때문이라고 말하고 있다. 그러나 이 말은 인정할 수 없다. 아버지가 속한 집단 모두가 황제의 총애를 잃어버린 상태였기 때문이다. 만약 계략이든 뭐든 무슨 짓을 해서 아버지만 예외적일 수 있었던 상황이었다고 한다면, 나는 아버지가 그런 식으로 맹목적으로 성공을 좇아가지 않은 것에 대해 나무라고 싶지 않다. 하지만 할머니는 빌뇌브가 지나가는 말로 약간 언급한 이 말에 대해 머리끝까지 화가 나 아들에게 너무나 냉혹한 편지를 쓰게 된다. 아버지는 또다시 병이 나 다음과 같이 고통과 연민에 찬 답장을 쓴다.

편지 3

프뤽티도르 10일 (1804년 8월)

사랑하는 어머니! 제가 배은망덕하고 미쳤다고 하시네요. 배은망덕
하다니요! 그건 아닙니다. 그러나 맞아요. 곧 저는 미쳐 버릴 것 같
습니다. 몸과 마음이 다 병들었어요. 어머니의 편지는 정부에서 온
편지보다 더 제 마음을 절망케 합니다. 운이 없었던 저의 처지까지
제 탓으로 돌리시며 무슨 기적이라도 행해서 그 악운을 쫓으라 하시
네요. 그런데 저는 그쪽 방면으로는 어떤 아부를, 어떤 계략을 꾸며
야 할지 모르겠습니다. 모든 것이 일찍부터 그렇게 아부하는 자들을
경멸하도록 가르쳐온 어머니의 교육 때문입니다. 만약 몇 년 전부터
파리에서 멀리 떨어져 은둔자처럼 살지 않으셨다면 지금 이 새로운
황제 정부가 이런 면에서는 옛 왕정 때보다 더 지독하다는 것을 아시
게 될 거예요. 그러면 저 자신을 지키고 있는 것을 죄라 하시지는 않
으실 거예요. 만약 전쟁이 좀 더 길었다면 저는 진급을 했을 거예요.
하지만 이제 진급을 인정받으려면 황제의 방 앞을 기웃거려야 하니
저는 솔직히 그런 식의 전투에는 자질이 없습니다.

또 제가 마음속에 있는 말들을 어머니께 하지 않았다고 나무라시
는데 그 말을 꺼내지 못하게 하신 건 어머니지요! 첫마디만 들으시고
저를 불효자라 야단치시니 어떻게 더 말을 할 수가 있었겠어요? 저는
입을 다물 수밖에 없었고 오로지 어머니보다 더 사랑하는 사람은 없
다는 말밖에는 할 수가 없었지요. 하지만 이 말도 어머니는 못마땅해
하셨지요. 뒤퐁 장군님을 떠나 제가 그렇게도 전선으로 가고 싶다고
할 때도 어머니는 귀를 막으셨지요. 지금도 앞뒤가 꽉 막힌 상황인

것을 잘 아시잖아요. 하지만 이제 너무 늦었어요. 이제는 이 상황도 황제 폐하의 특별한 호의로 여겨야 할 것 같아요. 도대체 총애를 받는 것과 저와는 어울리지 않아요.

어머니는 누군가가 저를 모함하는 것 같다고 하시는데 그럴 수도 있겠지요. 그런데 저는 누군지를 모르겠어요. 저는 적이 없거든요. 그리고 만약 그런 사람이 있다 해도 제 잘못이 아니지요. 이 모든 것이 솔직한 저의 마음인 것을 신 앞에 그리고 어머니 앞에 맹세할 수 있어요.

아버지는 노앙으로 돌아가 6주를 보냈다. 마음속에 숨겨진 비밀을 결코 입 밖에 내지 못한 채 말이다. 하지만 할머니가 혁명력 13년 브뤼메르 말경(1804년 11월) 아버지가 파리로 돌아간 즈음에 파리 5구 구청장에게 보낸 다음의 편지를 보면 그 비밀을 짐작하고 계셨던 것 같다.

구청장님께 간곡한 부탁을 드리려고 하는 사람으로 어떤 호칭보다 제가 한 사람의 어미라는 말로 충분하겠지요. 저는 근래에, 충분한 근거하에, 하나밖에 없는 제 아들이 파리에서 저의 동의도 없이 결혼했다는 생각에 잠을 이루지 못하고 있습니다. 저는 남편도 없이 혼자 사는 과부입니다. 아들은 26살이고 군 복무 중이며 이름은 모리스 프랑수아 엘리자베스 뒤팽입니다. 이 아이가 결혼했다고 생각되는 여자는 아마도 빅투아르 들라보르드라는 이름을 사용하는 것 같습니다. 그녀는 제 아들보다 나이가 몇 살 위이고 둘은 멜레가 15번지 마레샬 댁에29 살고 있습니다. 그리고 이 주소가 파리 5구라 이렇게 구청장님께 허락도 없이 저의 답답한 심정을 토로하고 몇 가지 여쭤보고자 편지하는데 만약 아니라면 감히 부탁드리지만 이 편지를 멜레가 15번지가 속해 있는 구청 사람들에게 전달해주시기 바랍니다.

이 여자, 아니 이 부인이라고 해야 할지 모르겠지만, 이 여자는 멜레가로 오기 전에는 니보즈 말까지 라모네 거리에 살고 있었습니다. 그곳에서 양장점을 하고 있었고요. 그녀가 멜레에 살면서부터 둘은 메시도르 달에 딸을 하나 낳았고 뒤팽과 ***의 딸 오로르라고 출생신고를 한 것 같습니다. 제 생각에 아이의 출생 기록과 이름을 보시면 그 얼마 전에 있었을 결혼에 대한 것도 아실 수 있을 것으로 생각됩니다. 제 생각에 아마도 프레리알 말쯤 했을 것으로 추정됩니다.

구청장님께 이렇게 편지 쓰는 것을 영광으로 생각하며 아마도 한 가정의 아버지이기도 하실 구청장님께서 되도록 빠른 답변 주실 것을 믿고 또 어떤 결과를 찾으시던 저의 이 행동에 대해 비밀을 지켜주실 것을 부탁드립니다.

존경을 담아….   뒤팽

파리 5구 구청장에게 보낸 뒤팽 부인의 두 번째 편지

제가 두려워했던 것이 사실이라고 말씀해주시는 구청장님의 답변으로 제 심정은 무너져 내리는 것 같습니다. 앞으로는 그 어떤 것도 위로가 될 수 없을 것 같습니다. 하지만 감사의 마음까지 잊을 정도로 마음을 닫은 것은 아닙니다. 진심으로 깊이 감사드립니다. 저에 대한

---

29 이모부, 이 일이 있기 얼마 전 뤼시 이모와 결혼했다.

배려의 말씀을 듣고 몇 말씀 더 드리지 않을 수 없네요.

청장님은 "이 적절치 못한 결혼이 너무나 고귀하고 자애로우셨던 어머니의 마음에 큰 상처를 입힌 것 같습니다."라고 하셨지요. 그 심정을 물론 아시겠지요. 하지만 얼마나 깊이 상처받았는지는 짐작조차 못 하실 것입니다! 저 자신조차도 모르겠습니다. 하지만 제 마음은 줄곧 인생에서의 가장 중요한 일에 대해 고의적으로 어미를 속이려고 한 것은 사기라는 생각이 듭니다. 이런 사기 행각에 대해 자세히 저를 도와주실 분은 오직 청장님 한 분뿐입니다. 왜냐하면, 이 얘기를 건넨 사람은 청장님뿐이니까요. 저는 제 아들이 차마 제게 알릴 수 없었던 그 일에 대해 파리의 누구에게도 털어놓을 수가 없었습니다. 왜냐하면, 아들이 파리에 있는 동안 저는 파리에 갈 용기가 없었고 또 아들아이와 제게 걸맞은 며느리를 위해 정성 들여 가꾼 시골 땅을 떠날 용기도 없었으니까요. 하지만 이제 어쨌든 아들아이가 제게 보이려는 손녀딸에 대해서는 제가 알아야 할 것 같습니다! …

현재의 제 삶의 평온함과 그 아이의 안정된 미래의 삶이 거기에 달려 있습니다. 그래서 아들아이가 저지른 모든 실수를 제가 보듬을 수 있으려면 제가 이 모든 일들의 전말을 샅샅이 다 알아야겠습니다. 청장님의 훌륭한 ***구의 동료님께 두 남녀가 혼인신고를 위해 주고받은 서류를 청장님 이름으로든 아니면 제 이름으로든 보내 달라고 해주셨으면 좋겠습니다. 그리고 이 서류들의 복사본을 하나도 빠짐없이 받으셔서 보내주시면 감사하겠습니다. 청장님의 선처만을 바랍니다.

이 편지는 고통에 차 있으면서도 너그러워 보이기도 하지만 다른 한편으로는 아주 교활하게 보인다. 할머니는 직접 서류를 손에 쥐고 가능하다면 그것을 무효화하고 싶었다. 할머니는 내 이름을 결코 모르지 않았다. 그런데 모른다고 말하고 싶었던 것은 오로지 자신의 계획을 드러내고 싶지 않았기 때문이다. 눈곱만큼도 생각하지 않았으면서 마치 용서할 듯이 말한 것도 결혼식을 한 구청 내에 혹시 그 사기 결혼을 도와준 조력자가 있을까 두려워서였다. 할머니는 혼인신고를 한 구청에 직접 편지를 보낸 게 아니라 뭔가를 좀 알고 계신 듯이 5구 청장에게 편지를 쓰고 있는데 멜레가가 5구에 속하지 않는다는 것은 할머니도 너무나 잘 알고 있었다. 여자만의 영악함으로 어떤 촉을 감지하신 것인데 그것은 어떤 전문가의 충고보다 더 나은 것이었다. 그래서 나의 합법적인 출생에 대한 이런 작은 음모 또한 거부할 수 없이 합법적이란 말을 하지 않을 수 없다.

아마도 아버지는 아버지대로 전문가의 상담을 받은 것 같다. 까딱하다간 자애로운 어머니가 만든 함정에 걸릴 수가 있으니 어머니의 결혼 반대 기한이 끝날 때까지 결혼 사실을 숨겨야 했다. 그래서 둘은 이 슬픈 운명적 상황 속에서 서로를 속일 수밖에 없었다. 둘은 아무 일도 없는 듯 편지를 주고받았다. 그러니까 내 말은 둘은 서로를 속였지만 그렇다고 거짓말을 한 것은 아니다. 두 사람이 그렇게도 몰두해 있는 일에 대해 둘 다 깊은 침묵을 지키고 있었다는 것이 유일한 가식假飾이었다.

9. 할머니와 손녀딸 오로르

편지 4

모리스가 그의 어머니에게 보낸 편지

혁명력 13년 브뤼메르 말(1804년 11월)

어머니 곁에서 너무 행복한 6주를 보내고 이제부터는 어머니와 편지로 대화할 수밖에 없다고 생각하니 슬픔이 밀려옵니다. 노앙에서 느꼈던 그 평온함과 행복 때문에 지금 파리에서 저를 둘러싸고 있는 이 모든 불안함과 시끄러운 난리법석들을 더 견딜 수가 없습니다.

파리까지 오는 동안 여행 중에 겪을 수 있는 모든 재수 없는 일들은 다 겪은 것 같아요. 자리가 없어서 오를레앙에 늦게 도착한 데다가 사고가 나서 에탕프에 또 늦게 도착했지요. 그리고 베르니의 사거리에서 어떤 검찰관과 가방이 바뀌었는데 그 검찰관은 파리에 대관식을 보러 갔다가 밤에 다른 근위병들과 함께 베르사유에 있는 자신의 병영으로 가는 중이었지요. 그래서 가방 안에는 어머니가 주신 멋진 넥타이들 대신 아마도 꾀죄죄한 검찰복이 있기가 십상이었어요. 다음 날 도착하자마자 저는 그 검찰관의 보따리를 제 것과 바꾸기 위해 베르사유로 달려갔지요. 그런데 길이 엇갈리고 서로 찾아다니고 하는 통에 그놈의 검찰관은 내게 헛걸음질만 시키고 결국 이리저리 시간낭비만 실컷 한 후에 우린 물건을 서로 바꿀 수 있었지요.

로르와 오귀스트와 르네와 아폴린은 저를 아주 반가이 맞아 주었어요. 저는 파엘의 그 쥐가 득실대는 누추한 집으로 가게 되지 않길 바랐지요. 쉬셰 장군이 황송하게도 어제 일부러 마차를 멈추고는 제게 한 말이 있었거든요. 그는 제게 모든 장군들이 대관식에 호출되었으니 아마도 뒤퐁도 참석하게 될 거라고 했어요. 그래서 파리에 며칠 더 머물게 되었지요. 대관식에 대해서는 자세히 알려드릴게요.

내일은 교황님이 오실 거예요. 그라몽 거리는 레이스들과 다이아몬드와 화려하게 수놓은 옷들이 넘쳐나겠지요. 큰 행사를 준비하는 데 정신이 팔려 기억을 다 잊은 건지 제가 그들 앞에서 보좌관직을 한 지 5년이 되었다고 하니 르네는 깜짝 놀라 소리 지르며 "아니 모리스 아직도 대위가 못 됐다는 말이야?"라고 했지요. 지난 6개월 동안 매일 저와 대화하고 저의 모든 안 좋은 상황까지 다 알고 있다고 생각했고 또 심지어는 마치 저의 후견인이라도 되는 듯 어머니께 진급을 위해 제가 너무 무기력하고 열정이 없다고까지 일러바친 그런 사람이 이런 무심한 말을 하는 것을 들으니 일을 알아봐 주겠다는 사람들의 속마음은 하나도 믿을 게 없다는 생각이 들어요.

아폴린은 실상 아무것도 도와주는 것도 없으면서 마치 제게 큰 은혜를 베푸는 사람처럼 구는 것이 너무 웃기지요. 어제는 만약 나에 대한 뒤퐁의 평가가 괜찮았다면 자기가 제 앞길을 좀 열어주었을 거라는 말도 했다고 해요. 그러니까 제가 아주 질 나쁜 여자와 함께했다는 말이지요. 하지만 제가 함께하는 여자는 주위의 어떤 여자들보다 제 눈에는 나은 여자로 보여요. 비트롤은 제게 이 말을 해주면서 그 여자가 한 건방진 말에 박장대소를 했지요. 그는 아폴린을 말 많고 어리석고 구제불능인 여자처럼 얘기했어요. 구제불능 취급이라니! 하지만 저는 그녀를 나무라고 싶지 않아요. 세상이 다 똑같지요.

궁전의 병적인 분위기는 이전에 한 번도 궁에 발을 들여놔 보지 못한 사람들 탓이에요.

마를리에르 부인에게 어머니 안감을 주고 영국식 깃이 달린 외투를 주문했어요. 그게 요즘 유행인데 재단이 잘못될까 봐 제가 직접 깃을 그려주었지요. 왜냐하면, 재단사의 기량에 따라 완전히 달라지거든요. 제가 직접 감을 골랐는데 좋아하셨으면 좋겠어요. 어머니에 관련된 일은 절대로 잊지 않는다는 걸 잊지 마세요. 하지만 저에게만 관련된 일에 대해 말씀드리는 것을 잊어도 용서하시기 바라요.

오늘 아침 세귀르 씨의 쪽지를 가지고 노트르담 성당의 준비 상황을 보러 갔지요. 오늘 저녁에는 〈리스본 참사Désastres de Lisbonne〉 초연을 보러 갈 거예요. 파리 사람들은 지진이나 화재 같은 무슨 굉장한 장면을 볼 거라고 기대하지만 다 실망하게 될 거예요. 무대 연출자 중 한 명에게 들었는데 그런 장면들은 모두 이야기하는 것으로 처리한다고 해요. 사실 그게 훨씬 경제적이긴 하지요.

제 음악 작품들은 이곳에서 성공했으니 노앙에서도 성공하리라 봐요. 사람들은 항상 이혼에 대한 이야기를 요구하지요. 생브리송은 아주 열광하고요. 그는 지금 대관식 때문에 지구장으로 이곳에 와 있는데 밤 10시에 실크 스타킹을 신고 말을 타고 방문하곤 해요. 예전에 보신 것처럼 여전히 미친 사람 같아요. 르네 부인에게 아주 지저분한 소문들을 얘기하는데 듣는 부인도 아주 흥미로워하지요. 얘기들이 다 왕자나 공주에 대한 얘기거든요.

안녕, 사랑하는 어머니! 노앙이 그리워요. 보내주신 편지는 얼마나 좋았던지 저는 이곳에서의 피곤함과 시끄러움과 변덕스러운 상황에도 불구하고 마치 시골에 있는 듯 읽는 내내 편안했어요. 어머니가 저에게 너무 지나치게 잘해주셔서 모든 것에 만족하기가 참 힘이 드네요.

앙드르젤에게 제 오페라 가사 쓰는 일을 잊지 말라고 해주세요. 데 샤르트르 선생님께 '기계들' 파트에서 우릴 도와주셔야 해요. 두 분 모두 포옹합니다. 하지만 그 누구보다 어머니를 먼저, 더 힘껏 포옹합니다.　　　　　　　　　　　　　　　　　　　　　　모리스

편지 5

　　　　　　　파리, 혁명력 13년 프리메르 7일 (1804년 11월)
대관식도 못 보고 파엘로 막 가려고 하는 중이었는데 갑자기 네^{Ney} 원수님이 저를 부르시더니 뒤퐁에게 우편을 보내 다음 날 오도록 했다는 말을 하셨지요. 저는 이미 마차에 실린 제 짐을 다시 찾으러 달려가서 마부에게 아주 통사정을 해서 다시 내리게 했지요. 그리고 다시 닻을 내리고 돛을 졸라맸어요. 뒤퐁 장군님은 대관식 바로 전날 도착하셨지요. 우리는 아주 반갑게 해후했고 장군님은 제 사정을 통감하시고 대관식 후에 전달하겠다고 하셨어요.

그리고 저는 대단한 광경을 보았지요. 기병, 기갑부대, 용병, 기병총으로 무장한 기병 그리고 마믈루크들로30 이루어진 하나, 둘, 셋, 넷, 다섯 연대가 행진했고, 궁정 사람들을 가득 태운 6마리 말이 끄는 마차가 하나, 둘, 셋, 넷, 다섯, 여섯, 일곱, 여덟, 아홉, 열, 열하나, 열둘, 열셋, 열네 대였지요. 10개의 창문이 있는 마차에는 공주

30　〔역주〕튀르키예와 이집트의 군인들을 말한다.

90

들이 가득했고 대서기장 마차가 지나가고 마침내 8마리의 크림색 멋진 말이 끄는, 거의 1층 높이까지 덮개로 장식한 황제의 마차가 지나갔지요. 10개의 창문이 있는 마차는 웅장하다기보다는 너무 섬세하게 아름다웠어요. 닫집 위에는 독수리와 왕관문양이 그려져 있었지요. 앞뒤로는 30명의 시종들이 따랐어요. 황제는 오른쪽에 황후는 왼쪽에 앉았지요. 앞에는 조제프와 루이 왕자가 앉았고요. 마차 주변에는 몽시, 술트, 뮈라, 다부 장군이 말을 타고 있었어요. 말들은 멋진 금장으로 된 천으로 덮여있었고 실크와 금으로 된 2개의 고삐를 마믈루크들이 잡고 걸어갔어요. 이들도 물론 아주 멋지게 차려입었고요.

8마리의 백마가 끄는 교황의 마차는 깃털로 장식돼 있었고 교황 혼자 타고 있었고, 2명의 추기경이 나란히 건너에 앉아 있었어요. 마차 앞에서는 긴 옷과 각진 모자를 쓴 뚱뚱하고 잘난 척하는 사람이[31] 노새를 타고 금 십자가를 들고 가고 있었어요. 다른 20대의 엇비슷한 모양의 마차들은 모두 무장을 하고 황제를 호위하면서 황제의 시종들을 데려가고 있었어요.

노트르담 성당 안쪽에 있는 아치 모양의 그리스식 왕좌는 너무 투박해서 고딕 성당과는 잘 어울리지 않았지요. 황후는 황제보다 조금 아래 앉았고 왕자들은 그보다 한 발자국쯤 더 아래 앉았지요. 휘장이

---

31 화친조약 때는 감히 이 십자가와 이 사람을 파리 시민들에게 내보이지 못하고 마차 안에 있도록 했다. 이 문제는 통령과 교황 대리인 사이에서 매우 민감한 문제였다. 가톨릭이 완전히 대중화되는 것이었으니 말이다. 하지만 대관식에서는 아주 노골적으로 십자가를 들었지만 사람들은 별말을 하지 않았고 단지 그것을 든 사람이 너무 뚱뚱한 것이 웃음거리였다.

쳐진 오른쪽과 왼쪽의 연단에는 원로원과 입법부와 각 지방 단체장들과 왕가 사람들과 초대받은 사람들이 앉아 있었어요. 중앙홀에는 고급 장교들과 레지옹 도뇌르 훈장을 받은 사람들이 있었고요.

미사가 끝난 후 황제는 황후와 왕자들과 함께 자리에서 내려왔지요. 그들은 엄숙한 걸음으로 성당을 가로질러 제단을 향해 걸어갔어요. 교황은 황제와 황후의 머리와 손에 기름을 부었지요. 그런 다음 보나파르트는 일어나 제단 위의 왕관을 들고 자기 스스로 머리에 얹었어요. 그리고는 큰 소리로 민중의 권리와 자유를 보장할 것을 맹세했지요. 그리고 다시 왕좌로 돌아가자 미사곡이 울려 퍼졌지요. 그다음에는 화려한 조명들을 밝히고 춤과 불꽃놀이 등이 이어졌어요. 너무 위엄 있고 아름다운 순간이었지요. 무대 장치도 훌륭했고 각자 맡은 역할들도 훌륭히 잘 해냈지요.

안녕, 나의 공화국이여! 어머니 지난 시절의 공화국 같은 건 잊으세요. 그리고 이제는 제가 어린 시절 꿈꾸었던 그런 공화국, 꼭 그래야만 하는 그런 공화국을 꿈꿀 거예요!

르네는 명실공히 궁전관이고 아폴린도 6온이나32 되는 행렬에 끼어 있었지요. 오귀스트도 흰 파우더를 바르고 로르는 언제는 멋졌어요. 저는 드디어 제가 작곡한 곡의 서곡을 끝내고 오귀스트 집에서 페이도의 연주자들과 함께 선보였지요. 저는 그를 제 친구로 소개했는데 사람들은 그가 하이든 같다며 칭찬했어요. 저는 생각지도 못한 큰 성공을 거두었지요. 앙드르젤에게 이 말을 전해서 더 분발하게 해주세

---

32 〔역주〕 1온은 약 1,188미터이다.

요. 저도 의욕이 충만해요.

(이건 혼자만 보세요)

저의 오로르는 아주 잘 크고 있어요. 아주 예쁘고 사랑스럽지요. 어머니가 소식을 물어봐 주셔서 너무 기뻐요.

어머니의 편지로 마음이 아주 편해졌어요. 정말 좋으신 우리 어머니! 어머니의 따뜻한 마음으로 우리 네 식구가 함께 나누는 이 가족 사랑 속에 가문의 명예를 위한다는 있지도 않은 망상의 그림자를 드리우지 말아주세요. 제발 이 행복을 저버리지 말아주세요! 매일 우리가 함께했던 저녁 시간들과 우리의 이야기들과 우리의 즐거웠던 저녁 식사 시간과 넓은 살롱을, 그러니까 노앙 전체를 그리워해요. 그리로 돌아갈 생각만이 위로가 됩니다. 안녕, 사랑하는 어머니! 앙드르젤과 발명가 데샤르트르 선생님께 안부 전해주세요. 부탁하신 일들은 다 했어요.

앞에서 본 편지에서 할머니는 나의 존재를 인정하셨고 또 손녀딸에 대한 관심을 겉으로 드러낼 수밖에 없었던 것을 알 수 있다. 하지만 결혼은 여전히 인정하지 않으셨고 앙드르젤 신부님과 함께 자신의 동의 없이 행한 이 결혼을 무효로 돌릴 궁리를 하고 계셨다. 이 결혼식을 올린 동네 구청장은 사실 증인도 제대로 갖추지 못한 이 결혼을 승인한 거였다. 할머니로부터 서류를 달라는 부탁을 받은 이 구청장은 대답을 차일피일 미루고 있었는데 아마도 자기 실수로 자기나 재판부 판결에 문제가 생길까 그런 것 같다. 하지만 5구의 구청장은 별로 거리낄 것도 없는 입장이라 서류들을 검토하고는 결혼식이 진행된 과정에 대해 답장을 보내오긴 했다.

또 나의 엄마의 출생과 메지스리강 변의 새 장수였던 클로드 들라보르드와 할아버지 클로카르에 대한 정보도 보내왔다.[33] 당시 이 할아버지는 여전히 살아 계셨는데 그 당시 (이런 정보는 행정당국의 편지에는 없었다) 루이 15세 시절 결혼 예복이었던 붉은 제복과 세 모서리가 각진 모자를 썼는데, 아마도 자기가 갖고 있는 옷 중에 제일 멋진 옷으로 경제 사정이 좋지 않았던 동안은 내내 일요일만 입는 옷이었을 것이다. 며느리의 이런 궁핍한 집안 사정에 대해 할머니는 구청장에게 혁명력 13년 프리메르 27일 다음과 같이 쓴다.

… 보내주신 정보들에 대해 제 가슴은 미어지지만 저의 이 불쌍한 호기심에 대한 구청장님의 큰 배려에 대해 감사드리지 않을 수 없습니다. 제가 문제로 생각하는 것은 그 아가씨의 가족 관계가 아니라 그 아가씨가 어떤 여자인가 하는 것입니다. 그런데 이 문제에 대한 구청장님의 침묵은 저와 제 아들의 불행을 확인시켜 주시는 것 같습니다. 아들은 이런 실수를 한 적이 없었습니다! 제 아들은 정말 좋은 아들이었고 저는 세상에서 가장 행복한 어미였지요. 하지만 이제 이 어미의 가슴은 무너져 내리고 이에 눈물로 호소드립니다. 그녀가 어떤 여자인지 진솔한 답변을 부탁드리겠습니다 … .

---

33 〔역주〕1부에서 상드의 외할아버지 이름은 앙투안 들라보르드로, 빅투아르의 할머니 이름은 클로카르로 나와 있는데 여기에 나온 이름들에 대해서는 별다른 설명이 없어 어머니 쪽 부모의 윗대 사람들을 지칭하는 것으로 추정된다.

이 편지에 구청장은 다음과 같은 답장을 보낸다. (지금 나는 이 편지들을 다 가지고 있다. 할머니는 자기 편지 복사본과 함께 모든 편지들을 하나의 서류로 묶어 놓으셨다.)

부인.
지난번 저의 편지에 대한 부인의 답장을 보니, 너무 괴로우신 마음에 제가 보고 드린 내용에 대해 지나친 상상을 하시는 것 같아 제가 좀 바로잡아야 할 것 같습니다. 제가 보고드린 내용은 제게는 물론 부인의 마음의 안정을 위해서도 제일 중요한 내용이라 생각됩니다.

제 생각에 이 모든 것은 이런 상황 속에서 한 어머니의 고통을 덜어드리려는 일념에서 하는 것일 뿐입니다. 그래서 저는 이런 생각으로 조사를 진행했고 결과를 말씀드리려고 합니다.

우리의 감정이 두려워하는 것을 너무 빨리 현실로 믿어 버리게 하는 것이 우리 인간들의 불행이 아닐까요? 이런 점에서 제 편지는 부인이 아드님의 배우자의 성향에 대해 말씀하셨던 것들과 반대되는 점들을 말씀드릴 것 같습니다. 저는 분명한 사실만 말씀드릴 수밖에 없고 또 그런 것만을 말씀드리고 싶은 심정에서 제가 직접 상황을 알고 싶었습니다. 그래서 믿을 수 있는 사람으로 하여금 핑계를 대고 젊은 부부가 사는 집에 들어가게 했지요.

그리고 외람되지만 말씀드리자면 부부가 사는 곳은 아주 초라하지만 잘 정돈되어 있었고 젊은 부부는 아주 남다르게 품위 있는 모습이었다고 합니다. 아이들 곁에서 아기에게 젖을 물리고 있는 젊은 부인은 아주 좋은 엄마의 모습이었고 지나치게 예의 바른 남편은 친절하고 과묵한 사람이었다고 합니다. 제가 보낸 사람이 주소를 물어본다는 핑계로 들어갔기 때문에 부인의 아드님은 한 층 아래 살고 있는 마레샬 씨에게 주소를 물어보러 갔는데, 그는 빅투아르 들라보르드의 여동생인 뤼시 들라보르드와 결혼한 사람이지요. 곧 마레샬 씨는 뒤퐁 씨와 주소를 말해주기 위해 함께 올라왔고요. 퇴직 장교인 마레샬 씨는 아주 인상이 좋았다고 합니다. 제가 보낸 사람은 아주 믿을 만한 사람인데 그 여자의 집안이 어떤지는 모르지만 — 저도 사실 전혀 모르지요 — 그녀의 사는 모습은 아주 정돈되어 있고 질서 있고 흐트러짐이 없어 보인다고 했습니다. 게다가 부부는 아주 사이가 좋고 다정해 보인다고 하니 저의 결론은 아드님께서는 이 결혼에 대해 전혀 후회하고 있지 않은 것 같습니다.

아니, 언젠가는 어머니의 가슴을 아프게 한 것에 대해 크게 뉘우칠 때가 있겠지요. 하지만 부인께서도 말씀하신 것처럼 이것이 그의 처음이자 유일한 실수라고 하셨지요! 그래서 제 생각에 큰 실수를 범하기는 했지만 그의 사랑과 또 어머니의 사랑으로 그 실수는 만회할 수 있을 것 같습니다. 그러니 어머니의 마음으로 아드님의 실수를 용서해주시기 바랍니다. 그리고 그의 집에서 본 느낌으로 보아 그렇게 괴로워하실 일은 없다는 말로 위로를 드리고 싶네요.

이런 저의 진심을 잘 받아주시기 바라며, 부인, 편지를 마칩니다.

둘의 관계에 대해 허심탄회하고 정직하게 기술한 이 편지를 보고 안심하기는커녕 할머니는 둘의 결혼을 무효로 만들 수 있는 서류들을 모으셨다. 그리고 할머니는 결혼식을 올린 구청의 구청장에게 아주 가혹한 편지를 쓰는데 이것은 할머니의 잔인한 마음을 보여준다.

1805년 1월 30일

아마도 구청장님께서는 행복한 가정을 영위하시는 것 같아 축하드립니다. 만약 그렇지 않고 복잡한 심경이셨다면 세상에서 가장 사랑하는 존재로 인해 괴로워하는 한 어미에게 이렇게 한 달 반이 넘도록 답장도 않으시더니 결국 이제 와서 제가 계속 청원을 올리지 않은 탓이라고 말씀하실 수는 없었을 것입니다. 저의 부탁은 같은 부모로 존경받는 한 가정의 아버지에게 한 아주 특별한 부탁이었습니다. 만약 공적이고 사무적으로 이 일을 처리하려고 했다면 이런 식의 직무유기는 구청장의 자리를 위태롭게 할 정도의 근무태만으로 저는 그것에 이의를 제기할 권리가 있으니까요.

저는 그동안 충분히 예의를 갖추어 제 3자가 열람할 수 있는 서류들을 여러 번 요구했다고 생각합니다. 저는 구청장님이 가지고 계신 서류들은 공적인 것들이라 문제없이 그 사본을 볼 수 있을 것으로 여겼습니다. 하지만 구청장님께 존경하는 구청장님의 동료이신 *** 씨가 보여주신 그런 관심과 배려를 받을 것으로 여겼던 것은 저의 불찰이었던 것 같습니다. 제가 정식으로 여러 번에 걸쳐 요구하지 않은 것에 대해 사과 말씀 드립니다. 이에 제 친구 중 한 명을 보내 서류를 갖춰 다시 요청하도록 하겠습니다.

모든 것을 다 떠맡아 파리로 다시 간 것은 앙드르젤 신부였다. 앙드르젤 신부는 혁명 후부터는 신부라고 불리지 않았지만, 내가 아는 사람 중에 가장 재치 있고 사랑스러운 사람이었다. 그리스어 책을 1권 번역하기도 한 학자였으며, 대학의 학장이기도 했고, 왕정복고 시절에는 검열관을 지내기도 했다. 그렇다고 그가 왕당파라고 생각하는 건 큰 오해다. 그는 그 서글픈 일을 하는 동안 종종 내게 이렇게 말하곤 했다.

"이 일에서 제일 좋은 건 형편없는 글들을 불에 던져 버릴 수 있다는 거지. 그런 작가들은 내게 오히려 감사해야 할 거야. 또 나는 동료들 손에서 재미있고 재기 넘치는 글을 구해낼 수 있을 때는 아주 기쁘지. 프랑스 사람들은 즐거운 걸 좋아해. 그래서 웃을 자유를 주려면 생각할 자유쯤 구속하는 건 참아야지. 열정보다는 즐거운 걸 더 원한다니까. 좋은 의견을 제시하는 것보다는 비꼬며 즐기는 걸 더 좋아하지."

그리고 할머니 귀에 대고 낮은 소리로 덧붙였다.

"솔직히 저는 아주 고귀한 학자분들과 일하는데 그들은 제가 너무 관대한 것을 못마땅해 하지요. 그런데 정부가 조롱받지 않게 하려고 엄청 근엄하게 무게 잡는 그들의 태도는 너무 웃겨서 오히려 정부를 더 경멸하게 만들지요. 그래서 저는 비록 적들과 함께하는 자리라 할지라도 이 프랑스 정신을 존중하는 마음으로 제 임무를 다하려고 하지요. 그런데 이것은 저보다 더 강해서 제가 웃을 때 저는 무장해제가 되거든요."

그런데 이런 식의 생각은 받아들여지지 않은 것 같다. 그는 얼마 후 곧 검열관 일을 그만두게 된다. 사람들이 조용히 그를 해임한 것인지 그가 그 일이 싫어 떠난 것인지는 알 수 없다.

이 앙드르젤 신부는 아주 잘생긴 청년이어서 내 생각에 그는 아주 바람둥이였을 거란 생각이 든다. 그래서 그는 할머니가 부탁하는 그런 심각한 일을 맡기에는 적합한 인물이 아니었다. 하지만 그는 전적으로 이 일에 깊이 관여했는데 아버지의 결혼에 관련된 모든 서류나 요청들은 모두 그가 담당했기 때문이다. 어쨌든 그 모든 활동의 결과로 그가 내린 결론은 이 결혼은 무효화할 수 없으며 담당 공무원도 잘못이 없고 이 결혼을 인정하지 않으려는 모든 관련 서류들은 모두 개인적인 복수심에 의한 것으로 취급된다는 것이었다.

앙드르젤 신부가 파리에서 이 일을 하는 동안 할머니는 노앙에서 자기 마음속의 분노와 고통을 완전히 숨긴 채 아버지께 편지하고 계셨고 아버지도 정말 중요한 일에 대해서는 입을 다문 채 다른 일들에 대한 얘기만 주고받고 있었다.

편지 6

혁명력 13년 프리메르 28일

한파가 몰아치는 가운데 몽트뢰유에 다녀왔어요. 30일 전에 감찰반에 가서 급여 명단에 이름을 올려야 했거든요. 그런데 돌아오니 르네가 아주 흥분해 있었어요. 뒤퐁 장군과 자기가 모시는 왕자와 저녁 식사를 했는데 저에 대해 아주 오래 얘기했다는 거예요. 뒤퐁 장군님은 저의 재능과 공적에 대해 입에 침이 마르도록 칭찬하셨고 왕자는 그런 저를 모르고 있었다는 것에 매우 놀랐다고 해요. 그래서 곧 저는 왕자님께 소개될 것이고 그는 제게 관심이 많다고 했어요. 그런데 불행하게도 지금 그는 별로 신임이 없는 듯하고 만약 그의 아내가 제 일에 관여해준다면 더 믿을 만한 것 같아요.

어머니 말씀대로 근위병으로 들어가기 위해 최선을 다해보겠어요. 또 궁전에 들어가 아부하는 일도 노력해 볼게요! 경제적 문제에서는 공탁금이 10만 에퀴밖에 안되니 생각할 것도 없는 것 같아요.

오페라 작곡을 계속하고 있어요. 제 계획을 보내드리니 어떤지 봐주세요. 뒤퐁은 산림청장인 베르공 씨 딸과 결혼식을 올렸어요. 그녀는 아주 재주 많은 뮤지션이라고 해요. 그는 그녀에게 오늘 아침 4천 프랑 되는 피아노와 150루이 하는 하프를 사주었다고 해요. 저는 아주 잘된 일 같아요. 그렇게 열중할 수 있는 부인을 만났으니 우리는 좀 조용히 놔두겠지요.

안녕, 어머니! 온 마음으로 사랑합니다. 앙드르젤에게 키스를, 그리고 데샤르트르 선생님은 한 방 먹여주시면 좋겠어요.

편지 7

1805년 1월 5일

아! 보내주신 것들이 얼마나 좋고 얼마나 사랑스러운지요! 바구니를 어쩌나 잘 포장하셨는지 거기서부터 어머니의 정성이 느껴졌지요! 파테는 제게 더더욱 소중한 게 저의 작곡 교습 시간을 1시간은 더 연장시켜 줄 수 있거든요. 우리 선생님은 정말 훌륭하신 분인데 아주 먹는 거라면 사족을 못 쓰시는 분이지요. 그래서 이것을 드시는 동안 저는 계속 질문하면서 더 배울 수 있어요. 그래도 선생님은 음악적으로 깊이 알고 계시는 분이셔서 저는 아주 많은 것을 배우고 있지요.

어머니 표현대로 몽트뢰유에서는 '한밑천' 가져오지 못했지만 저는 페달이 4개 달린 아주 멋진 피아노를 살 수 있게 됐어요. 적어도 35루

이는 나가는 건데 단돈 18루이에 구입했지요. 제가 이 대단한 물건을
관棺을 파는 그레뱅 씨에게서 구입했다는 게 믿어지세요? 그는 파리
의 모든 성당 장례식을 담당하는 사람이지요. 그런데 돈 대신 이 피
아노를 받았지만 어떻게 처분해야 할지 몰랐던 거지요. 그래서 어떤
귀신이 곡할 거래로 인한 것인지 모르겠지만 몇 개의 관값 대신 받은
이 물건은 제게까지 오게 됐어요. 어머니는 이렇게 말씀하시겠지요?
도대체 어디서 묻힌 것을 너는 파낸 거냐고? 이걸 제게 파내 온 사람
은 위에 말씀드린 작곡가 선생님이세요. 선생님은 생니콜라스와 생
로랑 외 여러 지역에서 활동하는 오르간 연주자이시고 게다가 그 유
명한 쿠프랭의 제자이며 합주자이기도 하지요. 선생님이 제 피아노
에서 즉흥연주를 하는 걸 들어보셨으면 좋겠어요. 정말 '놀란 저의 재
능은 그의 재능 앞에서 떨게 되지요.'34 선생님은 그런 손재주뿐 아니
라 음률에 대한 너무나 아름다운 감수성을 가지고 계셔요. 메월의 느
낌과 부아엘디외의 우아함을 다 가지고 계시지요. 그의 곁에 있으면
만사를 잊게 돼요. 데마쥐르처럼35 아폴론과 그의 뮤즈들 곁에서 운
명의 가혹함을 잊게 되는 거지요.

편지 8, 9, 10
드디어, 어머니께서 그렇게 싫어하셨던, 뒤부아두엥이 제게 빌려준
코트 이야기 입니다! 하지만 그러실 필요가 전혀 없으셨어요. 제가

---

34 〔역주〕 라신의 《브리타니쿠스》에 나오는 구절
35 〔역주〕 16세기 시인이다.

보기에도 이보다 더 후진 코트는 구하기 힘들 것 같아 보이니까요. 그놈의 하인 녀석이 제게 확실히 해두기 위해 그 외투가 2달 전부터 몽빌라르 씨 요리사 손에 있다고 털어놓았지요. 그래서 몽빌라르 씨를 만나 제 사정 이야기를 하니 요리사에게 28프랑을 내고 가져가라고 했어요. 그래서 저는 그 망토를 가져왔는데 요리사 말이 좀 젊게 보이려고 머리에 쓰는 부분을 좀 고쳤다고 했지요. 그래서 저는 데샤르트르 선생님이 외투를 만들 때 모델로 하시라고 그것을 앙드르젤 신부님께 드렸고 앙드르젤 신부님은 어머니가 전에 제게 사주셨던 외투를 준 거지요. 그래서 어쨌든 이 일로 제게는 새 외투가 생겼고 뒤부아두엥은 젊은 스타일로 고친 외투를 갖게 된 거지요.

뒤퐁 부인을 찾아뵈었는데 제가 보기에는 갑자기 돈을 번 프티부르주아 집안 출신 같았어요. 집안 여자들 모두가 인디안 드레스에 깃 달린 모자를 썼지요. 필립 세귀르와 자작은 제 오페라 곡에 가사를 만들고 있어요. 작사가들의 명성은 작곡가 명성의 시금석이지요.

요즘 여기 극단에서는 다르장탈 씨의 미용사였던 앙드레라는 사람이 20년쯤 전에 만든 〈리스본의 재앙〉이라는 희비극을 상연하고 있어요. 1막의 배경은 리스본이고 2막은 콘스탄티노플이지요. 대단한 차림새를 한 튀르키예인도 나와서 주인공을 비세트르에36 넣어 버리겠다고 협박하지요. 다음과 같은 대사를 읊기도 했어요.

"나 여기서 죽으려니 당신의 칼을 다오.

당신에게는 더 아름다운 칼을 돌려줄 테니."

---

36 〔역주〕당시에 있었던 정신병원의 이름이다.

모든 사람이 이 비극을 보러 가고 있지만 극의 스타일이나 줄거리는 우습기 그지없지요. 샤를 드베랑제 부인이 거의 죽어갈 때 다른 어떤 부인이 교황에게 무릎 꿇고 환자를 위해 기도해 달라고 했는데 미사 후 환자는 곧 기적처럼 낫게 되지요! 모든 게 다 이런 식이에요.

4일 전쯤 교황이 포부르 생앙투안에 있는 거울 가게를 방문했는데 그곳에서 우브라르와 알고 지내는 탈리앙 부인이 교황에게 자신을 축복해 달라고 했지요. 그랬더니 교황은 그녀뿐 아니라 그녀가 가지고 있던 묵주에다가 아버지가 누군지 알 수 없는 한 아이까지도 축복해 줬다고 해요. 그때 바로 옆에서 그 모습을 지켜본 보몽 삼촌은 웃으면서 "그렇게 많은 죄를 지었지만 탈리앙 부인은 아마도 성녀가 되겠군."이라고 비아냥거렸지요. 보몽 삼촌은 제게는 돈을 아끼라고 하면서 옷과 차에 너무 큰돈을 쓰고 있어요. 아주 번쩍번쩍거리지요.

부인은 은근히 왕자님의 최측근인 콜랭쿠르를 유혹하고 있지요. 그녀는 예전에 포부르 생토노레 사람들에게 열중했던 것처럼 이번에는 새로운 궁정 사람들에게 모든 관심을 쏟고 있어서 생토노레 사람들은 이제 완전히 그녀에게 등을 돌렸지요. 모든 곳에 무도회와 불빛들, 다이아몬드들이 넘쳐나고 사람들은 아무 생각 없이 경박하게 세월을 보내고 있어요.

3일 전에 보몽 삼촌이 황제의 수석 부속사제인 페르디낭을 위해 연만찬에 참석했어요. 거기서 정기 공연이 있었는데 라포레와 아르망 부인과 라이스와 게넹과 랑세이 그리고 제가! 공연했지요. 아주 멋진 공연이었어요. 공연 중간에 보몽 삼촌의 이웃인 셀레 씨가37 도착했는데 70이 다 된 나이에 연금으로 1천 리브르를 받는 사람인데 마치

30대처럼 옷을 입으며 자신이 무척 젊고 사랑스럽고 똑똑하다고 생각하는 듯했지요. 모든 사람들을 위해 병풍 뒤에서 4행시를 지으며 어떤 쇳소리를 내는 카운터 테너와 노래하면서 여자들을 유혹하고 있었지요.

이 작은 노인은 정말 흥미로운 인간이었어요. 사람들이 놀란 눈으로 자신을 바라보면 그는 모든 사람이 자신을 주목한다고 으스댔지요. 그는 너무나도 간절히 오귀스트가 피아노 협주곡을 연주하길 바라면서 그에게 그런 모습으로 뮤지션이 아니란 걸 믿을 수 없다고 했어요. 그러면서 그는 이미 '에스파냐의 광인들'이란 곡에 4행시를 짓고 있었지요. 그런데 마지막 4절에 와서 아르망 양에게 진지하게 함께 해줄 것을 부탁하자 영악한 그녀는 너무 웃기게 장단을 맞춰주었어요. 그러자 이때 어머니도 알다시피 늘 근엄하고 심각한 표정의 오귀스트가 피아노 뒤에 서 있다가 갑자기 웃음을 터뜨렸지요. 그게 시작이었어요. 건너편에 있던 저도 입술을 깨물며 아르망 양을 보지 않으려고 애를 쓰고 있었지요. 그런데 그때 사랑하는 조카가 완전히 냉정을 잃고 될 대로 되라는 식으로 웃기 시작하자 저도 더는 참지 못하고 웃음을 터뜨렸고 다른 사람들도 모두 저를 따라 웃기 시작했지요. 한순간에 어떻게 손쓸 수도 없이 벌어진 일이었어요. 하지만 셀레 후

---

37 난 12년 후에 보몽 할아버지 집에서 이 셀레 후작을 본 적이 있다. 그는 옷도 혁명 전처럼 입고 있었고 여러모로 아버지가 묘사한 초상화와 너무 흡사했다. 정말 재밌는 인물이었는데 여든 나이에도 여전히 끼가 넘쳐 주변에 관심을 쏟고 폼을 잡으며 주변 사람들이 자기 다리에 관심을 쏟는지 눈으로 확인하고 있었다. 그는 번쩍거리는 옷을 입고 여전히 4행시를 짓고 있었다.

작은 이런 것은 하나도 모른 채 의기양양하게 4행시를 마치고 열렬한 박수갈채를 받았지요.

어머니! 오로르는 할머니 대신 제가 해준 키스에 아주 행복해하지요. 아이가 이제 말하고 쓰게 되면 아주 행복하고 축복받는 새해가 되시라고 인사할 거예요. 아직 말도 못하지만 아주 많은 생각을 하지요. 이 아이를 너무나 사랑해요. 하지만 그렇다고 어머니에 대한 사랑이 줄어든 것은 아니니 이 아이에 대한 저의 사랑을 용서해주세요. 반대로 이 아이 때문에 어머니가 제게 주신 사랑을 더 많이 이해하고 감사하게 됐어요. 조제프 왕자는 곧 롬바르디아의 왕으로 또 외젠 보아르네는 에트루리아의 왕으로 임명된다는 것은 아시지요? 이제 전쟁도 임박한 것 같아요.

편지 11

파리, 방토즈 9일

사랑하는 어머니! 어머니 편지를 문자 그대로 읽는다면 저는 바로 강물에 몸을 던지고 싶은 심정입니다. 무슨 말을 하시는지 어머니도 모르시면서 쓰신 것 같아요. 너무 멀리 혼자만 계셔서 사실들을 부풀려 생각하시는 것 같아요. 아무리 잘 생각하려고 해도 어머니의 말씀은 너무 큰 상처가 됩니다. 계속 저의 불운을 탓하시면서 제가 뭔가를 잘 했더라면 그렇지 않았을 것처럼 말씀하시네요. 제가 수백 번도 더 넘게 우리 장교단 전체가 총애를 잃은 거라고 그렇게 말씀드렸는데 말이지요.

이것 말고 저에 대한 어떤 비밀스러운 이유도 어떤 숨겨진 계략도 없어요. 제게 무슨 적이 있는 것도 아니고 개인적으로 황제의 눈을 벗어날 만한 그런 이유도 없지요. 저는 저와 같은 처지에 있는 모든 사람들과 같은 불운을 겪고 있을 뿐이에요. 우리는 모두 장교단에서 6년이 넘지 않았고 또 예외적인 호의, 그러니까 특혜를 받는 그런 행운이 없는 사람들이지요. 우리 장교단은 죽었고 땅 속에 묻혀 버렸어요. 마렝고 전투 같은 건 이제 생각하는 사람도 없고 오로지 황제의 대기실이 진정한 전투장이 되어 버렸지요. 우리가 진급을 원했을 때 뒤록은 "당신들은 연줄이 없어. 당신들 상관들을 떠나 다른 줄에 서야 해."라고 말했어요. 그래서 저도 어머니 말씀에도 불구하고 그렇게 했던 것은 아실 거예요. 하지만 전쟁부戰爭府에서는 그렇게 줄을 서는 것은 '딴짓거리'라고 하지요.

어머니는 저희 가문에 쏟아지는 특혜들을 왜 저는 받지 못하느냐고 나무라시네요. 어떻게 말씀드려야 할까요? 르네가 작위를 받게 되는 건 사실이에요. 그가 나보다 더 잘 해서 그런 걸까요? 그는 3개월 전부터 궁전 시종이었고 귀족들이 입장한다는 소리도 잘 외쳤고 살롱에서 비위를 맞추는 일도 누구 못지않게 잘 했지요. 하지만 저는 전쟁만 했던 거칠기만 한 군인이었는데 이제 그런 게 아무 소용없어진 것이 제 탓인가요? 대포소리 한 번 들어보지 못한 필립 드세귀르도 작위를 받았을 뿐 아니라 대위가 됐으니 폭탄과 탄환들 속에 있었던 제가 잘못했단 말인가요? 그런 것이 나중에는 우리 경력에 해만 될 거라고 우리에게 말해준 사람은 아무도 없었어요.

어떤 우연이나 내가 누구의 후견을 받고 있나 하는 것이 때로 우리에게 득도 될 수 있고 실도 될 수 있다는 것도 맞는 말은 아닌 것 같아요. 황제는 자기 나름의 방식이 있지요. 저도 클라크와 콜랭쿠르를 통해 여러 번 황제와 연결되었고 뒤퐁 장군님도 마지막에 저를 적극 추천하시고 도와주셨지만 되지 않았지요. 저는 아무도 원망하지 않고 또 누구를 부러워하지도 않아요. 저는 제 친척들과 친구들께 쏟아진 은총들에 대해 함께 기뻐하고 있어요. 단지 저는 그들과 같은 길로 성공에 도달하지는 않겠다고 마음속으로 생각하지요. 왜냐하면, 그건 저의 길이 아니니까요. 모든 것은 황제 혼자 결정해요. 전쟁부는 인가만 할 뿐이지요. 황제는 자기가 뭘 원하는지를 알고 뭘 해야 할지를 잘 알고 있지요. 그는 그에게 예전에 대단했던 사람들을 데려오길 원하고 자기 가족과 자신을 예전 왕궁과 가까웠던 사람들로 둘러싸고 있어요. 우리처럼 열정을 다해 전쟁을 치른 보잘것없는 장교들 쯤은 비위를 맞출 필요도 없고 두려워하지도 않지요. 만약 어머니가 사교계를 주름 잡으시고 그 안의 암투에 연루되셨던가 아니면 외국의 친구들과 황제에 대한 음모를 꾸미고 했다면 아마 제게 더 도움이 되셨을 거예요. 적어도 저는 잊히거나 이렇게 버려지지는 않았겠지요. 저는 제 몸을 바쳐 진창과 눈 속에서 잘 필요도 없었고 백 번도 넘게 제 목숨을 바쳐 싸울 필요도 없었고 조국을 위해 안락한 삶을 포기할 필요도 없었겠지요.

사랑하는 어머니! 저는 어머니가 욕심 없이 사신 것과 그동안 세상을 살아오신 지혜와 좋으신 인품을 비난하려는 게 아니에요. 반대로 저는 그런 어머니를 더 사랑하고 그런 성품을 더 존경합니다. 그러니 이렇게 용감한 병사이기만 했던 저를, 이렇게 조국만 생각하는 애국자였던 저를 이번에는 어머니가 용서해주세요.

그리고 이제 곧 전쟁이 터지면 모든 것이 바뀔 것이니 그것을 위로 삼기로 해요. 이제 총을 쏘는 날이 오면 우리가 필요한 존재가 될 것이고 그럼 우릴 다시 생각해주겠지요.

어머니의 마지막 편지는 다시 읽고 싶지 않아 다 태워 버렸어요. 세상에! 대체 제게 무슨 말씀을 하신 거지요? 아니에요. 어머니, 진정으로 한 여자만을 사랑하는 남자를 바람둥이라고 할 수는 없는 것이고 또 명예를 더럽힌 거라고도 할 수 없지요. 또 불행했던 운명으로부터 자신을 구해준 한 남자로부터 진정한 사랑을 받는 여자도 결코 경박한 여자는 아니에요. 이것에 대해서는 저보다 어머니가 더 잘 아시지요. 그리고 어머니의 그런 가르침은 제게는 마치 종교적 신념이 되었고 그런 가르침을 받고 자란 저의 마음은 어머니의 마음을 그대로 보여주고 있는 거지요. 그렇게 정신적으로도 육체적으로 가르치셨던 어머니가 대체 무슨 운명의 장난으로 오늘날 저를 이렇게 나무라시는 건지요?

나무라시는 중에도 저는 어머니의 사랑을 느낄 수 있습니다. 도대체 누가 어머니께 제가 한동안 아주 비참하게 살았다는 말을 해서 어머니가 그렇게 걱정하도록 만든 것인지 모르겠네요. 사실 지난여름 제가 작은 다락방에서 살았던 것은 맞아요. 그래서 사랑에 빠진 가난한 시인 같은 제 삶의 모습이 금장식으로 번쩍이는 제 군복과 어울리지 않았던 것은 사실이지요. 하지만 말씀드리지 못했던 이 시절의 일은 누구의 탓도 아니고 저도 그 누구도 원망하지 않을 거예요. 돈을 갚았다고 생각했는데 일이 잘못되어 사기를 당해 어쩔 수 없이 그리

된 것이었고 그 돈도 월급으로 모두 해결했지요. 지금은 작지만 아주 편안한 그런 아파트에 살고 있어요. 아무것도 부족한 것도 없고요.

어머니가 어쩌면 노앙 집을 팔고 파리로 오실지 모르겠다는 앙드르젤의 말은 무슨 소리인가요? 무슨 말인지 이해할 수가 없네요. 아! 어머니 오세요, 그러면 우리 사이의 모든 오해들이 대화를 통해 다 풀어질 것 같네요. 하지만 노앙을 팔지는 마세요. 그러면 후회하실 것 같아요.

안녕! 어머니의 노여움으로 아프고 슬픈 마음으로 포옹합니다. 하지만 하나님은 아시지요. 제가 어머니를 얼마나 사랑하고 또 그 사랑을 받을 만하다는 것을.   모리스

이 편지 뭉치의 마지막 편지에서 아버지는 할머니와 어떤 일에 대해 길게 대화를 나누고 있는데 그 일은 할머니를 매우 괴롭게 한 사건 같았다.

바로 얼마 전 출판된 마르몽텔의38 회고록 때문이었는데, 할머니는 어릴 때부터 그를 잘 알고 있었지만 결코 그에 대해 말한 적은 없었다. 다음은 이 회고록의 한 부분이다.

나를 자주 받아들여줬던 황태자의 궁정에서39 나는 어떤 재미있는 사실에 대해 알게 되었다. 베리에르 양의 딸인 오로르의 세례 증명서는

---

38 〔역주〕 18세기 극작가의 이름이다.
39 루이 16세의 아버지였던 황태자의 궁정.

그녀의 아버지가 삭스 원수라는 것을 증명해주고 있었다. 그 아버지가 죽은 후 황태자비가 그 아이를 키우고 싶어 했는데[40] 그것은 그 어머니의 야망 때문이었다. 그런데 황태자는 늘 공공연히 그 아이를 자기 딸이라고 하면서 의뭉스러운 태도를 보이곤 했다. 샬뤼 부인은 웃으면서 이 말을 내게 했지만 나는 황태자의 농담을 심각하게 받아들였다. 나는 그를 나무라며 삭스 원수님이 프로이센을 여행하는 중에 베리에르 양을 알게 되었으며 그 후 1년 뒤 그 아이가 태어났으니 진짜 아버지의 이름을 빼앗는 것은 정말 비인간적이라고 항변했다. 샬뤼 부인은 이 문제를 황태자비 앞에 올렸고 황태자는 결국 자기 말을 거두었다. 그래서 오로르는 그들의 돈으로 생클루의 수녀원에서 자라게 되었고 그곳에 별장을 가지고 있던 샬뤼 부인은[41] 내 부탁을 듣고 나에 대한 사랑으로 그녀를 돌보고 그 교육을 책임지게 되었다.

이 부분은 할머니를 기분 나쁘게 할 것이 없었고, 오히려 마르몽텔에게 감사해야 할지도 모를 부분이다. 하지만 다른 곳에서 《잉카 Incas》의 작가는 베리에르 양과의 은밀한 관계를 노골적으로 얘기하고 있었다. 그가 언급한 그들 관계의 자세한 묘사들은 그 딸을 괴롭혔고 그 딸인 나의 할머니는 아버지에게 다음 재판에서는 그 부분을 빼고 출판할 수 있는지 물어 오신 것이다.

---

40 샤틀레는 이 세례 증명서를 고치게 했기 때문에 마르몽텔의 생각은 틀렸다.
41 샬뤼 부인의 처녀적 이름은 베랑숑으로 첫 번째, 두 번째 황태자비의 측근으로 황태자비의 주선으로 징세 청부인과 결혼한다. 그녀는 나의 아버지 세례식 때 폴리냐크 후작 부인과 함께 아버지를 세례대 위로 들고 있었다고 한다.

보몽 할아버지에게도 물어봤는데 그도 이 일에 관심을 가질 수밖에 없는 것이 같은 책에서 마르몽텔은 삭스 원수가 어째서 베리에르 양과 그의 딸에게 주었던 1만 2천 리브르의 연금을 회수했으며 또 이후 베리에르 양이 어떻게 튀렌 왕자로부터 — 마르몽텔에 의하면 — 자기 딸을 보지 않는다는 조건으로 연금을 보상받게 되었는지 얘기하고 있기 때문이다. 그러니까 보몽 할아버지는 전에 말한 것처럼 베리에르 양과 부용의 공작인 튀렌 왕자 사이에서 태어난 아들이었다. 하지만 그는 이 문제를 그리 심각하게 생각하고 있지 않았다.

아버지는 할머니에게 이렇게 편지한다.

보몽 삼촌은 이 문제로 어머니가 그렇게 상심할 필요가 없다고 하세요. 우선 우리가 이미 출판된 책을 모두 사들일 정도로 부자도 아니고 또 새로 나오는 책에서 그 부분을 빼게 할 재간도 없지요. 또 만약 그렇게 한다고 해도 그 부분은 사람들의 관심을 더 받게 돼서 그다음 판에서는 다시 넣게 될지도 모르고요. 또 마르몽텔의 상속자들이 과연 이 협약을 지켜줄까요? 저는 그렇게 생각하지 않아요. 지금은 더는 약속이나 협박이나 혹은 계약서 같은 것으로 이 언론의 자유를 침해할 수 있었던 그런 시절이 아니에요. 이제는 그런 놈의 작가들이나 출판사를 두들겨 패줄 수 없는 시절이 된 거지요. 그리고 어머니는 예전부터 백과사전파들 편이고 철학자들 편이셨으니 이렇게 법과 관습이 바뀐 것을 나쁘다 하실 수도 없겠지요.

할머니를 너무나 가벼운 여자로 쓰고 있는 것에 대해 화가 나시는 것은 충분히 이해할 수 있어요. 하지만 어머니의 삶과 무슨 상관이 있나요? 어머니는 항상 품위를 잃지 않는 삶을 살아오셨고 또 너무나 깨끗한 삶을 사신 것으로 이미 잘 알려져 있는데 말이지요? 저로서는 전혀 기분 나쁘지 않아요. 사람들은 이미 외할머니에 대해 아는 만큼 다 알고 있지요. 그리고 그 회고록을 보면 외할머니는 아주 사랑스럽고 부드럽고 정직하고 야망도 없고 현명한 여자로 그런 처지에서 아주 멋진 삶을 영위한 것으로 보여요. 그런 상황의 여자들이 많이 있었지요. 그리고 상황이 그런 운명적인 실수를 하게 한 것이고요. 외할머니는 사랑스럽고 선한 여자로 그것을 자연스럽게 받아들이신 것뿐이에요. 이것이 어머니를 그렇게도 괴롭힌 부분에 대한 저의 견해예요. 아마 대중들도 저와 비슷한 생각일 거예요.

여기서 아버지와 할머니의 편지는 끝난다. 아마 이후 4년간 다시 시작한 전쟁으로 여러 번 헤어지면서 더 많은 편지가 오갔을 것이다. 하지만 이후 편지들은 사라졌다. 그 이유는 나도 모르겠다. 그래서 이 이후 이야기는 아버지의 군복무 기록과 엄마에게 쓴 편지들과 내 어린 시절의 희미한 기억에 의한 것뿐이다.

할머니는 방토즈 달 중에 아들의 결혼을 무효화하기 위해 파리에 오셨다. 그리고 아들도 당연히 동의해주길 바랬다. 왜냐하면, 지금껏 자신의 눈물에 저항한 적이 없었기 때문이다. 우선 할머니는 늘 그러셨던 것처럼 출발 날짜나 도착 일시를 아버지에게 미리 말하지 않고 파리에 오셨다. 그리고 할머니는 결혼이 합법적인지에 대해 물어봤던 데세즈 씨를 만나러 갔다. 그는 이것이 새로 제정된 법으로 인한 새로운 케이스라고 생각했다. 그래서 그는 2명의 유명한 변호사를 불러 상의했는데 결과는 소송이 가능하다는 거였다. 당연한 것이, 이 세상 모든 일에 소송이 가능하지 않은 일이란 없었으니까. 하지만 결혼은 9대 10으로 합법 판정을 받았고 나의 출생도 합법적인 것으로 인정되었다. 그래서 만약 이 결혼을 파기한다면 아이를 합법적인 아이로 만들기 위해서는 의무적으로 아이의 어머니와 다시 혼인 신고를 해야만 했다.

할머니는 아마도 아들을 상대로 재판까지 벌일 생각은 없으셨을 것이다. 생각은 하셨지만 용기는 없으셨을 것이다. 그리고 이런 적대적인 증오심을 버리는 것으로 고통의 반쯤은 위로받으셨을 것이다. 왜냐하면, 사랑하는 자에게 가혹하게 하는 일은 자기 자신의 고통을 배가시키는 일이기 때문이다. 하지만 어쨌든 할머니는 아들을 보지 않고 며칠을 보내셨다. 아마도 도저히 받아들일 수 없는 마음이 좀 진정되길 바랐을 수도 있고 며느리에 대한 정보를 더 캐내고 싶었을 수도 있다. 그러나 아버지는 할머니가 파리에 계신 것을 알게 되었다. 그리고 이제 할머니가 모든 사실을 아셨으며 뭔가를 꾸미려 하신다는 것을 알았다. 아버지는 나를 품에 안고 마차를 타고 할머니가 계신 집 문 앞에 내렸다. 그리고 관리인 아줌마에게 다정하게 몇 마디 말을 건네고는 나를 그녀에게 맡겼다. 관리인 아줌마는 다음과 같이 맡은 임무를 다해주었다.

그녀는 할머니의 아파트로 올라갔다. 그리고 생각나는 아무 이유를 대면서 할머니께 얘기를 좀 하자고 했다. 할머니와 마주하게 되자 그녀는 이런저런 말을 나오는 대로 하다가는 갑자기 말을 끊고 "제 손녀딸을 좀 보세요! 유모가 오늘 제게 잠시 맡겨서 제가 한시도 눈을 뗄 수가 없는데 너무 행복하네요." 그러자 할머니는 "네 아주 튼튼하고 예쁜 아이군요."라고 말하며 아이에게 뭔가 줄 것을 찾으며 말씀하셨다. 그러자 관리인 아주머니는 아주 재빨리 나를 할머니 무릎 위에 올려놓았고 할머니는 내게 과자를 주면서 나를 바라보다 놀라움을 금치 못했다. 그리고 갑자기 할머니는 나를 내치시며 소리치셨다.

"거짓말이지요. 이 아이는 당신 아이가 아니지요. 당신을 전혀 닮지 않은 걸요! … 나는 알아요. 나는 이 얼굴을 알아요! …"

품에서 떨어져 나오자 나는 놀라 눈물을 뚝뚝 떨어뜨리며 울었다고 하는데 이것은 아주 좋은 효과를 가져왔다. 관리인 아줌마가 "이리 온, 불쌍한 아가야, 네가 싫으시다니 그만 가자꾸나."라고 말했을 때 할머니는 결국 무너져 "그 아이를 내게 주세요. 가엾은 아가야, 네가 무슨 잘못이 있겠니! 그런데 누가 이 아이를 데려왔지요?"라고 말했다. 관리인은 "부인 아드님이지요. 아래서 기다리고 있어요. 다시 딸을 데려다줄게요. 화나시게 했다면 용서하세요. 저는 그냥 아무것도 모르고 깜짝 놀라시게 하려고 …"라고 했고, 할머니는 "됐어요. 당신에게 화낼 이유가 없지요. 아이를 내게 주고 아들을 데려오세요."라고 말했다고 한다.

아버지는 단숨에 계단을 올라 할머니 품에 안겨 있는 나를 보았다. 할머니는 나를 달래며 울고 계셨다. 이후 그 둘 사이에 어떤 일이 있었는지는 말해준 사람도 없고 나도 그때 생후 8~9개월째 갓난아이였으니 기억도 나지 않는다. 아마도 둘은 끌어안고 울었을 것이고 더 사랑이 깊어졌을 것이다. 내 인생에서의 이 첫 번째 에피소드에 대해 이야기해준 엄마는 아버지가 다시 나를 데려왔을 때 내 손에는 큰 루비 반지가 끼워져 있었다고 했는데 그것은 할머니가 직접 끼고 계셨던 것을 빼서 나의 어머니에게 주라고 내게 끼워준 것이었다. 아버지는 내게 그것을 신성하게 간직하라고 했다. 42

그래도 할머니가 엄마를 보기까지는 얼마간 더 시간이 필요했다. 그러나 아들이 잘못된 결혼을 했다는 것과 또 할머니가 며느리를 받아들이지 않는다는 소문이 퍼졌고 그런 소문들은 당연히 나의 엄마와 아빠에 대한 나쁜 소문들로 이어졌다. 그래서 할머니는 자기의 태도가 아들에게 너무나 큰 악영향을 주는 것에 경악해 결국 떨고 있는 소피를 며느리로 받아들이게 되었고, 엄마의 천진스러운 고분고분함과 부드러운 나긋나긋함은 할머니의 마음을 완전히 무장해제 시키게 된다. 그리고 할머니가 보는 앞에서 성당에서의 결혼식이 거행되고 이후 가족 만찬은 공식적으로 엄마와 나를 가족의 일원으로 받아들인다는 것을 만천하에 공표한다.

조금 후에 나는 나의 기억들을, 어쩌면 틀릴 수도 있지만, 그 기억들을 더듬어 살아온 습관과 생각이 너무나 다른 이 두 여자에 대한 것들을 쓰려고 한다. 하지만 지금까지의 과정을 보면 양쪽 모두에게 아주 만족스러운 방향으로 일이 해결되었고 엄마와 딸처럼 친밀한 호칭들이 오갔고 비록 아주 가까운 몇몇 가족들 사이에서는 아버지의 결혼이 작은 스캔들이긴 했지만, 아버지가 가는 다른 대부분의 사교계에서는 아무것도 문제 삼지 않았으며 엄마의 조상도 재산도 묻지 않

---

42 지금도 나는 그 반지를 끼고 있다.

았다. 하지만 엄마는 그런 사교계를 결코 좋아하지 않았고 뭐라의 궁전에도 오직 어쩔 수 없는 경우에만 억지로 참가했다. 그러니까 아버지가 그 왕자 곁에서 일을 수행해야 할 경우에 한해서 말이다.

엄마는 결코 자기보다 신분이 높다고 생각되는 사람들 앞에서 부끄러워하거나 황송해하지 않았다. 엄마는 그런 어리석은 인간들이 잘난 척하거나 갑자기 돈을 번 자들이 허풍을 떨거나 하는 걸 은근히 조롱했다. 엄마는 자신을 뼛속까지 민중의 한 명으로 생각했고 어떤 귀족이나 왕족들보다 더 고귀하다고 생각했다. 엄마는 늘 자기가 속한 종족인 민중의 피는 어느 누구보다 더 붉고 더 넓은 혈관을 타고 흐른다고 말하곤 했다.

이것에 대해서는 나도 전적으로 동감하는 바이다. 만약 정신적이고 육체적인 에너지가 실제로 좋은 종족의 특징이라면 더는 일하지 않고 괴로운 삶 속에서의 용기조차 잃어버린 자들 속에서 그런 에너지는 점점 더 약화되어가는 것을 우린 부인할 수 없기 때문이다. 물론 예외가 있을 수도 있다. 그래서 힘든 노동과 견디기 힘든 삶의 고통이 삶의 유복함과 한가함만큼이나 삶을 나약하게 할 수도 있을 것이다. 분명한 건 보통 사회 밑바닥에서 시작한 삶은 점점 더 위로 올라갈수록 힘을 잃어 간다는 것이다. 마치 식물의 수액처럼 말이다.

엄마는 결코 그런 무모한 위선자들은 아니었다. 마음속에 야망을 감추고 시대의 편견에 맞서면서 수많은 조롱에도 불구하고 세상의 허울뿐인 권세에 들러붙음으로 자신도 위대해졌다고 믿는 그런 부류들 말이다. 그렇다고 엄마는 냉정한 태도도 드러내 보이지 않았다. 그런 것조차도 자존심이 상하는 행동이었기 때문이다. 엄마의 아주 절제

된 행동은 때로는 어수룩해 보이기도 했다. 하지만 누군가 엄마를 좀 가엾게 여겨 보호해주려는 태도를 보이면 엄마는 더 차가워지고 말이 없어졌다. 하지만 존경할 수 있는 대상과는 더할 나위 없이 잘 지냈다. 그럴 때 그녀는 너무나 매력적이고 상냥했다. 그녀의 진짜 모습은 유쾌하고 짓궂고 자유분방했고 모든 구속을 넘어섰다. 대연회나 긴 만찬, 늘 하는 방문들, 무도회조차 엄마에게는 끔찍한 시간들이었다. 엄마는 벽난로 주변이나 경쾌하고 즐거운 산책길에 어울리는 그런 여자였다.

하지만 엄마는 외적인 삶뿐 아니라 내면적인 삶에서도 사람들 간의 진정한 친밀감, 신뢰, 완전히 정직한 관계를 필요로 했다. 자기 생활 방식과 자기 시간에 대한 완전한 자유는 물론이고. 그래서 엄마는 늘 동떨어진 삶을 살았다. 그것은 불편한 사람들을 되도록 보지 않으려는 생각에서이지 결코 무슨 질투심에서 그런 것은 아니었다. 이것은 바로 아버지의 성향이기도 했다. 이런 점에서 이 둘처럼 잘 맞는 커플도 없을 것이다. 둘이 가장 행복할 때는 오직 둘이 함께 집 안에 있을 때뿐이었다. 다른 곳은 모두 숨 막히고 우울하고 지루했다. 화려한 사회생활에 적응 못 하는 나의 이 날것의 성향도 부모님으로부터 물려받은 것 같다. 늘 가정을 목말라하는 것도 말이다.

아버지가 했던 모든 노력들, 사실 그리 열심히 한 것도 아니지만, 그런 노력들은 모두 수포로 돌아갔다. 거기에는 수많은 이유가 있었지만 어쨌든 아버지는 평화 시에 귀족의 박차와 같은 그런 특권을 얻을 수 있는 사람이 아니었다. 황제의 대기실에서의 암투 같은 것에는 영 재주가 없었다. 오직 전쟁만이 전 부대의 무기력함에서 그를 구해낼 수 있었다.

아버지는 뒤퐁과 몽트뢰유 부대로 돌아갔고, 엄마는 1805년 아버지를 따라가서 길어 봐야 두세 달을 지내고 왔다. 그 사이에는 뤼시 이모가 나와 나의 언니를 돌봤다. 앞서 한 번 언급한 적이 있는 이 언니는 조금 후에 다시 설명하겠지만 아버지의 딸이 아니다. 그녀는 5~6살쯤이었는데 이름은 카롤린이었다. 정말 좋은 사람인 뤼시 이모는 앞에서 말했던 것처럼 은퇴 군인인 마레샬 씨와 우리 부모님들이 결혼한 것과 거의 같은 시기에 결혼했다. 그들 사이에서도 내가 태어난 지 5~6개월 뒤에 아이가 태어났는데 바로 나의 사랑하는 사촌 클로틸드이다. 그녀는 나의 가장 절친한 친구이다. 이모부는 샤요에 집을 사서 이모는 거기서 살았는데 그때는 완전히 시골이었지만 지금은 아마도 큰 도시가 됐을 것이다. 이모는 우리를 산책시키기 위해 이웃 정원사에게서 당나귀를 하나 빌리곤 했다. 이모는 우리를 과일이나 야채를 담는 바구니 속 짚 위에 넣었는데 한쪽 바구니에는 카롤린을, 다른 바구니에는 나와 클로틸드를 넣었다. 우린 이런 산책을 아주 즐겼던 것 같다.

이 시기에 나폴레옹 황제는 다른 일에 골몰해서 기마 행진 놀이에 맛 들여서는 이탈리아로 달려가 스스로 머리에 왕관을 얹고는 "*Guai a chi la tocca*"라고[43] 소리친다. 영국과 오스트리아와 러시아가 관여하려 했지만 황제는 자신이 말한 대로 본때를 보인다.

---

43 〔역주〕함부로 손대지 말 것.

라망슈 해변에 집결해 있는 부대가 초조하게 영국 침공 명령만 기다리고 있을 때 황제는 바다에서 늘 운이 따르지 않을 걸 보고는 어느 날 밤 갑자기 모든 계획을 바꾸게 된다. 바로 들뜬 흥분상태를 가라앉히고 냉철하게 사태를 바라보고 새로운 영감을 떠올리게 되는 그런 밤에 말이다. 그런 밤에는 원대한 계획에 대한 생각을 접고 새로운 계획이 영감으로 떠올랐다.

10. 나폴레옹 황제의 위대한 승리

해군 제독 빌뇌브는 머리가 어떻게 된 건지 페롤에서 나와 브레스트에서 강톰 장군 쪽으로 향하는 대신 카디스에 멈추어 있으면서 영국 침공 계획을 수포로 돌려 버리는 최악의 실수를 저질렀다. 러시아와 오스트리아는 결국 동맹을 맺고 5만 병사를 발아래 두었다. 영국은 동맹을 맺은 군대들에게 1만 명당 1만 5천 영국 스틸링화의 후원금을 주었다. 제노바가 제 3차 대프랑스 동맹에 가입한 지 2달 만에 다시 프랑스 편으로 돌아선 것을 핑계로 대륙의 평화는 다시 깨져 버렸다. 나폴레옹은 수시로 계획을 바꿨다. 그는 이탈리아에 대해서는 방어적으로, 그리고 영국에 대해서는 공격적인 태도를 취했다.

17일 후 하노버로부터 베르나도트가, 홀란드로부터는44 마르몽트가 오스트리아 부대 오른쪽 허리인 뷔르츠부르크에 왔다. 오스트리아 부대는 다뉴브강의 오른쪽에 있는 울름과 메밍겐 사이에 집결했고 마크 장군이 지휘관이었다. 24일 후 불로뉴 캠프에 있던 부대가 비밀리에 프랑스를 가로질러 라인강 쪽으로 왔다.

황제는 이 8만 명 부대 맨 앞에 섰다. 이 부대의 이름은 대부대grande armée였다. 대부대는 마세나가 5만 군대를 데리고 아디제의 샤를 대공을 물리칠 동안 다뉴브강에서 작전을 개시해야 했다. 나폴레옹의 계획은 다뉴브강 아래쪽으로 부대를 이동시켜 마크 장군의 부대를 돌아

---

44 〔역주〕 네덜란드를 의미한다.

가게 만들어 갈리치아로부터 진군해 오는 러시아 부대와 만나지 못하게 하는 것이었다.

네Ney 장군이 지휘하는 제6군단에 있던 뒤퐁 사단도 몽트뢰유의 주둔지를 떠나 플랑드르를 가로질러 피카르디, 샹파뉴, 로렌을 거쳐 1805년 9월 24일 라인강 전선에 도착했다. 부대는 하늘을 뚫을 듯한 기상으로 전진했다. 이 군인들이 전쟁을 하지 않은 지도 5년이 흘렀다. 그리고 나폴레옹이 황제가 된 후 부대의 선봉에 모습을 보인 것도 처음이었다.

《집정관의 역사》에서 티에르는 이렇게 말한다.

"뒤퐁 부대는 엔 지역을 통과하며 이 지역 출신 50여 명으로 하여금 각자 자기 가정을 방문하게 했는데 그들은 그다음 날로 하나도 빠짐없이 모두 돌아왔다. 이 가을 한복판에 600킬로미터의 길을 하루도 쉬지 않고 행군하는데 환자도 낙오자도 한 명 없었다. 오랜 동안의 야영 중에 이런 사기와 기상은 가히 유례를 찾아보기 힘든 경우라 아니할 수 없다."

편지 1
나의 아버지가 나의 엄마에게 보낸 편지

아그노, 혁명력 14년 방데미에르 1일(1805년 9월 22일)
드쿠쉬와 예전처럼 우리 부대에 도착했어요. 네 장군님 댁에서 저녁을 먹었지요. 그는 우리에게 이제 쉬지 않고 80킬로미터를 가서 라인강을 건너 계속 두를라흐까지 가면 전선에 도달할 거라고 했어요. 600킬로미터를 달려왔는데 또 그만큼 달려가면 우린 모두 뻗어버릴 거예요. 하지만 명령이니 어쩔 수 없지요. 라인강을 지나며 바덴 선제후選帝侯의 제1기병대와 4천 명의 병사들을 지휘하게 됐어요. 그래서 이제 우리는 1만 2천 명의 군사를 지휘하는 강력한 부대가 됐어요. 곧 우리 부대에 대한 소문을 듣게 될 거예요.

아! 사랑하는 나의 친구여, 당신으로부터 멀리 떨어져 전쟁과 싸움만이 내가 맛볼 수 있는 유일한 즐거움이랍니다. 당신 없이는 모든 즐거움들이 다 슬픔만을 가져오니까요. 다른 사람들이 걱정하고 염려하는 것들은 나의 염려에 비한다면 다 하찮은 것들로 보여요. 평화 시에 그렇게도 용감하고 중요했던 인물들이 이곳에서 무너지는 모습들을 속으로 즐기고 있지요. 길들은 왕궁의 마차들로 가득 차 있어요. 흰 실크 스타킹을 신은 시종들과 궁전 관리들과 하인들이 길에 가득하지요. 흙탕물이라도 튀면 어쩔까!

당신도 없이 내가 정말 즐길 수 있는 건 점점 가까워 오는 전투태세예요. 여자 걱정은 하지 말아요. 보이는 건 오직 남자들뿐이니까. 오스트리아 사람들과는 처리할 일도 많고 이렇게 끊임없이 전진하니 나쁜 짓을 생각할 겨를도 없어요.

스트라스부르에 가지 않을 예정이라 보렐도 빌레트도 앙드도 보지 못할 것 같아요. 그들은 모두 소총 소리도 잘 들어 보지 못했을 거예요. 당신을 떠난 후로 한시도 쉬지 못했지요. 지난 6일 동안 잠도 못 자고 1주일째 옷도 못 갈아입었어요. 계속 전진만을 외쳐서 목도 다 쉬었어요. 그러니 이런 지경에, 게다가 당신에게 내 온 마음을 바치고 있는 이때 지나가는 마을의 여자들을 쫓아다닐 생각이 들겠어요? 오히려 내가 당신 사랑을 걱정할 지경이지요. 만약 내가 당신의 지극

한 사랑을 모른다면 말이에요. 아! 만약 내가 질투를 한다면 당신의 시선 하나에도 나는 세상에서 가장 불행한 남자가 될 거예요. 하지만 우리의 사랑에 상처 입히는 이런 나쁜 생각들은 멀리 떨쳐 버리길!

자르부르에서 사랑하는 당신의 편지를 받았어요. 당신처럼 사랑스러운 편지는 내게 생기와 용기를 주었지요. 오로르는 얼마나 착한지! 빨리 달려가 얼마나 당신과 오로르를 품에 꼭 안고 싶은지! 내 꼭 그리할 테니 소식을 자주 전해줘요. 편지는 "네Ney 원수 휘하 제6군단 제1사단 뒤퐁 지휘관 부관 뒤팽에게"라고 쓰면 부대가 어디로 이동하건 내가 받을 수 있어요. 당신의 편지만이 당신과 멀리 떨어져 내가 맛볼 수 있는 기쁨인 것을 잊지 말아요. 그 외에 이 전투장에는 고단함뿐이에요.

당신의 사랑과 우리 아이에 대해 말해줘요. 당신이 사랑하지 않으면 내 목숨도 끝이란 걸 알아줘요. 나의 아내인 당신을 사랑하고 오직 당신만을 위해 살고 당신에게 나의 온 존재를 바치고 싶어요. 이 세상에서 오직 명예와 의무만이 당신으로부터 나를 떨어뜨려 놓을 수 있지요. 그래서 지금 육체적으로 탈진하고 부족한 것들도 너무 많지만 당신이 없는 고통에 비한다면 아무것도 아니에요. 오로지 당신을 다시 볼 수 있다는 것만이 나의 희망이며 나를 살게 해요.

안녕, 내 사랑! 너무 피곤하네요. 오늘 밤에는 침대에서 잘 수 있어요. 그동안 한참을 침대에서 잔 적이 없는데 오늘 여기서 당신 꿈을 꿀게요. 안녕 사랑하는 소피! 두를라흐에서 편지할 수 있으면 할게요. 천 번의 키스를 보내니 오로르에게도 전해주세요. 아무 걱정 말아요. 나는 내가 할 일을 잘 알고 진급장과 훈장이 나를 기다리는 이 전쟁은 나의 기쁨이지요.

P. S. 전쟁 동안 월급이 2배라는 것은 누구한테 들은 거지요? 사실은 그 반대예요. 월급담당관이 이곳에 도착하는 것부터가 문제니까요. 어쨌든 이제 곧 건너야겠지만 아직은 건너야 할 바다가 없으니 내 걱정은 말아요. 그리고 우리 엄마가 당신에게 보내줄 돈도 걱정 말아요. 당신의 파리 도착을 미리 어머니께 알려주세요.

뒤퐁 부대의 행군에 대해 간략하게 독자들에게 설명하려고 한다. 그러면 아우스터리츠 전투로 이어지는 이 기념비적인 전투에 대해 읽는 동안 나의 아버지의 행적도 알게 될 것이다.

9월 25일 이들 사단이 속한 제6군단은 라우터부르와 카를스루에 사이에 있는 라인강을 건너 수아브의 알프스산맥 아래 계곡들을 가로질러 슈투트가르트까지 오게 된다.

10월 6일 우리 6군단은 별 탈 없이 산맥을 넘어 7일에는 다뉴브강을 넘게 된다. 하지만 네Ney 부대는 강 왼편에 남아서 뷔르템베르크 길을 엄호해야 했다.

10일 부대는 울름에 접근해 마크 장군을 최대한 압박했고 그는 그곳을 지키기 위해 사투를 다했다. 강 왼편에 있는 부대는 그 부대뿐이었는데 6천 명의 강인한 군인들은 명예로운 전투를 벌여 2만 5천의 오스트리아 부대를 상대로 전례가 없을 정도의 승리를 거두었다. 이제 더는 보헤미아 쪽으로 전진할 수 없게 된 불행한 마크 장군 부대는 이제 마지막 희망을 잃어버렸다.

10월 14일 적은 군사들과 강 왼편에 고립되어 있다는 것을 적에게 숨기기 위해 알베크로 가야 했던 뒤퐁 장군은 하슬라흐 숲으로 둘러쳐진 고원으로 되돌아갔는데 그곳은 3일 전 영웅적인 전투로 유명해진 곳이었다. 울름에서 오스트리아 주부대는 섬멸했지만 여전히 베르넥 장군 부대와의 연합을 방해해야 했다. 이 부대는 전날 정찰을 위해 울름을 나갔다가 다시 들어오지 못하고 있었다.

한편 오스트리아 부대 지휘부에서는 서로 의견이 엇갈리고 있었다. 마크 장군은 작전참모가 충고한 전투 작전에 따라 러시아의 쿠투조프 장군 부대가 도착하길 기다리자고 했다. 슈바르첸베르크 왕자와 페르디난트 대공은 네와 뒤퐁 장군을 넘어 보헤미아를 정복하자고 했다. 하지만 지휘 장군을 끝내 설득하지 못하자 모든 전투 권한이 자기에게 있었던 대공은 자기 생각을 실행에 옮겨버렸다. 그는 한밤중에 6천~7천 기병과 보병 1개 대대를 데리고 베르넥과 합세했다.

뒤퐁의 용감한 사단과 척탄병擲彈兵들과 기병들의 선봉장이었던 뮈라는 그들을 쫓기 시작했다. 그는 4일 동안 쉬지도 않고 하루에 40킬로미터 이상을 달려 그들을 쫓아갔다. 그리고 뉘른베르크에 가서야 멈춰 서서 이 부대를 박살내 버렸다. 프랑스군은 1만 2천 명의 포로와 120문의 대포, 500개의 마차, 11개의 깃발, 200명의 장교들과 7명의 장군들 그리고 오스트리아의 군수품들을 차지했다. 거의 잡힐 뻔한 페르디난트 대공은 2천~3천 기병을 데리고 보헤미아 쪽으로 갔다.

편지 2

나의 아버지가 나의 엄마에게 보낸 편지

　　　　　　　　　　뉘른베르크, 혁명력 14년 방데미에르 29일

사랑하는 당신! 4일 동안 쉬지 않고 적을 쫓아온 뒤 우리는 어제 저녁부터 이곳에 있어요. 오스트리아 부대 전체를 포로로 잡았고 단지 독일 본부에 이 참패의 소식을 전하러 간 몇 명만 살아남았지요. 우리를 지휘했던 뮈라 장군은 우리에게 아주 만족했어요. 그래서 내일이나 모레 황제에게 나와 다른 3명의 장교에게 훈장을 주라고 할 거예요.

　지난 10일 동안 얼마나 힘들었고 위험했는지는 말하지 않을게요. 그런 건 다 군인들이 감수해야 할 일이지요. 당신이 없어서 겪고 있는 이 슬픔과 걱정과 어떻게 비교할 수 있을까요! 당신 편지는 하나도 받지 못했어요. 사람들이 말하기를 적들이 우리 편지들이 프랑스로 가지 못하게 한다는 말도 있어요. 그러니 내가 얼마나 고통스럽고 괴로울지 짐작할 수 있나요! 당신이 나 때문에 얼마나 끔찍하게 걱정하고 있을지도 알 수 없고, 당신이 내가 보내라고 한 돈을 받았는지도 알 수 없고, 오로르가 잘 지내는지도 알 수 없고…. 너무나 사랑하는 사람들로부터 이렇게 떨어져 편지 한 통 받을 수 없다니!

　용기를 잃지 말아요. 내 사랑! 우리의 이별로 내 사랑이 변할 거라고 생각하지 말아요. 이제 다시 만나 더는 헤어지지 않게 되면 얼마나 행복할까요! 이제 전투가 끝나 당신 품으로 날아가 더는 헤어지지 않고 당신과 오로르에게 나의 모든 사랑과 나의 모든 시간들을 줄 수 있다는 생각만 하면 너무 가슴이 벅차요. 이 생각만이 당신과 멀리 떨어져 있는 이 괴로움과 권태로부터 나를 위로해주지요. 끔찍한 전쟁 중에도 나는 항상 당신 곁에 있고 당신의 사랑스러운 모습이 바람도 추위도 비도 모든 비참함도 다 잊게 하지요. 당신도 나만을 생각해줘요. 당신에 대한 나의 사랑은 뜨겁게 타오르고 오직 죽음만 이 불길을 잠재울 수 있지요. 만약 당신이 조금이라도 내게 냉정해진다면 내 삶은 죽은 삶이에요. 그리고 만약 내가 당신을 다시 떠난다면 그것은 오직 신성한 명예와 의무를 위해서일 뿐이지요.

　우리는 내일 새벽 5시 뉘른베르크를 떠나 3일 후 라티스본에[45] 도착할 거예요. 뮈라 장군은 계속 우리 부대를 지휘할 거고요.

　울름에서 적을 항복시킨 이후 나폴레옹은 다뉴브 계곡을 따라 빠르게 빈으로 진군했다. 본대는 강의 오른쪽을 따라 걸었다. 무기들과 1만 명의 군사를 실은 선단들도 만약의 경우 오른쪽 부대들이나 아니면 강 왼편에서 모르티에 장군의 휘하에 있는 뒤퐁과 가장Gazan의 부대를 엄호하기 위해 강을 따라 내려갔다. 그런데 빈에서 얼마 떨어지지 않은 곳에서 강 왼편에 있던 부대는 갑자기 적을 만나게 되었다. 바로 쿠투조프의 러시아 부대였다. 브라우나우에서 마크 장군 뒤에 있다가 오스트리아 수도를 방어하길 포기하고 마우테른에서 다뉴브강을 건너 러시아 제2군단이 있는 모라바로 가는 길이었다. 가장의 부대는 뮈라를 따라가고 있었는데 뮈라는 정찰병들과 함께 강의 오른쪽을 따라 너무 빨리 빈에 접근하고 있어서 그들과 뒤퐁 부대 사이에는 큰 거리가 있었다.

---

45 〔역주〕 오늘날의 레겐스부르크를 말한다.

러시아 군대를 만난 모르티에는 그들이 빈 앞을 지키고 있다고 생각하고 그들은 스타인까지 쫓아 보냈다. 그런데 부대 전체를 상대해야 한다는 것을 깨닫고 그는 뒤른슈타인까지 후퇴해야만 했다. 그런데 그곳은 1만 5천 명의 러시아 군대가 둘러싸고 있었다. 그들은 저녁부터 아침까지 전투를 벌였다. 5천 명의 영웅들은 엄청난 수의 적들에 둘러싸여 있었다. 하지만 누구도 항복할 생각은 하지 않았다. 몇몇 장교가 모르티에에게 혼자 배를 타고 도망가라고 충고했다. 적에게 장군까지 잡히게 하는 그런 큰 승리를 안겨주지 않기 위해서. 하지만 훌륭한 원수는 "아니 용감한 자들은 결코 서로를 떠나지 않는다. 함께 살든가 아니면 함께 죽는다!"라고 소리쳤다. 그리고 그는 손에 칼을 들고 척탄병들과 제 1선에서 함께 싸웠다. 그런데 갑자기 뒤른슈타인 뒤쪽에서 엄청난 폭음 소리가 들렸다. 그들은 바로 불굴의 뒤퐁 사단이었다. 그들은 원수님의 힘든 상황을 전해 듣고는 전속력으로 전쟁터로 달려온 것이다. 하슬라흐에서 그렇게도 영광스럽게 싸웠던 군인들은 다시 러시아부대에게 돌진했고 뒤른슈타인에 있던 부대와 합류했다. 3만 명의 러시아 부대와 온종일 싸우고 있던 가장의 5천 군사들은 2,500명으로 줄어들어 있었다. 나폴레옹은 가장과 뒤퐁 부대에게 가장 멋진 보상을 해주었는데 그것이 그들이 바로 빈에 들어가 전쟁의 피로를 풀고 부상병들을 돌볼 수 있었다는 것이었다.

편지 3

나의 아버지가 나의 엄마에게 보낸 편지

빈, 혁명력 14년 브뤼메르 30일

사랑하는 여보! 오늘은 내 생애 가장 아름다운 날이요. 완전히 탈진해서 우리 부대는 빈에 도착했지만 내 마음에는 걱정뿐이에요. 당신이 나를 사랑하는지 잘 지내는지 나의 오로르가 슬픈지 기쁜지, 당신이 여전히 나의 사랑스러운 소피인지 모르겠구려. 간절한 소망과 두려움을 가지고 우체국을 달려가서 당신의 편지가 온 것을 알고 두근거리는 마음으로 편지를 열었어요. 당신의 사랑이 넘치는 글을 읽고 얼마나 행복에 떨었던지. 오 그래요! 여보, 나는 영원히 당신 곁에 있을 것이고 당신을 향한 이 불타는 사랑은 누구도 변질시킬 수 없어요. 그리고 당신이 그 사랑을 함께 나누는 한 나는 어떤 운명도 어떤 재물도 어떤 불공평함도 다 참을 수 있어요. 나의 권태로운 존재를 견디기 위해 내게 필요한 것은 오직 내 아내의 편지뿐이에요.

군인으로 용맹스러운 전투를 마친 후, 부대의 승리를 위해 백 번도 더 넘게 목숨을 건 후, 내 곁에서 사랑하는 전우가 죽어 나가는 것을 지켜본 후 이제 아첨꾼들에 의해 우리의 빛나는 공적들이 잊히고 왜곡되고 흐려지고 있다는 것이 너무나 서글퍼요. 내가 말하려는 것은 바로 궁전의 아첨꾼들이에요. 우리 부대의 제일 앞에서 나는 용기나 용맹함 같은 것이 쓸모없는 것임을 알게 되었지요. 오로지 황제의 은총을 입는 것만이 영광의 월계수를 가져다주었어요. 결국 몇 달 전에 6천 명이었던 부대는 오늘 3천 명이 되었지요. 우리 편에서는 단 6주만에 적에게서 2개의 러시아 깃발을 비롯해 총 5개의 깃발을 빼앗았고 5천 명의 포로를 잡았고 2천 명을 죽이고 4문의 대포를 빼앗았는데 그런 우리의 이름들은 다 잊히고 보고서에 이름이 오르는 것은 전쟁터에서 아무것도 하지 않은 사람들이지요. 오직 동료들의 인정과 애정만이 위로가 돼요. 나는 돌아갈 거예요. 하지만 궁전 나리들과 함께가 아니라 그들보다 훨씬 소중한 전우들과 함께 돌아갈 거예요.

나의 우울한 얘기들로 당신도 우울하겠지만 소피 당신이 아니면 내가 누구에게 이런 속사정을 얘기할 수 있겠어요. 또 누가 이런 내 심정을 이해하고 위로해 줄 수 있겠어요? 어쨌든 우리 부대원들이 8일 동안 러시아를 상대로 너무나 용감하게 싸워 완전히 탈진해서 우리는 모르바에서 이곳으로 와 휴식하게 되었어요. 나는 하슬라흐에서 모든 걸 잃었지요.46 그래서 우리가 쳐부순 라투르 용병부대에서 장교 월급을 받고 있어요.

다들 우리에게 멋진 보상을 약속하지만 지켜질지는 하나님만 아실 일이지요. 어머니 말씀이 당신이 부족함이 없게 할 테니 걱정하지 말라고 하셨어요. 그런데 세상에! 당신은 또 무슨 말도 안 되는 소리를 하는 거지요? 드벤은 그 소리를 듣고 눈물을 흘리며 웃었어요. 루미에 양은 오래된 유모예요. 나를 기르기 위해 어머니가 고용한 사람이지요. 내가 태어날 때 그녀는 40살이었어요. 질투도 유분수지요! 전우들께 이 재미난 얘기를 다 들려줬어요.

---

46 티에르의 말에 따르면, 이런 승리의 와중에 오스트리아군은 알베크에서 뒤퐁 부대의 군수품을 털어 가는 부끄러운 짓을 했다. 이것은 6천 명을 상대로 싸웠던 2천 5백 명의 군인들에게는 참으로 슬픈 사건이었다.

오늘 아침 멜레가에서 알게 된 빌레트를 만나 반가움에 어쩔 줄을 몰랐지요. 나는 너무나 소중한 그 친구를 꼭 껴안았어요. 왜냐하면, 당신에 대해 물어볼 수 있고 대답을 들을 수 있는 친구였으니까요. 하지만 그도 당신의 건강에 대해 내게 전해 줄 수 있는 소식이 별로 없다는 걸 알면서도 계속 묻고 또 물었어요.

우리는 곧 프랑스로 가게 된다고 해요. 이제 전투도 없고 전쟁이 끝났으니까요. 오스트리아인들은 감히 공격할 생각을 하지 못하지요. 우리에게 겁을 먹고 있어요. 러시아 부대도 돌아가고 있고요. 이곳 사람들은 우릴 보고 아주 경악하고 있어요. 빈 사람들은 우리가 여기 있다는 걸 도저히 믿을 수 없어하지요. 게다가 이 도시는 아주 무미건조해요. 여기 온 지 하루가 됐는데 마치 감옥처럼 지루해요. 귀족들은 도망갔고 부르주아들은 떨고 있거나 숨었고 민중들은 얼이 빠져 있지요. 이제 3, 4일 후에 다시 헝가리 쪽으로 진군해서 오스트리아 패잔병들이 무기를 내려놓게 할 거라고 해요. 그리고 평화협상을 끝낼 거라고 하네요.

내가 없을 때는 웃지도 말아요. 그래요 사랑하는 여보! 나는 이렇게 바보처럼 당신만을 사랑해요. 아무도 당신을 보지 않았으면…. 우리 딸만 키우고 있어준다면 당신으로부터 멀리 떨어진 나는 너무 행복하겠네요. 안녕 사랑하는 당신! 곧 당신을 품에 안을 수 있길 바라요. 당신과 우리 오로르에게 천 번의 키스를.

헝가리를 향한 진군은 1805년 12월 4일 아우스터리츠 전투로 이어진다. 우리 아버지가 그 전투에 참전했는지는 의문이다. 몇몇 사람들이 그렇게 말하고 또 아버지 부고計告 기사에도 그렇게 명시되어 있지만 나는 그렇다고 생각하지 않는다. 왜냐하면, 뒤퐁 부대는 하슬라흐와 뒤른슈타인 전투에서 탈진해서 빈에서 휴식하고 힘을 보충해야만 해서 뒤퐁이란 이름은 아우스터리츠 전투에 대한 어떤 기록에서도 언급되지 않기 때문이다.

뒤퐁 이름이 나왔으니 말인데, 스페인의 바일렌에서 너무나도 큰 실책을 했으며 너무나 운이 나빴던 이 장군, 또 황제 앞에서 프랑스 군대의 명예를 배반하는 데 앞장선 자들 중 하나였으며 왕정복고 시기에는 너무나 부끄러운 보상을 받았던 이 장군에 대해 한마디 하려고 한다. 우리가 방금 설명한 전투에서 그가 위대한 군인의 면모를 보여준 것은 분명하다. 또 아버지가 평화 시에 그에 대해 가볍게 또 다른 데서는 심각하게 비판했던 적도 있었다. 황제는 뒤퐁에 대해 정말 아무도 모르는 경멸과 편견을 가지고 있었던 걸까? 그랬을 수도 있고 아니면 뒤퐁 자신이 그런 척했을 수도 있다.

하지만 방금 읽은 편지에 나온 아버지의 불평은 당시 모든 부대원들의 생각이었다. 사실 그는 자신이 어떤 특별한 적의의 대상이라고 스스로 생각할 만큼 그렇게 중요한 인물이 아니었다. 아버지가 아주 괘씸하게 생각하는 군대의 그 아첨꾼들 간신배들이 누군지는 나도 모르겠다. 하지만 아버지처럼 마음이 너그럽고 순한 사람이 한 말이니 그 말들이 전혀 근거 없지는 않을 것이다.

우리는 모두 알고 있다. 황제가 이 전투에 대해 얼마나 많은 적개심과 경쟁심과 분노를 가지고 있는지, 또 오만하고 거만한 뮈라가 어떤 실수를 저질렀는지, 그래서 거기에 대해 네Ney가 얼마나 분노했는지. 당시 역사를 보면 나의 아버지가 전쟁에서 겪었던 그 고통에 대한 단서를 찾을 수 있을 것이다. 또한 마렝고 전투에서 혼신을 다해 제1통령을 따랐던 자들에 대한 분명한 진급에 대한 이유도 찾을 수 있을 것이다. 물론 황제의 그 전투는 대단했다. 우리의 군인들도 모두 대단한 영웅들이었다. 나폴레옹은 거기에서 세상에서 가장 위대한 장군이었다. 하지만 그때부터 이미 공화국의 젊은 열성당원들은 궁정에 대한 아첨으로 정신이 시들어가고 있었다!

마렝고에서 나의 아버지는 엄마에게 추신으로 "아! 세상에나, 내가 전장에서 중위로 진급되었다는 것을 말하는 걸 잊었구려."라고 쓰고 있다. 그러니까 전쟁에 취해서 개인적인 진급 같은 것에는 아예 관심이 없었던 것이 분명하다. 하지만 이미 빈에서 아버지는 엄마에게 제대로 된 보상을 받을 수 있을지에 대한 냉소적인 의심을 보이고 있다. 제국 아래에서 모두는 자기 생각만 했다. 하지만 공화국에서는 모두가 자기를 잊을 자들이었다.

어쨌든 민치오 전투 이후부터 아버지가 황제의 총애를 받지 못했던 상황은 1805년 전투 이후 끝나게 된다. 마침내 아버지는 장교단에 들게 되고 혁명력 14년 프리메르 30일(1805년 12월 20일) 제1기병 대위가 된다. 47 그리고 파리에 와서 나와 엄마와 카롤린 언니 셋을 어딘지모르는 주둔지로 데려갔다. 1806년 전장으로 다시 떠났을 때, 아버지는 사무관을 통해 통게렌에 있는 엄마에게 편지했다. 아마도 이때 아버지는 노앙을 방문했을 것이다. 하지만 나는 아버지 이야기를 다

---

47 〔역주〕 이때 아버지는 레지옹 도뇌르 훈장도 받게 된다.

음 몇 개의 편지에서밖에는 발견할 수가 없었다.

오스트리아와 러시아를 상대로 한 1805년의 전쟁에 마침표를 찍은 아우스터리츠 전투의 엄청난 승리가 유럽에 너무나 소중한 평화를 가져다주었다는 것을 짐작할 수 있을 것이다. 하지만 모든 것은 다시 수포로 돌아갔다. 1792년부터 멀찌감치 떨어져 있던 프로이센은 승리의 감격에 찬 프랑스에 대해 적대적인 태도를 드러내기 시작했다. 유럽 사람들은 모두 베를린의 이 뜬금없는 악의적 태도에 경악했다. 하지만 티에르 씨의 말처럼 정부는 여전히 열정을 지니고 있었다. 그리고 "두 남자가 이해관계 때문에 갑자기 손에 칼을 쥐게 되는 것 같은 이런 대치상황이 두 나라 사이에서 벌어진 것이다."48

이런 급박한 상황 앞에서 나폴레옹은 즉각 입장을 취했다. 프로이센 군대가 작센을 침공하자 그는 그것을 선전포고로 간주하고는 9월 말 즉시 부대를 배치시키고 마인츠에서 대군을 이끌고 프로이센으로 쳐들어갔다. 그리고 황제는 마인츠에서 궁전 사람들과 황후를 돌려보내고 단지 군인 간부들만 데리고 뷔르츠부르크로 들어갔다.

하슬라흐와 알베크 전투 때부터 따로 떨어져 베르그의 공작령을 담당하던 뒤퐁 부대도 전쟁 소식을 듣고 마인츠와 프랑크푸르트로 돌아왔다. 그래서 나폴레옹이 마인츠에 왔을 때 아버지도 그곳에 있었다.

---

48 〔역주〕 티에르가 쓴 《통령정부와 제정의 역사》(Histoire du consulat et de l'empire) 제7권에 나오는 말이다.

나의 아버지가 나의 엄마에게 보낸 편지

프림링겐Primlingen에서, 49 1806년 10월 2일

마인츠에서부터 우린 너무나 자주 이동하는 바람에 당신에게 편지를 쓸 수 없었어요. 먼저, 나는 당신을 나의 우상처럼 사랑해요. 당신에게는 새로울 것도 없는 말이겠지만 나는 정말 이 말부터 하고 싶어 안달이 날 지경이에요. 아! 당신과 떨어진 나는 얼마나 괴로운지! 맹세코 이번 전투가 끝나면 무슨 일이 있어도 당신과 절대 헤어지지 않겠어요.

불쌍한 대령님은 병이 났어요. 힘든 행군으로 신장병이 도졌지요. 그래서 어제 프랑크푸르트로 돌아가야만 했어요. 그래서 부대에 타격이 이만저만이 아니에요. 제일 큰 타격을 입은 사람은 물론 나고요.

3일 전부터 나는 동료들과 황제를 호위하기 위해 144킬로미터를 달려왔어요. 그는 어젯밤 뷔르츠부르크에 도착했지요. 우리는 근처에 자리를 잡았고 보병 근위대들도 도착했어요. 함께 행군하면서 황제는 내게 부대에 대해 몇 가지 질문을 했는데 마지막 질문을 할 때 마차 소리가 너무 시끄러워 들리지가 않았는데 그는 세 번이나 같은 질문을 반복했지요. 그래서 그냥 "네 장군님."이라고 대답해 버리고 그를 보니 웃고 있더라구요. 아마도 내가 멍청한 대답을 한 것 같았어요. 만약 내가 멍청이고 귀머거리라고 생각해서 나를 해고시킨다면 아주 기쁘게 당신 곁으로 달려갈게요!

여기 날씨가 아주 추워져서 털외투를 가지고 오지 않은 게 너무 후

---

49 〔역주〕 Plieningen을 잘못 표기한 것으로 보인다.

회스러워요. 외투를 샤포토에게 좀 보내주세요. 그러면 그가 어떤 식으로든 내게 보내줄 수 있을 거예요. 이 부탁 편지로 당신 머리를 말아 버리지는 말아주세요. 그러면 이 종이는 당신의 머리핀과 당신의 아름다운 머리카락 사이에서 뜨거워질 것이고 나는 이 먼 곳에서 원숭이 옷 같은 것을 입고 추위에 꽁꽁 얼게 될 테니까요.

안녕, 사랑하는 여보! 내가 세상에서 가장 사랑하고 그리워하고 원하는 그대여. 온 마음으로 포옹합니다. 사랑하는 오로르와 우리의 아이들과 이모와 모든 친지들께 안부 전해줘요.

우리 부대에 우체국이 생겨서 곧 당신 소식을 많이 접할 거라 기대해요.

나폴레옹의 갑작스러운 뷔르츠부르크 도착 소식은 프로이센 부대 지휘관들의 작전을 변경하게 했다. 이들은 일전에 오스트리아와 러시아 전투에서 보여준 프랑스의 기막힌 전술에 엄청난 충격을 받았다. 그래서 그들은 그들에게 제일 중요한 지역을 골라 프랑스 부대가 적지에서 아주 힘들게 전진하도록 집중 방어하는 대신 공격적 자세를 취하기로 했다. 러시아군이 약속한 원병도 기다리지 않고 말이다. 하지만 나폴레옹의 움직임에 프로이센군들은 매우 신중을 기했다. 그래서 그들은 튀링겐 숲 뒤쪽의 요새들을 결사 방어하기로 했다.

프랑스군은 10월 8일 진격하기 시작했고 다음 날 뮈라와 베르나도트 장군은 정찰대를 조직해 타우엔치엔 장군 부대와 일전을 벌였고 10일에는 란 장군이 잘펠트에서 루이 왕자를 공격했다. 여기서 왕자는 비극적으로 죽게 되는데 이 죽음을 듣고 부대가 패할 것을 안 호엔로헤와 브라운슈바이크의 프로이센 부대들은 도망쳐 버렸다.

지휘관이었던 브라운슈바이크 공작은 나움부르크를 통해 엘베로 후퇴하기로 결정한 후 호엔로헤 왕자를 5만 병사와 함께 예나에 남겨 두었다. 후방에는 1만 8천 명 군사가 있었다.

하지만 10월 13일 적군이 움직이기 시작했을 때, 나폴레옹은 이미 란 장군이 점령한 예나에 도착해 그곳을 접수하고 두 부대는 함께 있었다.

나는 여기서 그다음 날 벌어진 기념비적인 예나 전투에 대해 기술하지 않겠다. 위풍당당했던 프로이센 부대는 완전히 패배했다. 프랑스 쪽에서는 단지 5만 병사가 싸웠을 뿐이다.

호엔로헤 왕자가 예나에서 싸우는 동안 베르나도트 장군은 잘레 쪽으로 가서 퇴각하는 프로이센군들을 공격하기 위해 할레 쪽으로 전진했다. 브라운슈바이크 공작은 엘베 쪽으로 후퇴하면서 뷔르템베르크의 외젠 왕자에게 1만 8천 명 병사로 할레를 지키도록 했다. 이 부대는 프로이센 공국의 마지막 보루였고 도망병들을 모을 마지막 부대였다. 10월 17일 아침 베르나도트 장군을 따르던 뒤퐁 부대는 이 도시가 보이는 곳에 나타났다. 그는 한 시도 망설이지 않고 보병 공격대를 편성하여 잘레의 다리를 들어내고 할레의 문들을 부수고 도시를 가로질러 뷔르템베르크 공작 부대 앞에 섰다. 그곳을 지키던 1만 2천 명의 병사들은 겨우 연대 3개에 불과한 뒤퐁 장군의 부대와 마주하게 된 것이다. 하지만 그들은 적들의 포화를 받으며 기어올라 적들을 도망치게 했다. 뷔르템베르크 공작은 정신없이 엘베로 도망치고 5천 명의 병사들은 1만 8천 명의 병사들을 물리쳤다. 나폴레옹은 전쟁터로 달려가 뒤퐁 장군 부대의 위용을 더욱더 빛나게 했다.

10일 후 나폴레옹은 황제 근위대의 호위를 받으며 베를린으로 입성
하게 된다. 한편 프레드릭 기욤 왕이 휴전협정을 거부하고 자기를 구
하러 오는 러시아군과 합세하려 했기 때문에 나폴레옹 황제는 폴란드
로 진군하기로 한다. 그리고 민중 해방에 대한 간절한 희망을 품기 시
작한 폴란드 사람들의 열렬한 환영을 받으며 프랑스 부대는 12월 초
바르샤바 근처에 자리를 잡는다. 나폴레옹은 자신의 겨울 주둔지를
비스와강 가로 하려고 했지만 "이것은 러시아군을 무찌른 다음에야
가능해진다"고 다부는 쓰고 있다. 실제로 부대는 러시아군을 풀투스
크에서 격파하고 나레프까지 쫓아 버린다.

1월 25일 러시아군은 다시 공격을 시작하고 30일 나폴레옹은 대군
을 지휘하고 전장에 나선다. 그가 진군해 오자 러시아 장군 베니히센
은 아일라우50 쪽으로 후퇴한다. 그리고 그곳에서 피비린내 나는 전
투가 벌어져 4만 명이 넘는 병사가 죽었는데, 이긴 자나 진 자 모두에
게 영예로운 전투였다. 그리고 만약 적이 거의 비슷하게 타격을 입은
상대 부대의 방해를 받지 않고 퇴각할 수 있다면 나폴레옹은 적어도
근처에 있는 러시아군이 주둔군을 공격할 염려에서 잠시 동안 벗어날
수 있었다.

베르나도트 휘하에 있던 뒤퐁 부대는 아일라우 후방 120킬로미터쯤
에 주둔해 있어서 전투에는 참여할 수 없었다. 러시아군을 쾨니히스
베르크에51 가둬둔 후에야 부대는 파스웽카강 변에 주둔할 수 있었다.

---

50 〔역주〕 오늘날의 이와바를 말한다.

그런데 아일라우에서 병사들을 다 잃지 않은 것으로 오만해진 베니히센은 스스로 승리했다 떠벌리며 그것을 증명해 보이고 싶어 했다. 그래서 그는 숨어 있던 벽 뒤로 나와 감히 네Ney 앞으로 나오는 만용을 보였다. 그러자 가뜩이나 아일라우 전투에 참여하지 못한 것을 불만스러워하던 이 장군은 그것을 만회할 기회를 성급히 붙잡고 공격하는 부대에 용감히 맞섰다. 그러는 동안 뒤퐁의 부대는 파스웽카강 위의 브라운스베르크를52 차지하고 2천 명의 프로이센 포로를 잡았다.

러시아에 대한 염려로 지쳐서, 또 겨울 동안은 좀 편히 지내고 싶은 마음에 나폴레옹은 베르나도트와 술트 장군 부대를 앞으로 전진하게 해서 그 부대들은 만약에 다시 전투가 일어나는 경우 매복군 같은 위치에 있게 되었다. 러시아군은 쾨니히스베르크로 향하는 퇴로가 막힐 것을 염려해서 후퇴한 뒤 겨울 내내 나타나지 않았다.

나의 아버지가 나의 엄마에게 보낸 편지

1806년 12월 7일

사랑하는 여보! 15일 전부터 폴란드의 허허벌판을 이리저리 뛰어다니고 있어요. 새벽 5시부터 말에 올라 저녁까지 달리고는 불타서 연기 나는 끔찍한 막사로 돌아오지요. 누워 쉴 곳이라고는 작은 짚더미뿐이에요. 오늘은 폴란드의 수도에 도착해서 당신에게 드디어 편지를 부칠 수 있게 되었어요. 당신을 내 목숨보다 백배는 더 사랑해요.

---

51 〔역주〕오늘날의 칼리닌그라드를 말한다.
52 〔역주〕오늘날의 브라니에보를 말한다.

당신의 추억들은 어디서든 나를 위로하고 또 나를 절망케 하지요. 잠들 때 당신을 보고 깨어나자마자 당신을 생각해요. 내 영혼은 온통 당신 곁에 있어요. 당신은 나의 여신女神이고 내가 힘들 때나 내가 위험할 때 간절히 부르는 나의 수호천사예요. 당신을 떠난 후로 한 시도 쉰 적도 없고 한순간도 행복한 적이 없었다는 것은 말할 필요도 없겠지요.

사랑해줘요. 제발, 이것만이 이곳에서의 힘든 삶을 위로해줄 수 있어요. 편지를 보내줘요. 지금까지 두 통밖에 받지 못했는데 백 번도 더 읽었답니다. 읽고 또 읽고 있어요. 편지처럼 늘 다정하고 사랑스러운 여자로 남아주세요. 이렇게 떨어져 있다고 당신의 사랑이 변치 말길 …. 그것 때문에 내 사랑은 더 불타올라요. 언젠가 꼭 만날 거라는 희망을 잃지 말아요.

포젠에서 협상을 할 거예요. 우리의 승리로 러시아와 평화조약을 맺게 될 것 같아요. 곧 필립 세귀르를 만나 당신께 보낼 소포를 부탁할 거예요. 그러면 그는 당신께 이것을 빨리 보내줄 수 있을 거예요. 내일 우리는 비스와를 지나요. 러시아는 이곳에서 40킬로미터 떨어져 있는데 우리의 행군과 작전에 아주 혼비백산해있어요. 나는 정말 칼싸움이라도 해서 불구가 되어 당신 곁으로 가고 싶어요. 이 시대에 군인이 가정의 행복을 누리며 쉴 수 있는 길은 팔이나 다리 하나를 잃어버려야 하는 것 같아요. 부대 안에서 모두가 이걸 소원하지요. 하지만 그놈의 명예가 뭔지 그게 우리 발목을 잡고 있어요. 모두가 불평을 늘어놓지만 나는 크게 불평하지도 못하지요. 왜냐하면, 내가 힘든 건 구역질 나고 궁핍하고 육체적으로 힘든 그런 군인으로서의 삶이 아니라 당신이 없다는 거예요. 그리고 다른 사람들에게 이런 말은 할 수도 없지요. 당신을 모르는 사람들은 내가 왜 이렇게 당신의 사랑 때문에 힘들어하는지 이해하지 못해요. 하지만 당신을 아는 사람들은 나보다 더 나를 이해해주지요.

아이들에게 내 이야기를 해주세요. 이제 말을 돌보러 가야해요. 당신에게 편지를 쓰며 시름을 잊는 이런 한순간도 허용되지 않네요! 당신에 대한 사랑으로 미칠 것 같아요. 당신의 사랑으로 내 생명을 살려주세요.

파스웽카 전투 이후로 아버지는 1807년 4월 4일 기병대장이 되었다. 또 뮈라 장군은 아버지를 부관으로 임명했다. 데샤르트르 선생님 말에 의하면 그것은 황제의 추천이었다고 했다. 나폴레옹은 아버지를 눈여겨보고 왕자에게 "진짜 멋지고 용감한 젊은이야, 꼭 부관으로 두도록 해라."라고 말했다고 한다. 그런데 아버지는 정말 이 승진이 싫어서 하마터면 거절할 뻔했다고 한다. 그 자리는 할 일도 더 많아서 가정의 따뜻한 품에 돌아가 쉬고 싶은 아버지에게는 더 큰 장애물이 될 것이 뻔했기 때문이다. 하지만 엄마는 아버지의 '야망'에 대해 질책했고, 아버지는 그것에 대해 다음 편지에서 마음속 진실을 말해주고 있다.

로젬베르그Rosemberg, **53** 베르그 대공 장군 부대에서,

1807년 5월 10일

지난 3주 동안 짐승처럼 뛰어다니며 왕자에게 이것저것 이 방면에 내가 알고 있는 노하우들을 가르친 후에 이제 여기 도착해서 당신이 3월 23일과 4월 8일에 보낸 편지 두 통을 받았어요. 첫 번째 편지를 읽으면서는 죽을 것만 같았어요. 이제부터 "당신을 좀 덜 사랑하도록 노력하겠다."니 벌써 당신 사랑이 시들해진 것 같네요. 하지만 다행히 두 번째 편지를 보고 당신이 그렇게 말한 것이 오직 나에 대한 사랑 때문임을 알게 되었네요. 오, 사랑하는 나의 소피, 어떻게 당신은 1, 200킬로미터나 먼 이국에 떨어져 있는 나에게 그렇게도 잔인한 독약 같은 말로 나를 고통 속에 처박히게 할 수 있나요? 그다음 나를 안심시키고 나를 위로해준 편지는 보름 뒤에나 왔는데 말이지요! 당신의 편지를 뒤늦게 받게 된 것이 얼마나 하나님께 감사한지! 오, 나의 친구여, 그런 끔찍한 생각들은, 그런 말도 안 되는 의심들은 하지 말아요. 어떻게 그렇게 내 생각을 의심할 수 있지요? 당신이 한 말 중에 제일 가슴 아픈 말은 내가 카롤린 생각은 안중에도 없어서 당신이 그 아이의 미래에 대해 너무 걱정이 많다는 말이에요. 대체 내가 왜 그런 취급을 받아야 하는 걸까요? 내가 한순간이라도 그 아이를 내 아이처럼 생각하지 않은 적이 있던가요? 내가 그 아이를 우리의 다른 아이들보다 덜 안아주고 덜 보살펴준 적이 있던가요? 내가 당신을 처음 본 순간부터 내가 한순간이라도 당신과 당신에게 속한 모든 것, 그러니까

---

53 〔역주〕 오늘날의 Susz, 즉 Rosenberg를 잘못 표기한 것으로 보인다.

당신의 딸과 여동생 또 당신이 사랑하는 모든 것을 열렬히 사랑하지 않은 적이 있던가요?

또 당신은 내가 오로지 세상 속으로 나가고 싶어 당신을 버렸다고 하네요. 우리 사랑을 걸고 맹세코 말하는데 나는 정말 진급을 절대로 원하지 않았어요. 나는 대공이 그런 생각을 하는 줄은 꿈에도 짐작조차 못 하고 그에게 불려갔지요. 그래서 나도 이제 당신과 만날 날이 더 멀어질까 노심초사하고 있어요. 당신께 어떻게 내 심정을 다 말할 수 있을까요? 나는 당신께 갈 날이 늦어질까 두려워 정말 거의 거절할 뻔했어요. 하지만 여보! 만약 내가 제 발로 찾아온 이 행운을 저버린다면 당신과 나의 어머니와 또 앞으로 아버지로부터 많은 도움을 받아야 할 우리의 세 명의 아이들[54]에 대한 나의 의무를 다할 수 있을까요? 내 야망이라고 당신은 말하나요! 내 야망이라니! 내가 지금 기분이 좀 좋다면 나는 이 말을 그저 웃고 넘어갈 수 있으련만….

아! 당신을 알고 난 후 나의 야망은 오직 이 한 가지뿐이지요. 한 사람의 운명에 있어 공평하지 못한 이 사회를 고쳐서 당신이 명예로운 삶을 살도록 하는 것, 또 만약 내가 전투 중에 총을 맞더라도 당신이 불행하지 않은 삶을 영위할 수 있도록 하는 것, 오직 그뿐이에요. 이것이 이 운도 지지리도 없는 이 남자에 대한 사랑 때문에 성城 같은 집도 버리고 가난한 세월을 오래 참아온 당신에 대한 나의 의무지요! 그러니 나를 그렇게 취급하지 말아줘요, 소피! 당신의 마음속 진심으

---

[54] 세 명의 아이들은 카롤린과 나와 1806년에 태어나서 죽은 아들이다. 이 아이에 대한 기억은 전혀 없다.

로 나를 판단해줘요. 내 삶 속에서 당신을 생각하지 않는 때는 단 1초도 없다는 걸 당신도 알지요. 내가 원하는 건 오직 사랑하는 여인과 함께 있을 작은 방뿐이에요. 그곳만이 나의 성소聖所지요.

당신의 아름다운 검은 머리, 당신의 아름다운 두 눈, 하얀 치아, 우아한 자태, 페르칼 천으로 된 드레스, 예쁜 두 발 그리고 작고 귀여운 자두색 슬리퍼보다 내 눈에 더 귀한 것은 없어요. 나는 처음처럼 그 모든 것을 여전히 사랑하고 이 세상에 그보다 더 좋은 건 없어요. 하지만 이 모든 행복을 위해, 아이들과 비참하게 살지 않기 위해 지금은 뭔가 희생해야 하지요.

당신은 우리가 화려한 성에 살면 우리의 작은 지붕 밑 방에서보다 덜 행복할 거라고 하네요. 이제 전쟁이 끝나면 왕자님은 왕이 될 테고 그러면 우리는 그의 왕국에 가서 살게 될지도 몰라요. 그러면 이제 어둠은 사라지고 우리는 파리에서 자유롭게 머리를 맞대고 살게 되는 거지요. 정말로 왕자는 곧 왕이 될 거예요. 그러면 우리를 데려갈 테지요. 나는 우리가 그곳에서 함께 있는데 행복하지 못할 거라는 말에는 동의할 수 없어요. 그 어떤 것도 결혼으로 맺어진 사랑을 두렵게 할 수 없지요.

오, 가여운 여인이여! 내가 화려함과 사치 속에 살게 되면 당신을 덜 사랑할 거라고 믿다니 당신은 얼마나 어리석은지! 하지만 동시에 그런 것들을 대수롭게 생각지 않는 당신은 얼마나 좋은 여자인지! 나도 그래요, 나도 높은 분들이 거들먹거리는 건 딱 질색이에요. 그 안에 있을 때 이미 그런 즐거움들은 내 영혼을 갉아먹는 권태로움일 뿐이었어요. 당신도 잘 알다시피 말이에요. 내가 당신과 작은 방에 조용히 있고 싶어서 그런 곳을 얼마나 빨리 빠져나오고 싶어 했는지 당신도 잘 알지요. 내가 일하고 싸우며 그것에 대한 보상을 받아들이고 또 부대 지휘관이 되고 싶어 하는 이 모든 것은 바로 이 작은 방을 위해서예요. 그러면 당신은 나를 더 이상 떠나지 않아도 되고 우리는 우리만의 조용하고 소박하고 은밀한 공간을 갖게 될 테니까요. 그리고 우리의 이런 소박한 삶의 모습을 불쌍하게만 바라보는 몇몇 멍청이들에게 가끔 내 곁에서 행복으로 빛나는 당신의 모습을 자랑 삼아 보여서 그들의 코를 납작하게 하고 싶은 내 마음을 뭐라 하지는 않겠지요?

나는 정말 고백건대 온통 아부와 계략과 출신성분으로만 올라가는 세상에서 오직 나 혼자 힘으로 오로지 국가에 대한 사랑과 나의 용기만으로 이렇게 성공한 것을 자랑스러워할 거예요. 출신성분이란 것이 어떤 이름이나 어떤 바람난 여자들에게는 너무 과분한 은총인 것을 나는 알지요. 나의 아내 당신은 다른 작위를 갖게 될 거예요. 응분의 대가로 그의 남편이 주는 한결 같은 사랑이지요.

좋은 계절이 돌아오는데 사랑하는 당신은 뭘 하나요? 아! 초록이 무성한 아름다운 들판과 나무들이 날 슬프고 아름다운 추억에 잠기게 하네요! 작년 라인강 가에서 당신 곁에서 보냈던 그 달콤한 순간들! 너무 행복한 순간 이후에 얼마나 당신을 그리워해야 했는지! 마리엔베르데르에서[55] 나는 홀로 외로이 가슴속에 슬픔과 근심만 가득한 채로 비스와강 가를 산책했지요. 자연은 다시 살아나고 있었는데 내 마음은 문을 닫은 채 행복을 받아들이지 않고 있었지요. 그곳은 전에 코블

---

55 〔역주〕오늘날의 크비진을 말한다.

렌츠 근처 풀밭에서 너무 두려워하는 당신을 내 품에 꼭 안아주던 곳과 비슷한 곳이었어요. 나는 갑자기 당신 생각에 사로잡혀 미친놈처럼 당신을 부르며 당신을 찾아 헤맸지요. 그러다 결국 고통스러운 마음으로 지쳐 쓰러졌지요. 그 슬픈 강가에 나의 사랑하는 소피는 없고 오직 고독과 근심과 질투뿐이었어요. 그래요, 솔직히 고백하지만 질투예요! 나도 멀리 떨어져 망상에 사로잡혀요. 하지만 당신이 화낼까 말하지 않고 있을 뿐이지요. 아! 힘든 행군과 전쟁의 포성이 잠시 멈출 때면 내 마음은 온갖 상념에 사로잡히고 마음은 온통 격정적인 망상의 먹이가 되지요. 사랑의 고통에 마음은 나약해지기만 해요.

오! 그래요 나의 사랑, 나는 처음처럼 당신을 사랑해요. 아! 아이들이 끊임없이 당신께 내 이야기를 해주기를. 당신이 늘 아이들과 함께 산책하기를. 아이들이 당신에게 항상 우리의 맹세와 결합을 상기시켜 주길. 아이들에게도 내 이야기를 들려줘요. 나는 오직 당신과 나의 아이들과 나의 어머니를 위해 살 뿐이에요.

이곳 주둔지와 이곳의 봄은 파엘을 연상시켜요. 하지만 불로뉴는 얼마나 멀고 이 슬픈 성은 얼마나 내 마음을 온통 회한 속에 빠져들게 하는지! 이곳에 도착했을 때 이곳은 완전한 폐허였지요. 모두가 엘빙의56 왕자와 도망치고 없는 이곳에서 황제의 그 유명한 열병식을 벌였어요. 왕자님이 지휘를 맡았고 나도 멋지게 참여했지요.

안녕, 여보! 사람들이 이제 곧 평화가 올 거라고 해요. 전쟁은 다시 일어날 것 같지 않아요. 아! 언제면 당신 곁에 갈 수 있을까! 당신과

---

56 〔역주〕 오늘날의 엘블롱크를 말한다.

아이들을 수천 번 가슴에 꼭 안아요. 당신의 남편, 당신의 애인을 잊지 말아요.   모리스

우리 오로르가 내 생각을 하고 벌써 당신께 말을 하다니 너무 사랑스러워요!

지금까지 뒤퐁 장군 부대 이야기를 따라가 보았으나 이제는 뮈라 장군의 부대를 추적해 보자. 왜냐하면 장군의 짧고 빛나는 전쟁 이야기가 곧 나의 아버지의 이야기이기 때문이다. 1807년 5월 뮈라는 완벽하게 조련된 멋진 독일 말들 위에 올라탄 1만 8천 기병의 선두에 서게 된다. 나폴레옹은 이 기병 연대 전체를 보고 싶어 엘빙 평원에서 열병식을 했다.

나폴레옹은 뮈라 장군 한 사람의 명령에 따라 움직이는 거대한 1만 8천 명의 기병 연대를 하루 종일 사열했다. 큰 부대들을 많이 보아왔던 그였지만 눈이 휘둥그레질 만큼 감동해서 바로 한 시간 뒤 그는 참지 못하고 장관들에게 방금 전 엘빙에서 있었던, 눈을 의심할 정도로 충격적이었던 이 멋진 광경에 대해 떠벌리게 된다. 57

술트와 베르나도트 장군 부대가 보여준 무력시위 이후 쾨니히스베르크 주둔지를 떠나지 않았던 러시아의 베니히센 장군은 선제공격을

---

57 〔역주〕티에르가 쓴 《통령정부와 제정의 역사》 제 7권 558쪽.

시도했다. 1807년 6월 5일 러시아군은 네Ney 원수의 부대를 용감하게 공격해왔다. 네Ney 장군은 위나강과58 파스웽카강이 만나는 지점에 위치해 있었고 강 위에는 프랑스 부대가 주둔하고 있었다. 러시아군은 이들을 숫자로 제압해 후퇴하게 했다. 하지만 황제는 이 모든 변수를 염두에 두고 있었다. 그래서 네Ney 장군 부대보다 좀 뒤인 부대와 부대가 만나는 한가운데 있던 잘펠트를 만약의 경우 집결지로 정해놓았다. 첫 번째 대포 소리에 모든 부대들은 잘펠트로 집결해 각자 위치에 자리를 잡았다. 베니히센은 프랑스 부대의 기막힌 배치를 보고는 갑자기 퇴각하는 네Ney 장군 부대 앞에서 공격을 멈추고는 조금씩 방어 자세를 취하더니 하일스베르크로 피해 버렸다. 황제는 그를 추적했는데, 뮈라 장군과 술트 원수가 제일 먼저 적들 앞에 도착해 나폴레옹이 도착하기도 전에 공격을 시작했다. 술트 원수의 부대인 카라 생시르와 생틸레르 부대가 적들의 엄청난 포탄에 저항하며 용감하게 맞서 싸워 러시아 위바로우 장군의 25기병 연대의 기습 공격으로 놀라고 기진한 뮈라 장군의 기병대가 다시 재정비하고 승기를 잡도록 도와주었다. 술트 장군의 부대와 나폴레옹이 발 빠르게 전격시킨 사바리 장군의 젊은 보병들의 지원을 받은 이 용맹스러운 부대는 저녁까지 수적으로 완전 열세인 이 싸움을 버텨냈다. 튼튼한 방어진지 속에 몸을 피한 9만 명의 러시아군과 엄폐물도 하나 없이 싸워야 했던 프랑스군의 수는 3만 명에 불과했다. 베니히센 장군은 공격을 시도했으나 프랑스 전체 부대와 싸운다는 건 좋은 생각이 못된다고 판단하고 퇴각을 명령했다.

---

58 〔역주〕오늘날의 서드비나강을 말한다.

나폴레옹은 작전상 공격할 적기를 놓치지 않기 위해, 또 이 틈에 프로이센 왕의 마지막 도피처이며 적의 모든 군수물자가 보관되어 있는 쾨니히스베르크로 가는 퇴각로를 끊어 버리기 위해 적들을 계속 추적해 가길 고집했다. 이 임무를 맡은 것은 뮈라의 기병대 중 일부였다. 나폴레옹은 술트와 다부 원수의 부대가 그들을 왼편에서 지원하도록 했다. 술트는 쾨니히스베르크의 성벽 아래까지 갔다. 뮈라와 다부는 전쟁이 하루 이상 계속될 경우를 대비해 러시아를 무너뜨릴 마지막 공격을 위해 프리틀란트 쪽으로 접근했다. 하지만 그들의 노력은 필요 없어졌다. 러시아군은 프리틀란트도 가기 전 위나강 굽이에서 궁지에 몰려 포위 공격당해 강 쪽으로 몰려가 전멸되었다. 이것이 1807년 마지막 전투였다.

같은 해 6월 아버지는 그 유명한 틸시트의 뗏목 평화회담에 나폴레옹과 같이 참여한 뮈라와 함께했다. 7월에는 프랑스로 돌아왔지만 곧 뮈라와 황제와 이탈리아로 갔다. 그곳에서 황제는 새로운 왕과 제후들을 임명했다.

왕족 가문에 대한 그의 불행한 집착은 그의 위대한 전략들을 변질시켜버렸다. 정치에서도 그는 하나같이 모든 걸 똑같은 방식으로 처리했다. 하지만 정치에서는 대중들에 대한 이미지를 생각해야만 했다. 그런데 대중들은 그 모든 것을 가족 간의 왕관 돌리기로밖에는 보지 않았다. 59

11월 16일 파리에서 출발한 황제는 21일 밀라노에 도착했다. 엄청난 환영 파티가 베풀어졌고 바비에르 궁정도 참여했다. 외젠은 이탈리아 왕가의 뒤를 이어 베네치아 황태자가 됐다. 이탈리아 왕가에 아들 후계자가 없다는 이유에서였다.

밀라노에서 며칠을 보낸 후 황제는 베네치아로 갔다. 그가 있는 동안 펼쳐진 성대한 축제들은 공화국 때의 좋은 시절들을 떠올렸다. 왕족의 위엄을 갖춘 곤돌라들의 행렬은 너무나 화려했다. 넓은 운하가 온통 멋지게 장식된 배들로 뒤덮였다. 배들은 천으로 꾸며졌는데 어떤 배는 신전神殿으로 어떤 배는 정자亭子로 어떤 배들은 각 나라의 전통 가옥으로 꾸며져 있었다. 그리고 뱃사공들도 거기에 맞춘 옷을 입고 있었다. 베네치아 귀족들은 모두 이 파티를 위해 1년 치 수입을 지출해야 했다.

베네치아로 불려온 조제프왕은 나폴레옹과 이곳에서 6일을 같이 보냈다. 그리고 스페인의 지배 가문을 나누는 일을 어떻게 문제 삼을지에 대해 논의했으나 별 뾰족한 결론이 나지는 않았다.

12월 8일 베네치아를 떠난 황제는 11일 만토바에 도착해서 루시앙을60 만났다. 1804년부터 그는 형을 보지 않고 있었다. 겉으로는 루

---

59 《나폴레옹 역사》, 엘리아스 르노.
60 〔역주〕 나폴레옹의 동생이다.

시앙이 왕가를 이루려는 나폴레옹의 계산에 맞지 않은 결혼을 했다는 것이 그 이유였지만. 사실은 서로 정치적 견해가 달랐기 때문이었다. 로마 땅에서 루시앙은 아주 부자로 존경받으며 살고 있었다. 형제가 화해하기를 바라는 조제프는 만토바에서의 만남을 주선했다. 화해는 둘 모두에게 좋은 것이었다. 하지만 둘을 갈라서게 한 견해 차이를 해결해야 하는 문제가 있었다. 나폴레옹은 동생을 이혼시키기 위해 루시앙에게 나폴리나 포르투갈 왕위를 주겠다고 하고, 큰딸은 아스투리아 왕자와 결혼시키고 그의 부인은 파르마의 공작과 결혼하게 하겠다는 아주 기막힌 제안을 했다. 이보다 루시앙을 더 현혹할 만한 것은 없었다. 하지만 사랑하는 자신의 감정에 더 충실해서 그는 왕위보다 가정의 행복을 선택했다. 결국 나폴레옹도 정치적 견해를 양보하지 않고 루시앙도 자신의 의무를 저버리지 않았다. 그들은 다정하게 헤어지기는 했지만 어떤 양보도 없었다.

황제는 15일에 밀라노로 돌아와서 24일 그곳을 출발해 저녁 무렵 알렉산드리아에 도착했다. 그는 지나가는 길마다 횃불로 불을 밝힌 마렝고의 모든 평원을 돌아봤다. 알렉산드리아를 유럽에서 가장 강력한 곳으로 만들 요새를 짓는 거대한 현장을 방문한 후 그는 바로 몽스니고개로 향해 29일 그곳을 지나 1808년 1월 1일 튈르리에 도착했다. 이제 그의 생각은 온통 스페인으로 향했다. [61]

---

[61] 〔역주〕 이 부분까지가 《나폴레옹 역사》에서 발췌한 내용이다.

지금 내 앞에는 이 시기에 황제와 같이 이동했던 아버지의 편지 두 통이 있다.

베네치아, 1807년 9월 29일[62]

사부아 지역과 몽스니고개의 모든 절벽들을 통과한 후에 어느 날 칠흑처럼 어두운 밤 피에몬테의 숲속 한가운데서 늪 속에 처박혔지요. 그곳은 아주 위험한 곳으로 그 전날에도 토리노의 상인 하나가 강도에게 살해당한 곳이었어요. 한 손에는 총을 들고 다른 손에는 칼을 들고 누군가 우리를 도와 땅 위로 끌어 올려주길 기다리며 계속 앞으로 나아갔지요. 그렇게 3시간을 걸었어요. 또 말들이 지쳐 떨어지고 길은 점점 더 힘들어져 갔어요. 바닷가에 왔을 때는 맞바람이 불어 우리는 석호 속으로 처박힐 거라고 생각했지요.

결국 우리는 지금 아름다운 베네치아에 도착했는데 거리에서 보이는 거라곤 더러운 물뿐이고 뒤룩의 식탁에서는 마시는 거라곤 너무 맛없는 포도주뿐이에요. 파리 출발 후 처음으로 침대에서 잤지요. 황제는 이곳에서 일주일만 머물 거예요. 더 쓸 시간이 없네요. 사랑해요, 당신은 나의 생명, 나의 영혼, 나의 여신이며 모든 것이에요.

밀라노, 1807년 12월 11일

여보! 이 날짜를 보고 내가 당신을 더욱더 생각한다는 걸 당신도 알겠

---

62 〔역주〕 이 날짜는 상드가 잘못 쓴 것으로 보이며, 11월경으로 해야 역사적 사실과 부합된다.

지요. 이곳은 우리의 사랑과 고통과 슬픔과 기쁨의 추억으로 가득한 곳이지요. 아! 궁전 근처 정원을 걸으며 얼마나 감정이 복받치던지!

정원들은 그리 아름답지는 않았지만 당신에 대한 사랑이 당신 품에 안기고 싶은 나의 간절한 소망만이 온통 그곳에 가득했지요. 이번 달 말에는 틀림없이 파리에서 우린 만나게 될 거예요. 여기서 더 지루한 시간을 기다린다는 건 정말 말도 안 되는 소리지요. 온통 파티와 행사뿐이에요. 동료들도 그런 코미디 같은 것들을 끝내고 싶어 안달이지요. 위대함, 엄숙함, 장중함 같은 것들이 이제 너무나 무거운 권태로 나를 짓눌러요. 왕자님이 아파서 우리는 황제보다 일찍 가게 될 거예요. 그러면 곧 나의 천사, 나의 악마, 나의 여신인 당신을 보게 되겠지요. 만약 토리노에서 당신의 편지를 받지 못하면 당신의 작은 귀를 꼬집어 주겠어요. 안녕! 당신과 사랑하는 오로르와 나의 어머니께 수천 번의 키스를 보내요. 토리노에서 다시 쓸게요.

나는 독자들에게 전쟁과 당시 역사적 사건에 대한 짧은 부연 설명을 할 수 있을 거라고 생각했다. 왜냐하면, 이 이후로는 더는 자세하게 쓴 편지가 없기 때문에 그런 방식으로 아버지의 이야기를 따라갈 수 있다고 생각했기 때문이다. 하지만 이제 더는 아버지의 삶에서 생략된 부분을 이런 식으로 채우는 데 힘을 낭비하지는 않겠다. 게다가 이렇게 순수하고 도량이 넓었던 아버지의 삶도 그 끝을 보게 된다.

이제 아버지에 대해 말할 수 있는 것은 끔찍했던 파국뿐이다. 그래서 이제부터는 나 자신의 기억만을 따라갈 것이다. 또 나는 나 자신의 삶 말고 그 외의 시대적 역사 같은 것을 쓸 생각이 없기 때문에 스페인 전쟁에 대해서도 오직 내가 내 눈으로 본 것만을 말할 것이다. 그 시절 너무나 이상하고 이해할 수 없는 것들이 신비한 그림처럼 내 눈에 충격으로 다가왔다. 이제 시간을 조금 더 거슬러 올라가 나의 기억이 시작된 때로 돌아가 보자.

11. 유년기의 추억들

삶이란 그 자체로 너무 아름다운 것이다. 처음의 기억들은 너무나 감미롭고 어린 시절은 너무나 행복했다. 이 황금 시절을 아련한 꿈처럼 떠올리지 않는 사람은 없을 것이다. 그 이후 어떤 순간과도 비교될 수 없는 그 시절을 말이다. 나는 어렴풋한 기억 속에 추억이 드문드문 떠다니던 그때가 꿈같이 생각된다. 다른 사람들은 모르는 이 추억들이 우리에게 왜 그런 이상한 마력을 가졌는지 모르겠다.

기억이란 사람마다 다 다르게 기억되는 이상한 것이다. 누구도 완전한 기억을 할 수 없어서 수천의 기억들이 모여 있다. 다른 사람들도 마찬가지겠지만 나도 어떤 일에서는 너무나 분명하고 어떤 다른 일에 대해서는 아주 불분명하다. 어제 일을 기억하는 일은 좀 힘들기도 하고 또 요즘 일어난 이들에 대해서는 금방 잊어버리기도 하지만, 나는 대부분의 사람들이 기억하지 못하는 어린 나이까지 기억을 거슬러 올라갈 수 있다. 내 안에 그런 본능이 있었던 것일까 아니면 내가 조숙했던 것일까?

어쩌면 우리 모두는 이 방면에 같은 능력을 가지고 있는 것은 아닐까? 그리고 어떤 것은 분명하고 어떤 것은 희미하고 한 것은 그 일로 인해 갖게 된 감정 때문은 아닐까? 내면의 어떤 감정으로 인해 우리는 세상을 뒤집어 놓는 큰 사건들에 대해서도 거의 무감각할 때가 있다. 또 우리는 잘 이해하지 못하는 것은 잘 기억해내지도 못한다. 망각이란 어쩌면 알 수 없음과 관심 없음이란 말과 동의어인지도 모른다.

어쨌든 이제부터 내 삶에서 내가 경험한 첫 번째 기억을 말해 보려고 하는데 그것은 아주 오래전 일이다. 2살 때였는데 어떤 하녀 하나가 나를 떨어뜨려 벽난로 모서리에 부딪혀서 이마에서 피가 나고 무서웠던 기억이 있다. 그때 충격받고 흔들린 나의 뇌 조직은 그때부터 생명에 대한 생각을 하게 된 것 같다. 나는 분명히 벽난로의 대리석에 내 피가 흘러 붉게 물들고 하녀가 혼비백산한 것을 보았고 지금도 그 장면이 눈에 선하다. 또 그다음 의사가 오고 내 귀 뒤쪽에 거머리를 붙이고 엄마가 겁에 질리고 하녀는 술 취했던 것으로 인해 해고당했던 것을 다 기억한다. 우리는 그 집을 떠났는데 그 이후로는 다시 가본 적이 없어서 거기가 어디였는지는 모르겠다. 하지만 만약 그 집이 아직도 있다면 나는 그 집을 알아볼 수 있을 것 같다.

그러니 1년 뒤 그랑주 바틀리에르가에 있었던 우리의 아파트를 내가 완전히 기억하는 것은 놀랄 일도 아니다. 그 이후로 나는 자세히 모든 것은 다 기억할 수 있다. 하지만 벽난로 사건부터 3살까지 기억하는 거라곤 잠이 오지 않아 침대의 주름이나 벽지의 꽃들을 바라보며 작은 침대에 누워 있던 기억뿐이다. 혹은 윙윙거리며 날아다니는 파리를 열심히 잡던 일 또 자주 사물이 둘로 보이던 일도 기억하는데 이것은 왜 그랬는지 설명할 수는 없지만 몇몇 사람들도 아주 어릴 때 나처럼 그런 경험을 했다고 한다. 특히 촛불을 볼 때 그런 현상을 경험하곤 했는데 그럴 때는 어떤 환영幻影에 사로잡히곤 했다. 그런 경험은 내가 요람搖籃에서 있어야 했던 동안 그나마 내가 즐길 수 있었던 보잘것없는 오락거리 중 하나였는데 요람을 떠날 수 없었던 그 시간은 너무나 길었고 너무나 지루했다.

엄마는 아주 일찍부터 나를 교육시키는 데 전념했고, 나도 거기 순응했던 것 같은데 남보다 더 빠르지는 않았다. 만약 그냥 내버려 뒀더라면 아마도 나는 아주 많이 늦된 아이가 됐을 것이다. 나는 10개월에 걸었고 말을 늦게 시작했지만 몇 마디 말을 하기 시작하자 모든 단어를 아주 빨리 배웠다고 한다. 사촌 클로틸드와 함께 엄마와 이모에게 읽는 것을 배웠는데 4살 때부터는 둘 다 아주 잘 읽었다고 한다. 또 기도문도 배웠는데 나는 그것을 처음부터 끝까지 조금도 더듬거리지 않고 외웠던 기억이 난다. 무슨 뜻인지도 이해하지도 못하면서 말이다. 단지 기억나는 부분은 베게 위에 머리를 놓을 때 시켰던 "하나님, 당신께 제 마음을 드립니다."라고 했던 부분뿐이다. 나는 내가 왜 유독 영적으로 심오한 이 부분만 기억하는지는 모르겠지만 어쨌든 나는 뜻을 이해하고 있었던 것 같다. 내가 하나님과 나 자신에 대해 생각하며 기도할 수 있었던 곳은 그곳이 유일했다.

주기도문이나 사도신경이나 성모님께 드리는 기도들은 불어로 잘 알고 있었는데, "매일 일용할 양식을 주시고" 부분만 제외하고는 앵무새처럼 라틴어로도 다 외울 수 있었다. 뜻도 거의 알았던 것 같다.

라퐁텐의 우화도 모두 외우게 했는데 나는 무슨 뜻인지도 모르면서 모든 이야기를 다 외울 수 있었다. 내 생각에 나는 외우는 게 너무 지겨워 아주 늦게까지 그 뜻을 알려고도 하지 않았던 것 같다. 그래서 그 작품의 아름다움을 깨달은 것은 15살인가 16살이 되었을 때였다.

예전에 사람들은 보통 아이들의 능력을 벗어나 아이들의 머릿속을 가득 채우려는 경향이 있었다. 내가 비난하는 것은 그들에게 시키는 작은 일들을 말하는 것이 아니다. 루소는 《에밀》에서 그 말을 생략해 버리는 바람에 아이들의 머리를 터지도록 가득 채워 그가 자라면서 배워야 할 것들을 더는 배울 수 없게 했다. 일찍부터 아이들에게 매일 적당한 정신 훈련을 시키는 것은 좋은 것이다. 하지만 사람들은 아이들에게 중요한 것들을 알려주려고 너무 서두른다. 어린아이들이 읽을 수 있는 문학 작품은 하나도 없다. 모든 아름다운 시구들은 모두가 어린아이들의 어휘가 아니다. 아이들이 듣고 상상할 수 있는 노래는 오직 자장가뿐이다. 내가 처음 기억하는 노래는 모든 사람이 다 알고 있는 이 노래이다. 엄마는 세상에서 가장 아름답고 낭랑한 목소리로 이 노래를 내게 불러주곤 했다.

우리 함께 헛간으로/ 예쁜 우리 아가를 위해
하얀 어미 닭이 낳은/ 은빛 달걀을 보러 갈까

그리 멋진 가사도 아니었지만 나는 그 하얀 어미 닭과 그 닭이 매일 밤 아이에게 준다고 약속하던 그 은빛 달걀에 얼마나 마음이 설렜는지 모른다. 하지만 다음 날 아침에는 그 약속을 까맣게 잊고 있었다. 하지만 약속은 매일 밤 반복되었고 아이의 순진한 기대도 매일 밤 계속되었다. 독자들도 기억나지 않을까? 몇 년 동안 당신도 들었을 그 멋진 달걀에 대한 약속을 말이다. 결코 탐내지는 않았지만, 그 착한 암탉이 줄 것 같았던 그 아름답고 사랑스러운 선물 이야기 말이다. 만약에 그 은빛 달걀을 정말 준다고 해도 당신은 그것을 가지고 뭘 할 수 있었을까? 당신의 여린 손은 그것을 잡을 수도 없었을 것이고 변덕스러운 어린애인 당신은 그 시시한 장난감에 금방 싫증을 냈을 것이 뻔하다.

달걀이든 뭐든 안 부서진 장난감이 어디 있기나 했던가? 하지만 상상력은 아무것도 아닌 것으로도 굉장한 것을 만들어내는 법이다. 그것이 바로 상상력이고, 이 은빛 달걀 이야기는 우리의 욕망을 일깨우는 모든 멋진 것들의 이야기였다. 너무나 원하지만 결국 소유할 수 없는 것에 대한 이야기 말이다.

엄마는 크리스마스 전날 밤에도 비슷한 노래를 불러줬다. 하지만 그것은 1년에 한 번뿐이었기 때문에 기억하지는 못한다. 하지만 내가 잊을 수 없는 것은 흰 수염의 산타 할아버지가 12시에 굴뚝을 타고 내려와 내 신발 속에 넣어 둔 작은 선물을 내가 다음 날 아침 일어나면 발견하게 될 거라는 것이다. 밤 12시! 그 시간은 아이들은 알 수 없는 신비한 시간, 아이들은 절대로 깨어 있을 수 없는 그 최후의 시간이었다! 그 할아버지가 나타나기 전에 자지 않으려고 얼마나 기를 썼던가! 나는 그를 너무나 보고 싶기도 했고 또 그를 보는 것이 너무나 무섭기도 했다. 하지만 결코 그 시간까지 나는 깨어 있지 못했고 다음 날 아침 잠이 깨면 제일 먼저 오븐 가에 있는 구두부터 바라보았다. 그러면 산타 할아버지가 늘 선물을 포장했던, 너무나 정결한 그 하얀 종이에 얼마나 내 마음이 설렜는지. 나는 맨발로 뛰어가 나의 선물을 움켜쥐었다. 우리는 부자가 아니어서 선물은 대단한 것도 아니었다. 작은 과자나, 오렌지 하나나 아니면 붉은 사과 하나가 전부였다. 하지만 그것들은 너무 소중해서 나는 감히 먹을 생각도 하지 못했다. 거기에도 아이의 상상력이 함께했고 그것이 아이의 모든 세계였다.

사실이 아니므로 이런 멋진 거짓말을 해서는 안 된다고 하는 루소의 말에 나는 공감할 수 없다. 진실과 의혹은 아주 빠르게 다 밝혀지게 마련이다. 산타 할아버지에 대해 의심하였던 그 첫 번째 해를 나는 너무나 잘 기억한다. 5, 6살 때였나, 나는 구두에 과자를 넣는 것이 어머니 같다는 생각이 들었다. 그러자 그 과자가 전처럼 별로 좋지도 예쁘지도 않아 보였다. 그때 나는 흰 수염의 할아버지를 더는 믿지 못하는 것이 못내 아쉬웠다. 내 아들은 좀 더 오래 이 이야기를 믿었다. 남자애들은 여자애들보다 더 순진한 편이다. 아들아이도 나처럼 12시까지 자지 않으려고 무진 애를 쓰곤 했다. 하지만 나처럼 성공하지 못했고 또 나처럼 다음 날 부엌에서 멋진 과자를 발견하곤 했다. 하지만 그 아이가 의심을 시작한 첫해 이후로 더는 그 맘씨 좋은 할아버지는 오지 않았다.

아이들에게는 아이들 나이에 맞는 요리를 해주어야 한다. 너무 이른 것을 줘서는 안 된다. 멋진 거짓말이 필요할 때는 그것을 줘야 한다. 그걸 지겨워하기 시작하면 그런 거짓말을 계속해서 아이의 자연스러운 이성이 발달하는 걸 막아서는 안 된다.

아이의 삶에서 그런 멋진 거짓말을 생략해 버리는 것은 자연에도 반하는 것이다. 인간에게 어린 시절은 정말 신비롭고 설명할 수 없는 멋진 것들로 가득 찬 시기 아닌가? 아이들은 어디에서 오는가? 어머니 품으로 오기 전에 그는 신성神聖의 헤아릴 수 없는 신비 속에 있던 뭔가가 아니었나? 아이의 생명력은 알 수 없는 곳에서 와서 다시 그곳으로 돌아가야 하는 것이 아닌가? 태어난 후 몇 년 동안 경험하게 되는 이러한 영적 성장의 과정, 마치 혼돈에서 타인에 대한 이해나 관계 맺음의 단계로 나아가는 듯한 이런 이상한 과정, 말에 대한 최초의 깨달음, 사물뿐 아니라 자기 생각이나 감정에 이름을 붙일 수 있는 이 이해할 수 없는 정신작용, 이 모든 삶의 기적을 어느 누가 설명할 수 있을까.

나는 어린아이들이 처음 동사動詞를 말할 때 놀라움을 금할 수 없다. 사물에 대한 단어들이야 물론 가르쳤겠지만, 동사, 특히 자신의 감정을 표현하는 동사라니! 예를 들어 아이가 처음으로 엄마에게 '사랑한다'는 말을 할 수 있게 되는 경우 그것은 그가 받아들이고 표현하는 것들보다 훨씬 고차원적 표현이 아닐까. 그가 배워 가는 중인 외부 세계는 그에게 영혼의 기능에 대해 어떤 구별도 해줄 수가 없다. 그때까지 아이는 단지 필요한 것만을 표현하고 살아왔으며 지성은 단지 느낌에 의해서만 깨어나기 시작한 것이다. 그는 보고 만지고 싶어 하고 맛보고 싶어 하지만 모든 사물에 대해 어떻게 사용하는지도 모르고 무엇에 필요한 것인지도 모른다. 그 모든 것들은 아이의 눈에 마치 수수께끼 같은 장면처럼 흘러간다. 거기서 내면의 작업이 시작된다. 그런 사물들에 대해 상상력이 나래를 펼친다. 아이는 자면서, 또 깨어서도 꿈을 꾼다. 한동안 적어도 그는 깨어 있는 것과 잠든 것 사이의 차이를 알지 못한다.

왜 어떤 물건은 아이를 즐겁게 하고 어떤 물건은 두렵게 하는지 누가 설명할 수 있을까? 누가 아이에게 아름다움과 추함에 대한 것을 알게 했나? 한 송이 꽃이나 한 마리 작은 새는 절대로 아이를 두렵게 하지 않는다. 하지만 흉측한 가면이나 짖어대는 짐승은 아이를 두렵게 한다. 그러니까 이런 사물들은 아이의 감각을 자극해서 어떤 신뢰감이나 공포를 드러내 주는데 그런 것은 배워서 되는 것이 아니다. 왜냐하면, 그런 호불호好不好의 반응은 아직 언어를 배우지 않은 아이에게서도 볼 수 있으니까 말이다. 그러니까 아이 안에는 교육으로 줄 수 있는 것보다 훨씬 오래된 뭔가가 있다. 그리고 그것이 바로 인간의 본질적인 삶의 신비이다.

아이는 너무나 자연스럽게 그렇게 모든 것이 경이로운 초자연적인 세계 속에서 살아간다. 그를 둘러싸고 있는 모든 것들을 처음 볼 때 모든 것이 아이에겐 경이로움이다. 아이를 충격에 빠뜨리는 사물들을 빨리 배우게 하려고 마구잡이로 서둘러서는 안 된다. 아이 스스로가 찾아가는 것이 좋고 또 살아가면서 그 방식을 터득해 가는 것이 좋다. 아이가 작은 실수를 하면서 인생을 배워가는 것이 아이에게 모르는 것을 마구 가르쳐서 더 큰 실수로 점철된 삶을 살게 하는 것보다 낫다. 그것은 어쩌면 아이의 판단력에 치명적인 것이 될 수 있고 나아가 아이의 영적 도덕성에 치명상을 입힐 수 있다.

그래서 아이에게 신에 대해 처음에 어떻게 설명해줘야 할까 고민하지만 단지 하늘 위에 선한 할아버지 신이 계셔서 이 세상을 다 굽어보신다고 설명하는 것 외에 더 좋은 방법은 없다. 이후에 언젠가는 그렇게 우상화하지 않고도 신은 무한한 존재임을 가르칠 때가 올 것이다. 그리고 그때 가서 하늘도 우리가 사는 땅이나 우리가 생각하는 성소처럼 위에서 우릴 덮고 있는 푸른 궁륭^{穹窿}이 아니라는 걸 알게 하면 된다. 모든 걸 상상하면서 사는 어린아이에게 상상을 꿰뚫어 보게 할 필요가 있을까? 이 무한한 우주, 이 창조의 심연, 모든 것이 그 안에서 돌아가는 이 하늘을 아이들은 우리가 하는 그 어떤 설명보다 더 아름답고 더 광활하게 보고 있다. 만약 우리가 아이들에게 우주의 원리를 가르치려 든다면 그들을 지혜롭게 하기보다는 바보로 만들게 될 것이다. 아이들은 단지 세상을 아름답게 바라보면 그것으로 충분한 것이다.

개인의 삶이란 인류 공동체의 삶의 축소판이 아닐까? 어린아이의 삶, 즉 사춘기까지의 발달 과정과 건장한 성인이 되기까지의 변화가 인류의 역사와 닮은 것이 아닐까? 인류도 그 나름의 어린 시절과 사춘기와 젊음과 성숙의 시기를 지나는 것은 아닐까? 그래서 인류의 원시 시대를 생각해 보면 그때 모든 생각은 신비스런 형상들로 표현되고 이야기들이나 원시적인 학문이나 철학이나 종교들도 모두 현대의 이성으로 볼 때는 해석해야 하고 번역해야 하는 상징들로 쓰여 있다. 시나 우화들은 진실이며 원시 시대에 대한 현실묘사이다. 그러니 인류에게 어린 시절이 있고 또 우리 시대 문명이 살짝 스치고 간 세대들이 그러하듯 인간 모두는 자기만의 어린 시절이 있다는 것은 만고의 법 같다. 미개인은 경이로움 속에서 사는데, 이것은 바보도 미친 것도 야만적인 것도 아니다. 그들은 시인이며 어린아이다. 그는 우리 선조들처럼 시와 노래로 소통하는 것이다. 그들에게는 산문보다 시가 더 자연스럽고 설교보다 송가頌歌가 더 자연스럽다.

어린 시절은 그러니까 노래의 시절이니 아무리 많이 가르쳐도 지나친 것이 아니다. 상징 그 자체인 우화寓話는 아이를 아름답고 시적인 감정으로 이끄는 가장 좋은 형태이다. 그것은 선과 진리에 대한 첫 번째 가르침이다.

라퐁텐의 우화는 아주 어린아이에게는 너무 강하고 너무 심오할 수 있다. 그것은 도덕 교육에서는 최고라고 할 수 있지만 아주 어릴 적부터 그런 도덕적 규율을 가르칠 필요는 없다. 그런 교육은 사상의 미로 속에서 아이를 헤매게 할 수 있다. 왜냐하면, 모든 도덕은 그 사회의 사상을 가르치는 것이니 아이는 스스로 사회에 대해 생각할 수 없게 된다. 나는 차라리 아이에게 시나 감상적인 형태로 종교적 개념을 가르치는 것이 낫다고 생각한다. "네가 말을 안 들으면 성모 마리아와 천사들이 하늘에서 운다."고 했던 엄마의 말은 정말 충격적인 상상의 세계로 나를 이끌었다. 그 대단한 존재들 그리고 그 눈물은 내 안에 두려움과 한없는 동정심을 불러일으켰다. 그들이 존재한다는 생각이 날 두렵게 했고 그들이 나로 인해 괴로워한다는 생각은 나를 회한悔恨과 동정심으로 사무치게 했다.

그러니 아이가 그런 상상들을 좋아하고 찾을 때는 그런 동화童話 같은 세상을 주면 좋겠다. 그리고 언젠가 자연스럽게 스스로 자기 생각이 잘못된 것임을 깨닫고 그런 세상에 흥미를 잃어버릴 때 그의 질문과 의혹들에 정확한 대답을 해주면서 아이를 현실 세계로 들어오게 할 수 있다.

클로틸드나 나는 별 어려움 없이 글을 읽는 것을 배웠던 것 같다. 그리고 그 이후로 우리의 엄마들은 우리에게 이제 더는 가르칠 것이 없다고 말했다. 단지 엄마는 내가 얼마나 고집불통인 아이였는지 얘기하곤 했다. 어느 날인가 내가 알파벳 공부가 하기 싫던 날 나는 엄마에게 이렇게 대답했다고 한다.

"나는 A는 말할 수 있는데 B는 어떻게 말하는지 모르겠어요."

그리고는 한참 동안 반항하면서 나는 말할 때 모든 B를 빼놓고 말했다고 한다. 그래서 누가 왜 그러냐고 물으면 나는 전혀 당황하지 않고 "아직 B를 안 배웠거든요."라고 대답했다고 한다.

나의 두 번째 기억은 분명 누군가가 말해준 것이 아닌 나 혼자만의 기억인데, 우리가 살던 건물 1층 가게 큰딸이 그녀의 첫 번째 성체배령 때 입었던 흰 원피스와 흰 베일이다. 내가 3살 반쯤 됐을 때 우리는 그랑주 바틀리에르가 4층에 살았었고 그 건물 1층에는 유리 가게가 있었다. 그 집에는 딸이 여럿 있었는데 나와 언니와 자주 함께 놀았다. 나는 그들 이름도 다 잊었지만 유독 제일 큰 언니만 기억에 남는다. 흰옷을 입은 그녀는 세상에서 제일 아름답게 보였다. 나는 쉴새 없이 그녀를 칭찬했는데 어느 날 엄마가 그녀의 흰옷이 너무 누렇고 너무 되는대로 입고 있다고 말하는 걸 듣고 얼마나 괴로워했는지 모른다. 나는 사람들이 내가 너무 좋아하는 것을 싫어하면 정말 깊은 상처를 받는 것 같았다.

한번은 우리가 론도 춤을 추는데 그 언니가 이런 노래를 부른 적이 있었다.

"이제 우리는 숲에 가지 않는다네/ 월계수 나무는 다 잘렸다네."

내가 알기로 그때까지 나는 결코 숲을 본 적이 없었다. 마찬가지로 월계수도 본 적이 없었을 것이다. 하지만 나는 그때 그것이 무엇인지를 분명히 알고 있었던 것 같다. 왜냐하면, 그 노래를 들으며 상상의 나래를 펴고 있었으니 말이다. 나는 춤을 멈추고 생각에 잠겼다. 그리고 깊은 슬픔에 빠져들었다. 나는 누구한테도 이야기하고 싶지 않았지만 울고 싶은 기분이었다. 꿈속에서 찾아들었던 그 아름다운 월계수 숲에서 바로 쫓겨나 슬픈 기분이 들었기 때문이다. 어린 시절 그 이상한 경험을 설명할 순 없지만, 그 기억은 너무 분명해서 그 신비했던 기분을 나는 잊을 수가 없다. 나는 그 노래만 들으면 늘 슬픔에 빠져들었고 이후로도 아이들이 그 노래를 부르는 소리를 듣기만 하면 나는 같은 회한과 우울함에 빠져들었다. 나는 늘 도끼로 잘리기 전의 숲을 보았고 실제로 그보다 더 아름다운 숲은 본 적이 없다. 그리고 방금 잘려나간 월계수가 가득한 숲을 본다. 나는 그곳에서 나를 쫓아낸 반달족을 늘 원망한다. 시인은 무슨 생각에서 그렇게도 순진한 춤을 시작하는 노래 가사를 그렇게 시작했을까?

아이들이 다 알고 있는 지로플레 지로플라라는 춤도 기억난다. 그 노래에도 혼자 가는 신비한 숲이 나온다. 그곳에는 왕과 왕비와 악마와 사랑처럼 아이들에게 환상적인 존재들이 살고 있다. 나는 악마를 두려워했던 기억은 없다. 나는 악마를 믿지도 않았고 믿게 하려는 사람들도 없었던 것 같다. 왜냐하면, 나는 상상력이 너무 뛰어나서 뭐든 쉽게 두려워했기 때문이다.

한번은 금빛과 진홍색으로 빛나는 멋진 폴리치넬라 인형을63 선물받은 적이 있다. 나는 먼저 두려웠다. 왜냐하면, 내가 너무나 사랑하는 인형이 그 작은 광대 녀석 때문에 위험에 처할 것 같았기 때문이다. 나는 인형을 서랍 속에 고이 넣어두고 광대 인형과 놀았다. 스프링으로 빙빙 도는 에나멜로 된 두 눈은 그놈을 종이지만 살아 있는 것처럼 생각하게 했다. 자러 가기 전 그 녀석을 서랍 속에 넣으려고 하면 나는 절대로 그렇게 하지 못하게 했다. 그러면 할 수 없이 내 고집대로 그 녀석을 벽난로 위에서 자게 했다. 우리 방에는 직사각형으로 된 템페라 기법으로 그려진 꽤 괜찮은 작은 벽난로가 하나 있었기 때문이다.

4살 이후로 그곳에서 살지 않았지만, 또 다른 기억은 어떤 작은 방

---

63 〔역주〕익살꾼 모양을 한 인형이다.

에 대한 것이다. 그곳에는 초록색 천으로 덮인, 놋쇠로 된 창살문이 있었다. 이 집에서 식당으로 사용하는 작은 공간과 작은 부엌을 제외하고 방이라곤 이것 하나뿐이었다. 그곳은 낮에는 거실로 사용했다. 내 작은 침대는 저녁에는 그 작은 방 밖에 놓였다. 그리고 기숙사에 있던 언니가 집에 오면 내 침대 옆에 소파를 놓아주었다. 위트레흐트산 초록 벨벳 소파였다. 그 아파트에 정말 특별한 건 아무것도 없었지만 이런 것들은 여전히 눈에 선하다. 하지만 내 기억대로 떠올린 것임을 잊지 않으면 좋겠다. 왜냐하면, 그 물건들도 모두 내 몽상 속에서 보는 것 같으니 말이다. 나는 자기 전 아주 특별한 습관이 있었다. 그것은 내 침대 바로 옆에 있던 작은 방의 놋창살문 위로 손가락을 움직이며 노는 것이었다. 작게 나는 소리들이 내게는 굉장한 음악으로 들렸다. 그러면 엄마는 "어머 오로르가 창살 연주를 시작했네."라고 말하곤 했다.

난로 위에서 유리알 눈으로 천장을 바라보며 음흉하게 웃는 광대 인형 얘기로 돌아오면 나는 그 인형이 눈에 보이지 않아도 상상 속에서 여전히 그것이 내 앞에 있는 듯 생각하며 잠들기 전 항상 방의 어느 구석에서인가 웃으며 나를 지켜보는 그 광대 같은 존재에 대한 생각을 떨쳐 버리지 못했다. 그래서 밤중에 무서운 꿈을 꾸곤 했다. 바로 그 혹부리 광대 인형이 붉은색으로 번쩍이는 조끼를 입고 난로의 불을 들고 나나 겁에 질린 나의 인형을 쫓아오는 꿈이다. 결국, 우린 그가 던진 긴 불꽃에 맞고 만다. 나는 소리를 질러 엄마를 깨웠다. 옆에서 자던 언니는 나를 괴롭히는 게 누군지 알고 그 광대 인형을 부엌으로 가져가려고 했다. 내 나이에 가지고 놀기에 그것은 정말 흉한 인형

상드의 이모가 살던 동네 샤요.

이라고 말하면서. 이후로 나는 그 인형을 본 적이 없지만, 그때 불꽃에 타면서 느낀 감정은 이후로도 오랫동안 남아 있었다. 그래서 이후로는 전에 잘 가지고 놀던 불이었지만 보기만 해도 두려움에 떨었다.

우리는 뤼시 이모를 만나러 샤요에 가곤 했다. 이모는 그곳에 작은 집과 정원을 가지고 있었다. 나는 걷기가 싫어 늘 우리의 친구인 피에레에게 안아 달라고 했다. 샤요부터 큰길까지 나를 안고 가는 일은 그에게 정말 고역이었을 것이다. 그래서 저녁때 돌아올 때는 나를 걷게 하려고 엄마는 걷지 않으면 나를 혼자 길에 내버려 두겠다고 했다. 그곳은 샤요와 샹젤리제 거리가 만나는 곳이었는데 가로등을 켜는 늙은 아줌마가 있었다. 나는 절대로 두고 가지 않을 거란 걸 알고 그 자리에 서서 움직이지 않았고, 엄마는 피에레와 몇 걸음 앞서가며 내가 혼자서 뭘 하나 살펴보고 있었다. 하지만 길이 한적해 그 가로등 켜는 할머니는 우리 대화를 다 듣고서 나를 향해 깨지는 듯한 목소리로 말했다.

"나는 무서운 할머니다, 나는 말 안 듣는 여자아이들을 잡아다가 밤새도록 가로등 속에 가둘 거야."

할머니는 악마한테서 아이들을 무섭게 할 제일 무서운 말을 배운 것 같았다. 나는 그때 그 할머니가 준 두려움보다 더 큰 두려움을 느껴본 적이 없었다. 반짝이는 반사경과 함께 가로등은 벌써 환상적인 감옥으로 보였다. 나는 벌써 수정 감옥 속에 갇혀 짧은 치마를 입은 광대 인형이 붙인 불꽃에 타고 있는 것 같았다. 나는 비명을 지르며 엄마에게 달려갔다. 나는 그 할머니가 웃는 소리를 들었다. 그리고 할머니가 올라가는 가로등의 삐걱거리는 소리는 너무나 무섭게 들려서 마치 내가 땅에서 들려 지옥의 램프에 매달릴 것만 같았다.

또 가끔 우리는 강가를 따라 샤요까지 간 적이 있었는데 그때 무서웠던 소방펌프 소리와 연기는 지금도 들리는 듯하다.

두려움은 내 생각에 아이들에게 가장 고통스러운 감정인 것 같다. 무서워하는 것을 가까이하거나 억지로 만지게 하는 방법을 나는 권하지 않는다. 오히려 그런 것들을 멀리하고 겁먹지 않게 해야 한다. 왜냐하면 정신 조직이 그들의 몸도 지배하기 때문이다. 그래서 나중에 그런 것들이 다 거짓인 것을 알게 된 후에도 그 공포의 감정을 지울 수가 없게 된다. 그것은 이미 물리적 상처가 되어서 이성으로도 어떻게 제어가 되지 않는 것이다. 신경질적이고 소심한 여자들에게도 마찬가지다. 그들을 억지로 강하게 하려고 해서는 안 된다. 또 야단치는 것은 더 나쁜 것이다. 강제로 그들을 고치려다가는 정말 심각한 정신병이 생길 수 있다. 물론 처음에는 그게 심각해 보이지 않겠지만 말이다.

엄마는 그렇게 무지막지한 사람이 아니었다. 그래서 우리가 소방 펌프 앞을 지날 때 내가 무서워서 얼굴이 하얘지는 것을 보면 곧 피에 레의 팔에 나를 안기게 했다. 그러면 그는 내 머리를 가슴에 숨겨주었 다. 그러면 나는 그를 믿고 안심했다. 정신적인 문제에는 정신적인 치료를 하는 것이 좋다. 억지로 감정을 거슬러서 더 고통스러운 물리 적 해결책을 찾아서는 안 된다.

그랑주 바틀리에르가에 살 때 나는 오래된 짧은 신화 책을 가지고 있었는데 나는 그 책을 아직도 가지고 있다. 그 책에는 조각이 새겨진 커다란 나무판도 있었는데 세상에서 제일 웃기는 그림들이었다. 내가 그 이상스러운 그림들을 볼 때 느꼈던 즐거움과 환희를 떠올려 보면 지금도 그것이 눈앞에 있는 듯하다. 책을 읽지 않아도 나는 그 그림만 보고도 오래된 이야기들을 다 이해할 수 있었다. 때때로 사람들은 나 를 세라팽의 유명한 중국 그림자극이나 동화 연극에 데려가곤 했다. 그러다 엄마와 언니는 내게 페로의 이야기를 해주곤 했다. 얘깃거리 가 다 떨어지면 얘기를 만들어서 해주기도 했다. 하지만 그 이야기들 도 못지않게 재미있었다. 이야기들 속에서는 천국도 나오고 가톨릭 성경 속 이야기들이 너무나 새롭고 아름답게 들렸다. 물론 천사들과 사랑요정들, 성모 마리아와 착한 요정, 광대 인형과 마술사, 극장의 꼬마 악마들과 성당의 성인들이 머릿속에서 헷갈리기도 했지만 그런 이야기들은 내 안에서 너무나 시적인 상상 덩어리들을 만들어냈다.

엄마는 일말의 의혹도 없는 확고한 신앙이 있었다. 어떤 의문도 품 지 않았다. 그래서 기적 같은 이야기들을 진짜처럼 상징적으로 내게 이야기하는 것에 대해 전혀 주저하지 않았다. 그래서 그 자신이 예술 가며 시인이었던 엄마는 그런 이야기들을 폭포수처럼 내게 쏟아냈다. 엄마는 자신이 믿는 종교 안에서는 모든 것을 아름답고 선하게 받아들이고 모든 어둡고 위협적인 것들은 단호히 거부했다. 그리고 그리스 신화 속에 나오는 3명의 우아의 여신이나 9명의 뮤즈를 말할 때도 종교적 미덕이나 순결에 대한 지혜를 말할 때와 똑같은 투로 말하곤 했다.

나는 아직도 내가 왜, 아무리 쉽게 써진 것이라고 해도 읽을 때는 별 감동을 못 받고 꼭 누가 소리 내어 얘기해줄 때야 읽었던 것을 다 이해할 수 있었는지 모르겠다. 나는 스스로는 읽어본 적이 없다. 나는 천성적으로 게으르기도 해서 읽기 위해서는 아주 애를 써야 했다. 나는 책을 볼 때는 그림만 찾았다. 눈으로 본 것과 귀로 들은 것은 내 작은 머릿속에서 뭉게뭉게 피어올라 나는 내가 지금 어디에 있는지도 모를 정도로 거기에 몰두했다. 내가 벽난로에서 불을 보며 노는 것에 너무나 심취했기 때문에 엄마는 하녀 없이 늘 바느질이나 식사 준비를 해야 했음에도 나에게서 떨어져 있을 수가 없었다. 그래서 엄마는 그때마다 의자 네 개로 감옥을 만들어 나를 집어넣곤 했는데, 한가운데는 불 없는 발 보온기를 놓아 내가 힘들면 앉아 있게 했다. 우리는 쿠션 같은 사치품이 없었기 때문이다. 의자들은 짚으로 된 거였는데 나는 손톱으로 짚을 빼내기에 몰두하곤 했다. 그러니까 망가져도 내가 놀도록 그냥 내버려 뒀다는 거다. 그런데 그 놀이를 하기에 나는 너무 작아서 그 발 보온기 위로 올라서야 했고 나는 의자에 팔꿈치를 올리고 정말 정신없이 그 놀이에 빠져 있었다.

그러다가 갑자기 내 손 생각이 들면, 지금도 내 손에는 뭔가 보호가 필요하지만, 나는 의자나 지푸라기 같은 건 다 잊고 큰 소리로 끝없는 이야기를 지어내곤 했다. 엄마는 그것을 나의 소설이라고 불렀다. 나는 그런 재밌는 소설 창작에 대한 기억이 전혀 없는데 엄마는 내가 글을 쓰기로 생각하기 한참 전부터 수천 번 그 이야기를 했었다. 그 얘기들은 너무나 길고 줄거리도 너무나 지루했다고 한다. 지금도 그 결점은 여전하다. 왜냐하면, 나는 내가 하는 것에 대해 별생각이 없어서 지금도 4살 때와 마찬가지로 혼자만의 창작에 심취해 되는대로 내버려 두는 경향이 있다.

나의 이야기들은 모두 그때 그 작은 머릿속을 사로잡았던 이야기들의 모방 같다. 모든 동화 속에는 늘 어떤 스토리가 있었다. 주인공들은 늘 착한 요정이거나 착한 왕자님이나 아름다운 공주님이다. 나쁜 사람들은 거의 없고 너무 불행한 사람도 없었다. 어린아이 머릿속에서 나온 것처럼 말도 안 되게 낙관적인 이야기로 모든 사건이 해결된다. 신기한 것은 이 이야기들이 끝없이 계속 진행됐다는 거다. 나는 전날 밤 끝난 곳에서부터 다음 날 다시 이야기를 시작하곤 했다. 아마도 엄마가 건성으로 그 긴 횡설수설을 듣고 있다가 자신도 모르게 내게 다시 알려준 것 같다. 이모도 그 얘기들을 기억하고 그 추억을 재미있어했다. 이모는 내게 자주 "오로르, 대체 그 왕자는 언제 숲에서 나오는 거야? 그 공주는 그 드레스와 금관 만들기를 곧 끝낼 거야?"라고 물었던 것을 기억하고 있었다. 그러면 엄마는 "내버려 둬라. 쟤가 의자 감옥 안에서 소설을 얘기할 때 아니면 일할 틈도 없어"라고 말하곤 했다.

실제처럼 흉내 내는 놀이를 정말 좋아했던 기억은 분명하다. 언니나 혹은 유리 가게 큰딸이 와서 다른 애들이 하는 곰 발바닥 놀이나 뜨거운 손 놀이를 하자고 하면 나는 재미가 없어서 금방 그만두곤 했다. 하지만 사촌 클로틸드나 내 나이 또래 다른 아이들이 오면 나는 즉시 상상력을 펼치는 놀이를 시작하곤 했다. 우린 전쟁놀이를 하거나 숲속에 숨기 놀이를 했는데, 숲은 내 상상 속에서 아주 중요한 장소였다. 우리 중 한 명은 늘 사라지고 다른 사람들은 이름을 부르며 찾아다녔다. 그녀는 나무 아래, 그러니까 소파 아래 자고 있었다. 그러면 우리 중 누군가가 그녀를 도우러 갔는데 우리 중 한 명은 엄마거나 장군이었다. 왜냐하면, 나라 밖의 군대 이야기가 우리 가정 내에도 스며들어 있었기 때문이다. 나는 여러 번 황제를 했고 그러면 즉시 군대를 지휘했다. 우리는 인형들이나 병정들이나 소꿉놀이 장난감들을 다 조각내곤 했는데 그때 아버지는 우리만큼이나 상상력이 뛰어났던 것 같다. 왜냐하면, 그때마다 아버지는 전쟁터에서 봤던 그런 끔찍하고 세세한 장면을 견딜 수 없어 하셨으니 말이다. 아버지는 엄마에게 "제발, 이 아이들 전쟁터를 비로 좀 쓸어 버려요. 저 팔들 다리들과 뻘건 누더기들을 보는 게 정말 괴로워."라고 말하곤 했다.

졸병들이나 인형들은 그런 살육殺戮에도 가만히 있었으니 우리는 우리가 그렇게 잔인하다는 걸 알 수가 없었다. 하지만 상상의 말을 타고 달리면서 또 보이지 않는 칼을 들고 가구나 장난감을 내려치면서 우리는 흥분된 열기 속으로 빠져들었다. 사람들이 우리에게 왜 남자애들 놀이를 하느냐고 야단쳤지만, 분명히 사촌과 나는 용감한 놀이를 너무나 좋아했다.

특히 어느 가을날, 저녁을 먹고 있을 때 벌써 날은 어두웠는데 장소는 우리 집이 아니고 샤요의 이모 집이었던 것 같다. 왜냐하면, 우리 집에는 없는 침대 커튼이 있었기 때문이다. 클로틸드와 나는 서로 서로 나무들 사이로 찾아다녔다. 그러니까 커튼 주름 사이로 말이다. 아파트는 사라지고 우리는 정말 밤이 오는 어두운 숲속에 있었다. 어른들이 저녁을 먹으라고 불렀지만 우리는 아무 소리도 들리지 않았다. 엄마는 나를 팔에 안고 테이블로 데려갔다. 그러면 나는 테이블과 실제 물건들을 보고 크게 놀랐던 것 같다. 그리고 나는 완전한 최면에서 깨어나 현실로 돌아왔다. 하지만 갑작스럽게 깨어난 것 때문에 때때로 나는 샤요에 있으면서 파리 우리 집으로 착각하고, 또 그 반대로 착각하기도 했다. 그래서 지금 내가 어디 있는지를 분명히 하기 위해서는 애를 써야 했다. 내 딸도 어릴 때 같은 그런 착각 증상에 대해 말하곤 했던 것 같다.

샤요의 그 집을 1808년 이후로는 다시 보지 못한 것 같다. 왜냐하면, 스페인 여행 이후로는 이모부가 로마 왕의 궁전으로 가야 해서 작은 집을 정부에 판 후까지 노앙을 떠난 적이 없기 때문이다. 그래서 맞건 틀리건 진정한 시골풍 집이었던 이 집에 대한 이야기를 하려고 한다. 샤요는 오늘날 같은 모양이 전혀 아니었다.

그곳은 세상에서 가장 소박한 곳이었다. 내 기억 속에 있는 것들이 이제 제대로 보이니 이제야 나는 제대로 알 수가 있는데 어릴 적 그곳은 정말 천국이었다. 나는 그 동네와 정원을 지금도 눈앞에 있는 듯이 그릴 수 있을 것 같다. 정원은 정말 내게 환희의 장소였는데 다른 정원은 가 본 적도 없어서일 것이다. 엄마는 사람들이 할머니에게 얘기한 것과는 다르게 거의 가난하다고 할 정도로 궁핍한 생활을 하고 있었다. 그래서 보통 서민들처럼 절약하며 집안일을 혼자 다 하며 살았다. 엄마는 튈르리 정원에 가서 있지도 않은 폼을 잡지도 않았고 또 훌라후프나 알라코르드 놀이를64 하며 구경꾼들 시선을 끌지도 않았다. 우리가 우리의 누추한 집 밖에 나오는 것은 단지 엄마가 그리도 좋아하는, 그래서 나도 일찍부터 좋아했던 극장에 가거나 대부분은 샤요에 갈 때뿐이었다. 샤요에서는 늘 우리를 두 팔 벌려 환영해줬다. 걸어가는 길과 소방펌프를 지나가는 길은 좀 힘들기는 했지만, 그 정원에 발을 들여놓기만 하면 나는 내 이야기 속의 마법의 섬에 들어온 것 같았다. 온종일 햇볕을 받으며 그곳에서 뛰어놀 수 있는 클로틸드는 나보다 훨씬 생기 있고 쾌활했다. 그녀는 천성적으로 착하고 기쁜 마음으로 그녀의 에덴동산에서 함께 놀 수 있는 영광을 허락했다. 우리 둘 중에는 분명 그녀가 더 나았다. 그녀는 더 튼튼하고 덜 변덕스러웠다. 나는 가끔 소리를 지르긴 했지만, 그녀를 정말 좋아했다. 내가 소리를 지르면 그녀는 조롱하는 말로 내게 상처를 주었다. 예를 들어 내가 싫은 소리를 하면 그녀는 '오로르'라는 내 이름을 놀리며 나를 '오뢰르'라고65 불렀다. 그것은 정말 내게 큰 상처를 주었다. 하지만 푸른 소사나무 앞에서 또 화분의 꽃들로 둘러싸인 테라스 앞에서 그녀에게 오래 화를 내고 있을 수 있었을까?

---

64 〔역주〕 jouer à la corde. 고무줄 놀이를 의미한다.
65 〔역주〕 horreur. 공포라는 뜻이다.

내가 가을 햇볕에 빛나는 하얀 거미줄을 처음 본 곳도 그곳이었다. 그날 나의 언니도 함께 있었는데 그녀는 아주 유식하게 어떻게 거미가 스스로 자신의 아이보리 몸통 위로 실을 잣는지 설명해주었다. 나는 감히 그것을 찢을 수 없었다. 그래서 그 위로 넘어가기 위해 아주 작게 몸을 웅크렸던 기억이 난다.

정원은 사실 아주 작은 직사각형이었다. 하지만 내게는 아주 거대해 보였다. 하루에 200번은 돌았던 것 같다. 그곳은 아주 옛날 방식으로 꾸며져 있었고 꽃들과 채소들이 있었다. 사방이 벽이어서 밖은 전혀 보이지 않았다. 하지만 한편에는 모래가 깔린 테라스가 있었고 올라가는 돌계단과 예전 방식대로 동물들이 장식된 큰 화분들이 있었다. 이 천국 같은 곳에서 우리의 그 모든 전쟁놀이와 술래잡기 놀이를 했다.

내가 처음으로 나비와 100피트는 돼 보이는 해바라기를 본 곳도 그곳이다. 하루는 밖의 시끄러운 소리로 놀이를 중단한 적이 있었다. 사람들은 "황제 만세"를66 외치고 있었는데, 바쁘게 왔다 갔다 하면서 외침 소리는 계속됐다. 실제로 황제는 얼마 떨어지지 않은 곳을 지나가고 있었고 말발굽 소리와 사람들의 감탄 소리가 들려왔다. 우리는 벽 때문에 볼 수 없었지만 내 상상 속에서 그것은 아주 아름다워 보였던 기억이 난다. 우리도 함께 소리 높여 "황제 만세!"를 외쳤다. 모두 함께 뜨거운 열정에 사로잡혀서 말이다.

우리가 황제가 누군지 알기나 했을까? 기억나지는 않는다. 하지만

---

66 〔역주〕 나폴레옹을 말한다.

우리는 사람들이 황제에 대해서 하는 말들을 끊임없이 들었다. 분명하게 기억할 수 있는 건 얼마 뒤부터라 정확한 시기는 알 수 없지만 대강 1807년경인 것 같다.

그는 대로에서 행진하고 있었다. 마들렌 근처였던 것 같다. 엄마와 피에레는 군인들을 뚫고 들어갔다. 피에레가 나를 군모 위로 들어 올려 나는 황제를 볼 수 있었다. 군모 위로 불쑥 나온 이 모습이 자연히 황제의 시선을 끈 것 같았다. 엄마는 "황제가 너를 보네. 잘 기억해라. 네게 행운이 올 거야!"라고 소리쳤다. 내 생각에 황제는 이 순진한 말을 들었는지 바로 나를 쳐다보았고 나는 창백한 얼굴에 미소가 번지는 것을 본 것 같다. 하지만 그의 차갑고 엄숙한 얼굴이 먼저 나를 무섭게 했다. 나는 결코 그의 얼굴을 잊을 수가 없다. 특히 어떤 초상화에서도 볼 수 없었던 그의 시선을 나는 잊을 수 없을 것 같다.

당시 그는 아주 살이 찌고 창백했다. 그는 군복 위에 외투를 입었는데 그것이 회색이었는지는 모르겠다. 내가 그를 보았을 때 그는 손에 모자를 들고 있었다. 순간 나는 그의 맑은 눈빛, 처음에는 무서웠지만 곧 아주 친절하고 자애로워진 그의 눈빛에 주술이 걸린 듯 얼어붙은 것 같았다. 다른 때도 한 번 본 적이 있는데 그때는 너무 멀리서 빨리 지나가는 것을 슬쩍 봤을 뿐이다.

또 유모의 품에 안긴 로마의 왕을[67] 본 적도 있었다. 그는 튈르리의 어떤 창문에서 지나가는 사람들을 보며 웃고 있었다. 그런데 나를 보고는 같은 아이를 봐서 그런지 더 크게 웃더니 큰 과자를 들고 내 쪽

---

67 〔역주〕 나폴레옹은 자기 어린 아들을 로마 왕으로 앉혔다.

으로 던져주었다. 엄마는 그것을 내게 집어주려고 했지만 창을 들고
지키던 보초는 엄마가 선 안쪽으로 들어오지 못하게 했다. 유모가 보
초에게 그 과자는 내게 준 것이니 내가 가져갈 수 있게 해줘야 한다고
했지만 소용없었다. 아마도 그런 건 군대 규칙에는 있을 수 없는 일인
듯 그는 들은 척도 하지 않았다. 나는 너무나 속이 상해 엄마에게 가
서 저 군인 아저씨가 왜 저렇게 못되게 구는지 물어봤다. 그러자 엄마
는 귀하신 어린 왕을 지키기 위해 사람들이 가까이 오는 것을 막아서
혹시 나쁜 사람이 나쁜 짓을 하지 못하도록 해야 해서 그런 거라고 했
다. 나는 아이에게 그런 나쁜 짓을 할 수도 있다는 것은 말도 안 된다
고 생각했다. 하지만 당시 나는 9~10살이었고 그 허울뿐인 작은 왕
은 기껏해야 2살 정도였으니 이 일화는 지금 본론에서 벗어난 나중 이
야기일 뿐이다.

처음 4살 때까지의 추억 중 하나는 음악에 대해 느낀 감정이다. 엄
마와 파리 근처 어딘지 알 수 없는 어떤 마을에 누군가를 보러 갔었
다. 아파트는 꽤 높은 층에 있었는데 나는 너무 작아 길은 보이지 않
고 근처 집들의 지붕과 하늘만 보였다. 우리는 그곳에서 온종일을 보
냈는데 나는 플래절렛68 소리에 흠뻑 빠져 다른 것은 모두 잊고 있었
다. 그 소리는 계속 너무나 멋진 음을 내고 있었다. 소리는 아주 멀리
제일 높은 층에서 들려왔다. 내가 무슨 소리냐고 묻자 엄마는 거의 소
리를 듣지 못할 정도였으니까. 당시 나의 청각은 아주 예민해서 나는

----

68 〔역주〕 피리의 일종이다.

그 악기의 작은 음정도 놓치지 않고 들을 수 있었다. 그 소리는 가까이에서는 날카롭지만 멀리서 들으면 아주 감미로운 소리였는데 나는 그 매력에 흠뻑 빠져들었다. 마치 꿈속에서 듣는 것 같았다. 하늘은 청아하고 푸르게 빛나고 악기 소리는 지붕 위로 내려와 하늘 속으로 사라지는 것 같았다. 한 천재의 연주를 어쩌면 그 순간 나 혼자서만 들었던 것은 아닐까? 어쩌면 모나코나 스페인 광시곡狂詩曲을 연습하는 견습생이었는지도 모르겠다. 어쨌든 나는 음악에 대한 뭐라 말할 수 없는 기쁨을 느꼈고 그 창문 앞에서 어떤 황홀경에 빠져들었다. 그곳에서 나는 생애 처음으로 나의 밖에 존재하는 것들의 하모니에 대해 어렴풋하게 깨닫게 된 것 같다. 내 영혼은 음악과 하늘의 아름다움 모두에 감동하고 있었다.

12. 전쟁 중인 스페인으로

이렇게 어린 시절 나의 추억들은 보다시피 다 유치한 것들뿐이다. 하지만 읽으면서 독자들이 모두 자기 자신의 어린 시절로 돌아가 생에 처음 느꼈던 감정들을 되돌아보며 한 시간 동안 다시 어린아이가 될 수 있었다면 그에게나 나에게나 이 시간은 헛되지 않았으리라 생각된다. 왜냐하면 어린 시절이란 늘 좋고, 깨끗한 시절이기 때문이다. 그런 순진하고 원초적인 마음을 더 오래 간직하고 덜 잃어버린 사람이야말로 가장 좋은 사람이다.

스페인 부대 이전에 아버지에 대한 기억은 거의 없다. 아버지는 자주 집을 비우셔서 오랫동안 아버지 없이 지내곤 했다. 하지만 1807년에서 1808년 겨울 동안은 우리 곁에 있었다. 왜냐하면, 그때 불을 밝히고 먹던 저녁과 형편없지만 과자 같은 것이 담겨 있던 접시가 어렴풋하게 기억나기 때문이다. 그것은 설탕 우유에 넣은 구운 국수 같은 거였는데 아버지는 실망한 나를 웃기려고 그것을 한꺼번에 다 입에 넣는 시늉을 하곤 했다. 또 아버지가 냅킨을 접고 굴려서 수도승이나 토끼나 꼭두각시 인형을 만들어주곤 했는데 나는 그걸 보고 깔깔대곤 했다. 아마도 아빠는 나를 아주 버르장머리 없게 키운 것 같다. 왜냐하면, 엄마가 종종 우리 사이에 끼어들어 내 변덕대로 뭐든 다 해주려는 아빠를 말리곤 했기 때문이다. 아버지는 집에 왔을 때 너무 행복해서 한시도 엄마와 우리로부터 눈을 떼지 않고 나와는 온종일 놀아주었다고 한다. 또 멋진 군복을 입고도 길이나 대로 한가운데 나를 팔에 안고 나가는 것을 전혀 부끄러워하지 않았다고 한다.

분명히 나는 정말 행복했다. 너무나 사랑받았기 때문이다. 우리는 가난했지만 나는 그런 건 전혀 느끼지 못했다. 아버지는 꽤 많은 월급을 받고 있어서 만약 뭐라의 부관이라는 그 직책 때문에 써야 하는 돈이 수입을 넘지만 않았다면 우린 여유 있게 살았을 것이다. 할머니도 아버지가 말도 안 되게 사치스러운 차림새를 할 수 있게 하려고 쪼들렸던 것은 사실이다. 그래도 여전히 말과 의복과 기타 갖춰야 할 것들에 대한 빚이 여전히 남아 있었다. 사람들은 이런 가정 형편이 엄마의 낭비로 더 힘들어졌다고 욕하곤 했다.

나는 당시 우리 집 모습을 잘 기억하는데 엄마는 그런 비난을 받을 이유가 전혀 없었다. 엄마는 손수 침대를 정리하고 청소하고 바느질하고 요리했다. 엄마는 정말 부지런하고 말할 수 없이 용감한 여자였다. 평생 엄마는 새벽에 일어나 밤 1시가 돼서야 잠자리에 들었다. 나는 한순간도 엄마가 게으른 것을 본 적이 없다. 우리는 가족과 제일 친한 친구 피에레 말고는 초대하는 사람도 없었는데 따뜻한 아버지 같았던 그는 나를 엄마처럼 보살펴주었다.

이제 이 한없이 좋은 남자, 내가 평생 그리워하게 될 이 사람에 대해 얘기할 순간인 것 같다. 피에레는 샹파뉴의 어떤 지주의 아들이었는데 그는 18살부터 징수처에서 이런저런 일을 하고 있었다. 그는 너무나 못생겼지만, 그것 때문에 더 믿음이 가고 마음을 열게 되는 그런 사람이었다. 그의 코는 크고 납작하고 입술은 두툼하고 눈은 아주 작았다. 그의 머리는 아주 곱슬거리는 금발이고 피부는 너무 희고 붉어서 늘 어린아이처럼 보였다. 40살 때 그가 한 번 되게 화가 난 적이 있었는데 왜냐하면, 나의 언니 결혼식 때 시청에서 일하던 사람이 그에게 성인이냐고 물었기 때문이다. 그는 크고 뚱뚱했으며 얼굴은 주름이 깊게 졌는데 신경성 틱 증상의 하나로 늘 얼굴을 찡그리고 있었기 때문이다. 아마도 그 틱 증상 때문에 사람들은 그의 본 모습을 더 잘 알아볼 수 없었던 것 같다. 하지만 그것은 그가 멍하니 딴생각을 하는 아주 드문 경우에 보여주는 순진하고 순수한 표현이었다.

그에게는 이른바 영악함 같은 것은 전혀 없었다. 하지만 모든 것을 마음과 양심에 따라 생각하는 사람이라 어떤 인생 문제는 그와 상의할 수 있었다. 나는 그처럼 그렇게 순수하고 충성스럽고 헌신적이고 너그럽고 정의로운 사람을 본 적이 없다. 그런데 그의 아름다운 영혼은 자신이 그렇게 아름답고 보기 드문 사람인 걸 알지 못했다. 모든 사람이 선하다는 것을 믿으면서 예외가 있다고는 절대 생각하지 못했다. 그의 취미는 너무나 대중적이어서 포도주와 맥주와 파이프 담배와 당구와 도미노를 좋아했다. 우리와 함께 있을 때가 아니면 그는 포부르-푸아소니에르 거리에 있는 슈발블랑이란 카페에 있었다. 그곳은 그의 집 같은 곳이었다. 거기서 30년을 보냈으니 말이다. 그는 마지막 순간까지 그곳에서 그의 쾌활함과 선함을 보여주고 떠났다.

그러니까 그의 삶은 전혀 빛날 것도 다채로울 것도 없는 삶이었다. 하지만 그는 그런 삶으로 행복했는데, 어떻게 안 행복할 수가 있었겠는가? 그를 아는 모든 사람은 그를 사랑했고 그의 단순하고 진솔한 영혼에는 어떤 나쁜 생각이 스치고 지나간 적도 없었다. 그도 화가 나는 때가 있었지만 성품상 결코 누구에게도 상처를 주지는 못했다. 그는 소리를 지르거나 호통치는 법이 없었다. 화가 나면 그저 발을 구르거나 얼굴이 벌게져서 작은 눈만 이리저리 굴리면서 자기 딴에 엄청나게 찡그린 얼굴로 바보 같은 소리들을 내뱉었다. 그런 것을 익히 봐온 엄마는 전혀 신경도 쓰지 않았다. 그저 "아! 피에레가 화났네. 이제 예쁘게 찡그린 얼굴을 보겠네!"라는 말만 했다. 그러면 피에레는 심각했던 것도 다 잊고 웃음을 터뜨렸다. 엄마는 그에게 짓궂은 장난을 너무 많이 쳐서 그가 참지 못한 것도 당연하다. 말년에는 걸핏하면 화를 내고 엄마에게 다시는 이 집에 발을 들여놓지 않겠다고 말하며 모자를 들고 나간 적도 많았다. 하지만 저녁때는 아침에 그렇게 큰소리쳤던 것은 다 잊고 다시 돌아왔다.

나와의 관계로 말하자면 거의 아버지와 같았다. 만약 그가 한 위협들이 실현됐더라면 그는 아주 폭군이었다고 할 수 있다. 그는 내가 태어난 것을 보았고 내가 젖을 뗄 때도록 한 것도 그였다. 그의 성품을 보여주는 대단한 일화가 있다. 엄마는 살림살이에 지치고 피곤해서 내가 울고 투덜대는 것을 감당할 수 없었다. 또 밤에 보는 하녀가 나를 잘 보살피지 못할까 봐 잠을 자야만 하는데도 불구하고 잠을 자지 못했다. 그것을 보고 어느 날 저녁 피에레는 나를 자기 집으로 데리고 가 유모처럼 너무나 정성스럽고 깨끗하게, 우유와 설탕물로 나를 돌보며 밤을 새우는 일을 15일인가 20일 동안 했다. 아침에는 엄마에게 다시 나를 맡겼다가 회사와 슈발블랑에 갔다가 저녁때는 다시 나를 데려갔다. 모든 사람이 보는 앞에서 나를 안고 걸어간 것이다. 22살인가 23살의 다 큰 청년이 말이다. 사람들이 보는 것도 아랑곳하지 않으면서 말이다.

엄마가 그만두라고 하면서 걱정하자 그는 얼굴을 붉히고 화를 내며 도리어 엄마의 약한 마음을 야단쳤다고 한다. 왜냐하면, 그는 미사여구를 쓸 줄도 모르고 자기의 행동을 너무 만족스럽게 생각하고 있었기 때문이다. 그가 나를 데려왔을 때 내가 얼마나 깨끗하고 생기 있고 좋은 상태였는지 몰랐다고 엄마는 침이 마르게 칭찬하곤 했다. 남자 중 10개월 된 아이를 보살필 수 있는 사람은 드물었다. 특히 피에레처럼 카페를 들락거리는 남자 중에 말이다. 그가 그 일을 해서가 아니라 그런 생각을 했다는 그 자체가 놀라운 것이다. 어쨌든 그는 내가 젖을 떼도록 한 사람이고 그 점에서는 그가 늘 말하는 것처럼 자부심이 대단하다.

그가 늘 나를 어린아이처럼 생각한 것은 누구나 아는 사실이다. 내가 40살이 됐을 때도 그는 나를 어린애 취급했다. 그는 사람들이 자기에게 고마움을 표시하는 것에 무척 예민했다. 그는 어떤 일에도 자신을 중요하게 여기도록 하는 경우가 없었지만 우정의 경우만은 예외였다. 사람들이 왜 그렇게 예민하냐고 하면 그저 "내가 사랑하니까." 라고 대답했다. 그는 그런 말을 화가 나서 또 신경을 곤두세워 이를 갈며 말했다. 엄마에게 몇 글자 전할 때 만약 피에레에게 한두 마디 인사를 전하지 않으면 다음에 그는 내게 등을 돌리고 인사도 하지 않았다. 무슨 설명도 변명도 소용없었다. 그는 무조건 나를 아주 마음씨 고약한 나쁜 아이로 취급하면서 원한에 사무친 증오심을 끝없이 드러냈다. 그런데 너무 웃기게 말해서 만약 그의 눈에 눈물이 글썽거리는 것을 보지 않는다면 무슨 코미디를 하는 줄 알았을 것이다. 그런 상황을 다 아는 엄마는 "조용히 좀 해요. 피에레, 정말 미쳤군요?"라고 하면서 심지어 사태를 빨리 끝내게 하려고 그를 세게 꼬집기까지 했다. 그러면 그는 제정신으로 돌아와 황송하게도 나의 변명을 들어주기 시작했다. 그저 따뜻한 말 한 마디, 따뜻한 손길 하나로 그는 다시 행복해져서 내 말에 귀를 기울였다.

그는 우리 부모와 내가 아주 어릴 때 어느 날 갑자기 알게 되었다. 그의 친척 중 하나가 엄마와 같은 동네인 멜레 거리에 내 나이 또래의 아이를 하나 데리고 살고 있었는데 그녀는 아이를 돌보지 않았다. 그래서 아이는 젖을 못 먹어 늘 울고 있었다고 한다. 그래서 엄마는 아이가 울고 있는 집으로 들어가 아이에게 젖을 물리며 굶고 있는 아이를 살려주었다고 한다. 그런데 피에레가 어느 날 자기 친척을 만나러 왔다가 엄마를 보게 되고 그 모습에 감동해서 그날 이후로 쭉 엄마와 우리 가족에게 헌신적인 친구가 되었다.

그는 우리 아빠도 보자마자 큰 애정을 갖게 되었고 이후 아빠의 모든 일을 다 처리해주고 정리해주고 나쁜 채권자들을 상대해주면서 아빠가 다른 사람들과 좋은 관계를 맺게 해주었다. 또 마침내는 사업 수완이 좋은 사람이나 항상 다른 사람의 재산 관리를 해주는 사람의 도움 없이는 결코 해결할 수 없는 모든 경제적 문제들을 도맡아 해결해주었다. 하인을 고르는 것도 그랬고 진정서 같은 것도 그가 다 써주었고 수입도 다 관리해서 아빠가 언제 갑자기 전쟁터로 떠나더라도 받아야 할 돈도 제때 다 받아냈다.

아버지는 전쟁터로 떠날 때마다 항상 그에게 "피에레, 아내와 아이들을 부탁하네. 만약 내가 돌아오지 않으면 평생 돌봐주게나."라고 말하며 떠나곤 했다. 피에레는 이 부탁을 정말 충실히 들어주었다.

왜냐하면, 아버지의 죽음 이후 그의 모든 삶을 우리에게 바쳤으니 말이다. 사람들은 이런 가족 관계를 분명 손가락질하고 싶을 것이다. 이 세상에는 그런 아름답고 순수한 영혼이 드무니 누가 그런 생각을 하지 않겠는가? 하지만 피에레를 아는 사람이 그런 추측을 한다면 그 것만으로도 그에게는 큰 모욕이 될 것이다. 그는 생각만으로라도, 엄마와 관계하기에는 너무나 매력이 없는 사람이었다. 그는 자신을 그렇게 믿어주는 것에 대해 너무나 자랑스러워하고 또 거기에 집착했는데 설혹 그 믿음을 배반하려는 생각을 마음속으로 느꼈을지는 몰라도 실제로 엄마를 떠나기에는 너무 양심적이고 정직한 사람이었다. 또 이후 그는 가난한 어떤 장군의 딸과 결혼했고 아주 좋은 가정을 꾸렸다. 부인도 아주 선하고 좋은 여자였고 엄마도 그녀와 아주 친하게 지냈다.

스페인으로 가는 것이 결정되었을 때 모든 준비를 해준 것도 피에레였다. 이 결정은 엄마 처지로서는 결코 신중한 것이 아니었다. 그 때 엄마는 임신 7개월인가 8개월이었고 또 엄마는 아직도 철없는 아이였던 나도 데려가고 싶어 했기 때문이다. 하지만 마드리드에서 당분간 있겠다는 아버지가 엄마는 의심스러웠던 것 같다. 이유야 어쨌든 엄마는 기필코 가서 아빠를 만나기 위해 내 생각에 그저 되는대로 일을 저질러 볼 생각이었던 것 같다. 엄마가 잘 아는 군부대 납품업자의 아내가 스페인으로 가는데 엄마에게 마드리드까지 마차 자리를 내주었다.

거기서 그들을 보호해줄 사람은 12살짜리 작은 기수 한 명뿐이었다. 어쨌든 우리는 함께 길을 떠났다. 임신한 여자를 포함한 여자 두 명이 아직 말귀도 알아듣지 못하고 떼만 쓰는 아이 둘을 데리고 말이다. 나는 기숙사에 있는 언니와 또 사촌 클로틸드와 헤어지는 것이 슬펐는지 잘 모르겠다. 매일 함께 있었던 것도 아니고 매주 헤어져야 했기 때문에 그렇게 떨어져 있는 것에도 그저 익숙했던 것 같다. 생각 속으로라도 다른 세상이 있다는 것은 알지도 못했던 나지만 당시 나의 전 우주였던 아파트에 대해서도 별로 아쉬워하지 않은 것 같다. 처음으로 여행을 떠났을 때 가장 마음이 아팠던 것은 아무도 없는 아파트에서 너무나 쓸쓸해할 나의 인형을 두고 온 것이었다.

인형에 대해 어린 소녀들이 느끼는 감정은 정말 이상한 것이다. 나도 그 느낌을 너무나 생생하게 오랫동안 느꼈기 때문에 설명하지 않아도 그게 뭔지 알 수 있다. 어릴 적 손에 들려준 아이의 모성애를, 그러니까 생명에 대한 사랑을 자극했던 그 물체의 존재에 대해 아이들은 결코 한순간도 속지 않는다. 나도 한순간도 내 인형이 살아 있는 존재라고 생각한 적은 없었던 것 같다. 하지만 내가 가지고 있던 인형 중 어떤 것들에 대해서는 정말 엄마와 같은 애정을 품고 있었다. 인형에 광적으로 집착하는 아이의 심정은 좀 원시적이긴 하지만 우상 숭배는 아니다. 그런 애정을 뭐라 정의해야 할지 모르겠다. 만약 그것을 정확히 분석할 수 있다면 그것은 마치 광신도가 어떤 이미지들 앞에서 느끼는 것과 비슷하다고 할 수 있다. 그들은 그림 자체가 숭배의 대상이 아니라는 것을 잘 알고 있으면서도 그 앞에서 무릎 꿇고 장식하고 향을 피우고 제물을 바친다. 사람들이 뭐라 하건 예전 사람들은 우리보다 더한 우상 숭배자는 아니었다. 어느 시대건 깨인 사람들은 주피터의 조각상이나 맘몬 신상神像을 숭배하지는 않았다. 그들이 숭배한 것은 그런 것들이 상징하는 주피터나 맘몬 그 자체였다. 하지만 어느 시대고 정신이 깨이지 않은 사람은 신과 그림을 잘 구별하지 못하는 법이다.

아이들도 이와 마찬가지다. 그들은 현실과 비현실 사이에 존재한다. 그들은 사람들이 장난감으로 준 아가 인형이나 동물 장난감을 돌봐주다가 야단치다가 쓰다듬다가 부숴 버린다. 그러면 사람들은 빨리 싫증을 낸다고 야단친다. 하지만 그들이 싫증을 내는 이유는 단순하다. 그것을 부수면서 그들은 거짓에 저항하는 것이다. 잠깐 그 물건에서 어떤 생명을 느꼈지만, 곧 그것들이 놋쇠 줄로 된 근육들과 뒤틀린 팔다리와 텅 빈 머릿속과 톱밥과 실뭉치가 든 뱃속을 보인 것이다. 이제 이들은 실험 대상이 되고 해부되기 시작한다. 슬쩍 밀어 떨어뜨리면 이상한 모양으로 부서져 버린다. 그러니 어떻게 아이가 이런 경멸의 대상을 동정할 수가 있겠는가? 새롭고 신선한 모습에 더 반했던 아이는 그것이 생명 없는 약한 물체에 불과하다는 비밀을 알았을 때 그것을 더 경멸하게 된다.

나도 다른 모든 아이처럼 인형들과 장난감 고양이와 장난감 강아지와 장난감 병정들을 부서뜨리기를 좋아했다. 하지만 진짜 나의 아이처럼 돌봐준 경우도 있긴 하다. 인형의 옷을 벗겨서 어깨와 손에 팔들이 핀으로 연결되어 있고 나무로 된 손들이 팔과 떨어져 있는 것을 보면 나의 상상력은 사라져 버려 나는 그 인형들을 아주 거친 전쟁놀이로 희생시켜 버린다. 하지만 그때 그 인형들이 튼튼해서 첫 번째 시험을 잘 버텨서 떨어뜨려도 코가 깨지지 않고 여전히 에나멜 눈이 나를

그윽하게 바라보면 인형은 나의 딸이 되고 나는 그 아이를 끝없는 정
성으로 보살펴주었다. 그리고 다른 인형들이 그 인형을 존경하도록
해서 엄청난 질투를 불러일으키기도 했다.

또 아주 편애하는 장난감들도 있었다. 그들 중 내가 결코 잊을 수
없는 것이 하나 있는데 아쉽게도 그것은 잃어버렸다. 내가 부수지는
않았으니, 잃어버린 것이 맞을 것이다. 그것은 정말 내가 기억하는
것만큼 실제로 아주 아름다웠을 수도 있다. 그것은 테이블 위에 올려
놓는 아주 오래된 장식품이었다. 아빠가 어렸을 적 가지고 놀던 것이
었으니 말이다. 지금은 그런 모양의 장식품은 보이지 않는다. 아버지
는 예전에 그렇게도 좋아했던 그 장식품을 할머니 집의 서랍 속에서
찾아내고는 내게 갖다 주었다. 그것은 손에 2마리의 비둘기를 들고
있는 세브르산 비너스였는데 밑받침에는 타원형 쟁반이 달려 있었
다. 금박 구리 테두리가 쳐진 쟁반 위에는 유리가 얹혀 있었다. 이 장
식품에는 불을 밝히는 튤립 모양의 샹들리에가 있었는데 작은 초로
불을 밝히면 성수대 모양의 유리그릇은 빛을 반사하고 조각상과 금빛
으로 빛나는 아름다운 장식들을 은은히 비추어주었다. 그것은 정말
내게는 마술의 세계 같았다. 그래서 엄마가 10번째로 〈그라시외즈와
페르시네트〉 동화 이야기를 해줄 때 나는 이것을 떠올리며 풍경들과
마술의 정원들을 상상했던 것 같다. 아이가 보지도 않은 것에서 뭔가
를 상상해낼 수 있을까?

스페인으로 가는 짐을 다 꾸렸을 때 내게는 너무나 사랑하는 인형
이 하나 있었는데 아마 가지고 간다고 하면 가져갈 수 있었을 것이다.
하지만 내 생각은 달랐다. 데려가면 망가지거나 아니면 사람들이 빼

앗아 갈 것 같았다. 그래서 나는 인형의 옷을 벗기고 아주 정성들여 잠옷으로 갈아입힌 후 나의 작은 침대에 눕히고 정성스레 이불을 덮어주었다. 떠나던 순간에는 달려가서 마지막 인사를 하고 피에레가 매일 아침 와서 스프를 먹여주겠다는 말을 했을 때는 순간적으로 진짜로 그런 아이가 있을 수 있나 하는 의심이 들기도 했다. 그것은 정말 이상한 기분이었는데 이성적으로 생각하면 있을 수 없는 일이지만 그렇다는 환상을 믿어야만 하는 그런 순간이었다. 모성애로 뜨거운 마음속에서는 이 두 마음이 싸우고 있었다. 나는 내 인형의 두 손을 잡고 가슴 위에 모아주었다. 피에레는 그것은 죽은 사람에게 하는 거라고 했다. 그래서 머리 위로 맞잡은 손을 올려주었는데 그것은 절망적이기도 하고 기도하는 것 같기도 했다. 그 모습에 나는 미신 같은 생각을 했던 것 같다. 그 모습은 착한 요정을 불러올 것 같았다. 그래서 내가 없는 동안 그녀는 그 자세로 요정의 보호를 받을 것 같았다. 그래서 피에레에게 인형이 항상 그렇게 하고 있게 하겠다는 약속을 받아냈다. 이 세상에 호프만의 《호두까기와 쥐의 왕》이라는 제목의 시적이고 광적인 이야기만큼 진실에 가까운 이야기는 없을 것이다. 그것은 사실을 알아버린 아이의 정신세계를 그리고 있다. 나는 환상적으로 끝나는 이야기의 마지막도 좋아한다. 아이들의 상상력은 이 독일 이야기꾼의 빛나는 꿈보다 더 풍부하고 더 오리무중이다.

가끔 인형에 대한 생각을 한 것 말고 아스투리아스산맥에 갈 때까지 다른 것은 기억나지 않는다. 하지만 그 거대한 산들이 너무 무서웠던 생각은 난다. 지평선도 보이지 않는 첩첩산중에 갑자기 돌아가는 길들은 매번 너무 두렵고 무서웠다. 우리는 마치 산중에 갇혀 버린 것 같았다. 길은 더 이상 없고 우리는 계속 갈 수도 돌아갈 수도 없는 것 같았다. 나는 길가에서 처음으로 메꽃을 보았다. 섬세하게 줄을 지어 피어 있는 분홍빛이 도는 하얀 방울꽃들을 나는 너무나 놀라서 바라보았다. 엄마는 모든 것에 너무나 예민한 나이에 너무나 자연스럽고 본능적으로 내게 미의 세계를 열어주었다. 그래서 아름다운 구름을 보고 찬란히 빛나는 태양을 보고 맑게 흐르는 물을 보면 엄마는 나를 멈춰 세우고는 "봐라. 너무 아름답지." 하고 말하곤 했다. 그럼 나 혼자서는 결코 알아보지 못했을 그 모든 것들은 내게 아름답게 보이기 시작했다. 그것은 마치 내 정신이 깊고 원초적인 감정을 향해 열리도록 하는 열쇠를 가지고 있는 것 같았다. 엄마도 느끼는 그 세계로 말이다.

내가 기억하기로 함께 가는 아주머니는 엄마가 내게 말하는 그런 감탄들을 전혀 이해하지 못했다. 그래서 그녀는 자주 "세상에, 뒤팽 부인! 따님과 재미있게 노시네!"라고 말하곤 했다. 하지만 나는 엄마가 글을 써준 기억은 한 번도 없다. 내 생각에 당시 엄마는 겨우 쓰는 것을 배운 뒤라 철자법을 잘 몰라 쓰는 일이 쉽지는 않았을 것이다. 하지만 엄마는 마치 새들이 노래하는 것을 배우지 않아도 노래하듯 순수하게 표현할 줄 알았다. 엄마의 목소리는 아주 감미로웠고 발음도 정확했다. 아주 짧은 이야기라도 엄마의 이야기는 늘 매혹적이어서 나는 그 이야기에 빠져들었다.

엄마는 선천적으로 기억들을 잘 연결하지 못하는 결점이 있어서 머릿속으로 두 개의 사실을 서로 연결하지 못했고, 그것이 내게도 유전될까 봐 굉장히 노심초사하셨다. 그래서 엄마는 늘 내게 "지금 보는 걸 잘 기억해야 한다."고 말하곤 했다. 그리고 이런 주의를 시킬 때마다 나는 그것을 명심했다. 그래서 메꽃들을 보았을 때도 엄마는 "냄새 맡아 봐. 꿀 냄새가 나는구나. 꽃 냄새를 잘 기억하렴!"이라고 말했다. 이것이 냄새에 대한 나의 첫 번째 기억이다. 그래서 모두가 알고 있지만 어떻게 설명할 수 없는 그 기억과 감각의 연결로 인해 나는 그 메꽃들을 볼 때마다 스페인의 그 산들과 처음으로 그 꽃들을 따던 그 길가를 떠올리곤 한다. 그런데 대체 거기가 어디였을까? 그건 오직 신만이 알 것이다! 그곳을 다시 보면 알 수 있을 것 같은데 아마도 판코르보 쪽이었던 것 같다.

내가 잊을 수 없는, 또 어린아이라면 모두가 놀랐을 또 다른 기억 하나는 이것이다. 우리는 마을에서 멀지 않은 꽤 평평한 곳을 지나고 있었는데 달이 꽤 밝은 밤이었지만 길가의 큰 나무들 때문에 길은 더 어두웠다. 나는 마부와 같은 자리에 앉아 있었다. 역 마차꾼은 말들의 속력을 줄이더니 몸을 돌려 마부에게 "부인들께 무서워하지 말라고 해요. 나는 아주 좋은 말들을 가지고 있으니까."라고 소리쳤다. 엄마는 그 말을 전해 들을 필요도 없이 다 듣고 있었다. 그리고 문지기 여자에게 몸을 기울였는데 그때 사람 세 명이 서 있는 것을 보았다. 두 명은 길 쪽에 한 명은 한 열 걸음쯤 앞에 서 있었다. 그들은 키가 작았는데 미동도 없이 서 있었다. 엄마는 "도둑들이에요. 가지 말고 돌아가요. 돌아가야 해요! 총을 들고 있는 것 같아요."라고 역마차꾼에게 소리쳤다. 프랑스 사람이었던 역마차꾼은 소리 내서 웃기 시작했는데 총을 봤다는 엄마의 말이 그녀가 지금 우리 앞에 있는 게 누군지 모른다는 걸 말해주었기 때문이다. 그는 엄마에게 아무 말도 없이 말들을 채찍질해서 꿈쩍도 하지 않는 그 세 놈 앞을 쏜살같이 달려 지나갔다. 하지만 놈들은 미동도 하지 않았고 나는 놈들을 확실히 보았지만, 뭔지는 말할 수 없었다. 두려움에 떨며 놈들을 본 엄마는 뾰족한 모자를 봤다고 하면서 그들을 군인이라고 믿었다. 하지만 흥분하고 겁이 난 말들이 너무 오래 전속력으로 달렸기 때문에 역마차꾼은 그들을 진정시키고 또 손님들께 이야기하기 위해 마차에서 내려서는 여전히 빙글거리며 말했다.

"부인네들 그들의 총을 보셨다고요? 놈들이 우릴 보는 내내 계속 서 있었으니 공격할 생각을 하긴 한 것 같네요. 하지만 내 말들이 잘 처신할 걸 알았지요. 만약 거기서 마차가 뒤집히면 아주 낭패였을 테니까요."

그러자 엄마는 "대체 그들이 뭐였지요?"라고 물었다.

"부인, 놈들은 산에 사는 곰 3마리랍니다."

그러자 엄마는 더 무서워하면서 역마차꾼에게 빨리 마차를 타고 제일 가까운 여인숙으로 가자고 졸랐다. 하지만 지금 같은 봄날이라면 그런 대로에서 절대 일어날 리 없는 그런 일에 역마차꾼은 너무 익숙한 것 같았다. 그는 그 짐승들은 달려들 때만 위험하다고 말하며 다음 정거장까지 별일 없이 우릴 데려다주었다.

나로서는 아무것도 무서워하지 않았다. 나는 뉘른베르크의 상자들 안에 몇 마리의 곰들을 가지고 있었다. 나는 내가 즉흥적으로 만든 이야기 속 악당들을 놈들이 삼키도록 하곤 했었다. 하지만 곰들은 절대로 착한 공주는 공격하지 않았다. 그리고 생각해 본 적은 없지만, 그

착한 공주는 늘 나였던 것 같다.

독자들이 아주 오래전 기억들을 꼭 정확한 시간순으로 기억하길 바라지는 않을 거라고 생각한다. 기억들은 매우 단편적이다. 또 엄마에게 그 기억들을 연결해 달라고 도움을 구할 수도 없다. 엄마는 나보다 더 기억을 못 하니 말이다. 나는 단지 생각나는 대로 제일 인상 깊었던 것들을 얘기하겠다.

엄마는 내가 보기에 꽤 괜찮아 보였던 여인숙에서 또 다른 무서운 일을 겪었다. 나는 그 여인숙이 잘 기억나는데 왜냐하면, 거기서 생애 처음으로 여러 색으로 된 돗자리 같은 것을 보았기 때문이다. 그것은 남쪽 지방 사람들이 카펫처럼 사용하는 거였다. 너무 숨 막히는 날씨에 여행하느라 나는 너무 피곤했다. 그래서 열린 문으로 방에 들어가자마자 나는 그 돗자리 위에 대자로 누워 버렸다. 당시 폭동으로 어지러운 스페인 땅에서는 더 나쁜 숙소에도 묵었던 것 같다. 왜냐하면, 엄마가 "아 다행이네! 이렇게 깨끗한 방이 있다니. 이제 좀 잘 수 있겠네."라고 했으니 말이다. 하지만 잠시 후 복도에 나갔던 엄마는 큰 소리를 지르며 황급히 방으로 들어왔다. 복도 바닥에서 큰 핏자국을 본 것이다. 엄마는 이곳이 아주 위험한 곳이란 생각을 하게 되었다.

퐁타니에 부인은(이제야 그 부인 이름이 생각났다) 엄마를 놀려댔지만, 엄마는 집 안을 한 번 둘러보지 않고는 잘 수 없었다. 엄마는 정말 보기 드문 겁쟁이였다. 늘 일어나지도 않을 제일 위험한 상황을 상상하곤 했다. 하지만 동시에 적극적이고 대단히 영민한 머리로 그 위험에 맞설 용기도 갖고 있었다. 그래서 그 무서운 대상을 직접 눈으로 보고 그 위험에서 벗어나려고 했다. 물론 아주 서툰 솜씨로 말이다.

그러니까 엄마는 죽을까 봐 모든 것을 두려워하지만, 자신에 대한 보호 본능으로 결코 정신줄까지 놓지는 않는 그런 사람이었다.

그래서 엄마는 횃불을 들고 퐁타니에 부인까지 이 일에 대동하고 싶어 했다. 그 부인은 무섭지도 않았고 용기도 없는 사람이라 그럴 생각도 없었다. 엄마가 왜 무서워하는지 모르던 나는 영문도 모르면서 본능적으로 용기를 냈다. 그리고 딴 사람은 뒷걸음질치는 그 일에 혼자 몸을 던지는 엄마를 보자 엄마의 치마를 잡고 달라붙었다. 진짜 웃기는 사람인 마부는 아무것도 무서워하지 않으면서 우리를 놀려대며 횃불을 들고 우릴 따라왔다. 그리고 우린 손님들을 깨우지 않기 위해 살금살금 걸어서 탐험에 나섰다.

그리고 부엌에서 웃고 떠드는 소리를 들었다. 엄마는 귀를 대고 있던 문 옆에 있는 큰 핏자국을 우리에게 보여주었다. 그리고 엄마의 상상력은 더욱더 날개를 펴 엄마는 무슨 신음 소리가 들린다고까지 말했다. 엄마는 마부에게 "내 생각이 틀림없어. 저 안에 나쁜 스페인 놈들한테 목을 졸리는 프랑스 병사가 있을 거야."라고 말했다. 그리고 떨리는 손으로 확 문을 열어젖혔다. 그리고 3개의 거대한 시체를 발견했다. … 그것은 여행객들을 위해 방금 잡은 돼지들이었다.

엄마는 웃음을 터뜨리고 퐁타니에 부인과 자신이 괜히 겁먹었던 것을 부끄러워했다. 하지만 나는 내가 상상했던 그 무엇보다 배가 갈려 피가 흐르며 그을린 코를 바닥에 대고 벽에 매달려 있는 그 끔찍한 모습이 너무나 무서웠다.

하지만 그때 아직 나는 죽음에 대한 정확한 개념은 없었던 것 같다. 그게 뭔지 이해한 것은 다른 광경을 보고 난 후부터였다. 나는 사실

의자 네 개로 된 감옥에서 쓴 소설 속에서, 또 클로틸드와 하는 전쟁 놀이에서 수많은 사람을 죽였었다. 그래서 그 단어는 알고 있었지만 의미는 알지 못했다. 나는 나의 아마존 친구들과 전쟁에서 직접 죽기도 했다. 그리고 바닥에 누워서 잠깐 눈을 감고 있는 것은 그리 싫은 일도 아니었다. 그런데 나는 모든 것을 다른 여인숙에서 배우게 되었다. 거기서 나는 저녁으로 제공되는 4, 5마리 비둘기 중 살아 있는 비둘기 한 마리를 얻게 되었다. 사실 스페인에서 여행객에게 제공하는 음식은 주로 돼지고기였는데 당시 전쟁으로 비참한 시기에 돼지고기는 큰 사치였다. 이 비둘기는 기쁨과 사랑을 주었다. 나는 그렇게 예쁜 장난감을 가져본 적이 없으며 그렇게 살아 있는 장난감도 없었다. 그것은 정말 내게 보물이었다! 하지만 나는 곧 그것은 통해 살아 있는 장난감이라는 것이 얼마나 불편한 것인가를 알게 됐다. 놈은 계속 달아나려 했고 조금만 내버려 두면 사라져 버려 온 방을 찾아 헤매야 했다. 입을 맞춰도 반응이 없고 아무리 다정하게 불러도 못 알아들었다. 결국, 나는 지쳐서 다른 비둘기들이 있는 곳을 물어봤다. 그러자 마부는 지금 다른 비둘기들을 잡는 중이라고 했다. 그래서 나는 "내 것도 죽이면 좋겠어요."라고 말했다. 엄마는 그런 끔찍한 생각은 하지 말라고 했지만 나는 고집스럽게 울며 소리쳤는데, 엄마는 그 모습에 매우 놀란 것 같았다. 엄마는 퐁타니에 부인에게 "얘는 지금 자기가 하려는 게 뭔지도 모르고 말하고 있는 거예요. 얘는 아마 죽은 것은 자는 건 줄 아는 모양이에요."라고 말했다. 그리고 내 손을 잡고 내 비둘기를 데리고 비둘기들을 잡고 있는 부엌으로 데려갔다. 나는 어떻게 죽였는가는 기억나지 않지만 퍼덕거리면서 부들부들 떨며 죽

196

어 가는 새들의 비참한 모습을 보았다. 나는 목이 찢어져라 소리를 질렀다. 그리고 내가 그래도 사랑했던 새가 같은 꼴을 당하게 될 거라는 생각에 눈물을 펑펑 흘렸다. 내 비둘기를 팔에 끼고 있던 엄마는 살아 있는 비둘기를 내게 보여줬고 나는 너무나 큰 기쁨에 감격했다. 하지만 저녁때 다른 비둘기들의 사체들을 보고 사람들이 이게 그렇게도 아름답게 빛나던 깃털과 부드러운 눈동자를 갖고 있던 그 새들이란 말을 했을 때 나는 그 음식이 끔찍하게 생각되었고 건드리고 싶지도 않았다.

여행을 계속할수록 전쟁의 참화는 더 끔찍했다. 우리는 전날 다 타버려서 집에 남은 거라곤 나무 의자와 테이블 하나가 있는 거실뿐인 마을에서 밤을 지새우기도 했다. 먹을 거라곤 생양파뿐이었다. 나는 그것도 좋아했지만 엄마와 다른 부인은 건드릴 생각도 못 했다. 밤에는 감히 여행할 수 없었다. 밤에는 엄마도 아줌마도 잠을 자지 못했고 나는 그들이 마차의 쿠션으로 탁자 위에 만들어준 아주 멋진 침대에서 잠을 잤다. 스페인 전쟁 중 정확히 어떤 시기인지는 모르겠다. 나는 부모님들이 기억의 연대기를 잘 가르쳐줄 수 있었을 때는 그것들이 하나도 궁금하지 않았다. 그런데 지금은 그것을 도와줄 사람이 세상에 아무도 없다.

우리는 1808년 4월 중순쯤 파리에서 출발한 것 같다. 그리고 우리가 마드리드로 가기 위해 스페인을 통과하는 중에 그 끔찍한 5월 2일 사건이[69] 벌어진 것 같다. 아버지는 바욘에 2월 27일 도착했다. 그리

고 3월 18일 엄마에게 마드리드에 대해 몇 줄 써 보냈었다. 그리고 내가 파리에서 황제를 본 것도 이때쯤이었던 것 같다. 황제는 그때 베네치아에서 돌아오자마자 곧바로 바욘으로 가려던 때였다. 왜냐하면, 내가 그를 볼 때 해가 지고 있었고 우리는 곧 저녁을 먹으러 집으로 들어갔기 때문이다.

우리가 파리를 떠날 때는 그렇게 덥지 않았었다. 하지만 스페인에 도착하고부터는 더위에 숨이 막힐 지경이었다. 만약 내가 마드리드 5월 2일 사건 때 있었다면 나는 분명 굉장한 충격을 받았을 것이다. 아주 작은 일까지도 기억할 때였으니 말이다.

한 가지 분명하게 기억나는 것은 부르고스인가 비토리아인가에서 여왕을 만났던 일인데 분명 에트루리아의 여왕이었을 것이다. 마드리드 5월 2일 사건이 벌어지고 그녀가 떠났다는 것은 공공연한 사실이니까. 아마도 우리는 그 사건 며칠 후 그녀가 바욘을 향해 가는 중에 만났을 것이다. 카를로스 4세가 가족들을 황제의 독수리 발톱 아래 두기 위해 그녀를 그리로 불렀으니까.

그 일은 너무나 충격적이었기 때문에 나는 자세히 이야기할 수 있다. 어딘지 정확히는 모르겠지만 아마도 저녁을 먹기 위해 들렀던 어떤 마을에서였던 것 같다. 여관에는 우체국도 하나 있었고 마당 안쪽으로는 꽤 큰 정원이 있었는데 거기 있던 해바라기들은 샤요의 해바

파르트를 스페인 왕으로 앉히자 분노한 마드리드 시민들이 폭동을 일으킨 날이다. 이 사건으로 다음 날인 5월 3일에는 수천 명에 달하는 마드리드 시민들이 나폴레옹 군대에 의해 처형되는 끔찍한 사건이 일어났는데 상드는 여기에 대해서는 전혀 언급하지 않고 스페인 왕정의 무능함에 대해서만 언급하고 있다.

라기들을 생각나게 했다. 그리고 생전 처음 해바라기 씨를 사람들이 채취하는 걸 보았는데 사람들은 그걸 좋은 음식이라고 했다. 또 그 정원 한쪽에는 새장에 까치가 한 마리 있었는데 까치가 말을 해서 얼마나 놀랐는지 모른다. 그 새는 스페인어로 말했는데, 아마도 '프랑스를 죽여라'라든가, '고도이를70 죽여라' 같은 말이었을 것이다. 나는 단지 첫마디만 알아들을 수 있었는데 그놈의 새는 진짜 악마 같은 소리로 계속 "죽여라, 죽여라!"라고 악을 쓰고 있었다. … 퐁타니에 부인의 마부는 그 새가 내게 화가 나서 나한테 죽으라고 하는 거라고 했다. 나는 새가 말하는 걸 보고 너무 놀라서 내가 쓴 동화 이야기가 그동안 내가 생각했던 것보다 더 괜찮은 것으로 생각되었다. 적어도 나는 불쌍한 새가 뜻도 모르면서 기계적으로 말한다는 것은 생각해 본 적도 없었기 때문이다. 말을 하면 당연히 생각도 하고 판단도 했다. 그래서 나는 부리로 새장을 쪼아대면서 계속 "죽여라, 죽여라!"라고 악을 쓰는 이 악당 같은 새가 두렵기만 했다.

---

70 〔역주〕 스페인 여왕의 정부로 민중의 원성을 산 사람이다.

13. 마드리드에서

　하지만 나는 곧 다른 것에 정신이 팔렸다. 커다란 마차가 마당으로 들어오는데 그 뒤로 두세 대의 마차가 따라오고 있었다. 그리고 사람들은 아주 급히 말들을 교체하고 있었다. 마을 사람들은 집 마당으로 들어오려고 하며 "여왕폐하! 여왕폐하!"를 외쳤다. 하지만 여관집 주인과 몇몇 사람들은 "아니, 여왕이 아니오."라고 하며 그들을 밀쳐냈다. 말들을 어찌나 빨리 교체했던지 창 쪽에 있던 엄마조차 내려가서 확인해 볼 틈이 없었다. 게다가 마차에는 가까이 오지도 못하게 했고 여관집 주인들은 여왕을 잘 아는지 밖에 있는 사람들에게 분명히 여왕이 아니라고 말했다. 하지만 집 안의 어떤 여자 하나가 나를 데리고 제일 큰 마차 가까이 가더니 "여왕님이시다!"라고 말했다!

　그때 나는 정말 감격했다. 왜냐하면, 내 이야기 속에는 늘 왕과 왕비가 나오기 때문이다. 내 이야기 속의 그들은 늘 아름답고 빛나고 엄청나게 호화스러웠다. 그런데 거기서 내가 본 여왕은 당시 유행처럼 꽉 끼는 흰 드레스를 입고 있었는데, 먼지로 누렇게 된 드레스를 입은 여왕은 불쌍해 보이기까지 했다. 8~10살쯤 되는 그녀의 딸도 비슷한 옷을 입고 있었는데, 둘 다 시커멓고 못생겨 보였다. 적어도 내게 남겨진 인상은 그랬다. 그들은 아주 슬프고 불안한 기색이 역력했다. 내 기억에 그들은 수행원도 경호원도 없었다. 그들은 떠난다기보다는 도망치는 것 같았다. 나는 곧 엄마가 심드렁한 목소리로 "도망가는 여왕이 또 있네."라고 하는 소리를 들었다. 이 불쌍한 왕녀들은 사실 스페인을 외국에 넘기며 그들의 백성을 구하고 있었다. 그들은 바욘으로 가서 나폴레옹을 찾아 그들을 안전하게 보호해 달라고 요구하려 하고 있었다. 하지만 그것은 완전히 정치적 실패를 의미했다. 에트루리아의 왕녀는 카를로스 4세와 스페인 공주 사이의 딸이란 걸 다들 알고 있었다. 그녀는 자신의 사촌인 파르마의 늙은 공작의 아들과 결혼했다. 나폴레옹은 공국이 탐이 나 그 대신 젊은 부부에게 토스카나왕국을 주었다. 그들은 1801년 파리에 와서 제1통령에게 예를 갖추었고 엄청나게 화려한 대접을 받았다. 또 젊은 여왕은 아들에게 왕위를 양도하고 1804년 초 루시타니아의 새 왕국을 차지하기 위해 마드리드로 돌아왔다. 만약 그렇게 되면 포르투갈 북부를 확보할 수 있기 때문이다. 하지만 모든 것이 불확실했다. 카를로스 4세는 정치적으로 너무 무능력했고 평화의 왕자가 이끄는 정부에 충성심이라곤 없었다.[71] 우리는 이제 스페인 국가를 상대로 이 끔찍한 전쟁에 뛰어들려는 것이었다. 나폴레옹은 모든 왕족이 그의 도움을 구하러 왔을 때 본능적으로 그들을 자기 손아귀에 집어넣어야 한다는 결론을 내렸다. 에트루리아 여왕과 그의 아이들은 늙은 카를로스 4세와 마리 루이즈 여왕과 콩피에뉴의 평화의 왕자를 따라갔다. 내가 그 왕비를 보던 때 이미 그녀는 프랑스의 보호를 받고 있는 중이었다. 그것은 스페인 민중이 전통적으로 여왕에게 바치는 사랑을 사라지게 하는 이상한 결과를 가져왔다. 지금 적과 맞서 싸워야 할 이 중차대한 때에 왕족들

---

71 〔역주〕 평화의 왕자는 당시 스페인 여왕의 정부이기도 했던 부패한 정치인 고도이를 말한다.

이 모두 도망치는 것을 보고 망연자실한 스페인 민중에게 말이다.

3월 17일 아란후에스에서 민중들은 고도이에 대한 증오심에도 불구하고 카를로스 4세를 붙잡으려고 했다. 5월 2일 마드리드에서 민중들은 동 프랑수아 드폴 왕자를 붙잡으려고 했던 거다. 또 4월 16일 비토리아에서는 페르디난도를 붙잡으려고 했다. 그때마다 그들은 말들을 붙잡고 이 겁 많고 정신 나간 왕자들이 도망가지 못하도록 했다. 하지만 왕자들은 두려움에 그들을 피해 다녔다. 하지만 어쩔 수 없이 운명적으로 어떤 왕자는 민중의 협박 때문에 저항했고 어떤 왕자는 민중의 간구에 할 수 없이 저항했다. 게다가 콩피에뉴도 발랑세도 다 함락된 때에 어디로 도망갈 수 있겠는가 말이다.

내가 말한 그 장면을 봤을 때 분명히 나는 도망가는 왕비가 변장한 것은 알지 못했을 것이다. 하지만 나는 그녀의 어두운 표정만은 분명히 기억한다. 그녀는 머물러 있는 것도 두렵고 떠나는 것도 두려운 심정인 것 같았다. 분명 그녀의 아버지와 어머니는 아란후에스에서 그들을 지키려 하지도 않지만 도망가도록 내버려 두지도 않는 민중들 앞에 있을 것이 분명했다. 스페인은 바보 같은 지도자들에게 지쳐 있었다. 하지만 그렇다고 해도 스페인 민중은 스페인 사람이 아닌 천재를 좋아하지는 않았다. 그들은 나폴레옹이 한 "더러운 속옷은 자기 집 안에서 빨아야 하는 법"이란 말을 자기들 나름대로 해석하고 믿는 것 같았다.

우리는 5월 중순 마드리드에 도착했다. 가는 동안 아주 힘들었지만 여행의 마지막 날에 대해서는 잘 기억나지는 않는다. 하지만 어쨌든 큰 사건 없이 목적지에 도착했다. 그것은 거의 기적이었다. 왜냐하면, 이미 스페인 민중들은 여러 군데서 봉기를 일으키고 있었고 도처에서 폭동이 일어나기 직전이었다. 우리는 프랑스 부대를 따라 이동했지만 언제 어떤 일이 생길지 알 수 없는 일이었다. 엄마는 가슴에 애 하나를 안고 팔로 다른 애 하나를 붙잡고 그리 무서워하지도 않았다.

엄마는 아버지를 보자 모든 두려움과 걱정을 잊어버렸다. 너무나 피곤했던 나도 우리가 살게 될 멋진 궁전의 화려함을 보고는 피로함도 다 잊어버렸다. 그곳은 평화의 왕자의 궁전이었다. 나는 정말 동화 속 이야기 속으로 들어가는 것 같았다. 뮈라는 같은 궁전의 아래층을 쓰고 있었는데 이 궁전은 마드리드에서도 제일 화려하고 제일 안락한 곳이었다. 왜냐하면, 그곳은 왕비와 그 측근들의 애인들이 있던 곳이라 왕의 궁전보다 더 화려했기 때문이다. 우리는 4층을 썼는데, 엄청나게 크고 모든 것이 붉은 다마스 천으로 싸여있었다. 코니스, 침대들, 소파와 긴 의자 모든 것이 금으로 장식되어 있는데, 내 눈에는 모두가 진짜 동화 속에 나오는 것처럼 순금인 것 같았다. 어마어마하게 크고 무서운 그림도 있었는데 액자의 튀어나온 큰 머리들은 나를 계속 따라오며 보는 듯해서 나를 두렵게 했지만 곧 아무렇지도 않게 되었다. 또 다른 놀라운 물건은 내가 카펫 위를 걸어 다니는 모습이 다 보이는 전신 거울이었다. 나는 처음에 그게 나인지 알아보지 못했는데 그런 전신 거울은 본 적이 없어서 내 나이의 다른 아이들보다 키가 작았던 나의 모습을 알지 못했기 때문이다. 그런데 거울 속에 나는 너무 커서 무서워했다.

내가 이렇게 묘사하긴 했지만 분명 그 아름다운 궁전과 화려한 아파트는 아주 형편없는 곳이었을 것이다. 적어도 그곳은 아주 더럽고 가축들, 무엇보다 토끼들로 가득 차 있었으니까. 토끼들은 여기저기로 마구 뛰어다녔지만 아무도 관심을 기울이지 않았다. 유일하게 잡히지 않은 이 말 없는 주인들은 원래 아파트 안으로 들어와 살았던 걸까 아니면 부엌에 있다가 거실로까지 오게 된 걸까? 그중 아주 눈처럼 하얗고 루비처럼 빨간 눈을 가진 녀석이 있었는데 곧 나와 친해졌다. 녀석은 침실 구석에서 전신 거울 뒤에 살고 있었다. 그리고 우린 거기서 곧 친해졌다. 녀석은 꽤 음산했는데 몇 번 내쫓으려는 사람을 할퀴기도 했다. 하지만 나는 한 번도 공격한 적이 없다. 녀석은 내 무릎이나 내 옷자락 끝에서 내가 재미있는 얘기를 해주면 몇 시간 동안 꼼짝도 하지 않고 있기도 했다.

곧 나는 세상에서 가장 예쁜 인형, 양, 소꿉놀이 도구, 침대, 말 같은 장난감도 갖게 되었다. 모든 장난감은 금으로 되어 있었고 술이 달리고 반짝거리는 금속 장식이 달려 있었다. 모두가 스페인의 왕자나 공주들이 버리고 간 것이었는데 벌써 반은 부서져 있었다. 나는 장난감들의 요구를 데면데면하게 들어주었다. 왜냐하면, 그 장난감들은 괴상하게 보여서 별로 맘에 들지 않았기 때문이다. 하지만 그것들은 아주 비싼 물건들이었다. 왜냐하면, 아버지가 그중 나무로 된 두세 개의 나무 인형을 할머니께 공예품이라며 선물도 갖다 드렸기 때문이다. 할머니는 그것을 가지고 계셨는데 모든 사람이 그것을 보고 감탄하곤 했다. 하지만 아버지가 돌아가신 후 그 물건들이 어떻게 내 손에까지 오게 됐는지는 모르겠다. 나는 누더기를 입은 작은 노인 조각을 기억하는데 그것은 분명 진짜 사람처럼 정교했던 것 같다. 왜냐하면,

그것을 보고 내가 겁을 먹었으니 말이다. 어떻게 이런 불쌍하고 비쩍 마른 거지 노인이 손을 내밀고 구걸하는 모습을 정교하게 조각한 이런 물건이 스페인 왕자들의 번쩍거리는 딸랑이 장난감들 사이로 흘러들어온 걸까? 비참함을 그린 이런 장식품은 왕의 아들이 가지고 놀기에는 이상한 장난감이 분명했고 아마도 왕자는 이걸 보며 많은 생각을 했을 것이다.

더욱이 나는 파리에서처럼 마드리드에서 그렇게 장난감에 집착하지 않았다. 주변 환경이 달라졌기 때문이다. 주변의 모든 것이 내 주의를 끌었다. 나는 나의 동화 이야기까지 잊어버렸다. 왜냐하면, 그곳에서의 주변 모습 자체가 모두 경이로웠기 때문이다.

나는 파리에서 뮈라를 이미 본 적이 있었다. 나는 그의 아이들과 함께 놀았다. 하지만 그에 대해서는 아무 기억도 나지 않는다. 아마도 나는 그가 보통 사람들처럼 입고 있는 모습을 보았던 것 같다. 그런데 마드리드에서 온통 금빛으로 번쩍이는 장식을 한 그를 보았을 때 아주 큰 인상을 받았다. 사람들은 그를 '프린스'라고 불렀다. 그리고 동화에서 프린스는 항상 주인공이므로 나는 그 유명한 팡파리네 왕자를72 봤다고 착각했다. 그래서 나는 그를 당연히 그렇게 불러서 그를 어리둥절하게 했다. 엄마는 장군님이 내가 부르는 그 동화 속 악

---

72 〔역주〕팡파리네는 돌누아 부인(D'Aulnoy)이 쓴 〈봄의 공주〉(La Princesse printanière)에 나오는 주인공으로, 자신이 정복한 성으로 엄청나게 화려한 모습으로 들어오는 장면에 나온다. 상드는 뮈라의 스페인 입성을 그에 빗대서 설명하고 있다.

당 이름을 듣지 못하게 하려고 무진 애를 썼지만 나는 그를 복도에서 만나면 항상 그 이름으로 부르곤 했다. 사람들은 내게 그에게 얘기할 때 "나의 프린스"라고 말하라고 했고 그는 내게 아주 친근하게 대해주었다.

분명히 그는 부관 중 하나가 그런 끔찍한 전쟁터에 아내와 아이들을 데려온 것에 대해 싫은 내색을 했을 것이다. 그래서 그에게 군인 가족으로서의 면모를 보이려고 했던 것이 분명한 것 같다. 사람들은 매번 그를 만날 때마다 내게 군복을 입혔다. 그것은 정말 멋진 군복이었는데 내가 커서 입지 못하게 될 때까지 오랫동안 남아 있었다. 그래서 나는 그것에 대해 아주 자세히 기억할 수 있다. 그것은 장식 술과 금 단추가 달린 흰 캐시미어 망토에 검은 모피를 댄 웃옷과 헝가리풍의 금수錦繡를 놓은 붉은색 캐시미어 바지였다. 또 금빛 박차가 달린 붉은 가죽 부츠도 신고 칼도 차고 붉은색의 실크 장식 줄이 달린 대포 모양의 벨트에 에나멜 금빛 견장 그리고 진주로 모서리를 장식한 작은 가죽 가방 등 어느 것 하나 빠진 것이 없었다. 아빠와 완전히 똑같이 입고 있는 나를 보고 정말 내가 남자아이인 줄 알았는지 아니면 그런 척했는지 모르지만 뭐라는 엄마의 노력을 가상히 여기며 그의 집을 방문하는 부관 같은 사람들에게 나를 웃으며 소개하곤 했다. 우린 그와 더 친하게 지냈다.

하지만 난 그 옷을 별로 좋아하지 않았다. 왜냐하면, 그 멋진 군복은 나를 너무 힘들게 했기 때문이다. 나는 군복을 멋지게 입는 방법을 잘 알고 있었다. 옆에 찬 작은 칼이 궁전 바닥 타일에 끌리게 했고 어깨 위에서 견장이 아주 멋지게 흔들리게 할 줄 알았다. 하지만 안에

털을 댄 옷은 너무 더웠고 장식 줄들은 너무 무거웠다. 그래서 집에 돌아와서 엄마가 스페인 옷을 입혀주면 너무나 행복했다. 무릎까지 오는 길이에 발목까지 술이 달리고 넓은 벨벳 천을 댄 검은 만틸라를 두르는 것이었다. 엄마는 그 옷을 입으면 너무나 예뻤다. 어떤 스페인 여자도 엄마처럼 그렇게 예쁘게 그을린 피부에 그렇게 그윽한 검은 눈빛에 너무나 작은 발에 아담한 몸을 하고 있지 않았다.

뮈라에게는 병이 있었다. 사람들은 방탕 때문에 그렇다고 하지만 그것은 사실이 아니다. 스페인에 주둔한 많은 부대원처럼 장염腸炎을 앓았던 것 같다. 진정이 되지 않을 때는 아주 큰 비명을 지르기도 했다. 그럴 때 그는 자신에게 독약을 먹였다고 생각하면서 고통을 참지 못했다. 온 궁전 안에 그의 비명 소리가 울릴 때 사람들은 한숨도 자지 못했다. 처음 한밤중에 그가 비명을 지를 때 두려워하는 엄마 아빠와 함께 나도 잠이 깼던 기억이 난다. 엄마 아빠는 누군가가 그를 암살하려 한다고 생각하고, 아빠는 즉시 침대에서 일어나 칼을 들고 거의 옷도 입지 않은 채로 달려갔다. 나도 그 불쌍한 영웅의 비명소리를 들었다. 그는 전쟁에서는 너무나 용감했지만, 전쟁 밖에서는 한없이 소심했다. 나는 너무 무서워 같이 비명을 질러댔다. 결국, 죽음이란 게 뭔지 깨달은 아이처럼 나는 울면서 "나의 왕자님을 누가 죽여요. 팡파리네!"라고 계속 소리쳤다. 이후 그는 이런 나의 슬픔 때문에 나를 더 사랑해주었다.

그 일이 있고 얼마 뒤 그는 자정쯤 엄마 아빠와 함께 우리 아파트의 내 침대로 온 적이 있었다. 그들은 막 사냥에서 돌아오는 길이었는데 작은 암사슴 새끼 한 마리를 뮈라가 내 곁에 놓아두러 온 것이다. 나는 반쯤 잠이 깨서 내 얼굴에 기운 없이 기대고 있는 그 사랑스러운 새끼 암사슴의 머리를 보았다. 나는 두 팔로 그의 목을 감싸고 프린스에게 고맙다는 말도 하지 못하고 다시 잠들어 버렸다. 그런데 그다음 날 아침 눈을 떴을 때 여전히 눈앞에 뭐라가 내 침대 옆에 서 있었다. 아버지가 내가 새끼 사슴과 자는 모습을 그에게 얘기하니 그가 그 모습을 보러 올라온 것이다. 사실 태어난 지 얼마 되지도 않은 이 새끼 사슴은 전날 사냥개에게 쫓기면서 엄청나게 탈진해서 꼭 작은 강아지처럼 내 침대에서 자고 있었다. 녀석은 둥글게 내 가슴속에 웅크리고 머리는 베개 위에 올려놓고 작은 다리는 나를 찰까 두려운 듯 잔뜩 구부리고 있었고, 나는 두 팔로 잠들 때 했던 것처럼 그의 목을 감싸고 있었다. 엄마 말이 그때 그 기막히게 아름다운 모습을 화가에게 보이지 못해 뭐라가 너무 아쉬워했다는 말을 했다. 장군의 목소리 때문에 나는 잠이 깼는데 궁정 예절 따위는 알 리가 없는 4살 소녀는 먼저 새끼 사슴을 쓰다듬었고 내 작고 따뜻한 침대를 자기 보금자리처럼 생각하는 새끼 사슴도 마음 놓고 화답하는 것 같았다.

나는 며칠 동안 그 새끼 사슴과 지냈고 너무나 사랑해주었다. 하지만 어미가 잡혔으니 그도 살 수 없었던 것 같다. 어느 날 아침 더는 그를 볼 수 없었는데 사람들은 도망쳤다고 했다. 그리고 엄마를 다시 만나 숲속에서 더 행복할 거라는 말로 나를 위로했다.

마드리드에서 우리는 두 달 이상을 보냈는데 그 기간이 내게는 너무 길게 느껴졌다. 같이 놀 내 나이 또래 친구들은 하나도 없었고 온종일 거의 혼자 있었다. 엄마는 늘 아빠와 외출해야 해서 나를 어떤 마드리드 하녀에게 맡겼는데 믿을 만하다고 고용한 하녀였지만 엄마 아빠가 나가기만 하면 어디론가 나가 버렸다. 또 아빠에게는 베버라는 하인도 있었는데 분명히 세상에서 제일 좋은 하인이었을 것이다. 그도 가끔 테네사 대신 나를 보러 온 적이 있었는데 이 용감한 독일 남자는 프랑스어는 하나도 몰라서 알아듣지도 못하는 말을 했고, 너무 심한 냄새가 나서 그가 나를 안기만 하면 나는 어찌 된 일인지 기절을 하곤 했다. 하녀가 나를 돌보지 않는다는 것에 대해서는 그도 감히 부모님들께 말하지 않았고 나도 불평하지 않았다. 나는 베버가 나를 감시한다는 생각에 오로지 원하는 건 한 가지, 곧 그가 대기실에 있으면서 나를 그냥 아파트에 혼자 있게 내버려 두는 것뿐이었다. 그래서 내가 그에게 "베버, 좀 나가주면 좋겠어요."라고 말하면 독일인으로 복종 잘 하는 그는 곧 나가 버렸다. 내가 혼자 조용히 잘 놀고 있으면 그는 가끔 문을 잠그고 자기 말들을 보러 가기도 했다. 아마도 그의 말들은 나보다 더 그를 잘 맞아주었을 것이다. 그래서 나는 생애 처음으로 아이에게는 이상한 즐거움이지만 혼자 있는 것에 대한 즐거움을 생생하게 느끼곤 했다. 그래서 당황하거나 무서워하긴커녕 때로 엄마의 마차가 들어오는 것을 보면 서운한 생각이 들기도 했다. 나는 내 공상 속에 푹 빠져 있었는데 그 공상 속 세상들은 너무나 분명해서 나는 현실 세상을 완전히 잊고 있었다. 분명 현실은 더 재미있었을 테지만 말이다.

내가 하는 이야기 속에는 엄마의 기억도 많이 얽혀 있다. 하지만 이제부터 하는 이야기는 누구의 기억에 도움 받지 않은 것이다.

혼자 마구 뛰놀 수 있는 큰 아파트에 혼자 있게 되면 나는 먼저 전신 거울 앞에 서서 이런저런 포즈를 잡으며 연극 놀이를 했다. 또 나의 흰 토끼를 데려와 괴롭히기도 했다. 나는 녀석을 제단으로 삼은 발판 위에 눕히고 마치 신들에게 희생 제물을 바치듯 연극을 하기도 했다. 나는 그런 장면을 연극무대에서 봤는지 아니면 조각 작품 같은 데서 봤는지 모르겠지만 만틸라를 여제사장처럼 머리에 두르고 거울을 보고 이리저리 몸을 움직였다. 내가 전혀 교태스러운 여자아이가 아닌 것은 다 아실 것이다. 내가 이렇게 놀기를 좋아한 것은 단지 거울 속에 나와 토끼의 모습을 보면서 마치 연극 무대 위에 두 명의 소녀와 두 마리의 토끼가 있다고 상상하는 즐거움을 맛보기 위해서였다. 그래서 토끼와 나는 거울 속의 인물들에게 구원의 팬터마임을 하기도 하고 위협하기도 하고 기도해주기도 했다. 우리는 그들과 함께 볼레로를 추기도 했다. 무대 위에서 추는 춤을 추고 나면 스페인 춤이 추고 싶었기 때문이다. 나는 애들이 쉽게 몸짓을 따라 하듯 본 대로 그 우아한 몸짓을 따라 했는데 그러면서 거울 속에서 춤을 추는 아이가 바로 나라는 것을 까맣게 잊고 있었다.

내가 만든 발레와 춤들을 다 추고 나면 테라스로 나갔다. 궁전의 한 면 전체에 나와 있는 너무나 크고 아름다운 테라스였다. 내 기억에 난간은 흰 대리석으로 되어 있었는데 햇볕에 너무 뜨거워져 만질 수도 없었다. 나는 너무 작아서 그 위로 볼 수는 없었지만 난간 사이로 광장에서 일어나는 걸 다 지켜볼 수 있었다. 내 기억에 그 광장은 엄청나게 컸다. 주위에는 다른 궁전들과 아름다운 집들이 가득했다. 하지만 사람들은 보이지 않았다. 마드리드에 있는 동안 늘 그랬던 것 같다. 내 생각에 5월 2일 폭동 이후에 아마도 지휘관의 궁전 주위를 사람들이 다니지 못하게 통제한 것 같다. 그래서 나는 궁전 주변에서 프랑스 군복을 입은 사람들과 내 상상보다 훨씬 멋졌던 튀르키예 친위대원들만 보았다. 그들은 우리 건너편의 건물을 지키고 있었는데 구릿빛 얼굴을 하고 터번과 화려한 동양풍의 옷을 입고 있는 그들은 아무리 봐도 지겹지 않았다. 그들은 광장 중앙의 분수대로 말들을 데려와 물을 먹였는데 그 광경을 보면 나도 모르게 시를 쓰고 싶은 생각이 들었다.

오른쪽에는 광장의 한편을 가득 채우는 거대한 성당이 있었다. 적어도 어린 내 기억에는 그랬다. 그리고 금빛 돔 위에 십자가가 세워져 있었는데 그 십자가와 저녁노을에 빛나던 돔은 내가 본 하늘 중 가장 아름다운 푸른 하늘과 대조를 이루며 결코 잊을 수 없는 광경을 자아냈다. 그러면 나는 눈에, 우리 고향 베리 말로 '오르블뤼트orblutes'가[73] 생길 때까지, 그러니까 눈에 붉고 푸른 환영이 생길 때까지 뚫어지게 바라봤다. 이 단어는 불어의 표준말로도 사용되어야 한다고 생각한다. 하지만 어느 작가의 글에서도 나는 이 단어를 본 적이 없다. 우리 모두가 알고 있는 이 현상을 정확히 표현하는 단어는 이 단어밖에 없는데 우리는 다른 표현들로 그 현상을 에둘러 어렵게 표현하고 있다.

이 오르블뤼트 놀이는 왜 그런지 이유를 잘 모르겠지만 너무 재미있었다. 나는 그 빛의 환영이 모든 사물들 위에 비치는 것을 즐겼는데 그 빛의 환영은 눈을 감아도 계속되었다. 완벽한 오르블뤼트 현상이 일어날 때는 빛의 환영이 사물의 형태까지 갖추어서 너무나 환상적이

---

[73] 이 단어는 orbluces로 써야 한다고 한다.

었다. 돔과 십자가의 환영이 내가 보는 모든 사물 위에 나타났다. 어린아이 눈에 아주 위험했을 그 놀이를 어떻게 그렇게 계속할 수 있었는지 모르겠다. 하지만 나는 곧 테라스에서 그때까지 전혀 생각지도 못했던 현상을 발견하게 되었다. 광장은 주로 텅 비어 있었는데 어느 때는 온종일 개미 새끼 한 마리 없을 때도 있었다. 그러면 궁전 안과 그 주변은 음울한 침묵이 흘렀다. 어느 날 그런 고요함 속에 혼자 무서워진 나는 광장을 지나가는 베버를 불렀다. 그런데 베버는 내 음성을 듣지 못했는데 내 목소리와 똑같은 소리가 발코니 끝에서 계속 베버를 부르고 있었다.

이 목소리는 나를 안심시켰고 나는 더는 외롭지 않았다. 하지만 누가 나를 흉내 내는지 궁금해진 나는 누가 아파트에 있는지 찾기 위해 안으로 들어갔다. 하지만 그곳에서도 늘 그렇듯 나 혼자뿐이었다. 나는 테라스로 다시 나와 엄마를 불러봤다. 그러자 그 소리는 아주 부드럽고 분명한 소리로 따라 했는데 그때 나는 많은 생각에 잠겼다. 굵은 목소리로 내 이름을 부르면 목소리는 곧 나를 따라 했지만 소리는 분명치 않았다. 또 아주 가는 소리로 말하자 소리는 작아졌지만 마치 누군가 내 귀에 속삭이는 것처럼 더 분명히 알아들을 수 있었다. 나는 도무지 이해할 수가 없어서 누군가가 나와 함께 테라스에 있다고 밖에는 생각할 수 없었다. 하지만 잠겨 있는 창문들을 다 들여다보아도 아무도 없자 나는 이 경이로운 놀이에 흠뻑 빠져들어 계속하고 또 하길 반복했다. 내 이름이 내 목소리로 반복된다는 건 정말 이상한 느낌을 주었다. 그래서 결국 나는 자신에게 이런 설명을 할 수밖에 없었다. 그러니까 나의 분신이 있는데 나는 그를 볼 수 없지만 내게 대답하는 걸 보면 그는 나를 항상 볼 수 있다는. 그리고 곧 나는 그 생각을 확실히 믿게 되었고 전에도 계속 그래 왔었는데 내가 알아차리지 못했다고 믿었다. 나는 그 현상을 나의 오르블뤼트 현상과 비교해 보았다. 처음에도 그 현상은 나를 굉장히 놀라게 했지만 왜 그런지 이유는 몰라도 나중에는 아주 즐기게 되었으니까.

그래서 나는 이런 결론을 내렸다. 모든 사람은 환영과 분신, 곧 또 다른 자기를 가지고 있다고. 그리고 나는 정말 나의 분신이 보고 싶었다. 나는 그를 백 번도 더 부르면서 내 곁으로 와 달라고 말했다. 그러면 그는 "이리로 와, 어서."라고 대답했다. 그리고 내가 자리를 옮길 때마다 더 멀어지거나 가까워지는 것 같았다. 아파트 안에서 그를 찾고 부르면 그는 더는 대답하지 않았다. 테라스의 다른 끝에 가도 그는 말하지 않았다. 중간에 오면 그리고 이 중간에서 성당 쪽 끝까지 가면 그는 내게 말을 하고 나의 "어서 와."라는 말에 부드럽고 떨리는 목소리로 "어서 와."라고 화답했다. 이렇게 나의 분신은 야외나 성벽의 어떤 특별한 장소에서 만날 수 있었는데 대체 어떻게 그를 붙잡고 볼 수 있을까? 나는 그 일에 단단히 미쳐 버렸다.

엄마가 들어오면 놀이를 멈춰야 했다. 그리고 나는 엄마에게 그것에 대해 물어보는 대신에 왜 그걸 꼭꼭 숨겼는지 모르겠다. 아마도 어린아이는 자신만의 공상 세계 속에서 신비를 즐기면서 그런 나만의 오르블뤼트에 대해 설명해주길 바라지 않았던 것 같다. 나는 혼자 모든 걸 밝히고 싶었다. 어쩌면 설명을 들은 후 오히려 그런 환상의 즐거움을 빼앗겨 버리고 실망한 기억 때문이지도 모르겠다. 나는 이 새로운 경이로움에 대해 침묵하면서 며칠 동안 발레도 잊고 가엾은 토끼도 혼자 조용히 잠만 자게 두고 전신 거울도, 그림 속에서 움직이지 않고 있는 위대한 인물들만 비추게 했다. 나는 이것을 다시 경험하기 위해 혼자 있게 되기만을 인내하며 기다렸다.

하지만 결국 어느 날 엄마가 내가 모르는 사이에 들어와 내가 햇빛이 쏟아지는 테라스에서 목이 쉬어라 소리치며 노는 비밀을 알아 버렸다. 나는 더는 숨길 수 없어 내 말을 계속 따라 하는 사람이 누구냐고 물었고 엄마는 "그건 메아리란다."라고 말했다. 내게는 다행스럽게도 엄마는 메아리가 뭔지는 설명하지 않았다. 이 일에 대해 엄마는 전혀 기억하고 있지 않을지도 모르지만, 엄마는 "그것은 공기 중에 있는 목소리란다."라고 말했고, 나는 그 미지의 존재에 대해 여전히 시적 환상을 품고 있었다.

그 뒤로도 며칠 동안 나는 계속 바람에게 말을 걸었다. 공기의 소리는 이제 나를 놀라게 하지 않았고 더욱더 나를 매혹했다. 나는 그 소리에 이름이 있다는 것을 알게 된 것이 기뻤다. 그래서 "에코야, 거기 있니? 내 말 들려? 안녕 에코!"라고 소리칠 수 있어서 좋았다.

아이에게 상상력의 세계는 이렇게 끝없이 펼쳐져 가는 반면 감정적인 것은 늦게 발달하는 것일까? 나는 마드리드에 있는 동안 언니나 이모나 피에레나 클로틸드를 생각하지 않았던 것 같다. 하지만 사랑의 감정은 알고 있었다. 왜냐하면, 어떤 인형들이나 동물들은 무지 사랑했으니까. 너무 사랑하는 사람과 헤어지는 것에 무심한 것은 아마도 어린아이들에게는 시간의 길이에 대한 개념이 없기 때문인 것 같다. 사람들이 1년 동안 보지 못한다고 해도 아이들은 그 1년이 하루보다 더 길다는 것을 인지하지 못한다. 숫자로 아무리 설명하려고 해도 아이들은 이해하지 못한다. 아이들에게 숫자는 아무 의미도 없다. 엄마가 언니에 대해 내게 말했을 때 나는 언니를 어제 떠났던 것처럼 생각하면서 하루가 길다는 생각을 했던 것 같다. 이렇게 아이들이 가지고 있는 능력 간의 심한 편차에는 어떻게 설명할 수 없는 수천 개의 모순이 존재하는 것 같다.

　내게 있어 감성적인 것이 발달하기 시작한 것은 마드리드에서 엄마가 동생을 낳을 때였던 것 같다. 사람들은 엄마가 남동생이나 여동생을 낳아줄 거라고 했고 며칠 전부터 엄마는 긴 소파에 누워만 있었다. 그러다 어느 날 사람들은 내게 테라스에 나가 놀라고 하면서 아파트의 유리문을 닫아 버렸다. 나는 아무 소리도 들을 수 없었다. 엄마는 고통을 아주 용감하게 잘 참아서 지금껏 아이를 아주 쉽게 빨리 분만해 왔다. 그런데 이번에는 산통이 몇 시간 동안 계속됐는데 마지막 순간에만 잠깐 나는 엄마와 떨어져 있다가 아빠가 부르는 소리에 들어가 작은 아이를 봤다. 하지만 나는 그 아이에게는 거의 주의를 기울이지 않았다. 엄마는 긴 소파에 널브러져 있었다. 안색은 너무나 창백하고 지쳐 보여 거의 알아보기 힘들 정도였다. 하지만 나는 큰 용기를 내서 달려가 울면서 엄마를 포옹했다. 나는 엄마도 내게 말하면서 나를 안아주길 바랐다. 사람들이 엄마를 쉬게 하려고 다시 나를 떼어냈을 때 나는 엄마가 곧 죽게 되어 사람들이 내게 그걸 감추려 한다는 생각에 오랫동안 슬픔을 견딜 수 없었다. 나는 울면서 다시 테라스로 나갔다. 새로 태어난 아이에 대해서는 관심도 없었다. 이 가엾은 사내아이는 눈이 이상할 정도로 푸르고 투명했다. 며칠 뒤 엄마는 아이의 눈동자가 너무 창백하다고 걱정을 했는데 나는 아빠와 다른 사람들이 걱정하며 '수정체'라는 단어를 말하는 소리를 들었다. 마침내 2주 후에 아이는 앞을 볼 수 없는 아이라는 것이 분명해졌다. 하지만 엄마에게는 분명하게 말할 수 없어 그저 좀 의심스럽다고만 말했다. 사람들은 자신 없는 소리로 아이가 크면 수정체가 바뀔 수도 있다는 말을 얼버무렸다. 그러면 엄마는 좀 안심을 하고 그 아이의 존재가 그에게나 모두에게 전혀 불행이 아니라는 듯 그 아이를 더 사랑하고 애지중지했다. 엄마는 아이에게 젖을 먹이고 아이가 태어나고 겨우 2주가 지났을 때, 우리는 전쟁 중인 스페인을 가로질러 프랑스로 떠났다.

14. 동생 루이와 아버지의 죽음

편지

아버지가 할머니에게 보낸 편지

마드리드, 1808년 6월 12일

오랜 산통 후에 오늘 아침 소피는 앵무새처럼 울어대는 사내아이를 낳았습니다. 아이와 산모는 아주 건강해요. 이번 달 말 전에 프린스는 프랑스로 떠날 거예요. 소피를 돌보았던 황제의 주치의는 12일 후면 그녀가 아이와 함께 여행할 수 있을 거라고 했어요. 오로르도 아주 잘 크고 있습니다. 저는 짐들을 모두 사륜마차에 싣고 노앙으로 떠나 7월 20일경에는 도착할 것 같은데 가능한 한 오래 머무르려고 합니다. 집에 갈 생각만으로도 너무 기뻐요. 이제 걱정거리도, 일도, 골치 아픈 문제들도 없는 우리의 따뜻한 집에서 우리가 다시 만날 것을 생각하고 또 생각하며 희망에 들떠 있어요! 그런 완벽한 행복을 맛본 것이 도대체 얼마나 오래됐는지!

프린스는 어제 가는 길에 바레주를 잠깐 들르겠다고 했어요. 저로서는 노앙의 물가까지 가서 그 물들에 가나의 혼인 잔치의 기적이 임하도록 하겠어요. 데샤르트르 선생님이 기꺼이 그 일을 맡아주시겠지요. 태어난 아이의 세례도 노앙의 축제 때까지 미루고 있어요. 세례를 빌미로 교회 종이 치고 온 마을이 춤을 추면 얼마나 멋질까요! 군수는 제 아들을 프랑스인으로 등록하게 될 거예요. 카스티야의 공증인과 신부들을 이 일에 연루시키고 싶지는 않아요.

지난번 마지막 편지 두 통이 없어진 걸 이해할 수가 없네요. 세상에서 제일 완고한 경찰들에게 그걸 찾아 달라고 한 건 정말 바보 같은 짓이에요. 편지에서 저는 전리품으로 생긴 아프리카 검劒에 대해 썼어요. 거의 두 쪽에 걸쳐 그 칼에 대해 설명하고 인용하는 글을 썼지요. 이 굉장한 칼을 이제 곧 보시게 될 거예요. 또 너무나 다루기 힘든 안달루시아의 레오파르도라는 말도 보시게 될 텐데 데샤르트 선생님이 좀 타 봤으면 좋겠네요. 하지만 타기 전에 도시 전체에 매트리스 징발령을 내려서 단단히 채비를 하셔야 할 거예요.

안녕, 어머니! 출발 날짜와 도착 날짜를 알려드릴게요. 말씀드린 것보다 더 일찍이면 좋겠어요. 소피도 어머니 뵙기를 간절히 기대하고 있어요. 오로르도 당장 떠나자고 난리고요. 어쩌면 지금 우린 벌써 길을 떠났는지도 모르겠네요.

너무나 유쾌하고 즐겁고 희망으로 가득 찬 이 편지는 할머니가 아들로부터 받은 마지막 편지이다. 이제 곧 독자들은 이 행복한 계획들이 어떤 끔찍한 사건으로 끝나게 되는지 또 아버지가 그렇게도 꿈꾸고 그렇게도 간절하게 그리워했던 것들과 얼마나 빨리 이별하게 되었는지 보게 될 것이다. 그 사건을 생각하면 이 편지에 쓰인 길들이지 않은 말인 안달루시아의 레오파르도에 대해 쓴 농담들은 너무나 운명적이고 너무나 끔찍한 사실이었다.

이 말은 아스투리아스의 왕자인 페르디난도 7세가 뮈라와 그의 장교들을 위해 특별히 하사한 거였다. 뮈라는 이 끔찍한 말을 아버지에게 줬는데 아마도 아란후에스에서의 공적 때문인 것 같다. 이것은 결과적으로 정말 끔찍한 선물이 되었는데 엄마는 어떤 운명적 예감 때문이었는지 그 말을 싫어하고 무서워했지만 아버지가 그 말을 타지 못하게 막지는 못했다고 한다. 아버지조차도 말을 탈 때는 그처럼 아무런 애정도 느껴지지 않는 말은 처음이라고 했는데도 말이다. 어쩌면, 그래서 더더욱 아버지는 그 말을 길들이고 싶은 욕망에 불탔는지도 모른다. 어느 날 아버지는 이렇게 말했다고 한다.

"이 녀석이 무섭지는 않아. 그런데 잘 탈 수가 없어. 왜냐하면, 탈 때마다 놈을 멸시하는 마음이 드는데 이놈도 그걸 느끼는 것 같거든."

엄마는 페르디난도가 그 말을 준 것은 말이 장군을 죽이라고 준 거라고 했다. 엄마는 또 마드리드의 의사가 프랑스인들을 증오해서 자기 아이의 눈을 멀게 했다고 했다. 엄마는 출산 후 고통 중에 이 의사가 아이의 두 눈 위에 손가락을 얹으며 이를 악물고 "이놈은 스페인의 태양을 볼 수 없을 거야!"라고 하는 소리를 들은 것 같다고 했다.

이것은 가엾은 엄마의 환상일 수도 있다. 하지만 당시 상황을 생각하면 그런 일이 있을 수도 있다. 의사는 엄마와 둘만 있었고 엄마는 자신을 보지도 듣지도 못할 거라고 생각했으니 말이다. 하지만 내가 그 말에 책임질 생각은 없다.

아버지 편지에서 아버지는 아이의 실명에 대해 알지 못했던 것 같다. 나는 노앙에서 데샤르트르가 아버지와 엄마가 없는 자리에서 그 말을 했던 기억이 나는데 사람들은 여전히 마지막 희망을 버리지 않고 있었던 것 같다.

우리는 7월 초반에 길을 떠났다. 뮈라는 나폴리에 왕관을 받으러 갔고 아버지는 휴가를 얻었다. 아버지가 뮈라와 국경까지 같이 갔는지 우리가 그와 함께 여행했는지는 모르겠다. 단지 우리가 사륜마차를 타고 뮈라의 행렬을 따라간 건 맞는 것 같다. 하지만 바욘까지 아버지에 대한 기억은 없다. 제일 기억에 생생한 건 너무 목마르고 더웠고 또 여행 내내 열이 나서 힘들었다는 거다. 우리는 부대들 사이로 아주 천천히 전진했는데 지금 생각하니 아버지가 함께 있었던 것 같기도 하다. 왜냐하면, 산에서 좁은 길을 갈 때 갑자기 거대한 검은 뱀 한 마리가 길을 건너가는데 아버지가 일행을 멈추고 앞으로 달려가 칼로 뱀을 두 동강이 냈던 기억이 나기 때문이다. 늘 그렇듯 무서워하던 엄마는 아버지를 말리려 했지만 말리지 못했다.

또 생각해 보면 아버지는 뮈라와 함께 있으면서 잠깐씩만 우리와 함께했던 것 같다. 그런 상황은 너무 충격적이어서 잊을 수가 없다. 나는 열에 들떠 거의 혼미한 상태였지만 그 순간만큼은 다른 어떤 추억들보다 뚜렷이 떠오른다. 어느 날 엄마와 창가에서 저녁 해가 지는 하늘을 바라보는데 두 발의 화염이 하늘을 가르자 엄마는 말했다. "저기서 전쟁을 하고 있단다. 어쩜 아버지도 저기 계실지 몰라!"

진짜 전쟁이 어떤 건지는 전혀 알 수 없었다. 내가 본 것은 거대한 불꽃놀이였으며 아주 재미있고 의기양양한 무엇이었다. 그것은 하나의 축제요 경기였다. 대포소리와 거대한 불빛의 곡선들은 너무나 멋졌다. 나는 파란 사과를 먹으며 무슨 공연을 보듯 그것을 즐겼다. 엄마는 누구에게 하는 소린지는 모르지만 "애들은 뭐가 뭔지도 모르고 웃고 있구나!"라고 말했다.

군사작전 때문에 어떤 길을 따라갔는지 모르겠다. 메디나 데 리오 세코 전투였는지 그보다 덜 중요했던 베시에르의 군사작전이었는지.

아버지는 뮈라의 부하로 전투와는 직접 상관이 없어서 전쟁터에 있었을 리는 없다. 하지만 엄마는 어떤 임무를 맡아 갈 수도 있다고 상상했다.

리오세코 전투였는지 토르케마다 함락 때였는지 모르지만 우리 마차는 우리보다 더 중요한 부상병들과 군인들을 태우기 위해 징발되었다. 그래서 우리는 여행 마지막 즈음에는 짐들과 일용품들과 부상 군인들과 함께 마차를 탔다. 다음 날도 그다음 날도 분명 우리는 전쟁터를 따라간 것이 분명했다.

나는 샤요와 그랑주 바틀리에르가의 집에서 클로틸드와 함께 인형과 말과 마차들을 죽이는 놀이를 할 때처럼 넓은 평원 여기저기에 알 수 없는 형체들이 널브러져 있는 걸 보았다. 엄마는 얼굴을 가리고 있었고 악취도 지독했다. 우리는 가까이 가지 않아 나는 그것이 뭔지 정확히 알 수는 없었다. 단지 왜 저렇게 넝마들을 많이 흩뿌려 놓았을까 하는 생각을 혼자 했을 뿐이다. 결국, 바퀴가 어떤 이상한 물체와 덜컹거리며 부딪혀 멈춰야 했는데 엄마는 나를 마차 아래로 숨겨 내가 그 물체를 보지 못하게 했다. 그것은 시체였다. 그다음 몇 번 더 그렇게 마차를 멈추게 하는 것이 있었다. 하지만 나는 너무 아파서 그런 끔찍한 광경들을 생생하게 기억할 수는 없다.

열과 함께 그런 전쟁통에 함께 길을 가는 모든 부상병이 겪는 고통은 바로 배고픔이었다. 너무 고통스럽고 병적이고 짐승 같은 배고픔이었다. 우리에게 너무나 극진했던 그 불쌍한 사람들은 내게 극심한 배고픔을 호소했다. 그 고통은 꼬마 주인이 어릴 때 겪었던 고통과는 비교가 안 되는 그런 고통이었다. 하지만 인생은 다 그런 역경을 겪으며 헤쳐 나가기 마련이다. 엄마가 나와 어린 남동생이 그런 상태인 것을 보고 슬퍼할 때 병사들과 밥 짓는 사람들은 엄마에게 웃으며 "부인, 너무 걱정 말아요. 이런 어려움이 아이들에게는 평생 건강 보증서가 될 테니. 이거야말로 전쟁이 아이들에게 하는 진정한 축복이지요."라고 말했다.

'옴'이라는 이름의 피부병이 나로부터 시작해서 남동생과 엄마에게까지 또 우리가 접촉하는 사람들에게 옮아갔다. 이것은 정말 전쟁과 비참함의 결과물이었다. 하지만 다행스럽게도 극진한 보살핌과 깨끗한 피로 병도 점점 나아갔다.

며칠 사이에 우리의 운명은 완전히 바뀌어 버렸다. 금빛 침대와 동양풍의 양탄자와 실크 휘장이 둘러쳐진 마드리드의 궁전에서 우리는 더러운 짐마차, 불타는 마을들, 폭격당한 도시들, 시체로 가득한 길을 따라가면서, 타는 듯한 목마름에 겨우 바닥에 물이 조금 남아 있는 샘을 발견한다 해도 그 물 위로는 핏덩어리가 떠다니고 있었다.

하지만 무엇보다 끔찍하게 우릴 위협하는 건 배고픔과 궁핍이었다. 엄마는 대단한 용기로 이 모든 것을 견뎠다. 하지만 그런 엄마도 생양파와 파란 레몬과 해바라기 씨는 도저히 참아내지 못했다. 갓난아이에게 젖을 먹여야 할 산모에게 먹을 거라곤 그뿐이었다!

한번은 어딘지 모르지만 프랑스 부대를 지나간 적이 있었는데 막사 입구에서 군인들이 스프를 게걸스럽게 먹고 있는 것을 보았다. 엄마는 나를 그들 사이로 밀어 넣으면서 그들에게 내게도 좀 주라고 사정했다. 용감한 병사들은 곧 내게도 웃으며 다정하게 수프를 주었다. 수프는 정말 맛있었다. 그리고 반쯤 먹었을 때 한 병사가 엄마에게 머뭇거리다 말했다.

"부인께도 드리고 싶지만 그럴 수 없을 것 같습니다. 맛이 너무 강해서요."

엄마는 다가가서 그릇을 들여다보았다. 빵과 아주 기름진 조각들이 있었다. 하지만 검은 심지 같은 것이 떠다녔는데, 이것은 양초 자투리를 가지고 만든 수프였다.

부르고스와 연극 시드의 이야기가 벽화로 그려진 마을을 지난 적이 있었다. 또 남자들이 모자를 무릎에 올리고 다른 무릎을 꿇고 기도하던 멋진 성당과 땅 위의 작은 둥근 거적때기 같은 것을 본 기억도 난다. 또 비토리아와 이가 득실대는 긴 검은 머리가 등에 출렁대던 하녀의 모습도 생각난다.

나는 스페인 국경에서 편하게 하루 이틀을 보냈다. 날씨는 시원했고 열과 배고픔도 없었다. 아버지는 분명 우리와 함께 있었다. 우린 우리의 사륜마차를 다시 타고 여행을 했고 여관도 깨끗했고 침대도 있었고 그동안 먹지 못했던 온갖 먹을 것들도 있었다. 무엇보다 과자와 치즈는 너무 오래 보지 못해 마치 처음 보는 것 같았다. 엄마는 나를 퐁타라비식으로 꾸며주었다. 그리고 목욕할 수 있다는 것이 너무 기뻤다. 엄마는 자기 방식대로 나를 보살폈다. 목욕 후에는 머리부터 발끝까지 유황을 칠했다. 또 버터와 설탕에 버무린 유황환을 먹게 했다. 두 달 동안 내 몸에 밴 그 냄새 때문에 이후 나는 그 냄새만 맡아도 진저리를 냈다.

우리는 국경 지역에서 아는 사람을 만난 것이 분명했다. 왜냐하면, 아주 멋진 저녁과 너무 지루했던 사람들의 깍듯한 태도가 생각나기 때문이다. 나는 다시 주위 사물들에 대해 흥미를 갖기 시작했다. 엄마가 보르도까지 왜 배를 타고 바다를 통해 가려고 했는지는 모르겠다. 아마도 엄마는 마차 여행이 너무 힘들었고 또 천부적인 의학적 자질로 바다 공기가 형편없는 스페인의 독을 자신과 아이들의 몸에서 제거해줄 거라고 생각한 모양이다. 날씨는 좋고 바다는 잠잠했겠지만, 풍랑이 거센 비스케이만을 가스코뉴 해안을 따라 작은 배로 간다는 것은 너무나 경솔한 결정이었다. 이유야 어쨌든 갑판을 댄 경비정 하나를 빌리고 마차도 실었다. 그리고 우리는 놀러 가듯 배를 띄웠다. 우리가 어디에 정박했는지 강가까지 누가 우릴 도와주었는지는 모르겠다. 단지 누군가 내게 큰 장미 꽃다발을 주었고 나는 유황 냄새를 없애기 위해 계속 들고 있었다는 것만 기억난다.

강가를 따라 얼마나 올라왔는지 모르겠다. 나는 또 혼수상태 같은 잠에 빠져 버렸으니까. 그때의 기억은 계속 떠나고 도착하고를 반복한 것 같다. 한번은 목적지에 배를 대려고 하는데 갑자기 바람이 불어 우리를 해변에서 멀리 보내 버렸다. 그래서 선장과 두 명의 보조들이 너무나 당황하는 것을 보았다. 엄마는 또 두려워했고 아버지는 인부들을 도왔다. 하지만 우리는 계속 지롱드강 안쪽으로 들어가며 뭔지 모를 암초와 부딪혔다. 그러자 물이 선창으로 들어오기 시작했다. 우리는 급히 강가 쪽으로 향했지만 선창은 이미 물로 가득 차고 배는 침몰하기 시작했다. 엄마는 아이들을 안고 마차 속으로 들어갔다. 아버지는 침몰하기 전에 배를 댈 수 있을 거라고 말하며 엄마를 안심시켰다. 하지만 갑판에 물이 들어오기 시작하자 아버지는 옷을 벗고 두 아이를 등에 묶을 숄을 가져왔다. 그리고 엄마에게 "안심해요. 내가 당신을 안고 다른 팔로 수영해서 세 명 다 데려갈 수 있어요. 걱정하지 말아요."라고 말했다.

결국 우리는 육지까지 오긴 했다. 아니, 어떤 창고의 돌벽에 닿았다. 창고 뒤로는 마을 주민들이 있었는데 몇 명이 우릴 구하러 왔다. 마차가 배와 함께 침몰할 때 마침 사다리를 던져주었다. 그들이 어떻게 우릴 도왔는지는 모르겠지만 어쨌든 그들은 마지막 순간에 왔다. 구조는 몇 시간이 걸렸는데 그동안 엄마는 계속 강가를 떠나지 않았다. 왜냐하면, 아버지가 우리를 안전한 곳에 둔 다음, 우리 물건들과 마차와 배를 구하기 위해 다시 배로 내려갔기 때문이다. 나는 아버지의 용기와 신속함과 능력에 감탄했다. 선원들과 거기 있던 몇몇 선박 전문가들도 이 젊은 장교의 능수능란함과 신속한 결단력에 감탄을 금치 못했다. 아버지는 가족을 구한 다음 배 주인을 구하고 그다음 그의 배를 구했는데 모든 처사가 너무나 적절했다. 아마도 불로뉴에서 근무할 때 그 모든 것을 배웠을 것이다. 하지만 모든 일을 너무나 침착하고 보기 드문 영민함으로 처리했다.

아버지는 칼을 때로는 망치처럼 때로는 면도칼처럼 사용하며 적재적소에서 끊고 자르고 했는데 그 칼에 대해 엄청난 애정을 품고 있었다(아마도 그 칼은 마지막 편지에서 말한 그 아프리카 칼인 것 같다). 왜냐하면, 우리가 구출된 직후 배가 침몰하기 시작하고, 이제 얼마나 시간이 있을지, 배의 물건들을 구할 수 있을지 잘 모르는 상태에 있을 때 엄마는 다시 내려가려는 아버지를 붙잡고 "위험하면 물건들은 그냥 다 내버려 둬요."라고 소리쳤는데 아버지가 "위험해도 내 칼은 포기할 수 없어."라고 하는 말을 들었기 때문이다. 사실 아버지가 제일 먼저 구한 것도 그 칼이었다. 엄마는 딸을 곁에 두고 아들을 품에 안고 있는 것만으로 만족했고, 나는 아버지가 사랑으로 우리 셋을 구했듯 나의 시든 장미 꽃다발을 구했다. 나는 반쯤 침몰한 배에서 그 꽃다발을 놓치지 않기 위해 안간힘을 썼다. 또 사다리를 오를 때도 아버지가 자기 칼을 생각하듯 나도 내 꽃다발을 생각했다.

내가 만난 그런 모든 일을 내가 무서워했던 기억은 전혀 없다. 두려움에는 두 가지 종류가 있는데 기질적인 두려움이 있고, 상상 속에서의 두려움이 있다. 그런데 내게는 기질적 두려움이란 없었다. 나는 기질적으로 아버지의 침착함과 냉정함을 이어받았다. 이 냉정함이란 말은 행동거지에서 침착함을 뜻하는데 다시 말해 우린 어떤 경우에도 허둥대거나 허풍을 떨지 않는다는 말이다. 반면에 나는 어린 시절 내내 공상 속에서 만들어낸 환영幻影 때문에 두려움에 시달렸다. 하지만 나이가 들고 이성적으로 되면서 그런 공상에서 벗어나게 되었고 현실과 공상 사이를 적절하게 인식하게 되었으며 그런 식의 두려움은 더는 갖지 않게 되었다.

우리는 8월 말에 노앙에 도착했는데 나는 다시 열이 났지만 배는 고프지 않았다. 옴이 도지고 우리가 길에서 데려온 스페인 하녀인 세실리아도 병에 옮아 나를 만지길 꺼렸다. 엄마는 벌써 그 피부병에서 나았지만 더는 반점을 보이지 않는 나의 가엾은 남동생은 나보다 더 심한 증상을 보였고 더 고통스러워했다. 우리는 둘 다 널브러져 몸은 불덩어리였다. 나는 아픈 남동생 외에는 지롱드강에서의 침몰 사건 이후 무슨 일이 있었는지 기억나지 않는다.

내 기억은 노앙의 정원으로 들어갈 때부터 다시 시작된다. 그 정원은 분명 마드리드의 궁전보다는 아름답지 않았을 테지만 내 눈에는 똑같이 감동적이었다. 작은 방에서 자란 아이에게 큰 집들은 모두가 대단해 보였다.

할머니를 본 것은 그때가 처음이 아니지만, 그 이전 모습은 기억나지 않는다. 할머니는 키가 5피트밖에 안 됐지만 아주 크게 느껴졌다. 흰 장밋빛 얼굴에 늘 황실 사람들처럼 넓은 소매가 달린 밤색 실크 롱드레스를 입고, 금발 가발을 쓴 이마 위에 곱슬머리를 내리고, 가운데 레이스 장식이 있는 둥글고 작은 모자를 쓴 점잖은 할머니 모습은 우리가 사는 세상사람 같지 않았고 내가 본 누구와도 닮지 않았다.

엄마와 내가 노앙에 받아들여진 것은 이때가 처음이었다. 할머니는 아버지와 포옹한 후 엄마를 먼저 포옹하려고 했다. 그런데 엄마는 할머니를 저지하며 "아, 어머니, 저와 이 아이들은 만지지 마세요. 저희가 얼마나 그동안 힘들었는지 모르셔서 그런데 저희는 모두 병에 걸렸어요."라고 말했다.

무슨 일에서나 낙천적인 아버지는 껄껄 웃으며 나를 할머니 품에 안기며 말했다. "애들한테 무슨 뾰루지가 좀 났는데 소피는 상상력이 너무 뛰어나 그걸 '옴'이라고 하고 있어요."라고 했다. 그러자 할머니는 나를 품에 꼭 안으며 "옴이건 뭐건 내가 이 아이를 보살필게. 정말 애들이 다 아픈 것 같구나. 둘 다 몸이 불덩어리네. 며늘아기야, 남자 녀석을 데리고 가서 좀 쉬어라. 너는 정말 인간의 한계를 뛰어넘는 전투를 치르고 온 것 같구나. 내가 여자애를 돌볼게. 지금 너는 두 아이를 다 볼 수 없는 상태인 것 같다."라고 말씀하셨다.

할머니는 나를 당신 방으로 데려가셨다. 그때 나는 끔찍한 몰골이 었지만 너무나 섬세하고 너무나 사려 깊은 이 대단한 여성은 나를 그녀 의 침대 위에 뉘었다. 당시에는 여전히 새것이었던 그 침대와 그 방은 내게는 마치 천국처럼 여겨졌다. 벽에는 화려한 무늬의 페르시아 양탄 자가 드리워져 있고 가구들은 모두 루이 15세풍이었다. 4면에 깃털 장 식이 달린 영구차 모양의 침대에는 2겹의 커튼이 쳐져 있고 침대 지붕 을 둘러친 섬세한 가장자리 장식과 너무나 화려하고 섬세한 베개와 장 식들은 나를 놀라게 했다. 나는 내 몸에서 악취가 난다고 생각해서 그 아름다운 곳에 감히 누워 있을 수가 없었다. 그러니까 나는 그때 벌써 수치심이란 것을 느낀 것이다. 하지만 너무나 정성스럽게 보살피고 쓰 다듬어주는 바람에 나는 그 모든 것을 금세 잊어버리고 말았다.

할머니 다음으로 만난 사람은 큰 꽃다발을 들고 들어온 9살의 덩치 큰 소년이었다. 그는 내게 아주 친근하게 다가와 친구처럼 그것을 던 져주었다. 할머니는 "얘는 이폴리트란다. 함께 인사 나누렴." 하고 말씀하셨다. 우리는 아무것도 묻지 않고 서로 포옹하고 나는 그가 나 의 오빠인지도 모르고 몇 년을 보냈다. 그 아이는 바로 그 '프티트 메 종'의 아이였다.

아버지는 그 아이를 팔에 안고 엄마에게 데려갔는데 엄마는 건강하 게 잘 자란 아이에게 입 맞추며 "그래요. 이 아이도 내 아이에요. 카 롤린이 당신 아이이듯이 말이지요."라고 말했다. 그리고 우리는 때로 는 엄마 품에서 때로는 할머니 품에서 함께 자랐다.

데샤르트르도 그날 처음 만났다. 그는 짧은 반바지에 흰색 스타킹 을 신고 담황색 각반을 차고 아주 길고 각진 담갈색 웃옷을 입고 주름

잡힌 모자를 쓰고 있었다. 그는 나를 심각하게 관찰하더니 옴이 맞다고 했는데 유능한 의사였던 그의 말이 틀릴 리가 없었다. 하지만 이제 병세는 약해져서 열이 난 것은 너무 힘들었던 여행 탓이었다. 그는 엄마 아빠에게 우리 병이 옴이 아니라고 말하라고 했다. 집안사람들이 놀라고 겁내지 않도록 말이다. 그는 하인들 앞에서 이 병은 그냥 작은 뾰루지가 좀 난 것뿐이라 애들 말고는 전염되지 않는다고 말했다. 우리는 너무나 정성스럽게 치료를 받아서 어떤 불편함도 겪지 않고 곧 다 나았다.

나로 말할 것 같으면 할머니의 그 상쾌하고 통풍도 잘 되는 방의 침대에서 스페인의 그 지독한 모깃소리도 듣지 않고 두 시간쯤 쉬고 나니 기분이 너무 좋아 이폴리트와 정원으로 뛰어갈 수 있을 정도였다. 나는 그가 아주 조심스럽게 혹시 내가 넘어질까 싶어 내 손을 잡고 가던 기억이 난다. 나는 그가 날 너무나 약한 어린애로 여기는 것이 내심 좀 부끄러웠다. 그래서 곧 내가 얼마나 용감한 아이인가를 보여주었다. 그러자 그는 안심해서 몇 가지 재미있는 놀이를 가르쳐줬는데 그중에서 '진흙파이'라고 불리는 놀이가 있었다. 우리는 모래나 점토를 물에 적셔 과자 모양을 만든 다음 판 위에서 말렸다. 그다음 우리는 그것을 몰래 오븐으로 가져갔다. 아주 짓궂었던 그는 하녀들이 욕을 하며 아주 잘 구워진 우리들의 빵들과 케이크들을 던지며 화내는 것을 즐겼다.

나는 천성적으로 내 감정을 숨기는 그런 영악한 아이가 아니었다. 아버지 때문에 너무 철이 없었던 나는 그저 공상적이고 오만했다. 그래서 나는 머리를 굴려 뭔가를 숨길 줄도 몰랐다. 이폴리트는 이런 나를 금방 알아차리고는 내가 숨기지 않고 변덕을 부릴 때나 화를 내면 나를 벌주기 위해 잔인하게 괴롭혔다. 그는 내 인형들을 빼앗아 정원에 묻어 버리고 작은 십자가를 세우고는 내게 다시 파내게 했다. 또 그것들을 나뭇가지에 거꾸로 매달고 수천 가지 고문을 했는데, 나는 그것이 장난인 줄 모르고 눈물을 뚝뚝 흘렸다. 그래서 나도 여러 번 그가 너무 싫다고 했지만 원한 같은 걸 품을 줄 몰랐던 나는 그가 또 같이 놀자고 찾아오면 거절할 줄 몰랐다.

노앙의 큰 정원과 좋은 공기에 곧 나는 건강을 되찾았다. 엄마는 내게 계속 황으로 만든 환丸을 먹였다. 엄마 말이라면 뭐든 들었던 나는 그 치료법도 받아들일 수밖에 없었다. 하지만 그 약은 정말 싫어서 엄마에게 내 눈을 가리고 코를 잡고 약을 먹여 달라고 말했다. 그리고 곧 나는 그 끔찍한 맛에서 벗어나기 위해 아주 신맛을 찾기 시작했다. 천성이 의사인 엄마는 어린아이들은 본능적으로 자기에게 필요한 걸 찾을 줄 아는 신비한 능력이 있다고 생각했다. 내가 늘 푸른 과일만 먹는 걸 보고 엄마는 레몬을 먹게 했는데 나는 그게 너무나 좋아서 딸기를 먹듯 껍질과 씨까지 다 먹었다. 배고픔도 잊어서 어느 때는 5~6일 동안 레몬만 먹으며 살았다. 할머니는 이걸 보고 기겁했는데 데샤르트르는 나를 잘 관찰하더니 내가 점점 나아지는 걸 보고 내가 낫기 위해 자연스레 입맛이 당기는 걸 먹는 거라고 생각했다.

나는 금방 모든 것으로부터 회복되었고 그 이후로 어떤 병도 앓지 않은 것은 사실이다. 군인들이 말하듯 옴이 정말 평생의 건강 보증서였는지 모르지만 정말 평생 나는 전염병자들을 돌보고 아무도 가까이 가지 못하는 옴 환자들을 보살폈지만 조금도 옮지 않았다. 아마도 나는 페스트 환자도 돌볼 수 있을 것 같다. 때로는 고난이란 게 적어도 정신적으로 도움이 되는 것이, 이후 나는 육체적으로 어떤 비참한 상태를 보아도 다 견딜 수 있게 되었다. 물론 처음에는 힘들어 때로는 상처나 끔찍한 수술을 볼 때는 기절하기도 했지만 곧 나의 옴 병과 할머니의 첫 입맞춤을 생각하면 어떤 감정이든 의지와 신념에 지배되는 것 같았다.

이렇게 나는 눈에 띄게 회복되어 갔지만 내 어린 동생 루이는 점점 죽어 갔다. 옴은 사라졌지만 계속 열이 났다. 그는 납처럼 창백했고 그의 꺼져 가는 눈빛도 말할 수 없이 슬펐다. 나는 힘들어하는 동생에게 관심을 두기 시작했다. 그때까지 나는 동생에게 큰 관심이 없었지만, 그가 엄마 무릎 위에 미동도 없이 죽은 듯 축 늘어져서 엄마조차 감히 건드릴 생각을 하지 못할 때 나도 엄마와 함께 슬퍼했다. 그때 나는 어렴풋하게 아이들은 잘 알 수 없었던 불안함이란 감정을 이해할 수 있었던 것 같다.

엄마는 아이가 죽어 가는 걸 자기 탓으로 돌렸다. 엄마는 자기 젖 때문에 혹시 그가 아픈 게 아닐까 불안해했다. 그래서 엄마는 아이를 위해 건강해지기 위해 무진 노력했다. 엄마는 아이를 쿠션 위에 숄로 잘싼 다음 아이와 함께 온종일 밖에서 좋은 공기를 마셨다. 데샤르트르는 식욕을 돋워 잘 먹어 젖을 좋게 하기 위해서는 운동을 많이 하라고해서 엄마는 노앙 정원의 한구석에 있는 큰 배나무 아래 작은 정원을 만들기 시작했는데 그 나무는 아직도 남아 있다. 이 나무에는 정말 소설 같은 이야기가 있었는데 나는 한참 뒤에나 그 이야기를 알게 됐다.

9월 8일 금요일, 엄마의 무릎에서 오래 신음하던 불쌍한 눈먼 아이의 몸이 점점 식어 가고 더는 움직이지도 않았다. 데샤르트르가 와서 엄마 품에서 아이를 데려갔고 아이는 죽었다. 슬프고 짧은 생이었지만 하나님의 은혜로 그 자신은 아무것도 모르고 죽었을 것이다.

다음 날 땅에 묻었고 엄마는 내게 눈물을 감췄다. 이폴리트는 일부러 온종일 나를 데리고 정원에서 놀아야 했다. 나는 확실하지는 않지만 어렴풋하게 집안에 무슨 일이 일어났다는 걸 알고 있었다. 아버지는 너무 크게 상심했고, 비록 장애가 있는 아이였지만 다른 애들만큼 사랑했던 것 같다. 저녁에 자정이 지난 후 엄마와 아빠는 방에 들어가 함께 울었다. 나는 둘의 행동이 너무나 이상했는데 엄마는 20년쯤 후에 자세히 설명해주었다. 나는 그때 그 방에서 자면서 그 모습을 지켜보았다.

아버지는 고통스러워하며 할머니의 고통에 충격받아 엄마에게 이렇게 말했다.

"소피, 스페인 여행은 정말 우리에겐 너무 가혹한 거였어. 당신이 내게 오고 싶다고 했을 때 오지 말라고 했지. 당신은 그때 내가 한눈을 팔거나 사랑이 식은 거라고 생각했지만 나는 무슨 불행한 일이 일어날 것 같았지. 그렇게 부른 배를 하고 그 많은 위험과 강도들과 고난들과 언제 무슨 일을 당할지 모르는 길을 달려왔다는 것보다 더 무모하고 정신 나간 짓이 어디 있겠소? 당신이 그 모든 걸 이겨내고 온 건 기적이었고 오로르가 살아온 것도 기적이지. 우리 불쌍한 아들은 만약 파리에서 태어났다면 눈이 멀지 않았을 거요. 마드리드의 조산원은 그 애가 엄마 뱃속에서 꽉 쥔 두 주먹을 눈 위에 올리고 마차

속에서 당신의 그 불편한 자세와 또 종종 누나까지 그 무릎에 앉았을 때의 그 고통들을 겪느라 시각 기관이 발달할 수가 없었다고 했지."

그러자 엄마는 말했다.

"이제 나를 원망하는군요. 지금 그럴 때가 아니지요. 나는 정말 견딜 수가 없어요. 그 외과 의사는 거짓말쟁이고 사기꾼이에요. 그놈이 내 아이의 눈을 멀게 하는 걸 본 것이 결코 환상이 아니었단 생각이 드네요."

그들은 그들의 불행에 대해 오래 이야기했다. 그리고 엄마는 잠도 자지 못하고 하염없이 울기만 하면서 점점 더 미쳐 갔다. 엄마는 아이가 쇠약하고 힘들어 죽었다고 믿지 않았다. 엄마는 그 전날만 해도 아이가 아주 다 나은 것 같았다고 믿었다. 그런데 갑자기 신경 발작을 일으켰다는 것이다. 그러면서 엄마는 울면서 말했다.

"그런데 지금 그 아이는 땅속에 있어요. 내 가엾은 녀석! 사랑하는 아이를 이렇게 땅속에 묻는 건 너무나 끔찍한 일이에요. 어떻게 그렇게도 사랑하고 쓰다듬던 아이의 몸과 한순간에 떨어질 수가 있는 거지요! 어떻게 그렇게 아이를 뺏어가 관에 못 박고 구덩이 속에 넣고는 흙으로 덮어 버릴 수가 있는가 말이에요. 마치 살아나오는 게 두려운 것처럼 말이에요! 아! 정말 끔찍한 일이에요. 난 그렇게 아이를 뺏겨서는 안 됐어요. 아이를 지키고 보존했어야 했어요."

그러자 아버지도 말했다.

"생각해 보면 죽지도 않은 사람을 묻을 때도 있지! 맞아, 시체를 땅에 묻는 이 기독교 방식은 정말 세상에서 제일 야만적인 방식이야."

엄마는 "야만인들은 우리보다 나은 사람들이지요. 그들은 시체를 밭 같은 곳에 뉘어서 나무에 매달아 말린다고 당신이 말하지 않았나요? 나는 내 아이가 땅속에서 썩고 있다고 생각하는 것보다 아이의 요람을 정원의 나무에 매달아 놓고 싶어요!" 그리고는 갑자기 아까 아버지가 한 말이 떠올랐는지 "만약 정말 그 애가 죽지 않은 거면 어쩌죠? 만약 경련을 일으킨 걸 죽은 거라고 했다면, 만약 데샤르트르 선생이 실수한 거라면! 그는 애를 뺏어가서는 아이의 몸을 문질러 따뜻하게 하지도 못하게 했어요. 내가 그 아이를 더 빨리 죽게 할 것 같다면서요. 당신의 그 가정교사 선생은 너무 무정한 사람이에요! 나는 너무 그가 무서워서 저항할 수도 없었지요. 하지만 어쩌면 그는 혼수상태와 죽은 것도 구분 못 하는 사람인지도 몰라요. 아 너무 답답해서 미칠 것만 같아요. 죽었든 살았든 내 아이를 다시 봐야겠어요."

아버지는 처음에는 엄마를 말렸지만, 점점 더 엄마 생각에 설득되어서 자기 시계를 보더니 "더는 지체할 시간이 없어. 아이를 찾으러 가야겠어요. 조용히 있어요. 사람들 깨우지 말고, 한 시간 뒤쯤이면 아이를 보게 될 거요."라고 말했다.

그리고 아버지는 일어나 옷을 입고 조용히 문을 열고 삽을 찾아 무덤으로 달려갔다. 무덤은 바로 집 옆에 담 하나를 사이에 두고 있었다. 아버지는 방금 만든 무덤을 찾아 땅을 파기 시작했다. 아주 어두운 밤이었고 아버지는 램프도 없었다. 그래서 아버지는 자기가 파낸 관을 제대로 잘 볼 수도 없었다. 그런데 관을 다 드러내자 길이가 너무 길어 아버지는 깜짝 놀랐다. 그것은 아이의 관이라고 하기엔 너무 컸다. 사실 그것은 며칠 전 죽은 우리 마을 사람의 관이었다. 그 옆을 팠어야 했다. 결국 그 옆에서 아버지는 작은 관을 발견했다. 하지만 그것을 끄집어내느라 아버지는 먼저 죽은 마을 사람 관을 너무 세게 밟아서 그 관은 빈 구덩이로 미끄러지면서 세워져 아버지 어깨를 세게 후려쳤다. 아버지는 구덩이에 나동그라졌다. 나중에 아버지는 그 시체가 자기를 후려쳐 아들아이 시체 위로 넘어질 때 뭐라 설명할 수 없는 무섭고 두려운 생각이 들었다고 엄마에게 말했다고 했다.

하지만 그는 용감했다. 그 뒤는 어떻게 됐는지는 짐작할 것이다. 그는 어떤 미신도 믿지 않았지만 그 끔찍한 장면에서 식은땀을 흘렸다. 일주일 후 아버지는 그 농부 곁에 묻히게 된다. 자기 아들 시체를 꺼내려다 넘어진 바로 그 자리에 말이다.

아버지는 곧 냉정을 되찾고 주변을 정돈해서 아무도 눈치채지 못하게 했다. 그리고 작은 관을 엄마에게 가져와 성급하게 열었다. 아이는 정말 죽어 있었다. 하지만 엄마는 그에게 마지막 치장을 해주고 싶었다. 그가 쇠약하다는 이유로 못하게 했기 때문이다. 이제 엄마는 열에 들떠 눈물범벅이 되어 아이의 시체에 향수를 바르고 제일 아름다운 옷으로 갈아입히고 요람 속에 누이고는 마지막으로 아이가 자는 모습을 눈에 담으려 했다.

다음 날도 엄마는 온종일 이렇게 아이를 방에 숨겨 두었다. 하지만 그다음 날 밤 모든 희망이 사라졌다는 걸 안 후 아버지는 정성껏 아이의 이름과 태어나고 죽은 날짜를 종이에 써서 유리 액자 사이에 넣고는 사방을 밀랍蜜蠟으로 봉했다.

너무나 고통스러우면서도 모든 행동은 너무나 침착했다. 관에 이 명패를 넣은 다음 엄마는 아이를 장미 꽃잎으로 덮었고, 다시 못질한 관을 엄마가 만든 작은 정원으로 가져가 오래된 배나무 아래 묻었다.

다음 날부터 엄마는 열심히 정원을 가꾸기 시작했고 아버지도 열심히 엄마를 도왔다. 사람들은 그렇게 슬픈 일을 당하고도 이렇게 철없는 짓을 하며 즐거워하는 엄마와 아빠를 이상하게 바라봤다. 그 둘만이 이 작은 정원에 대한 사랑의 비밀을 알고 있었다. 나는 아버지가 죽기 전까지 아주 짧은 기간 동안 이곳을 가꾸던 모습이 기억난다. 멋진 과꽃을 심었는데 그 꽃은 한 달도 더 넘게 아름답게 피어 있었다. 배나무 아래 작은 잔디 언덕을 만들고 내가 올라가 쉴 수 있도록 구불구불 올라가는 오솔길도 만들었다. 실제로 내가 그곳을 얼마나 자주 올라가 놀았는지 모른다. 무덤인 것은 꿈에도 모르면서 말이다! 잔디 사이에 난 예쁜 오솔길 옆에는 꽃이 심겨 있고 벤치가 놓여 있었다. 아이를 위한 정원이었지만 완벽했다. 아빠, 엄마, 이폴리트와 내가 쉬지 않고 5~6일 동안, 그러니까 아빠가 죽기 전 마지막 날들 동안 만들어낸 마술이었다. 그 시간은 아마도 아버지가 살았던 시간 중 가장 평화로운 시간이었고 슬픈 중에도 가장 따뜻한 시간이었을 것이다. 나는 아버지가 쉬지 않고 흙과 잔디를 작은 수레에 퍼오던 것이 생각난다. 다시 가지러 갈 때 아버지는 이폴리트와 나를 수레에 태우고 가며 너무 즐거워하면서 장난으로 우리를 쏟아 버리는 시늉을 했는데 그때마다 우리는 소리를 지르거나 깔깔대고 웃곤 했다.

15년 후에 남편이 정원을 다시 재정비하려고 한 적이 있었다. 그때는 이미 엄마가 만든 그 작은 정원은 오래전에 사라지고 없었다. 내가 수녀원에 있을 때 이미 사람들은 거기에 무화과나무를 심었다. 그런데 여전히 건재한 큰 배나무를 처리하는 게 문제였다. 그것 때문에 길을 똑바로 낼 수 없었기 때문이었다. 나는 남겨 둘 것을 간청했다. 그래서 오솔길을 파기 시작했는데 길 옆 화단 아래에 아이의 석관이 있었다. 한참 뒤 오솔길 정리가 다 끝났을 때 정원사는 어느 날 나와 남편에게 아주 의미심장한 표정을 지으며 말했다. 그 나무를 그대로 두길 참 잘했다고.

그리고 묻지도 않았는데 비밀을 하나 말해주었다. 몇 년 전 무화과나무를 심을 때 곡괭이에 어떤 작은 관 하나가 걸려 꺼내 열어보니 작은 아이의 뼈였다는 거였다. 그래서 처음에는 그저 몰래 아이를 묻은 건가 생각했지만 그 안에서 작은 유리 액자를 보게 됐는데 거기에는 가엾은 '루이'라는 이름과 너무나 짧았던 아이의 태어난 날과 죽은 날이 적혀 있었다. 독실한 신자였던 그는 자기가 분명히 묘지에 묻힌 것을 본 그 아이의 시체가 어떻게 여기에 묻혀 있는지 이해할 수 없었다. 하지만 그는 비밀을 지키기로 하고 할머니에게도 말하지 않았다. 그리고 그때 비로소 우리에게 자기가 한 일을 말해준 것이다. 우리는 모든 것을 그냥 그대로 두기로 했다. 유해를 다시 묘지로 가져가면 사람들이 도저히 이해할 수 없을 소문만 무성할 터였다. 또 때는 왕정복고 시절이었는데 신부들이 이 일로 우리 가정을 위협할지도 몰랐다. 그때는 엄마도 여전히 살아 계실 때였는데 엄마의 비밀도 지켜주고 존중해주어야 했다. 엄마는 이후 그 이야기를 내게 해주었고 유해가 그 자리에 그대로 있게 된 것에 안심하셨다.

그래서 아이는 배나무 아래 있게 되었고 그 배나무는 지금도 너무나 아름답게 서 있다. 봄에는 이 비밀의 무덤 위로 분홍 꽃의 파라솔을 펼쳐준다. 이제는 아무 거리낌 없이 이 이야기를 할 수 있다. 이 봄꽃들은 묘지의 사이프러스 나무들보다 덜 음침한 그늘을 만들어준다. 아이들의 진정한 묘지는 풀과 꽃들이다. 나로서는 묘석이나 묘비 같은 걸 아주 싫어하는데 그것은 할머니에게 배운 것이다. 할머니도 사랑하는 아들을 위해 그런 걸 절대 원치 않으셨다. 큰 고통은 무엇으로도 표현할 수 없고 단지 나무와 꽃들만이 그 고통을 장식할 수 있다고 하셨는데 맞는 말씀이다.

이제 슬픈 이야기를 꺼내야 할 때가 된 것 같다. 비록 어릴 때 겪은 일이라 그 슬픔을 느끼는 데 한계가 있었겠지만 나는 우리 가족의 기억 속에 남아 있는 그 추억을 생생하게 기억하고 있으며, 그 기억은 내가 사는 동안 늘 나를 따라다녔다.

그 작은 묘지 정원이 거의 완성되어 갈 무렵 아버지는 죽기 전날 할머니께 정원 담을 헐자고 제안했고 할머니의 허락을 받은 후 곧 인부들과 함께 그 일을 시작했다. 나는 지금도 아버지가 먼지를 뒤집어쓴 채 손에 곡괭이를 들고 벽을 무너뜨리던 모습이 생생하다. 벽은 엄청나게 무서운 소리를 내며 저절로 무너져 내렸다.

그리고 나머지 일들을 인부들에게 끝내도록 내버려 둔 뒤 아버지는 9월 17일 금요일 그 끔찍한 말을 타고 라샤트르의 친구들과 저녁을 먹으러 갔다. 아버지는 평소처럼 보이려고 아주 애를 쓰는 것 같았다고 사람들은 말했다. 하지만 때때로 아버지 표정은 죽은 아이 생각 때문인 듯 아주 깊고 어두운 상념에 잠겼지만 아버지는 절대로 그것을 내색하지 않았다고 한다. 아버지는 뒤베르네 부부와 함께 저녁을 먹었는데 그들은 바로 공포정치 시절 아버지와 〈로베르, 강도들의 두목〉 연극을 같이했던 친구들이었다.

엄마는 늘 질투심이 강했다. 특히 모르는 사람들에 대해서는 더 병적이었다. 엄마는 아빠가 늘 일찍 온다고 약속하고는 늦는 것이 싫었다. 그래서 속상한 마음을 할머니에게 순진하게 다 드러냈다. 엄마가 그런 자신의 마음을 할머니에게 내보이면 할머니는 엄마에게 참으라고만 했다. 할머니는 그런 열정 같은 건 모르는 사람이었으니까. 엄마의 의심병이 할머니에게는 도무지 이해할 수 없는 것으로 보였다. 하지만 할머니는 그때 아들에 대한 엄마의 질투심 때문에라도 엄마 생각을 좀 받아주었어야 했다. 그렇지만 할머니는 며느리를 아주 엄하게 대해 며느리는 시어머니를 무서워했다. 심지어 할머니는 엄마를 꾸짖기도 했다. 물론 부드럽고 조용한 태도로 그랬지만 한편으로는 며느리를 아주 무시하는 듯 냉정해서 엄마의 병을 낫게 하기는커녕 엄마를 더 주눅 들게 했다.

그날 밤에도 할머니는 엄마의 말을 완전히 무시했다. 그렇게 남편 모리스를 괴롭히면 결국 모리스는 아내가 싫어져 집 밖에 나가 다른 즐거움을 찾을 거라고 하면서 말이다. 엄마는 울면서 몇 번 저항하는 말을 하기도 했지만 곧 할머니 말씀대로 조용히 자고 있겠다고, 길 밖에 나가 남편을 기다리지 않겠다고 했다. 엄마는 그동안 너무나 힘들고 괴로웠는데 이러다가는 몸져누울 수도 있었다. 엄마는 여전히 젖이 많이 나왔는데 마음까지 계속 괴로워하면 병이 들어 하루아침에 젊음과 아름다움을 잃어버릴 수도 있었다. 이 생각이 들자 그것은 할머니의 철학적인 설득보다 엄마의 마음을 더 움직였다. 엄마는 아빠에게 아름답게 보이고 싶어서 자기 생각을 내려놓았다. 엄마는 복잡한 생각들을 내려놓고 잠자리에 들었다. 가엾은 여자, 무슨 일로 잠을 깰지 상상도 못 하면서 말이다!

자정쯤, 데샤르트르에게 말은 하지 않았지만 할머니는 걱정하기 시작했다. 할머니는 아들이 오면 굿나잇 키스를 하고 자려고 데샤르트르와 카드놀이를 하고 있었다. 하지만 자정이 되자 할머니는 방으로 들어가셨는데 그때 집 안에서 웅성거리는 소리가 들리는 것 같았다. 사람들은 조심스럽게 움직이고 있었다. 생장에게 불려 나간 데샤르트르는 아주 조용히 소리 내지 않고 집을 나갔다. 하지만 문들이 다 열려 있었기 때문에 데샤르트르가 무슨 일인가로 불려 나가고 또 생장의 태도가 심각한 것을 보고 뭔가를 짐작한 하녀 하나가 할머니께 이 끔찍한 일을 알게 하고 말았다. 밤은 어둡고 비가 오고 있었다. 할머니는 아주 멋지고 튼튼한 신체를 가지고 있었지만 원래 다리가 약해서인지 아니면 처음부터 교육을 그렇게 받아서인지 잘 걷지 못하셨다는 말은 전에도 한 적이 있다. 정원을 천천히 한 바퀴 돈 다음에도 온종일 고통스러워할 정도였으니까. 평생에 한 번 오래 걸은 적이 있는데 바로 감옥을 나와 아들을 만나러 파시로 갈 때였다.

그리고 1808년 9월 17일 두 번째로 할머니는 걷게 된다. 바로 라샤트르 입구의 어느 집으로 자식의 시신을 보러 갈 때였다. 할머니는 혼자 갔다. 자두색 작은 실내화를 신은 채로 숄도 걸치지 않고 그냥 그때 입은 옷 그대로 말이다. 집 안이 소란스러운 걸 알아차리기까지 얼마간 시간이 흘렀기 때문에 데샤르트르는 할머니보다 먼저 그곳에 가 있었다. 그는 이미 가엾은 아버지 곁에서 죽음을 확인하고 있었다.

이 끔찍한 사건의 경위는 이렇다. 마을 밖 다리에서 백 보쯤 지난 다음 길은 아주 급하게 꺾여 있었다. 그런데 거기 열세 번째 포플러

나무 아래에 사람들은 그날 돌 더미와 건축 잔해들을 쌓아 놓았었다. 아버지는 다리를 지나 달리기 시작했는데 바로 그 사나운 운명의 말 레오파르도를 타고 있었다. 베버도 함께 말을 타고 열 걸음쯤 뒤에서 따라가고 있었다. 길을 돌아올 때 아버지 말은 어둠 속에서 돌 더미와 부딪히게 되었다. 말은 쓰러지지는 않았지만 박차 때문에 놀랐는지 거칠게 위로 껑충 뛰어오르고 타고 있던 아버지는 열 발자국쯤 뒤로 나가떨어졌다. 베버는 단지 "베버! 나 죽을 것 같아!"라는 아버지의 목소리를 들었다고 했다. 그는 주인이 바닥에 등을 대고 누워 있는 걸 발견했다. 상처도 하나 없었다. 하지만 아버지는 목뼈가 부러져 즉사한 거였다. 그리고 사람들은 아버지를 근처 여관에 데려가 급히 의사를 불렀고 완전히 겁에 질린 베버는 말을 달려 데샤르트르에게 온 거였다. 모든 게 순식간이었고 아버지는 고통을 느낄 시간도 없이 죽었다. 아버지는 이제 막 군인으로서 어떤 방해물도 없이 화려한 이력이 펼쳐지려고 하는 그 순간에, 또 8년 동안의 싸움 끝에 결국 자신의 엄마와 아내와 아이들이 마침내 한 지붕 아래 함께하게 됐던 그 순간에, 그러니까 너무나 힘들었던 정신적 갈등이 마침내 끝나고 이제 겨우 행복을 맛보려고 하는 순간에 너무나 어이없는 죽음을 맞이하게 된 것이다.

그 운명의 장소에 절망적으로 달려온 가엾은 할머니는 아들의 시신 위로 쓰러져 숨도 쉬지 못했다. 생장은 급히 마차에 말을 묶어 데샤르트르와 아버지 시신과 한순간도 아들의 시신을 떠나지 않으려는 할머니를 태우러 왔다. 할머니는 그 얘기를 절대 꺼내지 않으셨지만 데샤르트르는 그 절망의 밤, 그다음에 있었던 이야기를 해주었다. 집으로 오는 동안 할머니는 아들의 시신 위에 거의 혼절해서 마치 곧 돌아가실 것처럼 거친 숨만 몰아쉬셨는데 그 모습을 보며 자신은 정말 인간으로서 더 이상 참을 수 없는 고통이 어떤 것인지를 느낄 수 있었다고 했다.

엄마가 이 끔찍한 사실을 알게 되는 순간까지 어땠었는지는 전혀 모르겠다. 아침 6시였고 나는 벌써 일어나 있었다. 엄마는 치마와 흰 캐미솔을 입고 머리를 빗고 있었다. 데샤르트르가 노크도 없이 엄마 방에 들어올 때 나는 여전히 엄마의 모습을 보고 있었다. 그의 모습이 너무 창백하고 겁에 질려 있어서 엄마는 모든 걸 순식간에 알아채고는 "모리스지요! 그는 어디 있나요?"라고 소리 질렀다. 데샤르트르는 울지 않았다. 그는 이를 악물고 더듬거리며 "그가 떨어져서 …. 아니, 가지 말고 여기 있으세요, 따님을 생각하셔야 해요 …. 네, 끔찍한 일이 … 너무나 끔찍한 …."이라고 말했다. 그리고 마침내 거칠고 잔인해지려고 결심한 듯, 마치 아무 생각도 없는 듯 "그는 죽었어요!"라고 했는데 나는 평생 그 목소리를 잊을 수 없다. 그 말을 한 후 그는 마치 발작적으로 웃는 듯이 쓰러져 눈물을 쏟기 시작했다.

나는 그때 우리가 있었던 방의 모습이 다 기억난다. 바로 지금 내가 이 슬픈 이야기를 쓰고 있는 그 방이다. 엄마는 침대 뒤에 있는 의자 위로 쓰러졌다. 나는 엄마의 창백한 얼굴을 보고 검고 숱 많은 머리가 가슴 위로 물결치는 걸 보았다. 나는 엄마의 살이 드러난 팔에 계속 입을 맞추고 있었다. 나는 가슴을 찢는 엄마의 비명 소리를 들었다. 엄마는 내 말소리도 듣지 못하고 나의 입맞춤도 느끼지 못했다. 데샤르트르는 엄마에게 "이 아이를 보고 이 아이를 위해 사세요."라고 말했다.

그다음은 어떻게 됐는지 나는 모르겠다. 아마도 곧 통곡소리와 눈물들로 나도 쓰러졌던 것 같다. 어린 시절에는 고통을 견디는 방법을 모른다. 너무 큰 고통과 두려움은 내 안에 모든 걸 사라지게 하고 주위에서 일어나는 일에 대한 감정도 사라지게 했다. 나는 단지 며칠 뒤 사람들이 내게 검은 상복을 입혔던 일들만 기억난다. 그 검은 옷은 아주 강렬한 인상을 주었다. 나는 입기 싫어 울었는데 사실 나는 검은색의 스페인 옷과 베일을 입곤 했었다. 하지만 분명히 나는 검은 양말을 신지 않았을 것이다. 왜냐하면, 검은 스타킹은 정말 끔찍하게 싫었기 때문이다. 나는 사람들이 내 다리를 시체의 다리처럼 만들려 한다고 떼를 썼다. 그러면 엄마는 엄마도 같은 걸 신었다고 보여주어야만 했다. 나는 같은 날 할머니와 데샤르트르와 이폴리트와 집안 전체가 상복을 입고 있는 것을 보았다. 그것이 아버지의 죽음 때문이라고 누가 잘 설명해줬으면 좋았으련만 아무것도 모르는 나는 엄마에게 "아빠가 오늘도 죽은 거예요?"라고 해서 엄마 마음을 아프게 했다.

어쨌든 나는 죽음을 이해하게 되었지만 분명 영원한 죽음 같은 것은 믿지 않았다. 그래서 완전한 헤어짐 같은 생각을 할 수 없었던 나는 내 나이 또래 철없는 아이들처럼 조금씩 놀이와 즐거움에 빠져들었다. 가끔 엄마가 몰래 우는 것을 보면 난 천진스럽게 "아빠는 언제면 죽는 걸 그만두고 엄마를 보러 오지?"라고 말하며 엄마 마음을 아프게 했다. 가엾은 엄마는 내게 설명해주려고 하지도 않았다. 단지 그때까지 아주 오래오래 기다려야 한다는 말만 했다. 그리고 집안 가정부들에게도 내게 아무 말 하지 못하게 했다. 엄마는 아이라도 생각을 존중했다. 보통 사람들은 더 완벽한 교육, 더 똑똑한 이치를 알게 하려고 아이에게 너무 지나친 것을 가르치는 것 같다.

어쨌든 집안은 점점 더 깊은 슬픔 속으로 빠져들고 마을 전체도 마찬가지였다. 아버지의 죽음은 정말 그 마을 전체를 경악케 했다. 아버지의 얼굴만 본 적 있는 사람들도 이 참변을 정말 애석해했다.

사람들은 내게 많은 장면을 숨기려 애를 썼지만 이 모든 것을 다 지켜본 이폴리트는 큰 충격을 받았다. 그는 벌써 9살이었고 우리 아버지가 자기 아버지인 것도 몰랐다. 그는 아주 슬퍼했고 죽은 모습은 슬픔을 넘어 그를 경악케 했다. 그는 그날 밤 대성통곡을 했다. 하인들은 미신 때문인지 섭섭함 때문인지 모르지만 아버지가 죽은 후에도 집 안을 다니는 걸 봤다고 했다. 생장의 나이든 부인은 자정에 아버지가 복도를 지나 계단을 내려오는 걸 봤다고 맹세까지 했다. 아버지는 군복을 입고 아무도 보지 못하는 듯 천천히 걸었다고 했다. 그리고 그녀를 보지도 그녀에게 말을 걸지도 않고 스쳐 지나갔다고 했다. 또 다른 하인은 엄마 방 앞 거실에서 봤다고 했다. 그곳은 원래 당구를 하기 위한 큰 방이었는데 테이블 하나와 몇 개의 의자가 있을 뿐이었다. 어느 날 밤 한 하녀는 그곳을 지나며 아버지가 그곳에서 테이블에 팔을 괴고 손으로 머리를 감싸고 앉아 있는 것을 봤다고 했다. 이것은 집 안의 도둑이 우리의 공포심을 조장해서 그 틈에 일을 벌이려는 게 분명했다. 왜냐하면, 한동안 밤마다 흰 유령이 정원을 배회했기 때문이다. 이폴리트도 그걸 보고 무서워 병이 났고 데샤르트르도 그걸 봤는데 총으로 위협하자 다시는 나타나지 않았다.

다행스럽게도 나는 그런 바보 같은 이야기들에 휘둘리지 않았다. 죽음이란 것이 그때까지는 내게 미신적인 상상이 만들어내는 무서운 것으로 비치지 않았다. 할머니는 며칠 동안 나를 이폴리트로부터 떼어 놓았다. 그는 거의 정신이 나간 상태였고 사실 나도 그에게 너무 휘둘리고 있었기 때문이었다. 하지만 곧 내가 너무 외롭게 조용히 있으면서 무슨 생각 속에 깊이 빠져 있는 걸 걱정스레 지켜보았다. 사실 나는 천성적으로 어떻게 말로 설명할 수 없는 몽상에 곧잘 빠지는 아이였는데 말이다. 때로는 엄마나 할머니가 발을 올려놓은 발판 위에서 말 한 마디 없이 팔을 축 늘어뜨리고 한 곳만 뚫어지게 바라보며 반쯤 입을 벌린 채 몇 시간씩 바보처럼 앉아 있는 때도 있었다.

엄마는 "저는 늘 보던 모습인걸요. 원래가 그런 아이지 바보가 아니에요. 저 애는 항상 뭔가를 계속 생각하고 또 생각하지요. 어떤 때는 공상 속에서 큰 소리로 말하다가 다시 현실로 돌아와 아무 말도 하지 않지만 불쌍한 저 아이 아빠가 말한 것처럼 속으로 계속 그 생각을 하고 있지요."

그러면 할머니는 "그렇구나, 하지만 아이가 너무 공상을 많이 하는 것도 좋지 않아. 저 애 아빠도 어릴 때 그런 공상에 빠지곤 했는데 그런 다음에는 늘 아프고 고통스러워했었지. 저 아이가 좀 싫어하더라도 되도록 몸을 움직이며 놀게 해야 할 것 같다. 우리가 조심하지 않고 너무 슬퍼만 하면 저 아이도 죽을 것 같다. 저 아인 그것이 뭔지 몰라도 아마 다 느낄 수 있을 거야. 며늘아기야, 너도 마음은 아니라고 해도 몸이라도 뭔가 좀 활동적인 걸 하는 게 좋을 것 같다. 너는 원래 튼튼하니 운동도 좀 하는 것이 좋겠어. 정원 가꾸기를 다시 시작하면 어떨까? 그럼 아이도 너를 따라 활기를 좀 찾을 것 같구나."

엄마는 그 말을 따랐다. 하지만 분명 잘 이행할 수는 없었을 것이다. 너무 울어서 극심한 두통에 시달렸는데 이것은 이후 20년도 넘게 계속되었다. 그리고 이 두통 때문에 거의 온종일 누워 있어야만 했다.

이제 잊기 전에 생각난 것을 하나 이야기해야겠다. 그것은 지금까지도 몇몇 사람들 생각 속에 남아 있을 엄마에 대한 비난이다. 아빠가 죽던 날 엄마는 "내가 너무 질투한 거야! 이제 질투도 더는 할 수 없게 되었구나!"라며 통곡했다. 고통 속에 몸부림치며 한 말이었다. 엄마는 그런 질투의 망상에 사로잡혔던 것을 너무나 후회하는 심정으로 그런 말을 한 거였다. 그리고 이제 너무 큰 불행을 겪고 보니 그런 질투심이 아무것도 아닌 것이 된 거였다. 그런데 엄마와 진심으로 화해할 수 없었던 데샤르트르가 그랬는지 아니면 집안 하녀 중 나쁜 마음을 가진 사람이 그랬는지 이 말은 이 사람 저 사람에게 옮겨지며 이상하게 왜곡되었다. 마치 엄마가 아주 만족스럽다는 듯이 "이제 질투는 안 해도 되겠군!"이라고 말한 것처럼 말이다.

이건 정말 말도 안 되는 오해였다. 그렇게 절망에 빠져 있던 바로 그날 한 말을 이른바 지각 있는 사람들까지 그렇게 받아들이다니 정말 이해할 수 없었다. 얼마 전에도 아버지의 오랜 친구이며 예전 입법 기관의 의장이었던 비트롤 씨가 내 친구 중 한 명에게 그런 식으로 얘기한 것을 들었다. 나는 그에게 사과를 요구했지만 그는 화를 냈다. 하지만 양심 있는 사람이라면 그런 식의 해석을 받아들일 수는 없을 것이다. 나는 절망에 빠진 엄마를 보았고 그 장면들은 결코 잊히지 않는다.

다시 나의 이야기로 돌아오면 할머니는 늘 내가 혼자인 것이 걱정되어 내 나이에 맞는 친구를 구해주었다. 할머니 침모인 쥘리 양은 나보다 6개월 위인 조카 위르쉴에게 검은 상복을 입혀 노앙으로 데려왔다. 그녀는 그곳에서 나와 몇 년을 함께 보냈다. 그 후에는 견습을 받으러 나갔다가 내가 결혼한 후에 잠시 집안을 돌봐주러 들어왔다가 그녀도 결혼한 후에는 라샤트르에 살았다. 그래서 우리는 오래 헤어진 적이 없다. 해가 갈수록 깊어지는 우리의 우정은 이제 40년이 되어 간다. 이런 것은 흔한 일이 아니다.

앞으로 자주 위르쉴에 대해 이야기하게 될 것인데 먼저 얘기할 것은 그녀가 슬픈 일을 겪은 가정에서 정신적, 육체적으로 큰 도움을 주었다는 것이다. 좋으신 신은 다행스럽게도 가난하지만 비굴하지 않은 아이를 나의 친구로 붙여주셨다. 보통 부잣집 아이는 (위르쉴에 비한다면 나는 거의 공주와 같았다) 본능적으로 자기가 우월하다는 생각에 가난한 집 아이가 자기가 시키는 대로 하면 작은 폭군이 되어 마치 주인과 노예처럼 마구 채찍을 휘두르게 마련이다. 나는 아주 버르장머리 없는 아이였다. 5살 더 많은 나의 언니는 철이 들어 동생인 나에게 양보해주었고 클로틸드만이 내 말을 들어주지 않았지만 몇 달 전부터 나는 내 또래 아이와 놀아본 적이 없었다. 늘 엄마와 있었는데 엄마는 날 버릇없이 키우지는 않았다. 야단칠 것은 야단치고 매를 대야 할 때는 여지없었다. 사랑할수록 매를 아끼지 말아야 한다는 격언을 명심하면서 말이다. 하지만 초상初喪을 치르는 동안 늘 이것저것을 해 달라는 아이의 변덕과 싸우는 것은 힘에 부치는 일이었다. 할머니와 엄마는 너무나 큰 그들의 고통을 위로하기 위해 나를 그저 사랑해주었고 그 결과 나는 자연스레 버르장머리 없는 아이가 돼 버렸다. 게다가 스페인 여행과 병과 고통 이후로 나는 쉽게 정신적으로 폭발하는 경향이 생겼다. 그래서 나는 곧잘 분노를 조절하지 못하고 평정심을 쉽게 잃어버렸다. 그리고 수천 가지 망상에 늘 사로잡혔다. 그리고 그런 신비한 환상을 벗어나면 불가능한 것들을 요구했다. 정원에서 날고 있는 새를 가져오라고 하고 사람들이 나를 비웃으면 화를 이기지 못하고 땅 위를 뒹굴었다. 또 사람들은 나를 말 가까이 가지도 못하게 했는데 나는 베버에게 계속 말을 태워 달라고 했다. 물론 바로 팔아 버린 레오파르도는 아니었다. 그리고 내 뜻대로 되지 않으면 난리를 쳤다. 할머니는 상상력이 너무 커서 그런 망상에 빠진 거라고 하면서 그런 병적인 상상력을 좀 없애려고 했지만 그것은 너무나 길고 힘든 일이었다.

처음 위르쉴을 보았을 때 나는 그녀가 너무나 마음에 들고 좋았다. 이유는 모르겠지만 그녀는 아주 똑똑하고 용기 있는 아이처럼 보였기 때문이다. 하지만 그다음 왔을 때부터는 그녀를 지배하려는 생각에 사로잡혀 뭐든 내 맘대로 하고 싶었다. 잘 놀다가도 내가 더 하고 싶은 게 있으면 바로 그 놀이를 해야 했다. 하지만 그녀가 그걸 또 재미있게 하면 나는 또 하기 싫어했다. 아니면 어느 때는 조용히 앉아서 아무 말도 하지 않고 나처럼 생각에 잠겨야 했다. 아마 나는 내게 종종 일어나는 것처럼 그녀에게도 두통이 오게 할 수 있다면 그것도 같이 겪자고 했을 것이다. 그러니까 나는 너무나 못되고 성격도 어둡고 걸핏하면 화만 내는 그런 아이였다.

그런데 하나님께 감사하게도 위르쉴은 비굴한 아이가 아니었다.

그녀는 쾌활하고 활동적이고 늘 재잘대는 아이여서 오랫동안 별명이 '꼬꼬댁부리'였다. 늘 할 이야기가 한 보따리여서 할머니는 그녀의 긴 이야기를 듣다가 너무 웃어 눈물이 날 정도였다. 사람들은 처음에 내가 그녀를 노예처럼 부릴까 걱정했었다. 하지만 그녀는 남의 명령을 듣기에는 천성적으로 너무 고집이 셌다. 누구도 그녀만큼 내게 반항적인 사람은 없었다. 내가 손을 할퀴려고 하면 그녀는 발로 차고 이빨로 물어뜯었다. 그녀는 어느 날 우리가 서로 엄청나게 싸웠던 기억을 잊지 않고 있었다. 우린 아주 심각하게 싸웠던 것 같다. 하지만 그녀도 나도 누구도 양보하지 않았기 때문에 우리는 둘이 죽어라 끝까지 싸웠다. 그런데 정도가 너무 지나쳐 우리 몸 여기저기 상처가 났다. 누가 더 셌는지는 모르겠다. 하지만 그러는 동안 저녁 시간이 돼서 식탁에 가서 앉아야 했는데 둘 다 야단맞을까 무서워했다. 우리는 엄마 방에 들어가 핏자국들을 서둘러 씻기 시작했고 서로서로 머리를 매만져주었다. 같은 어려움 앞에서 어떤 동지애가 생긴 것이다. 결국 우리는 언제 싸웠느냐는 듯 계단을 내려오며 서로서로 괜찮냐고 물어보고, 적의가 다 사라진 위르쉴이 손을 내밀자 서로 껴안고 화해했다. 우린 마치 두 노병老兵이 명예로운 싸움 후에 하듯 아주 기쁜 마음으로 그렇게 했다. 그게 마지막 싸움이었는지는 모르겠다.

하지만 분명한 건 싸우든 안 싸우든 우리는 정말 평등한 관계였으며 서로 너무나 사랑해서 한순간도 떨어져 살 수 없었다. 위르쉴은 처음부터 늘 우리와 함께 먹었다. 또 그녀는 우리 방에서 잤고 때로는 나의 큰 침대에서 함께 잤다. 엄마는 그녀를 아주 사랑했다. 엄마가 두통이 날 때면 위르쉴은 작고 차가운 손을 엄마 머리에 아주 오래 올려놓고 있었다. 엄마는 그것을 너무나 좋아하셨다. 나는 그런 그녀에게 질투가 났는데 나는 너무 흥분해서 놀아서인지 아니면 성질이 원래 그래서였는지 늘 손이 뜨겁고 두통도 있었다.

할머니가 파리로 갈 생각을 하지 않으셔서 우리는 2년인가 3년인가를 노앙에서 살았다. 엄마도 어떻게 해야 할지 결정하지 못했다. 할머니는 내가 노앙을 떠나지 않길 원하셨고 또 내 교육도 맡고 싶어 하셨다. 엄마는 지금 기숙사에 있지만 이제 곧 다시 돌봐줘야 할 카롤린을 혼자 내버려 둘 수 없었다. 그녀는 두 딸 누구와도 완전히 헤어질 수 없었다. 보몽 할아버지가 어느 여름 노앙에 와서 할머니와 나의 행복을 위해 결단을 내려주었다. 왜냐하면, 비록 할머니가 할 수 있는 한 여러모로 엄마의 생활을 유복하게 해주었지만 엄마의 연금은 2,500리브르밖에 되지 않아서 두 아이에게 좋은 교육을 시킬 수 없었기 때문이다. 할머니는 점점 더 내게 애정을 품게 되었는데 아직 변덕스러운 귀여운 어린아이여서 그랬기도 했지만, 그보다 내가 너무나 아버지를 닮아서였다. 내 목소리, 내 모습, 나의 태도, 내 취향 모든 것이 아들의 어린 시절과 똑같았다. 그래서 할머니는 가끔 내가 노는 걸 보시며 나를 '모리스' 아니면 '아들아'라고 부르시곤 했다.

할머니는 자신이 잘 알고 있는 지식들을 내게 가르치려고 무진 애를 쓰셨다. 그리고 나는 어째서인지 할머니가 내게 말하고 가르치는 것을 모두 다 이해할 수 있었다. 할머니가 모든 것을 너무나 쉽고 분명하게 설명했기 때문에 그것은 그리 놀랄 일도 아니었다. 나는 그동안 충분히 배울 기회가 없었던 음악 교육도 받길 원했는데 할머니는 그걸 아주 흡족해하셨다. 아버지의 어린 시절이 생각나서였다. 할머니는 나를 가르치며 다시 젊은 엄마로 돌아간 것 같았다.

엄마는 자주 내 앞에서 "딸아이가 나랑 사는 것보다 여기 있는 게 더 행복할까요? 그래도 나는 저 아이에게 그걸 어떻게 설명해야 할지 모르겠네요. 할머니가 저 아이를 데리고 있지 않으면 애정도 그만큼 식어 자연히 저 아이의 아버지 유산도 줄어들게 되겠지요. 하지만 돈과 능력이 행복을 보장하나요?"라고 물었다.

나는 이미 그런 것들을 다 이해하고 있었다. 그래서 엄마에게 강력하게 나를 두고 가라는 보몽 할아버지와 나의 미래에 대해 의논할 때 나는 모른 척하고 있었지만 실은 그 모든 것을 다 알고 있었다. 그리고 그때부터 나는 돈에 대해 아주 경멸하는 마음을 갖게 되었다. 돈이 뭔지 제대로 알기도 전에 나는 나를 위협하던 그 부富에 대한 막연한 공포심을 갖게 된 것이다.

사실 그 부라는 것도 별것이 아니었다. 미래에 받게 될 약 만 2천 프랑 정도의 연금이었다. 어떻게 보면 큰돈일 수도 있다. 그러나 그 돈 때문에 엄마와 헤어지게 된다고 생각하자 나는 너무 두려웠다. 그래서 그녀와 둘만 있을 때 나는 엄마를 껴안고 할머니에게 나를 '돈 때문에 버리지는 말라'고 애원했다. 내게 너무나 부드럽고 좋은 이야기만 해주는 할머니가 싫었던 것은 결코 아니다. 하지만 엄마와 헤어지게 될지도 모른다고 생각하자 새롭게 솟구치는 뜨거운 사랑과는 비교할 수 없었다. 그리고 마치 우리 아버지를 두고 그랬던 것처럼 두 여자가 나를 두고 서로 질투하는 그런 상황이 되어 내가 두 사람 사이에서 망설이기 전까지, 엄마는 내 삶의 모든 것이었다.

이제 와 고백하건대 두 사람은 기질적으로 절대 드러내고 싸우지는 않았지만 나는 두 사람의 예민함과 독불장군이었던 나 자신의 과민함 때문에 늘 이러지도 저러지도 못하고 괴로워했다. 나는 이제 이 이야기를 순서대로 되도록 처음부터 해보려고 한다. 4살까지, 그러니까 스페인 여행 전까지 나는 특별한 의식 없이 그저 본능적으로 엄마를 사랑했다. 전에 말한 것처럼 나는 감정 같은 것은 의식하지 못한 채 그저 다른 아이들처럼 원시 인간들처럼 공상 속을 살았다. 내가 감정이란 걸 느낀 것은 눈먼 동생이 태어나고 그 일로 엄마가 괴로워하는 걸 보았을 때였다. 또 아버지가 돌아가신 후 엄마의 절망은 나의 감정을 더 자극했다. 그래서 나의 황금기 한복판에서 겪게 된 이 같은 이별은 나의 감정을 크게 흔들었다.

'황금기'라는 말은 당시 위르쉴이 자주 쓰던 말이었다. 그녀가 어디서 그런 말을 듣고 왔는지는 모르겠지만 당시 나의 고통을 함께했던 그녀는 나와 그 이야기를 할 때면 그 말을 자주 썼다. 5~6개월 나보다 위이기도 했지만 그녀는 성격적으로 세상을 나보다 더 잘 알고 있었다. 엄마 없이 할머니와 혼자 남아야 한다는 생각에 울고 있는 나를 보고 그녀는 "이렇게 큰 집이랑 산책할 수 있는 정원이랑 마차들과 드레스가 있고 매일 맛있는 걸 먹을 수 있으니 얼마나 좋아. 이걸 다 해주는 게 뭔지 알아? 바로 부富라는 거야. 그러니 울지 마. 할머니 덕분에 너는 항상 너의 황금기 속에서 부를 누릴 테니 말이야. 라샤트르에 엄마를 보러 가면 엄마는 내게 노앙에서 있으면서 버릇이 나빠졌다며 무슨 부자처럼 행세한다고 하지. 그러면 나는 말해. 지금 나는 나의 황금기를 보내고 있고 난 곁에 있는 부를 맘껏 누릴 거라고."

위르쉴의 생각은 전혀 위안이 되지 않았다. 어느 날은 그의 이모이며 할머니 하녀였던 쥘리까지 나를 위해 하는 말이라며 "그러니까 아가씨는 그 작은 지붕 밑 방에 가서 콩 요리나 먹고 싶어요?"라고 말했다. 나는 그 말에 화가 났다. 작은 지붕 밑 방과 콩 요리도 내게는 너무나 행복하고 존귀한 삶처럼 보였다. 그런데 미리 알아야 할 것은 이렇게 부에 대한 문제 앞에 봉착했을 때 내 나이는 고작 7~8살이었다는 것이다. 나 때문에 엄마가 자기 자신과 어떤 갈등을 겪었는지를 말하기 전에 나는 아버지가 돌아가신 후 2~3년 동안 노앙에서 어떻게 지냈는지 얘기해야 할 것 같다. 정확히 순서대로는 아니고 좀 뒤죽박죽이지만 기억을 따라가며 이야기해 보겠다.

먼저 나는 기질적으로 너무나 다르고, 받은 교육도 다르고, 습관마저 완전히 다른 두 여자가 어떻게 함께 살았는지를 말해야 할 것 같다. 둘은 완전히 다른 두 여자의 전형이었다. 한 사람은 희고 금발이며 신중하고 위엄 있는 진정한 삭스 가문의 귀족 혈통이었고 항상 여유롭게 아래 사람들을 부리는 주인이었다. 다른 쪽은 갈색 머리에 창백하고 열정이 넘쳤으며, 사교계 사람들 앞에서 어색해하고 주눅 들었다가도 어느 순간이 지나면 폭발했고, 스페인 여자처럼 질투심 많고 정열적이면서도 수줍고, 못된 성격이지만 동시에 착하기도 한 여자였다. 이렇게 기질이나 태생부터가 너무나 다른 이 두 사람이 서로를 받아들여야 하는 것은 정말 엄청난 고통이었다. 그래서 아버지가 살아 계셨을 동안 두 사람은 아버지 마음을 얻기 위해 경쟁을 벌였다.
하지만 아버지가 돌아가신 후 고통이 둘을 가까이하게 했고 서로의 노력으로 어떤 결실도 보게 되었다. 할머니는 우아하고 지적이고 고

결하고 고상한 마음을 추구해서 그런 격한 열정이나 거친 품성 같은 건 이해할 수 없는 사람이었다. 그런데 엄마는 그 모든 걸 다 가진 사람이었다. 할머니는 그런 엄마를 이상하게 바라보며 어째서 아버지가 엄마 같은 여자를 좋아하는지 알 수 없어했다. 그런데 노앙에 함께 있으면서 이 제대로 교육받지 못한 천성이 얼마나 힘 있고 매력적인가를 알게 되었다. 엄마는 잘 배우지 못해서 그렇지 타고난 천재 예술가였다. 특별히 어떤 분야에서 그런지 모르겠지만 엄마는 모든 분야에서 대단한 예술적 능력을 갖추고 있었다. 엄마는 한 번도 그런 것을 배운 적도 없고 알지도 못했다.

한번은 할머니가 엄마의 철자법이 너무 틀린 것을 지적하고 고쳐보라고 하자 엄마는 철자를 배우기에는 너무 시간이 걸리니 주의 깊게 책을 읽기 시작했다. 그리고 조금 뒤 엄마는 거의 정확하고 순수하고 아름답게 쓸 수 있게 되었다. 그래서 글을 잘 쓰는 할머니조차 엄마의 편지를 칭찬하실 정도였다. 음정 같은 것은 모르지만 엄마는 정말 너무나 가볍고 비교할 수 없을 정도로 순수하고 아름다운 목소리를 가지고 있었다. 그래서 그 방면에 대단한 예술가였던 할머니도 엄마가 노래하는 걸 듣는 걸 좋아하셨다. 할머니는 엄마의 자연스러운 스타일을 칭찬하셨다. 그리고 노앙에서 남아도는 시간을 주체하지 못해 크레파스 한 번 손에 잡아보지 못한 엄마는 그림을 시작했는데 그것도 다른 것과 마찬가지로 완전히 본능적으로 할 뿐이었다. 그런데 몇 개의 조각을 정말 똑같이 그려본 후에 엄마는 붓을 들고 수채화로 초상화를 그리기 시작했는데 실물과 너무나 똑같았고 그림의 순수함은 더 매력적이고 우아하기까지 했다. 엄마는 거칠기는 하지만 믿을 수 없을 정도로 빨리 수를 놓아서 며칠 만에 할머니에게 당시 유행하던 위부터 아래까지 수를 놓은 퍼케일 천의 드레스를 만들어주었다. 엄마는 우리 모두를 위해 드레스와 모자를 만들어주었는데 오랫동안 모자를 만들어 파는 일을 하셨으니 그것은 놀라운 일도 아니다.

하지만 모든 것을 너무나 빠르고 정확하게 할 뿐 아니라 작품의 신선한 매력은 비할 바가 없었다. 아침에 작업을 시작하면 다음 날이면 작업이 끝났다. 아마도 밤을 새고 했을 것이다. 엄마는 작은 일에도 열정적이고 세심하게 주의를 기울였는데 그 모든 것들이 할머니에게는 경이롭게만 보였다. 할머니는 늘 좀 느리고 다른 귀족 부인들처럼 손재주 같은 것도 없었기 때문이다. 엄마는 빨래도 하고 다림질도 하고 우리의 장신구들도 직접 손보았는데 그 어느 전문가가 하는 것보다 빠르고 능숙했다. 나는 엄마가 돈 많은 귀부인들이 하듯 필요 없이 돈만 많이 드는 작업을 하는 것은 한 번도 본 적이 없다. 엄마는 상인에게 사는 것보다 직접 만들면 더 돈이 드는 작은 지갑이나 작은 부채 같은 것들은 만들지 않았다.

그리 넉넉하지 않은 집에서 그녀는 정말 열 명의 일꾼 몫을 해냈다. 엄마는 무슨 일이든 마다하지 않았다. 한번은 할머니가 어떤 함을 망가뜨린 적이 있었다. 엄마는 온종일 자기 방에 틀어박혀 있다가 저녁 식사 때 판지를 자르고 붙이고 이중으로 대서 정교하게 만든 상자를 가지고 나타났다. 그것은 정말 작은 걸작품이었다. 모든 게 이런 식이었다. 만약 클라브생의 소리가 제대로 나지 않으면 악기의 메커니즘을 아무것도 모르면서 엄마는 줄들을 만지고 건반을 다시 붙여서 다시 제대로 해놓았다. 엄마는 뭐든 덤벼들었고 다 잘 해냈다. 아마

필요했다면 엄마는 신발도 가구도 자물쇠도 다 만들었을 것이다. 할머니는 마치 무슨 요정 같다고 했는데 정말 맞는 말이었다. 어떤 일이나 작업도 엄마에게 너무 허황되거나 저속하거나 힘들거나 지겹게 보이지 않았다. 하지만 아무짝에도 쓸데없는 물건을 만드는 것은 끔찍스러워했고 그럴 때 엄마는 작은 소리로 그런 건 늙은 백작 부인들의 취미라며 조롱했다.

엄마의 말솜씨는 정말 놀라웠다. 선천적으로 어떤 사람들 앞에서는 주눅 들고 소심해지기도 했지만, 엄마는 놀라운 말재간의 소유자였다. 나는 엄마처럼 다른 사람을 멋지게 비아냥대고 비판하는 사람을 본 적이 없다. 그래서 엄마 눈 밖에 났다간 아주 끝장이었다. 엄마 마음이 편안할 때 엄마의 말들은 너무나 예리하고 재미있고 파리에서 자란 사람의 말답게 톡톡 튀었다. 그런 말들은 서민 중 누구와도 비교할 수 없었다. 게다가 느낀 것을 말하는 표현들은 시적으로 반짝였는데 그것은 일부러 배워서 하려고 해도 할 수 없는 표현들이었다.

엄마는 자신이 재기가 넘치는 사람이라고 떠벌리는 그런 사람은 아니었고 또 스스로 그렇다고 생각하지도 않았다. 엄마는 자신이 예쁘다는 건 알았지만 결코 잘난 척하지는 않았고 한 번도 다른 여자의 미모를 질투해 본 적이 없다는 식으로 순진하게 말했다. 질투할 필요가 없다는 걸 너무나 잘 알고 있으면서 말이다. 하지만 엄마가 늘 힘들어하는 건 아빠 쪽 사람들과 비교해 보았을 때 사교계 여성들보다 자신의 지식이나 교육이 열등하다는 거였다. 이런 사실은 그녀가 얼마나 선천적으로 겸손한 사람인지를 보여준다. 왜냐하면, 어떤 지위에 있는 여자건 스무 명 중 열아홉 명은 엄마보다 바보들이었기 때문이다.

엄마를 슬쩍 넘겨짚어서 엄마가 좀 어리숙하고 겁에 질린 것이 좀 무식해서라고 생각한 여자들이 엄마를 살짝 잘못 건드리는 바람에 엄마 머릿속 화산을 폭발시켜 뼈도 못 추리는 것을 본 적이 있다.

그러니까 엄마는 이 세상에서 그 누구보다 힘든 사람이었다. 그래서 엄마 말년에는 정말 그 끝을 봤던 것 같다. 그것은 너무나 힘들고 고통스러운 일이었다. 엄마는 걸핏하면 폭발하는 사람이었다. 그리고 엄마를 진정시키기 위해서는 나도 같이 화를 내야 했다. 부드럽게 인내하는 것 같으면 더 불같이 흥분했다. 침묵은 엄마를 미치게 했다. 그래서 엄마가 그렇게도 오랫동안 내게 잘못 대했던 것은 내가 엄마를 너무 존중했기 때문이었다. 나는 엄마와 같이 화를 낼 수 없었다. 엄마가 화를 내면 나는 화가 나기보단 마음이 무너져 내렸다. 엄마 안에는 마치 어린아이가 있어서 엄마 자신을 삼켜 버리는 것 같았다. 엄마는 나를 돌봐줘야 한다고 생각했지만 도리어 내가 엄마를 돌봐줘야 했다. 나는 엄마의 그런 잘못된 행동들을 너무나 괴로워했다. 그래서 결국 내가 엄마에게 아주 세게 대들자 어린 시절 너무나 부드러웠던 엄마의 영혼은 고개를 숙이고 내 말을 받아들였다. 거기까지 오기까지 얼마나 많은 고통을 겪어야 했는지. 하지만 지금은 그 이야기를 할 때가 아니다.

어쨌든 엄마에 대해 좀 더 총체적으로 설명할 필요가 있다. 만약 엄마의 모든 강점과 약점들을 모두 말하지 않으면 엄마가 할머니에게 보였던 연민과 혐오, 또 믿음과 두려움이 뒤섞인 그런 감정들을 이해할 수 없을 것이다. 엄마는 너무나 이중적인 사람이었다. 그래서 엄마는 사랑받기도 했지만 증오의 대상이기도 했다.

어떤 점에서는 나도 엄마를 닮았지만 나는 엄마보다 더 착하고 엄마보다 덜 괴팍하다. 나는 기질적으로 엄마보다 순하고 또 교육으로 많이 변화되었다. 나는 엄마처럼 그렇게 한을 품을 수도 없고 그렇게 뜨거운 열정을 품을 수도 없다. 내가 엄마보다 좀 더 처신을 잘한다고 해서 내가 뭔가를 참고 노력했다고 할 수는 없다. 나는 서운한 태도로 분노를 감추는 것도 아니고 무관심한 태도로 마음속 증오를 감추지도 않는다. 어떤 극단적인 감정에서 또 다른 극단으로 가려면, 그러니까 방금 전 욕한 것에 바로 열광하기 위해서는 정말 대단한 힘이 필요하다. 나는 엄마가 머리끝까지 화가 났다가는 갑자기 자신이 너무 지나친 것을 알고 눈물을 쏟으며 방금 짓밟은 사람에게 거의 찬사에 가까운 말을 하는 것을 백 번도 더 보았다.

엄마는 자신에게는 인색하지만 다른 사람에게는 너무나 너그러웠다. 엄마는 아무것도 아닌 것에 아주 인색했다가는 갑자기 자기 행동이 잘못됐다는 걸 깨닫고는 지나치게 관대해졌다. 엄마는 정말 기가막히게 순진한 사람이었다. 엄마가 누군가를 막 욕할 때, 만약 피에레가 엄마의 화를 돋우기 위해 아니면 자기도 직접 본 일이라 같이 욕할라치면 엄마는 갑자기 말을 바꾸며 "아니야, 피에레, 당신 생각이 틀렸어요. 내가 화가 나서 말도 안 되는 소리를 한 거고, 금세 그런 말을 한 걸 후회한다는 걸 모르는 모양이네요."라고 말했다.

이런 일은 종종 나한테도 마찬가지였다. 엄마가 화가 나서 이성을 잃고 나를 야단치기 시작할 때 내가 막 대들어 피에레나 다른 사람들이 엄마 편을 들면 엄마는 곧 "거짓말 말아요. 내 딸이 얼마나 좋은 아이인데 나는 저 아이보다 더 좋은 아이를 본 적이 없어요. 뭐라 떠들든 나는 당신들보다 내 딸을 더 사랑할 거예요."라고 소리 질렀다.

엄마는 여우처럼 영악하지만 동시에 아이처럼 순진했다. 엄마는 자신도 모르게 기막히게 거짓말도 잘했다. 과대망상적인 기질 때문에 늘 말도 안 되는 일들로 우릴 의심하고 불같이 화를 내지만 곧 화를 그치고는 "하지만 내가 방금 말한 건 사실이 아니야. 아니 다 거짓말이야. 내가 꿈을 꾼 거지!"라고 말했다.

15. 엄마와 할머니 사이: 노앙에서

내가 말한 엄마의 성격은 사실 그대로이다. 지금 내 이야기를 하는 마당에 엄마의 그런 성격이 내 삶에 미친 지대한 영향을 얘기하지 않고 달리 다른 이야기를 할 수는 없다.

어린아이 때부터 엄마와 같이 산 기간이 별로 없었기 때문에 그런 너무나 상반되고 특이한 성격을 이해하는 데 많은 시간이 필요했음은 말할 것도 없다. 아주 어린 시절 엄마는 그저 나를 사랑하기만 하는, 그저 어마어마한 사랑을 주는 존재였다. 하지만 이후 엄마의 고백에 의하면 엄마는 나와 헤어지기로 하기까지 많은 갈등을 겪었다고 했다. 엄마의 사랑은 나의 사랑과는 달랐다. 나의 사랑은 더 부드럽고 엄마의 사랑은 열정적이었다. 그래서 엄마는 그동안 자신의 고정관념 때문에 야단치지 않고 내버려 뒀던 나의 사소한 잘못들, 그래서 내가 잘못인지도 몰랐던 그런 잘못들을 아주 날카롭게 지적하고 야단쳤다.

나는 엄마에 대해서는 항상 지대한 공경심을 가지고 있었다. 엄마는 항상 세상에 나처럼 부드럽고 사랑스러운 아이는 없다고 말하곤 했다. 이것은 단지 엄마에게만 진실일 뿐이다. 나는 다른 사람에게는 절대로 그렇지 못하다. 하지만 엄마에게만은 예외다. 엄마가 아무리 엄한 사람이라고 해도 엄마에게 하는 순종은 결코 무서워서가 아니다. 다른 사람에게는 정말 못 말리는 아이였지만 엄마에게만큼은 늘 순종적이었다. 나도 그런 내가 좋았기 때문이다.

엄마는 내게는 정말 신성한 존재였다. 삶에 대한 것을 처음 알게 한 것도 엄마였다. 엄마는 내가 천성적으로 가지고 있는 지적 호기심에 모든 것을 제공했다. 하지만 아이는 놀다 보면 혹은 잊어버려서 하지 말라고 한 것을 모르고 하는 때가 있는 법이다. 그러면 엄마는 내가 일부러 그런 것처럼 크게 화를 내고 때리기도 했다. 엄마를 너무나 사랑했던 나는 엄마를 화나게 한 것이 너무 절망스러울 뿐이었다. 당시에는 엄마가 잘못했다는 생각은 결코 하지 못했다. 엄마에 대해서는 어떤 원한이나 분노도 품어 본 적이 없다. 그랬다가 엄마 스스로 좀 너무했다고 생각되면 엄마는 나를 품에 안고 울면서 온몸을 쓰다듬었다. 엄마는 스스로 엄마가 잘못했으며 나를 아프게 한 것이 너무 가슴 아프다고 말했다. 그러면 나는 엄마가 다시 다정해진 것이 너무나 행복해서 내가 더 엄마의 용서를 구했다.

우리는 대체 어떻게 된 관계인지? 만약 할머니가 엄마의 그런 거친 기질에 대해 100분의 1이라도 내 앞에서 늘어놓았다면 나는 아마도 엄청나게 반발했을 것이다. 나는 할머니를 더 무서워하긴 했다. 할머니가 한 마디만 해도 나는 얼굴이 하얘졌다. 하지만 조금이라도 정당하지 않게 대하면 나는 결코 용서하지 않았다. 하지만 엄마의 잘못은 보고도 모른 척 넘어갔는데 그것은 오히려 나의 사랑을 더 크게 했다.

한번은 어느 날 이폴리트과 위르쉴과 엄마 방에서 놀고 있었는데, 그때 엄마는 그림을 그리고 있었다. 엄마는 그 일에 너무나 몰두해서 우리가 소리 지르는 것도 듣지 못하고 있었다. 우리는 우리가 만들어 낸 놀이에 정신이 팔려 있었다. 그것은 강을 건너는 놀이였다. 강은 바닥에 백묵으로 그려 놓았는데 온 방을 이리저리 굽어 갔다. 어떤 곳은 너무나 깊어서 걸어서 건널 수 있는 곳이 필요했다. 이폴리트는 벌써 몇 번이나 물에 빠져서 우리는 그를 큰 구덩이에서 구해줬다. 그는 늘 좀 멍청하거나 술 취한 역할을 했기 때문이다. 그는 바닥에서 가짜로 울며불며 버둥거렸다. 아이들에게 이 놀이는 하나의 드라마요 연극이고 소설이고 시이고 또 하나의 여행이었다. 몇 시간 동안 상상하고 흉내 내며 이 놀이에 빠져 있던 아이들에게는 상상이 진짜 현실이 되어 버리곤 했다.

나로 말할 것 같으면 그 상상의 세계에 완전히 빠져드는 데는 5분도 채 안 걸렸다. 나는 곧 현실에서 완전히 벗어나 나무들과 물과 바위들과 너른 들판 그리고 때로는 푸르고 때로는 구름 낀 하늘을 보았다. 그런 구름은 강을 건너는 걸 위험하게 만들곤 했다. 그들이 그렇게 테이블에서 침대로 벽난로에서 문으로 달려갈 때 아이들의 상상의 세계는 얼마나 광활한지!

이렇게 위르쉴과 나는 부드러운 풀들과 모래들이 있는 강가에 도달했다. 그녀는 먼저 그곳을 손으로 만져보고는 나를 불러 "갈 수 있으시겠어요? 무릎 정도 깊이일 것 같아요."라고 말했다. 아이들은 이 상상 속 연극에서 서로 존댓말을 쓴다. 만약 평소처럼 반말을 한다면 연기를 한다는 기분이 안 날 것이다. 아이들은 항상 어떤 특정한 인물을 처음부터 끝까지 충실하게 연기해낸다. 그들의 대사는 너무나 사실적이라 직업 배우들도 그들이 무대에서 즉흥적으로 하는, 그 풍성하고 딱 들어맞는 대사들을 들으면 당황할 것이다.

위르쉴의 말에 나는 물이 낮으니 그냥 신을 벗고 치마만 좀 올리면 젖지 않고 건널 수 있다고 말했다. 그러자 그녀는 "하지만 만약 가재라도 있으면 발이 물릴 텐데요."라고 했고 나는 "어쩔 수 없어요. 신발을 적시면 안 되니까요. 앞으로 갈 길도 먼데."라고 대답했다.

신을 벗자마자 차가운 바닥은 진짜 물처럼 느껴졌다. 이제 위르쉴과 나는 물속으로 걸어 들어갔다. 좀 더 실감나게 하기 위해 이폴리트는 물병의 물을 바닥에 뿌려 그곳은 격류가 흐르는 곳이나 폭포라고 했는데 정말 기막힌 생각이었다. 우리는 깔깔대고 웃었고 마침내 엄마의 주의를 끌게 되었다. 엄마는 신발, 양말을 다 벗고 수렁에서 허우적대는 우리 세 사람을 바라보았다. 왜냐하면 빛바랜 바닥의 강물이 너무 불투명했기 때문이다.

엄마는 바로 불같이 화를 냈는데 특히 감기에 걸려 있던 내게 더 화를 냈다. 엄마는 나를 손으로 잡고 막 욕을 하면서 계속 내 몸을 손으로 비비며 눈물이 찔끔 날 정도로 나를 때렸다. 이폴리트는 쫓겨나고 나와 위르쉴은 구석에 가서 벌을 섰다. 우리의 연극은 늘 이렇게 갑작스럽고 드라마틱하게 끝났다. 항상 눈물과 비명으로 그 막을 내렸다.

정말, 이 마지막 장면은 내가 경험했던 것 중에 가장 괴로운 경험 중 하나로 기억될 것이다. 엄마는 나를 상상의 세계에서 순식간에 현실로 던져 버렸다. 그리고 이런 식으로 갑자기 깨어나는 건 내게 너무나 고통스러운 정신적 붕괴를 가져왔다. 체벌은 그리 중요하지 않았다. 나는 자주 맞았지만, 엄마가 절대로 큰 상처를 주지 않을 것을 분명히 알고 있었다. 그래서 엄마가 나를 때리거나 침대 위나 소파 위로 나를 짐짝처럼 던지거나 할 때 엄마의 능숙하고 부드러운 손이 결코 나를 죽이지는 않을 거라는, 모든 아이가 가지고 있는 그런 영악한 믿음을 가지고 있었다. 부모들은 아무리 화가 나도 신중한 법이며 아이에게 상처를 입히는 것을 아이보다 더 두려워하기 때문이다.

이번에도 다른 때와 마찬가지로 엄마는 엄마의 분노 때문에 내가 낙담해 있는 걸 보고 다시 나를 끌어안고 쓰다듬으며 위로했다. 만약 오만하고 복수심에 찬 아이였다면 엄마의 그런 행동이 잘못된 것일지 몰라도 나처럼 원한 같은 건 품을 줄도 모르고, 사랑하는 사람을 용서하지 못하면 오히려 자기 자신을 자책하는 아이에게는 잘하는 행동이었다.

다시 아버지가 돌아가신 후 엄마와 할머니 사이의 관계로 돌아오자면 기질적으로 너무나 반대인 두 사람의 관계는 반쯤 회복되었다. 아니, 가끔 화해한 후에도 엄청난 후폭풍이 따라왔다. 멀리 떨어져서 둘은 서로를 싫어하면서 서로 흥보는 일을 참지 못했다. 하지만 가까이 있으면 함께 즐거워하지 않을 수 없었다. 왜냐하면 둘은 다르긴 했지만 엄청나게 매력적인 사람들이었으니 말이다. 둘은 근본적으로 올곧고, 정의롭고, 아주 영특한 사람들이라 둘의 매력을 거부할 수는 없었다. 할머니가 가지고 있는 편견은 할머니 생각이 아니라 주변 사람들 때문이었다. 할머니는 어떤 사람들에게는 꼼짝도 못 하고 속으로는 그렇게 생각하지 않으면서도 겉으로는 그런 척하곤 했다. 그래서 예전 친구들과 함께 있을 때 할머니는 그들과 함께 그 자리에 없는 엄마를 파문시켰다. 하지만 엄마와는 아주 친밀하게 딸처럼 지내며 자신을 정당화하는 것 같았다.

그리고 엄마와 함께 있게 되면 할머니는 자기가 방금 말한 것들은 모두 잊고 엄마에게 신뢰와 애정을 보이는 걸 나는 천 번도 더 보았다. 그리고 그것은 거짓이 아니었다. 할머니는 내가 아는 사람 중에 가장 진실하고 충성된 사람이다. 겉으로 엄하고 차갑지만, 할머니는 누구보다 감수성이 예민한 사람이었다. 항상 사랑받고 싶어 해서 조금만 관심을 보여도 예민하게 반응하며 감사를 표했다.

나는 할머니가 엄마에 대해 말할 때 "그 아인 참 대범한 아이야. 아주 매력적이지. 처신도 아주 완벽하고, 얼마나 너그러운지 자기 옷도 가난한 사람들에게 다 벗어줄 아이지. 또 그 애는 귀부인처럼 자유롭기도 하고 어린아이처럼 단순하기도 하지."라고 하는 걸 수도 없이 들었다. 그러다가 또 어느 때는 다시 그 아들에 대한 질투심에 사로잡혀 "그 애는 악마 같은 애야. 정말 미친 것 같아. 내 아들도 걔를 사랑한 적 없어. 그 아이한테 꽉 쥐여 산 거지. 그 애 때문에 아들아이가 얼마나 불행했던지 …. 저 애는 남편 생각도 안 하는 것 같아."라고 말하곤 했다. 그리고 얼마나 되지도 않는 흉을 많이 봤는지. 그런 것들은 다 말도 안 되는 소리였지만 엄마에 대한 할머니의 숨겨진, 도저히 치유될 수 없는 어떤 미움을 위로해주기는 했다.

엄마도 완전히 똑같았다. 둘 사이가 좋을 때 엄마는 이렇게 말했다. "정말 대단한 분이야. 저 나이에도 천사처럼 아름다우시지. 모르는 것도 없으시고. 너무 온화하고 예의도 바르셔서 정말 어머니와는 싸울 수가 없지. 좀 상처 주는 말을 하셨다가도 이내 또 너무나 따뜻한 말을 해줘서 안아주지 않을 수가 없지. 저 한심한 부인네들로부터 떼어 놓을 수만 있다면 더할 나위 없이 좋은 분이 될 텐데 …."

하지만 엄마의 불같은 성격에 폭풍이 칠 때면 분위기는 완전히 달라졌다. 사람 좋은 시어머니는 고상한 척하는 위선자이고, 동정심도 없이 차가운 사람이며, 옛 앙시앵 레짐 시대 속에 사는 멍청이! 등이었다. 이렇게 다 알면서도 의도적으로 가정의 분란을 일으킨 나이든 귀부인 친구들에게 불행을! 나이든 백작 부인들은 엄마에게는 정말 말세에 나오는 괴물들이었다. 엄마는 그녀들에 대해 머리끝부터 발끝까지 비난하고 조롱했는데 그런 말은 할머니마저 웃게 했다. 할머니도 그중 한 명이었는데 말이다.

데샤르트르는, 정말 이 말은 꼭 하고 싶은데, 이 사람이야말로 둘 사이를 갈라놓는 주범이었다. 그는 둘 사이에서 절대로 공평한 사람이 아니었다. 그는 틈만 나면 예전의 상처들을 끄집어냈다. 그런 게 그의 팔자였다. 그는 자기가 좋아하는 사람에게도 늘 거칠고 무례했으니 하물며 자기가 싫어하는 사람들에게는 어땠겠는가. 그는 엄마가 아버지의 영혼과 마음에 자기보다 더 큰 영향력을 미치는 것을 용서할 수 없었다. 그는 모든 일에서 엄마와 부딪치고 박해迫害했다. 그러다가 또 혼자 반성하고는 자기 잘못을 만회하기 위해 배려하려고 노력하는데 그것도 너무나 웃기고 서툴렀다. 그래서 어느 때는 그가 엄마를 좋아하나 하는 생각도 들었다. 사실 그랬는지 누가 알겠는가? 인간의 마음이란 얼마나 요상한지, 근엄한 남자 마음도 불타오를 수 있는 법이지! 하지만 만약 누가 그에게 그렇게 말했다간 아마도 뼈도 못 추렸을 것이다. 그는 인간의 연약한 감정 같은 것은 초월한 사람처럼 굴었으니까.

게다가 엄마는 그의 잘난 점들을 전혀 인정하지 않았고 조금이라도 잘못하면 아주 잔인하게 조롱하며 그 대가를 치르게 했다. 그러면 다시 예전 증오심에 불타오르고 다시 갈등이 고조되었다.

모두가 잘 지내고 데샤르트르도 겉으로 무진 애를 쓰며 다정하게 장난이라도 칠 때는 대체 저 인간이 어떻게 그렇게 되었는지 하나님만 알 일이다! 그러면 엄마는 아주 영악하게 그에게 빈정거렸는데 그러면 그는 다시 이성을 잃고 난리를 치며 상처를 줘서 결국 할머니가 그를 야단치고 입을 다물도록 해야 했다.

저녁때는 늘 셋이 카드놀이를 했는데 모든 게임에서 둘째가라면 서러워하는 데샤르트르는 어찌나 게임을 못 하는지 번번이 지기만 했다. 엄마는 계산 같은 것은 할 줄 모르지만 본능적인 감으로 늘 이겼는데, 하루는 엄마에게 완전히 진 것에 화가 난 데샤르트르는 완전히 이성을 잃고 폭발했다. 그래서 그는 카드를 테이블에 집어 던지며 소리쳤다.

"그런 말도 안 되는 방식으로 이기다니 아마도 사람들은 부인 얼굴에 카드를 집어 던지려 할 겁니다."

엄마는 화가 나서 벌떡 일어나 무슨 말인가 하려던 참이었다. 그때 할머니가 조용히 일어나 부드러운 목소리로 "데샤르트르, 만약 당신이 그런 행동을 한다면 나는 당신 뺨을 세게 때리겠어요."라고 말했다.

너무나 평온한 목소리로 뺨을 때리겠다는 협박, 그것도 세게 때리겠다는 이 협박은 정말 세상에 다시없는 코미디 같은 소리가 아닐 수 없었다. 할머니의 손은 너무나 연약해서 카드도 겨우 들고 있을 정도로 힘이 없었으니까 말이다. 그 말에 엄마는 참을 수 없는 웃음을 터뜨렸고 그 말에 얼빠진 듯 창피해하며 서 있는 불쌍하고 고지식한 사람 앞에서 그냥 자리에 앉을 수밖에 없었다.

그런데 이 일은 아버지가 죽고 난 지 한참 뒤에 벌어진 일이었다. 그러니까 아이들 웃음소리밖에 들리지 않던 이 무덤 같은 집안에서 웃음소리가 난 건 실로 오랜만의 일이었다.

이 기간 동안 모든 것이 평온하고 잘 정돈된 가운데 육체적으로도 전에 없이 건강한 삶을 영위하며 그동안 한 번도 숨 쉬어 보지 못한 좋은 공기를 마시니 나는 점점 더 건강해져 갔다. 정신적 흥분상태도 멈추고 정서적으로도 안정되어 가고 성격도 밝아졌다. 사람들은 내가 다른 아이들보다 특별히 더 못된 아이라고는 생각하지 않게 되었다. 그러니까 어느 시대에나 아이들이 까다롭고 공상적으로 되는 건 자기 생각을 말할 수도 없고 말하고 싶지도 않을 때 일어나는 일이다.

나로 말할 것 같으면 나는 내가 받는 치료들이 너무나 역겨웠다. 당시는 툭하면 그런 치료를 받게 했지만 나는 그 고충을 말할 수 없었다. 그래서 나는 놀다가 그냥 기절하곤 했던 것 같다. 또 지금 같으면 도저히 할 수 없을 정도로 그걸 힘들게 다 참아냈던 것 같다. 그러니까 데샤르트르의 치료법이 문제였다. 나는 정말 모든 병에 구토제를 주는 그의 치료방식의 희생양이었다. 그는 유능한 외과 의사였다. 하지만 다른 병에는 무지해서 무슨 병에든 이 구토제를 처방했다. 그것은 정말 그의 만병통치약이었다. 나는 좀 화를 잘 내는 성격이긴 했지만 만약 데샤르트르가 그 모든 걸 고치려 들었다면 반드시 나는 죽었을 것이다. 내가 창백하거나 머리가 아파도 그것은 나의 기질 탓이라 곧 구토제를 먹어야 했다. 그러면 나는 토하지도 못하고 끔찍한 경련을 일으키며 며칠간 앓아누워야 했다. 엄마는 또 엄마대로 기생충 때문이라고 믿었다. 당시 그것은 의학적인 고정관념이기도 했다. 모든 아이는 기생충이 있어서 아이들에게는 구충제를 먹였다. 그 끔찍한 까만 약은 아이들을 구토하게 하고 입맛을 잃게 했다. 그러면 또 입맛을 찾게 한다고 대황을 처방했다. 또 내가 쿠션에 좀 눌리기라도 하면 엄마는 다시 옴이 도졌다고 하면서 다시 모든 음식에 황을 넣어주었다. 그러니까 이런 약 처방이 끝도 없이 계속되었다. 내가 속한 세대는 종족 보존을 위한 모든 노력에 끊임없이 저항해야 하는 세대였던 것 같다.

내가 쓰기를 배운 것은 5살 때쯤이다. 엄마는 가로세로 줄긋기 연습을 많이 시켰다. 하지만 엄마도 제대로 쓰지 못했기 때문에 만약 내가 스스로 내 생각을 표현할 방법들을 고안하지 않았다면 나는 수없이 많은 종이를 낙서로 버린 후에야 겨우 내 이름자를 쓸 줄 알게 되었을 것이다. 나는 온종일 알파벳 하나를 줄을 따라 베껴 쓰는 것에 진력이 났다. 나는 문장을 쓰고 싶었다. 그래서 나는 다들 알다시피 노는 시간에 위르쉴과 이폴리트와 엄마에게 편지를 썼다. 하지만 그 것을 보여주지는 않았다. 혹시나 그 짓을 하느라 내 손이 망가진다고 못 하게 할까 봐 그랬다. 그래서 결국 내 방식의 철자들을 만들었다. 그것은 너무나 간단한 상형문자들이었다. 할머니는 그중 하나를 보고 놀라며 재미있어하셨다. 할머니는 내가 그런 원시적인 방법으로 내 생각을 표현한다는 것을 놀라워하셨다. 그리고 엄마에게 내가 끄적거리고 있으면 실컷 하게 그냥 가만히 내버려 두라고 충고하셨다.

어른들은 아이들이 글씨를 잘 쓰게 하려고 시간 낭비를 하지만 정작 아이들은 그런 것에는 전혀 관심조차 없다고 하셨는데 그것은 맞는 말이다. 나도 나의 창작에만 몰두했던 것 같다. 그래서 베껴 쓰기가 끝나면 내가 만든 시스템 속으로 돌아왔다. 오랫동안 나는 책에 나

오는 것 같은 인쇄체로 썼는데 어떻게 일반 글씨체로 돌아왔는지는
모르겠다. 그런데 생각나는 건 인쇄된 글자가 쓰여 있는 걸 보고 철자
법을 배운 엄마처럼 나도 글자를 배웠다는 것이다. 어찌 된 영문인지
는 모르지만 나는 글자들의 수를 세어서 주요한 규칙들을 스스로 터
득해 나갔다. 그래서 나중에 데샤르트르가 내게 문법을 가르칠 때 나
는 2, 3달 만에 모든 걸 다 배워버렸다. 왜냐하면, 이미 내가 다 알
아 버린 걸 다시 확인하는 것에 불과했기 때문이다.

7, 8살에는 정확하지는 않지만 보통 프랑스 사람들이 쓰는 만큼 철
자에 맞게 쓸 수 있게 되었다. 완벽한 철자를 구사하는 건 지금도 내
겐 어려운 일이다.

내가 읽는 게 무슨 뜻인지 이해할 수 있게 된 것은 혼자 쓰는 걸 배
우면서부터였다. 이것 때문에 나는 더 열심히 쓰는 일에 몰두했다.
나는 많은 단어나 문장들의 뜻도 모르면서 읽기부터 했다. 날이 갈수
록 점점 알아가는 게 많아지면서 혼자 동화도 읽을 수 있게 되었다.

동화를 너무나 좋아했던 내게 그것은 얼마나 즐거운 일이었는지.
게다가 나의 불쌍한 엄마는 슬픈 일을 당한 후부터는 동화책을 읽어
줄 수도 없었으니 말이다! 노앙에 있었던 돌누아 부인과 페로 부인의
오래된 동화들은 5~6년간 내게 큰 즐거움이었다. 아! 〈푸른
새〉나 〈엄지 공주〉, 〈당나귀 가죽〉, 〈미녀 혹은 돈 많은 기사〉,
〈푸른 옥〉, 〈바비올〉 그리고 〈친절한 생쥐〉 같은 이야기들을 보며
얼마나 많은 시간을 보냈는지! 그 후로 다시 읽은 적은 없었지만 나는
그 이야기들을 처음부터 끝까지 다 이야기할 수 있다. 그리고 나는 이
후 우리의 지적인 삶에서 이 첫 번째 상상의 즐거움과 비교될 수 있는

것은 아무것도 없다는 것을 믿어 의심치 않는다.

나는 또 혼자서 간추린 그리스 신화를 읽기 시작하면서 너무 큰 즐거움을 맛봤다. 왜냐하면, 그 이야기들은 동화 이야기와 매우 흡사한 점이 있었기 때문이다. 하지만 내가 좋아하지 않는 부분도 있었다. 모든 신화 속에서 상징들은 시적 표현 속에 피비린내 나는 잔인성을 내포하고 있었기 때문이다. 그래서 나는 동화의 행복한 결말들이 더 좋았다. 하지만 님프들이나 제피르나 에코처럼 자연을 의인화한 존재들은 내 머릿속에 시상詩想이 떠오르게 했다. 그래서 나는 숲이나 들판에서 늘 나페나 드리아드들을74 만나길 희망하곤 했다.

우리 방에 있던 벽지는 늘 내 주의를 끌었다. 내 방에는 짙은 초록색의 매우 두껍고 윤기 나는 종이 벽지 같은 것이 벽 위에 커튼처럼 드리워져 있었다. 이렇게 벽지가 벽과 떨어져 있으니 쥐들이 들락날락거리기에 십상이었다. 밤에는 쥐들이 이 종이 뒤로 다녔는데 그러면 쉴 새 없이 촐싹거리며 갉아대고 이상한 소리를 내면서 완전히 다른 세상이 펼쳐졌다. 하지만 내 관심을 제일 끈 것은 그게 아니라 판을 둘러싸고 있는 가장자리 장식들이었다. 가장자리는 넓은 발판처럼 되었는데 포도 잎줄기가 실레노스들과75 바샹트들이76 웃고 마시며 춤추는 조각이 있는 둥근 조각들을 감싸며 돌아가고 있었다.

문들 위에 있는 좀 더 큰 조각들 속에 있는 모양들은 무엇과도 비교

---

74 〔역주〕 숲의 요정들이다.
75 〔역주〕 그리스 신화에 나오는 반인반수이다.
76 〔역주〕 바쿠스 신의 여제관, 술주정하는 음탕한 여자를 말한다.

할 수 없는 모습이었다. 아침에 눈을 뜰 때 바로 보이는 것은 꽃의 여신 플로라 아니면 님프 요정이 춤추는 조각이었다. 그녀는 푸르스름한 옷을 입고 장미 관을 쓰고 손으로 꽃나무 가지를 흔들고 있었다. 나는 그 모습이 너무 좋았다. 아침에 눈뜨며 제일 처음 보는 게 그 모습이었다. 그녀는 웃으며 내게 일어나 함께 달려가자고 말하는 것 같았다. 그 반대편에 있는 또 다른 여자는 내가 낮 동안 놀 때 보고 또 밤에 자기 전 기도할 때 보는 여자인데 전혀 다른 모습이었다. 그녀는 웃지도 춤추지도 않았다. 그녀는 아주 심각한 표정의 바샹트였다. 초록색 옷을 입고 머리에는 포도나무 관을 쓰고 팔을 뻗어 바쿠스의 지팡이 위에 손을 얹고 있었다.

이 두 여자는 필시 봄과 가을을 의미하는 장식이었을 것이다. 어쨌든 1피트쯤 되는 이 두 여자는 내게 깊은 인상을 남겼다. 둘은 아마도 평온하게 서로에게 아무런 관심도 없었을 것이다. 하지만 내 머릿속에서 둘은 아주 선명한 대조를 이루었다. 즐거움과 슬픔, 혹은 자상함과 엄격함으로. 나는 바샹트를 놀라운 눈으로 바라보았는데 그리스 신화에서 그녀들이 잔인하게 찢어 죽인 오르페우스 이야기를 읽었기 때문이다. 저녁때 어스름 불빛이 팔을 올린 지팡이 위에 어른거리면 지팡이 끝에 명가수의 머리가 보이는 것 같았다.

벽에 붙은 내 작은 침대에서는 나를 무섭게 하는 이 조각상이 보이지 않았다. 그 조각상에 대한 나의 두려움을 아무도 몰랐기 때문에 겨울이 오자 엄마는 나의 침대를 벽난로 가까이로 옮겼고 거기서 나는 내가 좋아하는 요정 쪽으로 등을 돌려 그 무서운 여사제를 보지 않으려 했다. 내가 과장해서 얘기하려는 것은 아니지만 나는 좀 부끄러운 생각도 들었다. 하지만 그 악마 같은 여자가 나를 뚫어지게 보면서 움직이지 않는 팔로 나를 위협하는 듯해서 나는 자기 전 머리를 이불 속에 파묻고 그녀를 보지 않으려 했다. 하지만 그것도 소용없었다. 한밤중에 잠이 깨면 그녀는 둥근 조각판에서 나와 문을 타고 내려와 진짜 사람만 한 크기가 되어서 건너편 문으로 다가가 착한 요정을 떼어 내려고 했다. 그러면 착한 요정은 찢어지는 듯한 비명을 질렀지만 악한 바샹트는 상관하지 않았다. 그녀는 착한 요정이 결국 떨어져 나와 방 한가운데로 도망갈 때까지 둥근 조각판에 난리를 쳤다. 그리곤 바샹트가 또 쫓아오면 머리가 산발이 된 불쌍한 요정은 숨기 위해 내 침대 속으로 들어왔다. 그러면 화가 난 바샹트가 내게로 와 우리 둘을 지팡이로 사정없이 찔러댔는데 지팡이는 곧 창이 되어 찌를 때마다 나는 상처 입으며 고통스러워했다.

내가 비명을 지르며 발버둥 치면 엄마는 내게 달려왔다. 하지만 바샹트가 몸을 일으킬 때 나는 잠이 반쯤 깼음에도 불구하고 몽롱한 가운데 바샹트의 모습을 여전히 보고 있었다. 현실과 꿈이 내 눈앞에 함께 공존해 있었다. 나는 엄마가 가까이 올수록 바샹트가 진정하고 점점 멀어져 조각 속 크기로 작아져서는 마치 생쥐처럼 문을 타고 올라가 다시 포도 가지 속으로 들어가 심각한 얼굴을 하고 전과 같은 포즈를 취하는 것을 똑똑히 보았다.

다시 잠이 들면 그 나쁜 여자는 모든 가장자리를 다 돌아다니며 둥근 조각판 속에서 즐겁게 놀고 있는 모든 실레노스들과 바샹트들을 불러 모아 춤을 추며 방 안의 모든 가구를 부수게 했다.

점점 더 꿈과 현실이 뒤섞이자 나는 거기서 일종의 즐거움도 느끼게 되었다. 아침에 눈을 뜨면 내 눈앞에는 요정 대신 바샹트가 보였다. 그러면 나는 내 침대 위치가 바뀐 것도 모르고 두 요정이 문을 잘못 타고 올라가 서로 자리가 바뀐 거라고 생각했다. 하지만 해가 뜨면 이런 환각들도 다 사라지고 낮 동안은 그 생각을 더는 하지 않았다.

하지만 밤이 오면 환상은 다시 시작되었고 이 일은 이후로도 한참 동안 계속되었다. 낮 동안은 판지 위에 그려진 이 두 인물에 대해 그리 심각하게 생각하지 않았다. 하지만 어두워지기 시작하면 마음이 불안해져서 혼자 방에 있을 수 없었다. 나는 할머니가 겁쟁이라고 놀릴까 봐 그것을 말할 수도 없었다. 나는 누가 그 말을 할머니에게 할까 봐 두려웠다. 나는 거의 8살이 될 때까지 자기 전 그 바샹트를 똑바로 바라보지 못했다. 사람들은 어린아이가 머릿속에 숨기고 있는 그 모든 이상한 상상들과 감정들을 상상조차 할 수 없을 것이다.

나에게 할아버지뻘인 보몽 사제가 노앙에 잠시 머무신 것은 할머니와 엄마에게 큰 위안을 주었다. 집안에는 다시 활기가 돌았다. 보몽 할아버지는 쾌활하고 걱정 없는 늙은 소년 같은 사람이었다. 재기발랄하고 생각이 풍부했고 성격은 이기적이기도 했고 너그럽기도 했다. 원래 성격은 예민하고 정열적인데 독신 생활이 그를 이기적으로 만든 것 같다. 하지만 그는 너무 사랑스럽고 너그럽고 매력적인 사람이고 또 고통을 함께 나누고 최선을 다해 우리를 즐겁게 해주려는 노력은 고맙게 생각하지 않을 수 없었다.

그는 내가 평생 본 사람 중에 가장 멋진 할아버지였다. 희고 깨끗한 피부에 부드러운 두 눈에 할머니처럼 반듯하고 우아한 자태를 가진 할아버지였다. 하지만 몸매는 더 귀족적이었고 더 생동감 있었다. 당시에도 그는 파우더를 뿌린 비둘기 날개 모양의 머리에 프러시안 스타일의 꽁지머리를 하고 있었다. 그는 항상 검은 실크 반바지를 입었고 고리장식이 있는 구두를 신었다. 그리고 안에 솜을 넣은 보랏빛의 큰 실크 외투를 입으면 마치 가족 초상화에서 보는 것처럼 너무나 근엄해 보였다.

그는 안락함을 너무 좋아해서 그의 방은 항상 예전의 호화로운 모습이었다. 식사도 그의 입맛처럼 아주 정제되어 있었다. 그는 말할 때는 위엄 있고 고압적이지만 실제로는 부드럽고 자유분방하고 연약한 사람이었다. 나는 나의 소설 《콩수엘로》에서 어떤 참사관을 묘사할 때 이 할아버지 생각을 많이 했었다. 그처럼 이 인물도 대단한 인물의 사생아였고 미식가였고 성질이 급하고 유머가 많고 예술을 사랑하고 멋지고 순진하고 화도 잘 내는 동시에 유순하기도 했다.

나는 소설을 쓰기 위해 비슷한 점들을 많이 취하는데, 지금 이 기회를 이용해 말하고 싶은 것은 이런 식으로 인물을 묘사하는 것은 더는 어떤 한 사람의 인물 초상이 아니라는 것이다. 그래서 어떤 사람이 자기를 묘사했다고 상처받는 것은 작가와 자기 자신을 향해서도 정당하지 않은 비난이다. 소설 속 인물 초상이 진정한 가치를 가지려면 순수한 창작물이어야만 한다. 실제 사람들은 너무나 일관되지 않고 모순적이고 조화롭지 못해서 현실 속의 사람을 묘사한다는 것은 불가능한 일이며 또 예술 작품 속에서는 더더욱 존재할 수 없다. 소설 전체는 아마도 이 인물에 휘둘리게 되어 그것은 소설이라고도 할 수 없는 것이 되고 말 것이다. 그런 소설 속에는 어떤 사건이나, 음모나, 반전이나 대단원 같은 것도 존재할 수 없게 된다. 그런 글은 마치 실제 삶처럼 흘러가서 누구도 즐겁게 하지 못할 것이다. 왜냐하면, 사람들은 소설을 읽으며 삶의 어떤 이상을 바라기 때문이다. 77

그러니 소설가가 등장인물에게 실존 인물의 특징을 부여해서 사람들이 그 인물을 싫어하거나 좋아하게 만들고 싶어 한다고는 생각지 말기 바란다. 아주 작은 차이로도 새로운 인물을 만들어낼 수 있다. 그래서 문학에서는 실존 인물을 가지고 진짜 있음직한 묘사를 하려면 엄청나게 다른 점들을 덧붙여야 하고 실제 인물을 훨씬 뛰어넘는 노력을 해야 한다. 좋은 쪽이든 나쁜 쪽이든 결점이든 장점이든 말이다. 그래야 그는 어떤 유형으로 상상될 수 있다. 이것은 무대 위 연기와 같다. 연기는 실제 행동보다 훨씬 과장되어야만 진짜 같아 보인다. 어떤 인물에 대한 캐리커처나 이상화를 거친 결과물은 더는 처음 모델과 같은 존재가 아니다. 만약 누군가 자기 같다고 한다면, 그러니까 예술이나 상상의 산물이 자기를 모델로 만들어졌다고 서운해하거나 아니면 자랑스러워한다면 그 등장인물은 그리 잘 그려진 인물은 아니다.

라바테르는 그의 정확한 표현 그대로는 아니지만, 대충 이렇게 말했다.

---

77 이 생각은 분명하게 강조하기는 했지만 논란의 여지가 많을 것이다. 요즘 사람들은 '사실주의'파를 형성하고 있는데 만약 그것이 소설의 목적을 지나치게 넘어서거나 너무 기계적이 되지 않는다면 하나의 진보라고 여길 수 있을 것이다. 하지만 내가 읽은 작품들, 예를 들어 샹플뢰리의 작품들에서 사실주의는 여전히 내가 말한 것처럼 충분히 시적으로 표현되어 있었다. 이 기회를 통해 나는 샹플뢰리의 방식이 사실주의건 아니건 간에 너무 매혹적이라는 말을 하고 싶다(1854년 노트).

"사람들이 나의 묘사 방식에 반대하는 것을 나는 수긍할 수 없다. 사람들은 내가 그린 나쁜 놈이 훌륭한 사람과 때로 닮아 있거나 아니면 그 반대의 경우가 있다고 한다. 그러면 나는 그렇게 구분이 안 되는 것은 잘 관찰하지 않아서이거나 잘 보지 않아서라고 대답한다. 훌륭한 사람과 나쁜 악당 사이에는 저속하지만 분명하게 닮은 점이 있기도 하지만 둘이 다른 것은 어떤 작은 선이나 얼굴 주름이나 어떤 뭔가이다. 그런데 그 어떤 뭔가가 중요한 것이다!"

실제 현실 속에서 다른 점에 대한 라바테르의 말은 예술 세계에 적용해도 틀린 말이 아니다. 음악은 그저 현실의 소리를 모방한 것이 아니다. 실제 소리를 모방한 것은 적어도 음악이 아니라고 말할 수 있다. 미술에서의 색은 하나의 해석일 뿐이다. 실제 보이는 것을 정확하게 재현한 것은 색이라고 할 수 없을 것이다. 마찬가지로 소설의 등장인물은 실존 인물이 아니다. 한 명의 등장인물을 창조하기 위해서는 수천의 인물을 알아야만 한다. 만약 한 사람만 연구해서 어떤 유형을 만들려 한다면 그것은 이도 저도 아니며 가능한 일도 아닐 것이다.

좀 얘기가 빗나갔지만, 이 얘기는 여기서 끝내고 다시 거론하지는 않을 것이다. 보몽 할아버지와 《콩수엘로》의 참사원을 닮았다고 비교하는 것도 쓸데없는 일이다. 왜냐하면, 소설에서 내가 묘사한 참사원은 아주 정숙한 남자지만 할아버지는 완전히 다른 남자였기 때문이다. 그는 얼마나 많은 연애를 했는지 모른다. 만약 그런 일들이 없었다면 그는 매우 서운했을 것이다. 수천 가지도 넘는 또 다른 차이점에 대해 일일이 다 언급할 필요도 없지만 단지 하나만 얘기하자면 내 소설에 나오는 가정부에 대한 것이다. 그녀는 할아버지의 가정교사와 전혀 닮지 않았다. 할아버지의 가정교사는 헌신적이고 진실하고 훌륭한 여자였다. 그녀는 할아버지의 눈을 감겨주었고 할아버지로부터 상속을 받았는데 그것은 정당하게 받을 만한 유산이었다. 그런데 할아버지는 가끔 그녀에게 마치 소설 속에서 참사원이 브리지트 부인에게 말하듯이 말하곤 했다. 그러니 작품 속에서 정말 그럴듯한 것이 실제와는 완전히 다를 수도 있는 것이다.

할아버지는 여자에 대해서는 어떤 편견도 갖고 있지 않았다. 그저 예쁘고 착하기만 하면 출신성분도 과거도 묻지 않았다. 그래서 우리 엄마도 받아들여 평생 아버지와 같은 애정을 베푸셨다. 할아버지는 엄마를 잘 구슬릴 줄 알아서 착하지만 머리가 나쁜 딸처럼 취급하셨다. 그래서 엄마를 야단치기도 하고 위로하기도 하고 또 누가 엄마에게 부당한 대우를 하기라도 하면 온 힘으로 막아주고 혹시 엄마가 다른 사람에게 잘못하면 엄하게 꾸짖으셨다. 할머니와 엄마 사이에서 그는 항상 공평한 중재자이며 훌륭한 화해자였다. 엄마에 대한 데샤르트르의 가혹한 말들에 대해서는 대놓고 비난하시며 엄마 편을 드셨다. 그래서 그는 할아버지의 너무나 강력하고 애정 어린 보호를 받는 엄마에 대해 결코 화를 내거나 저항할 수 없었다.

이 사랑스러운 노인의 낙천적인 성격은 우리 집안의 괴팍한 하인들에게도 아주 다행한 일이었다. 사람 좋은 사람한테는 모든 것이, 다른 사람들의 단점마저도 좋게만 보인다는 걸 깨닫게 되는 때가 종종 있다. 처음에는 그런 나쁜 점들로 상처 입을 거라고 상상하지만 곧 그런 것들을 잘 이용하는 걸 보게 된다. 그래서 어떤 점에서 지나치거나 모자라는 것들이 그것과 반대로 지나치거나 부족한 점들을 고치게 된다. 그래서 타인의 결점들은 우리의 삶에 균형을 맞춰준다. 그래서 우리가 흉보는 다른 사람들의 단점들이 우리가 가지고 있는 모난 성품을 깨닫는 데 매우 필요하다는 것을 알게 된다.

그래서 할아버지의 평온함과 쾌활함은 처음에는 너무나 충격적으로 생각되었다. 사랑했던 모리스의 죽음에 대해서는 진정으로 안타까워하기는 했다. 하지만 할아버지는 슬픔에 빠져 있는 두 여자를 즐겁게 하려고 애를 썼고 결국 그 일을 해냈다.

곧 사람들은 할아버지와 함께 다시 살아나기 시작했다. 그는 놀 거리에 대한 많은 아이디어를 가지고 있었고 그런 것들을 너무나 우아하게 이야기했으며, 사람들을 놀리고 즐겁게 하는 걸 그 자신도 즐겨서 누구도 그를 뭐라 할 수 없었다.

할아버지는 할머니 생일 때 우리가 코미디극을 하게 했는데 우리는 이 서프라이즈를 위해 오래 수고해야만 했다.

엄마 침실 옆에 붙은 커다란 방은 계단을 절대 오르지 않는 할머니에게 절대 들킬 염려가 없었기 때문에 우린 그곳을 극장으로 만들었다. 우리는 큰 통들 위에 판자를 놓았는데 그래도 이폴리트와 위르쉴과 나 같은 배우들은 천장에 손이 닿지 않았다. 그러니까 인형극을 위한 무대 같긴 했지만 아주 멋진 무대였다. 할아버지는 자르고 붙이고 칠하면서 모든 무대 배경을 혼자 다 만들었다. 또 대본도 만들고 우리의 역할과 노래와 제스처들을 가르쳤다. 대사를 써서 앞에 들고 있는 것도 할아버지가 했다. 데샤르트르는 플래절렛을 가지고 음악을 담당했다. 지난 3년간 내게 스페인의 볼레로를 추게 하지는 않았지만 사람들은 내가 아직 잊지 않은 걸 알고 있었다. 그래서 발레 파트는 내가 혼자 맡았다. 그리고 공연은 완전 대성공이었다. 극은 그렇게 길지도 복잡하지도 않았다. 정말 순수한 공연이었고 마지막은 큰 꽃다발을 마리에게 바치는 것으로 끝이 났다. 제일 나이가 많고 제일 아는 게 많은 이폴리트가 긴 독백을 했다. 하지만 우리 셋 중에 제일 기억력이 좋은 게 위르쉴이란 걸 알고 또 위르쉴이 너무나 뻔뻔하게도 자기 역할이 더 많이 지껄이는 것을 좋아했기 때문에 연출가는 그녀의 대사를 늘려서 우리의 우스꽝스러운 수다쟁이는 제대로 된 역할을 했다. 그리고 그 부분이야말로 연극의 하이라이트였다. 그녀는 자기 별명인 '꼬꼬댁부리'로 나왔다. 그리고 할머니에게 긴 헌사와 끝없이 이어지는 긴 칭송의 시를 읊었다.

나는 자신 있게 볼레로를 추었다. 그때까지는 아직 수줍음이나 어색함 같은 것을 몰랐을 때니까. 그때 이 방면으로는 느낄 줄도 모르고 능력도 없던 데샤르트르가 잔뜩 화가 나서 제대로 리듬도 타지 못하면서 하는 연주에 발맞춰 나는 즉흥적인 앙트르샤와 피루엣으로[78] 춤을 마쳤는데 할머니는 그걸 보고 큰 웃음을 터뜨리셨다. 그것은 정말 모든 사람이 바라던 바였는데 지난 3년간 이 가엾은 여인은 웃음을 잃어버렸었기 때문이다. 그런데 갑자기 스스로 놀란 까닭인지 할머니는 눈물을 쏟기 시작하셨다. 그러자 사람들은 황홀한 안무 속에 도취되어 있던 나의 팔다리를 들고 무대 밖으로 꺼내 할머니 무릎에 앉혔고 할머니는 눈물범벅이 된 채로 내게 수천 번 입을 맞추셨다.

---

78 〔역주〕 발레 용어로 뛰기와 돌기 동작을 말한다.

비슷한 시기에 할머니는 내게 음악 교육을 시작하셨다. 손가락이 반쯤 마비되시고 목소리도 갈라졌지만, 할머니는 여전히 멋지게 노래하셨다. 노래하실 때 치는 두세 개 반주는 너무나 아름다워서 때때로 할머니가 몰래 예전 오페라를 혼자 방에서 노래하시며 내가 곁에 있도록 허락하셨을 때 나는 정말 기막힌 황홀경에 빠지곤 했다. 할머니가 사랑하시던 개 브리앙이 오래된 클라브생 아래 있는 자기 자리를 좀 양보해주면 나는 바닥에 앉아서 그 황홀한 할머니의 떨리는 목소리와 스피네트의[79] 날카로운 소리를 평생토록 들을 수 있을 것만 같았다. 비록 최상의 목소리도 아니고 악기도 최상의 상태가 아니었지만 정말 기막히게 풍부한 감정으로 해석된 아름답고 살아 있는 음악이었다. 이후로 나는 많은 노래를 들었고 또 멋진 악기들의 연주를 들었지만 어떤 곡을 들어도 할머니의 노래보다 더 좋은 노래는 듣지 못했다고 분명히 고백할 수 있다.

할머니는 많은 거장들 곡을 알고 계셨다. 할머니는 글루크와 피치니도 알고 계셨는데 둘을 서로 비교하지 말고 각각의 개성을 인정해줘야 한다고 하시며 어느 편에도 치우치지 않으셨다. 또 할머니는 레오와 하스와 두란테의 곡들도 다 외우고 계셨는데, 난 그들의 곡을 다른 데서는 들어 본 적이 없다. 또 그 곡들을 다시 그려낼 수도 없지만 혹시 다시 듣게 된다면 금방 알 수 있을 것 같다.

가사 내용은 아주 위대하고 단순했고 곡도 고전적이고 고요했다. 할머니는 젊은 시절 대 유행했던 것들의 단점들을 콕 집어 지적하셨

---

79 〔역주〕 17~18세기에 보급된 소형 피아노의 일종이다.

는데 이른바 그 로코코라는 풍조를 좋아하지 않으셨다. 할머니 취향은 아주 순수하고 신중하고 무게가 있었다.

할머니는 원칙들을 너무나 쉽고 명료하게 가르쳤기 때문에 그런 식의 교육은 나에게 끝없이 바닷물을 마셔야 하는 것 같은 답답증을 주지 않았다. 하지만 이후 음악 선생에게 배울 때는 난 아무것도 이해할 수 없었고 그런 식의 교육을 싫어하게 되었다. 그리고 그런 교육은 내 적성에 맞지 않는다고 생각했다. 하지만 이후 난 그것이 내 잘못이 아니라 선생의 잘못인 것을 깨닫게 되었다. 만약 할머니가 계속 나를 지도했다면 나는 음악가가 됐을 것이다. 왜냐하면, 천성적으로 나는 음악가 기질을 타고났으며 그 아름다움에 대해, 그 어떤 다른 예술 형태보다 음악이 나를 감동시키고 황홀케 하는 그 아름다움을 이해할 수 있기 때문이다.

16. 파리로 떠난 엄마

내 머릿속은 늘 시적 몽상夢想으로 가득 차서 나는 그런 종류의 책을 숨 가쁘게 읽어 나갔다. 아이들의 친구라고 지나치게 칭송받는 베르켕에게 나는 별로 감동하지 않았다. 때때로 엄마는 장리스 부인의 소설 일부분을 우리에게 읽어주곤 했다. 지금은 잊힌 이 여자는 정말 진정한 능력의 소유자였다. 그녀의 잘못된 도덕 개념이나 그녀의 편견들 또 예전 시대와 새로운 시대 사이에서 어정쩡했던 그녀의 기질 등은 오늘날에 와서는 아무 문제도 되지 않는다. 그녀에게 주어졌던 어떤 엄격한 프레임을 생각한다면 그녀는 아주 대범한 여자였음이 분명하다. 그녀는 진정으로 대단한 능력의 소유자였다. 그녀의 소설 중에는 미래를 향해 아주 광범위한 방향을 제시하는 것들이 있다. 그녀의 상상력은 시대의 빙하 아래에서 아주 신선하게 보존되어 있다. 구체적인 디테일에서 그녀는 진정한 예술가이며 시인이었다.

왕정복고 시기에 출판된 그녀의 소설 하나가 있다. 아마도 말년에 쓴 것 중 하나일 것이다. 난 사람들이 그 소설에 대해 말하는 것을 들어 본 적이 없다. 나는 16살인가 17살 때쯤 그 책을 읽었는데 그 책이 성공을 거두었는지는 모르겠다. 하지만 분명히 기억나는 것은 내가 정말 감동했다는 거다. 그 책은 평생 내게 영향을 미쳤다. 소설의 제목은 《레바튀에카》였는데 매우 사회주의적인 소설이었다. 레바튀에카는 넘을 수 없는 높은 산들에 둘러싸인 스페인 계곡의 한 부족인데, 실제 있을 수도 있고 아니면 상상으로 만들어낸 것일 수도 있다. 그런데 어떤 사건으로 이 부족은 스스로 어떤 장소에 갇히게 된다. 그곳은 모든 자원이 풍부한 곳이었다. 그리고 몇 세기 동안 그들은 어떤 문명과도 접하지 않고 지내게 된다. 그곳은 순수하고 이상적인 법이 지배하는 작은 시골의 공화국이었다. 그곳에서 사람들은 도덕적으로 살아야만 했다. 모든 행복과 시적인 순수함을 지닌 그곳은 황금시대와 같았다.

그런데 이름이 기억나지 않지만, 그곳에서 근본적인 도덕심과 순진함 속에서 살아가던 한 젊은이가 어느 날 우연히 바깥세상으로 이어주는 작은 오솔길을 발견하게 되었다. 그래서 그는 자기의 따뜻한 집을 떠나 문명 속으로 던져졌다. 천성적인 순수함과 정직함을 지닌 채로 말이다. 그는 궁전과 부대와 극장과 예술품들과 정원과 사교계 여자들과 학자들과 유명 인사들을 보았다. 그는 놀라움과 충격으로 정신을 잃을 정도였다. 하지만 그는 거지들과 버려진 고아들과 성당 문 앞에 늘어선 병자들과 부자들 집 문 앞에서 죽어 가는 가난한 사람들의 모습을 보았다. 그것은 그에게 더 큰 충격을 주었다.

어느 날 그는 창백하게 죽어 가는 아이를 품에 안고 죽어 가는 가난한 여인에게 빵집 선반의 빵을 주었다. 그러자 그는 도둑으로 몰려 위협을 당했다. 그의 친구들은 그를 나무라며 물건의 소유라는 개념에 대해 설명하려고 애를 썼다. 하지만 그는 이해할 수 없었다.

한번은 아름다운 부인 하나가 그를 유혹했는데 그녀는 머리에 가짜 꽃을 꽂고 있었다. 그는 진짜 꽃으로 착각했지만 아무런 향내도 나지 않았다. 사람들이 그 꽃이 가짜라고 그에게 말해주었을 때 그는 너무나 놀라 너무나 아름다운 그 부인도 혹시 가짜가 아닌가 두려워했다.

그가 사람들의 거짓말과 협작과 수많은 불의를 보았을 때 얼마나 더 실망했는지는 모르겠다. 그는 볼테르의 캉디드나 위롱 같은 인물이었지만 그들보다 더 순진했다. 그 소설은 정말 진실하고 진솔하고 어떤 거부감도 주지 않는 작품이었다. 구체적 묘사들도 너무나 시적이었다. 나는 그 젊은 바튀에카 청년이 자기 마을로 돌아가 다시 미덕을 되찾았을 거라고 생각한다. 하지만 예전의 순수했던 행복은 찾지 못할 것이다. 왜냐하면 시대의 독이 든 잔을 이미 마셔 버렸기 때문이다. 나는 그 책을 다시 읽고 싶지는 않다. 예전에 그 아름답던 감동을 다시 발견하지 못할까 봐 겁이 나기 때문이다.

생각하면 할수록 장리스 부인의 결론은 결코 무모하거나 사회에 어떤 일침을 가하기 위한 것이 아니었다. 여러 가지로 볼 때 비록 진보의 법칙에 따른 인류의 모습이라 해도 그것을 받아들인 그녀의 생각은 옳았던 것 같다. 하지만 주인공이 새로운 세상을 만났을 때 그 옆에 붙어있던 멘토의 입에서 나오는 설명은 그리 감동적이지 않았다. 그 말들은 별로 재미있지도 않았고 어떤 신념도 없었다.

당시 16살에 방금 성당 수녀원에서 나온 여자아이가 사회에 대해 무슨 생각이 있었겠냐마는 바튀에카의 순진한 생각들은 내게 너무나 매력적으로 보였다. 그래서 이상하게 들리겠지만 내가 사회주의적이고 민주적인 생각들을 품기 시작한 것은 루이 필리프의 친구이며 가정교사였던 장리스 부인 덕분인 것 같다.

아니, 그렇다기보다는 나의 이상한 사회적 위치, 두 계급 사이에서 태어난 나의 이상한 태생, 또 사회적 편견들로 괴로워하던 엄마에 대한 사랑 때문일 것이다. 그런 편견들에 대해 이해할 수 있게 되기 전까지 얼마나 많은 상처를 받았는지 모른다. 또 나의 교육 때문이기도 하다. 나는 차례차례로 철학 교육, 그리고 종교 교육을 받았다. 또 아주 민감한 시기부터 겪어야 했던 내 삶의 이중성 때문이기도 하다. 나는 엄마로 인해 내 몸속에 흐르는 서민의 피 때문만이 아니라 이 서민의 피가 내 가슴과 내 존재 속에서 분연히 일으키는 분노로 민주투사가 되었다. 만약 책들이 내게 영향을 미쳤다면 그 책의 내용이 이런 내 생각들을 더 확고히 해주었기 때문이었다.

그렇지만 동화 속 공주와 왕들은 오랫동안 나의 동경이었다. 어린 시절 꿈속에서 그들은 선함과 친절함과 아름다움의 전형이었다. 나는 그들의 호사로움과 화려한 모습이 좋았다. 모든 것들은 요정의 세계 속에 있어서 왕들은 실제 왕과 달랐다. 또 마녀들은 그들에게 아주 무례하게 굴어서 그들이 조금이라도 잘못하게 되면 보통 사람들보다 더 가혹한 벌을 주었다.

요정들과 마녀들이여! 뭐든 다 할 수 있으며 막대기 하나로 당신들을 경이로운 세계로 들어가게 할 수 있는 그 존재들은 어디로 갔는가? 엄마는 결코 내게 그들이 존재하지 않는다고 말하지 않았는데 그것에 대해 나는 무한한 감사를 드린다. 할머니는 만약 내가 감히 같은 질문을 했다면 솔직히 답해주셨을 것이다. 장 자크와 볼테르의 숭배자인 할머니는 어떤 망설임이나 동정심도 없이 내 상상의 건축을 허물어버렸다. 하지만 엄마의 방식은 달랐다. 엄마는 아무것도 긍정하지 않았지만, 또 어떤 것도 부인하지 않았다. 하지만 곧 이성이 찾아오는 나이가 되었고 나는 스스로 내 공상들이 실현되지 않을 것을 알았다. 그렇지만 비록 처음처럼 그 희망의 문이 크게 열려 있지는 않았지만,

아직 자물쇠로 완전히 잠겨 버린 것은 아니었다. 아직도 그 언저리를 잘 살펴보면 작은 틈이 있어서 나는 그 틈으로 그 안을 들여다볼 수 있었다. 그러니까 나는 아직도 깨어 있는 채로 꿈을 꿀 수 있었다는 말이다. 그게 잘못됐다는 생각은 하지 않는다.

겨울밤이면 엄마가 장리스 부인의 《베르켕》이나 《궁전무도회》 같은 이야기, 아니면 우리 수준에 맞는 다른 작품들을 읽어주곤 했는데 그 제목은 기억이 나지 않는다. 처음에는 주의 깊게 들었다. 나는 벽난로 앞에서 엄마 발치에 앉아 있었는데 그러면 벽난로의 불과 나 사이에는 아래가 초록 태피터 천으로 된 오래된 스크린이 펼쳐지곤 했다. 나는 그 낡은 태피터 천을 통해 벽난로의 불꽃도 보곤 했는데 그 불꽃들은 작은 별들이 되어 눈을 깜빡이면 더 반짝거렸다. 그러면 점점 더 나는 엄마가 읽어주는 이야기들이 가물가물해졌다. 엄마의 목소리를 들으며 나는 반쯤 수면 상태로 빠져들어 아무런 생각도 할 수 없었다.

그리고 어떤 장면들이 초록색 스크린 위에 고정됐다. 그것들은 숲과 들판과 강들과 이상하고 거대한 건물들이 있는 도시들이었다. 그런 장면들은 공상 속에도 자주 등장했다. 상상 속에서만 존재하는 하늘빛과 금빛과 자줏빛의 새들 수천 마리가 마치 장미의 꿀을 빨아들이듯 꽃들 위를 날아다니고 있었다. 장미는 초록색, 검은색, 보라색이었고 푸른색 장미도 있었다. 푸른색 장미는 오랫동안 발자크의 꿈이었던 것 같은데 내게도 역시 어린 시절 꿈이었다. 아이들은 시인들처럼 실재하지 않는 것들을 사랑하는 존재들이다. 나는 또 빛나는 숲과 분수들과 깊고 신비한 심연, 중국식 다리, 금과 보석 열매들로 가득한 나무들을 보았다. 결국, 동화 속 모든 환상의 세상이 눈앞에 펼쳐져 나는 그 앞에서 정신을 잃곤 했다.

눈을 감아도 여전히 그것들을 볼 수 있었지만, 다시 눈을 뜨면 그것들은 오직 스크린 위에서만 볼 수 있었다. 내 머릿속 어떤 작용이 그 이미지들을 다른 곳이 아니고 오직 그 스크린 위에만 고정해 놓았는지는 모르겠다. 하지만 어쨌든 분명한 건 그 초록의 막 위에서 나는 정말 기막힌 공상의 나래를 폈다는 것이다. 어느 때는 그 장면이 너무나 분명해서 나는 놀라 엄마에게도 보이느냐고 물은 적이 있었다. 나는 푸른 막 위에 커다란 푸른 산이 있다고 했다. 그러면 엄마는 노래하면서 무릎 위에 있는 나를 흔들어 꿈에서 깨어나게 하려고 했다. 그리고 내가 너무 지나친 공상에만 빠져 있어서 내게 뭔가 실질적인 즐거움을 주기 위해서였는지 엄마는 유치하고 재미있는 것을 하나 만들어주었는데 나는 그것을 너무나 좋아했고 그것은 오래도록 나의 기쁨이었다. 그것은 바로 다음과 같은 것이다.

우리 정원 안 쪽에는 소사나무와 단풍나무와 물푸레나무와 보리수와 라일락이 심겨 있는 작은 숲이 있었다. 엄마는 길이 끝나는 곳에 있는 빽빽한 덤불 속에 이폴리트와 나의 하녀와 위르쥘과 나와 함께 작은 오솔길을 하나 만들었다. 오솔길 옆에는 제비꽃, 앵초, 협죽도 등을 심었는데 그것들이 어찌나 빨리 자라던지 숲 전체를 덮어 버렸다. 그래서 이 막다른 길은 작은 둥지처럼 되어 버려 라일락 나무와 산사나무 아래 벤치 하나를 놓아 그곳에 가서 공부도 하고 날씨가 좋을 때는 배운 것을 복습하기도 했다. 엄마도 일거리를 가지고 가고 우리도 우리 장난감들, 특히 돌과 벽돌을 가지고 가서 집을 짓고는 위르쉴과 나는 그 집에 요정들의 성이나 잠자는 숲속의 미녀의 성 같은 멋진 이름들을 지어주었다. 그런데 우리가 만드는 집이 우리가 꿈꾸는 것과 달리 조잡하기만 한 것을 보고 엄마는 어느 날 하던 일을 멈추고 우리와 함께하며 이렇게 말했다.

"그 못생긴 석회 돌들과 깨진 벽돌들은 치워 버리렴. 가서 이끼로 잘 덮인 돌들과 분홍색 초록색 조약돌들과 조개껍질들을 찾아와. 그럼 아주 예쁜 집이 될 테니. 아니면 나는 함께하지 않을 거야."

이 말에 우리의 상상력도 깨어나기 시작했다. 그러니까 예쁘지 않은 것은 가져오지 말아야 했다. 그래서 우리는 그동안 모르고 밟고 지나쳤던 보물들을 찾기 시작했다. 위르쉴과 이 이끼가 부드러우니 어쩌니 하며 또 이 돌의 모양이 행복하니 어쩌니 하며 또 이 조약돌이 빛나니 안 빛나니 하며 얼마나 많이 싸웠던지! 처음에는 모든 것이 다 좋아 보였다. 하지만 비교해 보면 곧 그 차이가 드러나 이제 더는 우리의 새로운 건축에 걸맞은 재료는 찾을 수가 없었다. 그래서 결국 하녀들이 우리를 데리고 강가로 가서 얕은 물속에 있는 에메랄드빛, 청금빛, 산호빛 조약돌들을 찾아다녀야 했다. 하지만 그 돌들은 물 밖으로 나와 마르면 생생한 빛깔을 잃어버려 우리를 실망시켰다. 그러면 그것을 다시 빛나게 하려고 물에 다시 던져 넣기를 수백 번 반복했다. 우리 고장에는 좋은 수정이 많았고 암모나이트와 아름답고 다채로운 고대 화석들도 많았다. 우리는 그런 것에 대해 전에는 관심조차 없었지만, 이제는 아무리 작은 거라도 우리를 놀라게 했고 새로운 발견이었으며 하나의 승리였다.

당시 집에는 노새가 한 마리가 있었는데 내가 아는 노새 중 최고의 노새였다. 노새들이 다 그렇듯이 젊었을 적엔 못됐었는지 모르지만, 이 노새는 이제 너무나 늙어 못된 성질도 변덕도 없었다. 녀석은 아주 무거운 발걸음으로 또박또박 걸었다. 나이도 든 데다가 일도 잘해서 아무도 이 노새를 야단치는 사람은 없었다. 정말 나무랄 데 없는 노새일 뿐 아니라 제일 행복하고 또 인정받는 노새였다. 사람들이 위르쉴과 나를 노새의 등에 있는 광주리에 앉히면 우리는 노새 옆구리에 앉아 길을 갔지만 노새는 우리를 귀찮아한 적이 없었다. 산책에서 돌아오면 노새는 늘 그렇듯 자기 멋대로 자유롭게 지냈다. 노새는 꼴 시렁에 묶여 있지도 않았다. 항상 뜰이나 마을이나 들판을 왔다 갔다 하면서 완전히 자기 맘대로 나쁜 짓을 하지는 않았지만 가만히 모든 걸 다건드리며 다녔다.

때때로 그는 집 안 식당에 들어오려고도 했다. 어느 때는 감히 할머니의 침실에 들어가기도 했다. 하루는 노새가 할머니 화장대에서 심각하고 뭔가에 몰입된 표정으로 아이리스 분통에 코를 박고 있었다고 한다. 심지어 녀석은 예전 방식으로 된 걸쇠로 닫힌 문도 열 줄 알았다. 1층에 대해서는 완벽하게 다 알고 있어서 항상 할머니를 찾았는데 할머니가 늘 과자 같은 걸 줄 것을 알았기 때문이다. 우리가 웃어도 아랑곳하지 않고 빈정거림 따위는 무시한 채로 그는 오로지 자기만 생각하는 철학자 같았다. 그의 유일한 단점은 할 일이 없다는 것이고 그 결과로 늘 마주하게 되는 고독한 권태였다.

어느 날 밤에는 세탁장 문이 열린 것을 보고 노새는 계단을 7~8개 올라 부엌을 가로질러 현관을 통해 2~3개 걸쇠를 열고 할머니 침실

앞까지 들어왔다. 하지만 자물쇠로 잠긴 것을 보고 녀석은 계속 문을 긁어 할머니에게 자기가 왔다는 것을 알리려고 하고 있었다. 무슨 소린지 알 수 없었던 할머니는 도둑이 든 줄 알고 종으로 하녀를 불렀고 하녀는 등불도 없이 문 앞으로 달려와서는 비명을 지르고 노새 위로 넘어졌다고 한다.

얘기가 다른 데로 흘러갔는데 다시 우리 이야기로 돌아오면 이 노새는 우리 작업에 징발되었다. 그래서 매일 녀석은 바구니로 우리의 건축물에 필요한 돌들을 날랐다. 엄마는 제일 예쁜 돌들이나 제일 이상한 돌들을 골라냈다. 그리고 재료들이 다 모이자 엄마는 우리 앞에서 작지만 강하고 부지런한 작은 두 손으로 집도 아니고 성도 아닌 자갈로 된 동굴을 만들기 시작했다.

동굴이라니! 우린 그런 건 생각조차 하지 못했었다. 우리의 동굴은 4~5피트 높이에 깊이는 2~3피트밖에 되지 않았지만, 아이들에게 크기는 아무 상관없었다. 그들은 뭐든 크게 상상할 수 있는 능력이 있으니까. 또 작업은 며칠 동안 계속됐는데 우리는 며칠 안에 자갈들이 구름까지 높아질 거라고 믿고 있었다. 작업이 다 끝났을 때 그것은 적어도 우리 머릿속에서만큼은 우리가 꿈꾸던 그런 크기였다. 그래서 오늘날까지도 내 머릿속에 그것은 산의 동굴처럼 기억되어서 그 생각을 지우기 위해서는 실제 그 장소에 다시 가서 그것을 확인해 봐야 할 정도였고 또 당시 들어가서 처음 단을 올라가면 바로 천장에 머리가 닿았다는 사실도 계속 나 자신에게 상기시켜야 할 정도였다.

하지만 어쨌든 그것은 정말 아름다웠다. 그것만큼은 결코 부인할 수 없다. 단지 다채로운 빛깔들의 조약돌들과 보드랍고 섬세한 이끼

긴 돌들과 멋진 조개껍질 위에 담쟁이덩굴을 덮고 둘레에 잔디를 두른 것뿐이었지만 말이다. 그런데 그것으로는 충분하지 않았다. 샘과 폭포수도 있어야 했다. 샘물이 없는 동굴은 영혼 없는 육체와 같았다. 그런데 작은 숲 어디에도 작은 시냇물조차 없었다. 하지만 엄마는 그런 이유로 멈출 사람이 아니었다. 엄마는 비누질할 때 쓰는, 바닥이 초록 에나멜로 된 큰 단지를 동굴 안에 묻고는 꽃과 나무들로 그 단지를 보이지 않게 했다. 그리고 우리는 매일 맑은 물로 그것을 채우는 일을 해야만 했다. 하지만 폭포는! 우린 계속 폭포를 졸라댔다. 그러자 엄마는 "내일 폭포가 생길 거야. 하지만 내가 부르기 전까지 와서는 안 된다. 왜냐하면, 요정이 도와줘야 하는데 너희들이 오면 싫어할 거야!"라고 말했다.

우리는 정말 경건하게 이 지침을 지켰다. 그리고 드디어 엄마가 우릴 찾아오기로 한 시간이 되었다. 엄마는 우리를 동굴 앞 오솔길로 데려가면서 우리에게 뒤를 보지 말라고 했다. 또 내 손에 작은 막대기 하나를 주면서 엄마도 막대기를 세 번 내려쳤다. 그리고 내게도 막대기를 가지고 동굴 가운데를 내려치라고 명령했다. 동굴 중앙에는 딱총나무로 된 수로水路의 입구가 보였다. 막대기로 세 번 내려치자 물이 관을 타고 내려오더니 너무 많이 쏟아져 우리까지 다 덮칠 정도였다. 위르쉴과 나는 너무 좋아서 환호성을 질렀다. 폭포수는 2피트쯤 높이에서 단지로 된 연못으로 수정 같은 냅킨처럼 2~3분간 떨어져 내리더니 나의 하녀가 동굴 뒤에 숨어서 딱총나무 관에 부은 물이 끝나자 이내 그쳤다. … 그리고 넘친 물, 그 순수한 물결은 그 가장자리에 심은 꽃들을 적셔주었다. 환상은 잠깐이었지만 정말 완벽했고 달

콤했다. 이후 알프스나 피레네의 폭포들을 볼 때도 그 감동과 놀라움이 이보다 더 크지는 않았다.

이제 동굴이 완벽하게 되었을 때 아직 할머니가 보시지 않았기 때문에 우리는 정중하게 할머니에게 우리의 작은 숲을 방문해 주실 것을 간청하러 갔다. 그리고 폭포를 보고 놀라게 하기 위한 만반의 준비를 했다. 우리는 할머니가 감동할 거라고 생각했다. 하지만 할머니는 그게 너무 유치해 보였는지 아니면 그날따라 엄마에게 별로 기분이 좋지 않으셨는지 우리의 걸작품에 대해 놀라기는커녕 우리를 비웃으셨다. 그리고 연못에 사용한 단지(우리는 할머니가 온다고 거기에 물고기를 넣어 놓기까지 했는데)를 보고는 칭찬은커녕 더 어이없어하셨다. 나는 정말 큰 충격을 받았다. 왜냐하면, 나는 세상에서 우리의 매혹적인 동굴만큼 아름다운 걸 본 적이 없었기 때문이다. 나는 사람들이 나의 공상을 깨려 할 때 정말로 괴로워했다.

노새로 하는 산책은 너무나 즐거웠다. 우리는 매주 일요일 점심을 싸서 이 대장 노새를 타고 미사에 갔다가 미사 후 성당 옆에 있는 오래된 생샤르티에성城에 가서 점심을 먹곤 했다. 이 오래된 성은 어떤 나이든 여자가 관리했는데 그녀는 우리를 오래된 저택의 버려진 넓은 방들로 안내했다. 엄마는 거기서 온종일 지내는 걸 좋아했다. 그때 제일 충격적이었던 것은 그 나이든 여자의 놀라운 모습이었다. 그녀는 진짜 농부였지만 주일 같은 건 지킬 생각도 없이 주일날도 다른 날들과 마찬가지로 열심히 물레를 돌리곤 했다. 누아르 계곡 지방에서는 주일날 노동하지 않는 것이야말로 꼭 지켜야 할 엄격한 율법 중 하나였는데도 말이다. 이 여자는 볼테르나 철학자 선생이라도 둔 것일까? 그건 나도 모르겠다.

그녀의 이름은 기억나지 않지만 이후 몇 년 동안 이 성이 보여주었던 잊을 수 없는 모습들을 또렷이 기억하고 있다. 그것은 가구들은 없지만 온전한, 그리고 여전히 기거할 수 있는 아주 커다란 영주의 저택이었다. 거대한 방들과 벽난로들이 있었고 지하 감옥도 또렷이 기억난다. 이 성은, 이 지방 역사에서 아주 유명한 곳이다. 이곳은 이 지역에서 가장 강한 요새였다. 그래서 오랫동안 이 성은 베리 남쪽 왕자들의 거처이기도 했다. 또 필립 오귀스트가 점령하기도 했고 그 후에는 영국이 차지하기도 했지만 샤를 7세 전쟁 때80 다시 찾아오게 된다. 성은 사방에 거대한 탑이 세워진 사각형 건물이다. 관리하기에 지친 주인이 자재들을 팔기 위해 부수려고 했으나 뼈대를 드러내고 중간의 칸들과 내벽을 부술 수는 있었지만, 로마 시멘트로 지어진 탑은 부술 수가 없었다고 한다. 그래서 그 탑들은 여전히 건재하여 탑신塔身은 공중으로 40피트나 솟아 있다. 그리고 30년 이래로 어떤 폭풍이나 우박에도 벽돌 한 장 떨어지지 않았다. 그러니까 이 성은 대단한 건축으로 앞으로도 몇 세기 동안 세월과 인간을 다 견뎌낼 것이다. 아랫단은 로마식이고 본체와 구조는 초기 봉건시대 양식이다.

생샤르티에성에 가는 건 일종의 여행이었다. 1년에 9개월 동안은 길도 너무 험했다. 그래서 들판의 오솔길로 가거나 아니면 한심한 노새를 타는 모험을 감수해야 했다. 녀석은 짐을 실은 채로 진흙 위에 눕기 일쑤였다. 지금은 아주 아름다운 나무들이 서 있는 멋진 길이 나

---

80 〔역주〕 100년 전쟁을 말한다.

있어서 15분이면 갈 수 있다. 하지만 너무 힘들게 가야 했기 때문에 성은 내게 더 큰 감동을 주었던 것 같다.

마침내 가족 간의 협상은 끝이 났고 엄마는 나를 할머니에게 맡기는 데 합의했고, 할머니는 온전히 나의 교육을 맡고 싶어 하셨다. 나는 그런 식의 협상에 너무나 분개했기 때문에 아무도 내게 그것을 말해주지는 않았다. 그리고 사람들은 암묵적으로 나를 엄마로부터 조금씩 떼어 놓기 시작했지만 나는 눈치 채지 못했다. 처음 시작은 엄마가 혼자 파리에 가는 거였다. 엄마는 카롤린을 보고 싶어 안달이 나 있었다.

그리고 나는 2주 후 할머니와 파리로 가기로 되어 있어서 벌써 마차와 짐들을 준비하고 있는 것을 보았기 때문에 별로 두려워하지도 슬퍼하지도 않았다. 또 모두들 내가 파리에 가면 엄마 바로 옆에 살 것이고 또 매일 엄마를 볼 거라는 말도 했다. 그래도 엄마 없이 혼자 있게 되자 정말 두려운 마음이 들었다. 마치 이곳에 처음 왔을 때처럼 집이 그렇게 커 보일 수가 없었다. 나는 나의 하녀와도 헤어져야만 했다. 내가 너무나 좋아했지만 그녀는 곧 결혼할 예정이었다. 그녀는 아버지가 돌아가신 후 엄마가 스페인에서 데려온 세실리아 다음으로 고용한 하녀였다. 그녀는 아직도 살아 있어서 가끔 내게 마가목 열매를 갖다 주러 오곤 한다. 이 나무는 우리 지방의 희귀종으로 그 크기가 거대했다. 카트린의 마가목은 그녀의 자존심이며 영예였다. 그녀는 마치 대단한 기념물의 안내인처럼 자기 나무에 대해 이야기하곤 했다. 그녀는 많은 가족을 거느린 만큼 불행한 일도 많았다. 그래서 가끔 내가 도와줄 일이 많이 있었는데 어린 시절 우리를 돌봐준 사람을 늙어 가는 동안 옆에서 지켜봐줄 수 있다는 것은 참 행복한 일이다. 이 세상에 카트린보다 더 따뜻하고 참을성 많은 사람은 없을 것이다. 그녀는 늘 참으며 나의 결점마저도 칭찬했다. 그녀는 나를 버릇없는 아이로 만들었지만, 그것에 대해 불평하고 싶지는 않다. 왜냐하면, 이후 하녀들로부터는 전혀 그렇지 못했으니까. 나는 내가 받은 그 관용과 애정이 얼마나 값진 것이었는지도 잘 모른 채 곧 그 모든 것에 대한 대가를 치르게 된다.

그녀는 울면서 나를 떠났다. 너무나 멋지고 잘생기고 성실하고 똑똑하고 게다가 부자이기까지 한 남편에게 가면서, 그러니까 맨날 공상만 하면서 우는 아이와 지내기보다 훨씬 좋은 곳으로 가면서 말이다. 하지만 착한 소녀는 그런 계산을 할 줄 모르는 아이였다. 그녀의 눈물은 내게 처음으로 헤어짐에 대해 많은 생각을 하게 했다.

"왜 우는 거야? 곧 다시 볼 텐데!"라고 내가 말하자 그녀는 "그래, 하지만 여기서 멀리 떨어져 있으니 매일 볼 수는 없잖아요."라고 말했다.

이 말은 내게 많은 것을 생각하게 했고 나는 곧 엄마와의 헤어짐이 고통스럽다는 생각이 들었다. 단지 2주 정도 헤어져 있을 뿐인데 이 2주가 지난 3년보다 더 길게 느껴졌다. 더욱이 그 3년은 엄마와 함께 있었던 시간이었으니 말이다. 어쨌든 어린 시절에는 고통만이 삶의 느낌을 각인시킨다는 것은 사실이다.

그 2주 동안 별다른 일은 없었다. 할머니는 내가 우울해하는 것을 보자 이런저런 일을 시키며 내가 활기를 찾도록 했다. 할머니는 내게 이것저것을 가르치시고 쓰기와 이야기 지어내는 것에 대해 엄마보다 더 관대하게 대하셨다. 사실 할머니는 그동안 더 많이 야단치고 혼을 내셨지만, 이 동안만큼은 아주 절제하시면서 내게 사랑받기 위해 더 많이 칭찬하시고 격려해주시고 평소보다 과자도 더 많이 주셨다. 엄마는 내가 게으름 피우며 빈둥대는 것에 대해 가차 없이 무섭게 야단치곤 했으니 할머니의 그런 태도는 정말 온화한 것으로 느껴졌어야 했을 것이다.

그런데 아이의 마음이란 정말 이상하고 어른들과 다르게 변덕스러운 법이다. 나는 엄마가 화내는 것보다 부드러운 할머니가 더 무서웠다. 그때까지 나는 할머니를 사랑했고 할머니 앞에서 아주 다정하게 굴곤 했다. 하지만 그 순간부터, 시간이 좀 흐르자 할머니 앞에서 나는 얼어붙으며 어색해지기 시작했다. 나는 나를 만지는 할머니의 손길이 싫었을 뿐 아니라 그것은 나를 울고 싶게 만들었다. 왜냐하면 엄마의 뜨거운 포옹이 생각났기 때문이다. 할머니와의 삶은 매 순간을 함께하는 가족 같은 끈끈한 삶이 아니었다. 늘 예의를 갖추어야 했는데 나는 그런 차가움이 너무 싫었다. 엄마의 화는 그저 지나갈 힘든 순간일 뿐이었다. 그 순간이 지나면 나는 엄마 무릎에 앉아 엄마 품에 안겨 다정한 얘기들을 했는데 할머니의 손길은 말하자면 너무나 형식적이었다. 할머니는 나의 좋은 태도에 대해 보답하듯 예의 바르게 나를 안아주었을 뿐이다.

할머니는 나를 어린아이로 취급하지 않았다. 내가 늘 어떤 품위 있는 몸가짐을 갖길 원하셨고 또 엄마조차 꺾을 수 없었던 제멋대로인 내 천성을 버리길 바라셨으니 말이다. 더는 땅에서 굴러서도 안 되고 크게 웃어도 안 되고 베리 지방 사투리를 써도 안 되었다. 항상 똑바로 서고 장갑을 끼고 침묵하거나 방구석에서 위르쉴과 조용히 소곤거려야 했다. 나의 튀는 천성은 매번 부드러운 말로 저지당했지만, 그 말들은 너무나 단호했다. 드러내고 야단을 치는 건 아니었지만 할머니는 내게 존댓말을 쓰셨으니 더는 무슨 말이 필요할까.

"아가씨, 꼽추처럼 서 있군요, 아가씨, 농부처럼 걷는군요. 아가씨 또 장갑을 잃어버렸나요! 아가씨, 이제 다 큰 어른이 그런 짓을 하면 안 되지요 … ."

다 큰 어른이라니! 나는 고작 7살이었고 누구도 내가 다 큰 어른이라고 한 적은 없었다. 나는 그 말이 너무 무서웠다. 엄마가 떠난 후로 갑자기 너무 커 버린 것 같았다. 또 정말 내 생각에 어이없어 보이는 것들을 배워야만 했다. 집을 방문하는 방문객에게 예의를 갖추어야 했다. 부엌에는 더는 들어가서는 안 되고 하인들과도 반말을 하면 안 됐다. 그래서 그들도 점점 내게 반말하는 것을 잊어버렸다. 할머니와도 반말을 해서는 안 됐다. 아니 존댓말로도 충분치 않고 3인칭으로 말해야 했다. 예를 들어 "할머니께서는 제가 정원에 나가는 것을 허락하실는지요?" 하는 식으로 말이다.

대단한 혈통의 여자인 할머니와 또 할머니가 내게 주입하려고 하는 귀족 문화에 대한 존중을 내게 확실히 각인시키기 위해서는 할머니의 방식이 옳았을 것이다. 이제 나를 책임질 사람은 할머니인데 나는 아주 변덕스럽고 다루기 힘든 아이였으니 말이다. 할머니는 엄마가 이런 나를 너무 강하게 다루어서 나의 병적인 흥분상태를 진정시키기는커녕 내 감정을 더 자극해서 내 성격은 고치지도 못한 채 나를 그저 복종하게 했다고 생각했다. 어쩌면 그 생각은 맞았는지도 모른다. 정신적으로 기가 센 아이는 갑자기 무조건 그 기를 꺾어 버리면 더더욱 혈기를 다룰 수 없는 아이가 될 뿐이다. 할머니는 아셨던 것 같다. 평정심을 잃지 않고 계속 내게 위엄을 잃지 않는 태도를 보이면 나와 싸우지도 않고 나를 울리지도 않고 나를 자발적으로 복종하게 만들어 반항심마저 사라지게 할 거라고 말이다.

사실 며칠이 지나지 않아 그것은 현실이 되었다. 나는 결코 할머니에게 반항할 생각조차 하지 못했다. 하지만 할머니 앞에서 다른 사람에게 반항하는 것까지 참지는 못했다. 할머니와 단둘이 있게 되면 그런 멍청한 짓을 한 것에 대해 분명 야단맞게 될 거라는 걸 예감할 수 있었는데 할머니의 꾸지람은 너무나 예의 바르지만 너무나 차가워서 정말 뼛속까지 다 얼어붙을 것만 같았다. 나의 자유분방한 기질을 이렇게까지 억누르고 보니 나는 종종 발작 증세를 보이곤 해서 할머니를 걱정시켰는데 할머니는 그 이유를 알지도 못했다.

할머니는 결국 소기의 목적을 이루었다. 그러니까 나를 훈련하려는 목적을 말이다. 할머니 자신도 그렇게 빨리 성공한 것에 대해 놀라워하셨다. 할머니는 "이 아이가 얼마나 부드럽고 착한 아이인지 다들 아셨지요!"라고 말씀하시며 노예와 폭군처럼 나를 다루었던 엄마의 교육과 완전히 다른 방식으로 나를 이렇게 쉽게 훈련한 자신에게 박수를 보냈다.

하지만 할머니는 곧 더 놀라게 되었다. 할머니는 존경받으면서 동시에 또 뜨겁게 사랑받길 원했다. 할머니는 아들의 어린 시절을 회상하며 나와 그 시절을 다시 시작하고 싶었다. 세상에! 그것은 나에게도 할머니에게도 가능한 일이 아니었다. 할머니는 나와 할머니 사이에 존재하는 세대 차이와 우리 둘의 너무나 까마득한 나이 차이를 생각하지 않으셨다. 자연의 법칙은 틀리는 법이 없다. 나는 정말 망설임 없이 이렇게 말할 수 있는데, 나에 대한 할머니의 자애로움과 나를 교육시키기 위한 할머니의 끝없는 노력에도 불구하고 나이 들어 모든 것이 온전치 못한 할머니는 결코 엄마 역할을 대신할 수 없다.

그럼에도 불구하고 어린아이 위에 완전히 군림하려고 하면 그것 자체가 매 순간 자연의 법칙을 거스르는 것이 되는 것이다. 모성애의 능력이 몇 살에 끝나는지는 하나님만이 아실 일이다. 이제 자라나는 어린애에게는 젊고 삶의 활기가 넘치는 그런 존재가 필요하다. 할머니의 엄숙함은 내 영혼을 침울하게 만들었다. 어두침침하고 향내 나는 할머니 방에서는 머리가 지끈거렸고 발작적으로 하품을 해댔다. 할머니는 더위도, 추위도, 외풍도 햇볕도 다 무서워하셨다. 할머니가 "조용히 놀아라."라고 말할 때는 마치 할머니가 나를 큰 상자 속에 가두는 것 같은 기분이었다. 할머니가 조각품 같은 것을 보라고 주면 나는 그것을 보지 않았고 현기증을 느꼈다.

내게 활력을 주는 것은 밖에서 짖는 개나 정원에서 노래하는 새였다. 나는 개나 새가 되고 싶었다. 할머니와 정원에 있을 때는 할머니가 아무 말 하지 않아도 할머니 곁에만 붙어 있었다. 할머니가 뭐라 할지 다 느낄 수 있었기 때문이다. 할머니는 잘 걷지 못하셨고 늘 나를 곁에 두시면서 자주 떨어뜨리시는 담뱃갑이나 장갑을 줍게 하셨다. 할머니는 몸을 굽혀 떨어뜨린 것들을 잡지 못하셨다. 나는 그렇게 무력하고 허약한 몸을 본 적이 없다. 하지만 할머니 몸은 오동통하고 건강해

보이고 어디 아픈 곳도 하나 없어서 그런 무기력증은 정말 내 속을 뒤집어 놓았다. 나는 엄마가 두통으로 쓰러져 마치 죽은 것처럼 창백한 얼굴로 이를 악물고 침대에 누워 있는 것을 수백 번 보면서 그때마다 절망했지만, 할머니의 마비된 듯한 무기력증은 도저히 어떻게 설명할 수도 없는 거였다. 때로는 일부러 그러는 것처럼 생각되기도 했다.

여기에는 보다 근원적인 이유도 있다. 할머니가 처음 받은 교육의 잘못도 있었다. 할머니는 상자 속에 갇혀 너무 오래 살았다. 그래서 할머니의 혈관은 돌기 위한 에너지 자체를 잃어버린 것이다. 그래서 피를 뽑는 사혈瀉血 치료를 하려고 했을 때도 너무나 무기력한 혈관 때문에 한 방울도 뽑을 수가 없었다. 나는 할머니처럼 될까 봐 두려워하고 있었다. 그래서 할머니가 곁에서 움직이지도 소리를 내지도 말고 있으라고 하면 나는 마치 할머니가 내게 죽은 사람이 되라고 하는 것 같았다.

결국, 나는 본능적으로 너무나 나와 다른 기질에 반항하게 되었다. 그래서 내가 철이 들 때까지는 할머니를 진정으로 사랑하지 않았다. 그래서 고백하건대 철들기 전까지 나는 할머니를 정신적으로 존경했지만 뭔지 모르게 늘 거리를 두었다. 그리고 가엾은 할머니는 곧 나의 이런 냉정함을 알아차리셨다. 그래서 나를 나무라시며 나를 변화시키려 하셨지만 내 행동은 더 심해졌고 내 눈은 모든 걸 다 보여주고 있었다.

할머니는 많이 힘들어하셨지만 어떻게 대항해야 할지도 모른 채 더 힘들었던 건 나였다. 그래서 머리가 커지면서 나는 크게 반항하게 되었고 할머니는 내가 배은망덕하고 고집 센 아이란 걸 아시고는 내게 속은 걸 알게 되셨다.

— 4권에서 계속

조르주 상드 연보

1804년

7월 1일 조르주 상드, 본명 아망틴 오로르 뤼실 뒤팽(Amantine Aurore Lucile Dupin)은 파리 15구 멜레가 15번지에서 모리스 뒤팽 드프랑쾨이유와 소피 빅투아르 들라보르드 사이에서 태어났다. 아버지는 폴란드 왕족의 피를 이어받은 귀족 출신이었고 엄마는 가난한 새 장수의 딸이었다. 양쪽 집안의 이 엄청난 계급 차이는 상드 인생 전반에 큰 영향을 미쳤으며 상드가 평생을 사회주의 운동에 헌신하게 되는 계기가 된다.

1808년

할머니 집이 있는 노앙에서 상드의 가족은 9월 16일, 아버지 모리스 뒤팽의 갑작스러운 죽음을 맞이한다. 집으로 돌아오는 도중 말에서 떨어져 목뼈가 부러지는 사고를 당한 것이다. 시어머니와 사이가 좋지 않았던 상드의 엄마는 딸의 미래를 위해 딸을 노앙에 남겨 놓은 채 파리로 돌아가고 이때부터 상드는 할머니의 엄격한 교육 아래 엄마를 사무치게 그리워하며 살게 된다.

1818년

1818년 1월 12일부터 1820년 4월 12일까지 상드는 수녀원 기숙사에서 생활했다. 할머니의 훌륭한 교육으로 루소, 볼테르 등이 집필한 많은 철학 서적과 문학 서적을 읽고 음악, 미술 방면에서도 상당한 일가견을 갖게 된 오로르는 어느 날 저녁, 늘 그리워하던 엄마의 천한 출신성분에 대한 할머니의 모욕적인 말을 듣고 점점 더 반항적으로 행동한다. 이에 할머니는 상드를 파리의 앙글레즈 수녀원 기숙사에 집어넣었다. 이곳에서 상드는 하나님을 만나는 신비한 체험을 하게 되고 신앙적 열망이 갈수록 뜨거워져 수녀가 되고 싶어 하자 할머니는 그녀를 결혼시키기 위해 노앙으로 데려온다.

1821년

12월 26일 상드의 할머니가 지병으로 세상을 떠났다. 할머니가 생전에 아버지 쪽 집안인 빌뇌브 가족에게 미성년인 상드의 교육을 맡겼지만 상드의 어머니는 오로르를 파리로 데려간다. 이 일로 오로르 엄마와의 접촉을 꺼리던 아버지 쪽 친척들과는 완전히 결별하게 된다.

1822년

18살 되던 해 9월 17일, 알고 지내던 집안의 소개로 카지미르 뒤드방(Casimir Dudevant)과 결혼해서 몇 년 후 아들 모리스(Maurice)와 딸 솔랑주(Solange)를 낳는다. 하지만 독서를 좋아하고 철학적 몽상에 빠지기 좋아하는 상드와 사냥만 좋아하고 책 같은 것은 쳐다보지도 않는 남편과의 결혼생활은 매우 불행했다.

1831년

상드가 살았던 베리 지역 출신으로 파리에서 활동하던 쥘 상도라는 작가를 알게 되고 남편과 합의하에 석 달은 노앙, 석 달은 파리에서 지내기로 하면서 파리 생미셸가 31번지에 집을 얻는다. 노앙의 집을 포함해 할머니로부터 유산으로 물려받은 모든 것은 결혼 후에 남편의 소유가 되어 상드는 파리 체류 시 남편이 주는 적은 돈으로 아이들과 궁핍하게 생활하게 된다.

1832년

5월 19일 상드는 쥘 상도의 이름을 딴 조르주 상드라는 필명으로 첫 작품 《앵디아나》(Indiana)를 출판하고 석 달 뒤에는 《발랑틴》(Valentine)을 발표하는데 이 두 작품으로 상드는 하루아침에 유명해진다. 재정상태가 좋아진 상드는 말라케강 변으로 이사한다. 이즈음 당시 유명한 배우 마리 도르발과 알게 된다.

1833년

6월 17일 〈양세계 평론〉 잡지사 편집장인 뷜로즈가 초대한 식사 자리에서 뮈세를 만나 연인이 된다. 둘은 함께 이탈리아 여행을 가는데 뮈세는 가는 동안 병에 걸린 상드를 내버려 두고 거리의 여자를 찾는 등 무책임한 행동을 한 데다 파리로 돌아온 뒤 질투로 폭력적이 되어 상드는 거의 도망치다시피 노앙으로 떠나며 이 연애사건을 끝낸다. 하지만 이 둘이 주고받은 편지는 한 권의 서간집으로 출판되어 젊은 연인들의 심금을 울린다. 헤어진 후 뮈세는 두 사람의 이야기가 담긴 《세기아의 고백》을 발표해서 상드에게 묵언의 용서를 구한다. 이 해에 상드는 《마테아》, 《한 여행자의 편지》를 출판한다.

중편 《라비니아》가 출간되고 얼마 후인 8월 10일, 《렐리아》 출판으로 엄청난 스캔들의 주인공이 된다. 이 작품에서 상드는 여자의 성적 욕망에 대한 의문을 스스럼없이 표출하고 있는데 이것은 당시로서는 상상도 할 수 없는 물음이었다.

1834년

뮈세를 통해 알게 된 천재 피아니스트 리스트로부터 라므네를 소개받아 그의 기독교적 사회주의 사상에 매료되었다. 상드는 사회주의에 입문하게 되고, 그에게 받은 영감으로 소설 《스피리디옹》을 쓰기 시작하고 《개인 비서》, 《레오네 레오니》를 발표한다.

1835년

문학적 조언자이며 친구였던 평론가 생트뵈브를 통해 또 한 명의 사회주의 사상가 피에르 르루를 만나 그의 기독교적 사회주의 이론에 크게 감명받는다. 상드는 자신의 사회주의 사상의 근본은 신앙심이라고 자서전에서 밝히고 있다.

1836년

2월 16일 남편이 관리하는 노앙의 재정상태가 점점 더 악화되자, 상드는 재판을 통해 남편과 별거한 후 어린 시절 추억이 가득한 노앙 집을 되찾고 아이들의 양육권을 갖는다. 그리고 이 재판에서 변호를 맡은 공화주의자 미셸 드부르주의 영향으로 사회주의 운동에 더 깊이 빠져든다.

리스트와 그의 연인 마리 다구를 통해 쇼팽을 처음 만나고 《시몽》을 발표한다.

1837년

말년에는 상드와 많은 갈등을 겪었던 상드의 엄마가 병으로 숨을 거두게 된다. 《모프라》와 《마지막 알디니》를 발표한다.

1838년

쇼팽과 연인관계가 된다. 상드는 쇼팽과 아이들을 데리고 스페인 마요르카 섬의 발데모사 수도원에 머무는데 백 년 만에 온 한파와 폭우 등으로 쇼팽의 건강이 악화되어 여행은 악몽이 된다. 또 기술 장인이 주인공인 《모자이크 마스터》를 발표한다. 신앙적 고뇌를 담은 《스피리디옹》(*Spiridion*)이 발표된다.

1840년

《프랑스 일주 노동연맹원》(*Le Compagnon du tour de France*, 이 책은 우리말로 《프랑스 일주의 동반자》로 번역되는 경우가 있는데, 책 내용을 보면 제목의 'Compagnon'은 단순한 동반자라는 뜻이 아니라 당시 프랑스 전역을 다녔던 노동연맹의 일원을 말한다)을 발표한다.

1841년

파리의 한 대학생이 주인공인 소설 《오라스》를 통해, 사회주의 혁명을 바라보며 상드 자신이 가지고 있던 고뇌와 갈등을 이야기한다. 같은 해에 《마요르카에서 보낸 겨울》이 발표된다.

1842년

버려진 고아 소녀가 그 어떤 귀부인보다 아름답게 성장하는 소설 《콩수엘로》(*Consuelo*)를 발표해서 귀족 집안이 아닌 누구라도 고귀한 품성을 지닐 수 있다는 사회주의 사상을 사람들 뇌리에 각인시킨다.

1844년

사회주의 운동에 깊게 참여하고 있던 상드는 9월 14일, 〈앵드르의 빛〉이란 잡지를 창간해서 그녀 자신도 많은 정치적인 글들을 싣는다.

1845년

《앙지보의 방앗간 주인》을 발표한다. 시골 방앗간 주인의 순박함을 통해 계급 타파에 대한 사람들의 생각을 깨운다. 또 《테베리노》와 《앙투안 씨의 과오》를 발표한다.

1846년

쇼팽과 함께 파리와 노앙을 오가며 그를 어머니와 같은 모성애로 돌보던 상드는 《루크레치아 플로리아니》(Lucrezia Floriani)를 출판했는데 여기에서 사람들은 이미 둘 사이에 사랑이 식었음을 알게 된다. 또 상드의 대표작 중하나인 《악마의 늪》(La Mare au Diable)을 발표했는데 이때부터 발표되기시작하는 상드의 전원소설은 너무나 풍요롭고 다채로운 어휘력과 아름다운 문장으로 훗날 초등학교 교과서에도 실리게 된다.

1847년

약혼 중이었던 딸 솔랑주가 갑자기 파혼을 선언하고 성격파탄자인 조각가 오귀스트 클레젱제(Auguste Clésinger)와 결혼하게 되는데, 막무가내로 돈을 요구하는 사위와 몸싸움까지 벌인 상드는 결국 딸 부부와 의절하게 되고 이때 솔랑주 편을 드는 쇼팽과도 사이가 틀어져 몇 년 후 결별하게 된다.

1848년

2월 혁명이 성공하고 제2공화국이 세워지자 사회주의 사상가였던 상드는 파리에서 활발한 활동을 펼치며 여러 잡지에 관여하고 많은 정치적 글을 발표한다. 하지만 이해 3월 상드가 너무나 사랑하던 손녀, 솔랑주의 딸 잔이 6살 나이로 죽는데, 상드는 이 사건을 일생 중 가장 슬픈 사건 중 하나로 꼽는다. 전원소설 《사생아 프랑수아》를 발표해 아무 계급도 없는 시골 사람들의 아름답고 순수하고 희생적인 영혼을 그리고 있다. 이런 소설을 통해 상드는 계급타파뿐 아니라 기독교적 신앙도 설파한다.

1849년
5월 20일 마리 도르발이 죽고 10월 17일에는 쇼팽도 세상을 떠난다. 이때 상드는 "내 마음은 묘지가 되었다"라고 자서전에서 고백한다. 이때 아들 모리스가 조각가이며 극작가인 알렉상드르 망소를 소개한다. 당시 그의 나이는 32살이고 상드는 45살이었는데 망소는 상드의 마지막 연인이 되고 죽을 때까지 매우 충실한 비서 역할을 하게 된다.

1851년
나폴레옹 2세가 쿠데타로 황제의 자리에 오르며 제 2공화국이 무너지자 상드는 고향 노앙으로 칩거해 버린다. 전원소설 《사랑의 요정》이 발표된다.

1853년
18세기, 상드가 살았던 베리 지역에 있었던 백파이프 장인들의 삶을 그린 역사 소설 《백파이프의 장인들》을 발표한다.

1855년
상드의 자서전 《내 생애 이야기》가 발표된다.

1857년
4월 30일 당대의 주요 작가들이 모이던 그 유명한 '마니가의 모임'에 여자로서 유일하게 초대된 상드는 이곳에서 플로베르를 알게 되어 이후 죽을 때까지 편지로 긴 우정을 나눈다. 이 둘 사이의 편지는 한 권의 서간집으로 나와 있다.

1859년

상드는 뮈세가 죽은 후 그와의 관계를 그린 《그녀와 그》를 발표하는데 그 내용을 보고 격분한 뮈세의 형 폴은 자기 동생을 옹호하고 상드를 비난하는 《그와 그녀》라는 소설로 응수한다.

1865년

8월 21일, 상드의 연인이었으며 충실한 비서로 그녀의 마지막 행적들을 자세히 기록해 5권의 비망록을 남긴 망소는 결핵으로 상드보다 일찍 숨을 거둔다.

1873년

레지옹 도뇌르 훈장을 거절하며 장관에게 이런 편지를 쓴다. "그러지 마세요. 친구여, 제발 그러지 마세요! 저를 우습게 만들지 마세요. 정말로 내가 식당 아줌마처럼 가슴에 붉은 리본을 달고 있는 모습을 봐야겠어요?" 손녀딸들을 위해 《어느 할머니의 옛날 이야기》 1편을 발표한다.

1876년

《어느 할머니의 옛날 이야기》 2편을 발표한다. 6월 8일 오전 10시경 장폐색으로 몇 달간 고통받던 상드는 숨을 거두고 노앙의 자기 집 뒷마당에 묻힌다.

찾아보기

ㄱ~ㄹ

가스코뉴 해안 224
고르동 공작 부인 36
《궁전무도회》 287
그랑주 바틀리에르가
　　156, 165
글루크 281
노앙 217, 226, 227
데샤르트르 217
두란테 281
뒤퐁 128
드폴 202
라파예트 34
《레바튀에카》 283
레오 281
루소 68, 75
루시타니아 201
루이즈 201
리오세코 전투 221

ㅁ~ㅂ

마드리드 197, 201, 202, 208,
　　219, 222
마드리드 5월 2일 사건 198
마렝고 전투 27
메디나 데 리오세코 전투 220
몽테송 36
뮈라 127, 147, 203, 205, 207,
　　218, 219
바레주 217
바샹트 272
바욘 201, 220
바튀에카 285
발랑세 202
《베르켕》 287
베르티에 79
베시에르 220
보나파르트, 나폴레옹 21, 26,
　　42, 147

보나파르트, 루이 35
보르도 224
보몽 250
볼테르 285, 293
부르고스 223
비스케이만 224
빅투아르 11
빌뇌브 120

ㅅ~ㅈ

샤요 168
세라팽 170
슈농소 37
시드 223
실레노스 273
아란후에스 202, 218
오르페우스 272
오스트로하우 49
올고루키 36
위롱 285
위르쉴 247

이폴리트 228
장리스 283, 285, 287
지롱드강 224

ㅋ~ㅎ

카를로스 4세 198, 201
캉디드 285
콜랭쿠르 26, 31
《콩수엘로》 275
콩피에뉴 202
토르케마다 함락 221
토스카나왕국 201
판코르보 192
팡파리네 205
페로 170
페르디난도 7세 218
퐁타라비 223
푸르크루아 37
피치니 281
필리프, 루이 285
하스 281

지은이 · 옮긴이 소개

지은이_조르주 상드 (George Sand, 1804~1876)

본명은 아망틴 오로르 뤼실 뒤팽 드프랑쾨이유이며 결혼 후 뒤드방 남작 부인이 된다. 1804년 파리에서 태어나 1876년 노앙에서 삶을 마쳤다. 19세기 프랑스 낭만주의 소설가이자 문학 비평가, 언론인이었으며 70여 편의 소설과 50여 편의 중단편과 희곡 그리고 많은 정치적 기사들을 남겼다. 귀족인 아버지와 평민인 어머니 사이에 태어나 계급적 갈등을 겪으며 사회주의 운동에도 깊이 관여했다. 여성의 권리를 위해 많은 글을 써서 페미니즘의 어머니로도 알려져 있다. 뮈세, 쇼팽과의 사랑으로 많은 스캔들의 주인공이기도 하다. 이혼제도가 확립되지 않은 시절 재판을 통해 이혼하고 파리와 노앙을 오가며 독립적인 생활을 했다. 리스트, 쇼팽, 들라크루아, 발자크, 플로베르, 라므네, 르루, 부르주, 루이 블랑 등 정치 문학 예술계의 영향력 있는 사람들과 교류하고 자신도 큰 영향력을 미쳤으며 공화주의자로 잡지를 창간하는 등 적극적인 정치활동을 펼치기도 했다. 말년에는 노앙에 칩거하며 아름다운 문장으로 유명한 전원소설을 쓰고 손주들을 위한 동화책을 쓰기도 했다. 러시아 혁명에 가장 큰 영향력을 끼친 사람으로 평가되며 유럽인들을 싫어했던 도스토예프스키는 상드만을 유일하게 존경할 만한 유럽인으로 꼽는다. 그녀는 말년에 문단의 여자 후배에게 후세 사람들에게 자신을 "여자로서의 삶이 아닌 예술가로서의 삶을 살았던 사람"으로 얘기해 달라고 고백한다.

옮긴이_박혜숙

연세대 불어불문학과를 졸업하고 동 대학원에서 〈조르주 상드의 몽상세계〉로 석사 학위를 받았다. 이후 미국의 오하이오대에서 두 번째 석사 학위를 받고 2001년에는 파리 소르본에서 〈조르주 상드 소설에 나타난 여주인공 유형〉으로 박사 학위를 받았다. 이후 모교인 연세대에서 학생들을 가르쳤고 현재 연세대 인문학 연구원 전임 연구원이며 프랑스의 상드협회(Les Amis de George Sand) 회원이기도 하다. 저서로는 《프랑스 문학 입문》(연세대학교 출판부), 《소설의 등장인물》(연세대학교 출판부), 《프랑스 문화와 예술》(연세대학교 출판부), 《프랑스 문학에서 만난 여성들》(중앙대학교 출판부), 《그녀들은 자유로운 영혼을 사랑했다》(한길사), 《프랑스 작가 그리고 그들의 편지》(한울) 등이 있으며 역서로는 《지난 파티에서 만난 사람》(빌리에 드릴아당 지음, 바다출판사) 외 다수가 있다. 현재 '영화로 보는 유럽문화'라는 유튜브 채널을 운영하며 주기적으로 영상 강의를 올리고 있으며 인문학 강사로도 활동하고 있다.